Vigdís Grímsdóttir

Die Geschichte der Bíbí Ólafsdóttir

Biographie - Ein Frauenleben auf Island

Aus dem Isländischen
von Christina Böhner

CARGO
Verlag

ISBN: 978-3-938693-18-6
Die Deutsche Bibliothek - CIP-Einheitsaufnahme
Vigdís Grimsdóttir: Die Geschichte der Bíbí Ólafsdóttir
Aus dem Isländischen von Christina Böhner

www.cargo-verlag.de
Lektorat: Heike Miethe Sommer
Layout, Satz und Umschlaggestaltung: Stephanie Ibeh
Gedruckt auf chlor- und säurefreiem Papier

Bókmenntasjóður
The Icelandic Literature Fund

Dies Buch wurde publiziert mit der finanziellen Unterstützung
von Bókmenntasjóður, dem isländischen Literaturfond.

„Glück ist nicht dazu da, es zu besitzen,
sondern es zu ersehnen und zu gewinnen,
es loszulassen und sich daran zu erinnern.“

Sigurður Nordal

Vorwort der Autorin

Ich lernte Bíbí Ólafsdóttir kennen, als ich zusammen mit Þorleifur Friðriksson anfing, Personen für die Serie Sögumenn [Menschen und ihre Geschichten] zu interviewen, die auf dem Programm des staatlichen [isländischen] Radiosenders stand. Bíbí war eine unserer Gesprächspartnerinnen und ihre Lebensgeschichte faszinierte mich ungemein.

Das war im Februar 2006.

Ich schickte ihr eine e-Mail und bat sie, mich zu treffen, bekam aber keine Antwort, ich schickte eine weitere Mail, bekam aber wieder keine Antwort; ich wartete daher nicht länger auf eine Nachricht, sondern rief sie an. Zwar wollte sie mich schon treffen, aber als ich mein Vorhaben vortrug, dass ich gerne ihre Lebensgeschichte niederschreiben wollte, da traf ich auf Schweigen. Sie hatte einfach kein Interesse, aber trotzdem sagte sie, dass sie gewusst hätte, warum ich sie treffen wollte. Darin sah ich gleich eine Gelegenheit, sie umzustimmen, und so gab ich nicht auf, bis sie zustimmte.

- Ja, ja, so soll es wohl geschehen, sagte sie und erwähnte gleichzeitig ein Versprechen, das sie vor langer Zeit gegeben hatte und von dem sie im Buch erzählt.

Kurz darauf begannen wir mit der Arbeit. Ich befragte sie ganz genau, und sie gab sich völlig preis, antwortete mit vollkommener Aufrichtigkeit und ehrlich gesagt fand ich, dass es sich um derartig sensibles Material handelte, dass ich es nur schwer vermitteln könnte. Ich dachte sogar insgeheim, wenn ich alles über diese Frau gewusst hätte, hätte ich nie darum gebeten, ein Buch über sie schreiben zu dürfen. Aber ihre Geschichte war eine unglaubliche Herausforderung und eine Frage stellte sich mir immer wieder: *Wie konnte sie solch ein Leben gelebt haben und trotzdem so unglaublich lebensfroh und fröhlich sein?*

Die Zeit vergeht und ich beschließe, mich auf den Weg in die Vereinigten Staaten zu machen, um meine Verwandten zu treffen. Ich breche auf und nehme das Buch mit. Ich schreibe viel in New York und lese auch viel über Menschen, die mit Energie arbeiten, welche dazu fähig ist, anderen zu helfen; ich fand heraus, dass die Geschichte vieler, die sich damit beschäftigten, dornig ist.

Als ich im April 2006 schließlich wieder heimkomme, erkranke ich plötzlich an Gehirnhautentzündung. Die Krankheit verhinderte vieles, was nicht notwendigerweise hier aufgezählt werden muss, aber ganz sicher hatte ich am meisten Angst, dass ich niemals wieder schreiben könnte; diese Furcht war unbeschreiblich und ihr folgten starke Depressionen.

Ich kann mich nicht an viel erinnern, aber die Ärzte sagten meinen engsten Freunden, dass sie sich durchaus auf das Schlimmste gefasst machen sollten. Aber mir wurde längere Zeit beschieden, und das verdanke ich meiner Freundin, María Guðmundsdóttir, die Tag und Nacht bei mir wachte, den Ärzten Hugrún Ríkarðsdóttir und Ólafur Guðlaugsson, die immer die richtigen Entscheidungen trafen und die Situation für meine Angehörigen zu jeder Tages- und Nachtzeit erläuterten, dem Pflegepersonal des Stadtkrankenhauses [von Reykjavík], das mir immer genauso fürsorglich in Erinnerung sein wird, wie es war, Guðny Daníelsdóttir, Reha-Ärztin der Grensás-Klinik, und den Frauen der Abteilung und in der Physiotherapie mit ihren unermüdlichen Händen und ihrem einzigartigen Humor.

Aber nicht zuletzt verdanke ich mein Leben Bíbí Ólafsdóttir, die zu mir auf die Intensivstation kam und später auch auf die anderen Abteilungen. Sie gab mir Licht und Energie, und die Erinnerungen daran wurden mir geschenkt. Sie zeigte mir, dass ich nichts zu befürchten hätte; sie zeigte mir auch die Vielfalt des Lebens, das auf mich wartete. Ohne sie hätte ich nicht das Leben, das ich heute habe.

Vigdís Grímsdóttir

Zu Anfang sollte man das Ende betrachten

Ich widme meine Geschichte meinem Mann, Ómar Hafsteinsson, und meiner Freundin, Líney Pálsdóttir. Sie haben mich beide ermutigt, nicht von der Veröffentlichung abzuweichen, als ich selbst am meisten daran zweifelte, dass meine Geschichte für andere von Bedeutung sei.
Ómar ist in den letzten sechzehn Jahren mein Lebensgefährte gewesen; mit ihm habe ich echtes Glück gefunden, ein frohes und zwangloses Leben. Er vertritt Vaterstelle an meinen drei jüngsten Kindern, Hlynur, Íris und Hugi, und die zwei letztgenannten haben sich selbst dazu entschieden, seinen Namen zu tragen. Auch Hlynur, der seinen ursprünglichen Vatersnamen beibehalten hat, nennt Ómar Papa. Dahinter steckt eine lange Geschichte, die niemals aufgeschrieben werden wird.
Ómar bestärkte mich auch darin, meine Fähigkeiten, an denen er nie zweifelte, wertzuschätzen, und brachte mir gleichzeitig bei, mich selbst zu achten; keine Person kann wahrhaftig sein, außer wenn sie sich selbst in die Augen sieht; keine Person kann anderen helfen, außer sie glaubt mit ganzem Herzen und zweifelt nie.
Die Hilfe und Unterstützung Ómars haben mir die Freiheit gegeben, mein kostbarstes Versprechen zu halten, das ich in einem der schwierigsten Momente meines Lebens gab: Menschen auf die Art und Weise zu helfen, wie ich es kann, und mich niemals davor zu drücken und immer zum Dienst bereit zu sein.
Freiheit zu erringen ist ein unermessliches Glück und ich habe es errungen.

Ómar und ich sind einen langen Weg zusammen gegangen, und obwohl er manchmal steinig war, hat unsere Liebe alle Hindernisse überwunden. Eine Zeitlang wohnten wir in Reyðarfjörður und dort ereilte uns das Unglück, all unsere Habe bei einem Brand zu verlieren, am selben Tag, als wir die Hochzeit meiner Tochter, þóra, bei wunderbarem Wetter am Fuß der Berge feierten. Es war schmerzhaft, alle unsere persönlichen Erinnerungen im Feuer verbrennen zu sehen, aber wir sind über diese wie auch andere Schwierigkeiten hinweggekommen, indem wir immer auf unsere gemeinsame Zukunft vertraut haben. Als

Ómar und ich in Reyðarfjörður wohnten, lernten wir Líney Pálsdóttir kennen. Sie hatte mich wegen einer Erkrankung der Stimmbänder aufgesucht, die verursachte, dass sie nicht sprechen konnte. Sie war oft operiert, aber nie geheilt worden. Ich schickte ihr jene Kraft und jenes Licht, wovon sie sagte, dass sie ihr die endgültige Genesung brachten.

Nach dem Brand erschien Líney und unterstützte uns mit all der Liebe, die sie besaß, und diese war groß, genauso wie ihre Großzügigkeit, so groß war die Dankbarkeit der Frau, die niemals wollte, dass ihr auch nur das Geringste gedankt würde.
Kurz gesagt entwickelte sich zwischen Líney und mir eine Freundschaft, die bis zu ihrem Todestag im April 2006 anhielt, als ich sie tot bei sich zu Hause auffand, nachdem ich ihren Tod vorausgesehen hatte. Líney und ich hatten viel Unfug zusammen gemacht und sie war mir alle Zeit eine Wonne. Ich glaube, dass ich die Tochter gewesen bin, die sie nie bekommen hatte, und ich glaube, dass sie die Mutter gewesen ist, die ich immer suchte, sie war meinen Kindern eine wirkliche Großmutter. Ómar und ich vermissen unsere Freundin, und heute noch spreche ich mit ihr und spüre ihre Energie und ihr Licht um mich herum, sowohl in Freude wie in Leid.

Die Freundschaft von Líney ist mir eine Kostbarkeit.
Meine Liebe zu Ómar ist bedingungslos.
Ich danke ihnen von ganzem Herzen.

Ich möchte auch meinem Vater danken, Ólafur Friðriksson, für alles, was er für mich getan hat, meinen sechs Kindern, Sigga, þóra, Maggý, Hlynur, Írls und Hugi, meinen vier Schwestern, Rósa, Anna Maren, Ásta und Stella, für das Verständnis und Vertrauen, das sie mir alle entgegengebracht haben. þórhallur Guðmundsson danke ich ebenfalls für unermessliche Freundschaft und wunderbare Momente, ohne ihn wäre das Leben eintöniger.

Zum Schluss danke ich allen, die meinen Weg gekreuzt haben und mit denen ich durch dick und dünn gegangen bin, für alles, was sie mir absichtlich oder unabsichtlich geschenkt haben. Ohne sie wäre mein Glück nicht das, was es ist, ohne sie hätte meine Geschichte, die hier erscheint, nicht so geendet, wie sie es tut, ohne sie hätte ich auch nicht das Leben gehabt, das mir manchmal zwei Welten gezeigt hat und immer noch tut.

Bíbí Ólafsdóttir

1. Der Tag dreht sich um mich

Es fing alles im Tal Elliðaárdalur an. Wenn sich jemand auf den knarrenden Holzboden gelegt hätte, dann hätte genau dieser jemand wahrscheinlich weitreichende Wellenbewegungen den ganzen Weg von Japan kommen spüren, dort wo Erdbeben und Flut ganze Städte verwüsten, genau zu der Zeit, als ich auf die Welt kam.
Aber es legt sich niemand auf den Boden, und die Anwesenden haben an anderes zu denken als an Naturkatastrophen in weit entlegenen Erdteilen. An jenem Tag nämlich hat sich die Welt verkleinert und dreht sich um nichts anderes als die von Krämpfen gezeichneten Wehen einer 38-jährigen Frau, die auf dem Diwan in einer von Raureif überzogenen Holzhütte an der Straße Breiðholtsvegur liegt; einer Hütte, welcher der würdevolle Name Friðheimar [Friedliches Heim] zuteil wurde.

Draußen sind Schneewehen und drinnen klebt das Bettzeug im Frost an der Wand. Von der Decke hängen Eiszapfen und der Wind pfeift hindurch. Die Frau, die sich auf dem Diwan wälzt, ist meine Mutter, Þóra Guðrún Friðriksdóttir. Die drei Mädchen, die unbeholfen und nach Alter aufgereiht an ihrer Seite stehen, so sehe ich sie vor mir, sind meine Schwestern, Anna Maren, Ásta und Stella. Auf dem Boden vor ihnen liegt die braune Nellý, eine wachsame Hündin, die sich auf ihre Aufgabe versteht, ihre Leute zu verteidigen und Gäste anzumelden.

Aber ich bin es, Jónína Björk, welche die Körperwellen entfacht und die ganze Welt der Anwesenden, ob sie wollen oder nicht, in diese durch und durch kalte Hütte hineinrückt. Ich bin es, die bei all dem Druck im Inneren und Zusammenziehen nicht weiß, dass meine Schwester Anna Maren, ein zehnjähriges kleines Mädchen, nach draußen in den Schnee stapfen muss, über Schneeverwehungen spreizen und schneller als der Teufel hinunter in die Senke Blesugróf zur Hebamme rennen muss.

- Beeil dich, Anna Maren, es hängt alles von dir ab, hat ihr Mutter höchstwahrscheinlich hinterhergerufen. Mir scheint es zumindest, als

Links: Meine Mutter, Þóra Guðrún Friðriksdóttir, bekam elf Kinder, ich war ihr zehntes Kind. Rechts: Mein Vater, Ólafur Friðriksson, wurde Vater von drei Kindern, ich war sein zweites Kind.

sähe ich Anna Maren in Stiefeln und Anorak davonstürzen. Sie will sich schließlich bewähren für das kleine Wesen, das es so verdammt eilig hat, auf die Welt zu kommen.

Ich steuere unverzagt den direktesten Weg an, vorwärts und hinaus. Es ist der 5. März 1952 und trotz aller Turbulenzen der Erde ist meine Zeit gekommen; ich bin gekommen, um zu bleiben, und der Tag dreht sich um mich.

Aber warten wir mal. Während Anna Maren sich ihren Weg entlang der Straße Breiðholtsvegur hinunter nach Blesugróf wühlt, äußerst flink ist das Mädchen, und vielleicht einige Male auf seinem Weg hinfällt, da windet sich mein Vater, Ólafur Friðriksson, zur Tür herein. Er tätschelt Nellý und sieht gleichzeitig, dass Zeichen und Wunder in Friðheimar geschehen.

Vater ist groß und schlank. Er ist fünfundzwanzig Jahre alt, und sein zweites Kind wird geboren. Der Kopf des Kindes schimmert hervor,

und der Mann weiß kaum, was er tun soll. Aber für mich sind alle Wege in der Zugluft frei, denn mein Vater ist heimgekommen, und nichts hält mich länger auf. Ich bin auch schon den halben Weg draußen, total verklebt und prächtig, und es ist gleich sechs Uhr.
Mutter hat mehr Lebenserfahrung als Vater. Ich bin ihr zehntes Kind und sie kennt sich aus. þóra Guðrún kann anderen auch Befehle erteilen. Ihr Mann braucht nicht kleinlaut dazustehen, es fehlt ihm nicht an Vorbereitung. Jetzt gilt es, handeln oder sterben, Ólafur Friðriksson, Wasser auf dem Kohleofen kochen, sich beeilen und kein halben Sachen, sich sofort die Hände waschen und nicht so schrecklich nervös sein.

Es ist also Vater, der mich empfängt, und ich komme mit der Nabelschnur zweimal um den Hals gewickelt auf die Welt. Aber heute scheint mein Vater alles zu können und er dreht mich aus der Henkersschnur, als ob das nichts wäre. Mein Vater ist tüchtig und er ist stolz, als er mich hält. Ich bin sein zweites Mädchen, Steinunn Björk sein erstes, sie ist eineinhalb Jahre älter als ich und wird immer Stella genant. Gerade als es Vater gelingt mich zu greifen, bellt die Hündin Nellý, und Anna Maren und die Hebamme schieben sich durch die Tür. Anna Maren sicherlich durchgeschwitzt vom Rennen und völlig außer Puste und die Hebamme selbstverständlich auch, aber sie trennt uns trotzdem mit sicheren Händen. Sie ist eine geschickte und tüchtige Frau zur rechten Zeit am rechten Ort.

Anna Maren, meine Schwester, rannte am Tag meiner Geburt eine weite Strecke zur Hebamme. Ihren Füßen habe ich mein Leben zu verdanken.

Und so bekommt Mutter ihr zehntes Kind in den Arm. Die Anstrengung ist für dieses Mal vorbei, die Schmerzen bald Erinnerung, aber wer weiß schon, wie es ihr geht mit dem neuen Mädchen, das bereit ist, es in Freude und Leid mit dem Leben aufzunehmen, gewickelt in Leinen und gelegt auf den schwankenden Bauch. Aber mir scheint, dass ich an diesem Abend Frieden finde im Zuhause am Fluss Elliðaá. Und obwohl ich als ziemlich schmal gelte und so dünn, dass man sicher mit Leichtigkeit meine Rippen zählen kann, bin ich lebensfähig und zäh und wiege gut zehn Mörk [1 Mörk entspricht 250 Gramm].
Wenn ich nicht wüsste, dass Mutter Kerzenlicht unbehaglich gewesen wäre, immer hatte die Frau so schreckliche Angst vor Feuer, wäre ich sicher, dass unzählige Kerzen die ganze lange Nacht hindurch gebrannt hätten; sicher, dass ein ganzes Lichtermeer den Raureif von den Wänden geschmolzen hätte im Haus Friðheimar an der Straße Breiðholtsvegur an jenem kalten Winterabend vor fünfundfünfzig Jahren.

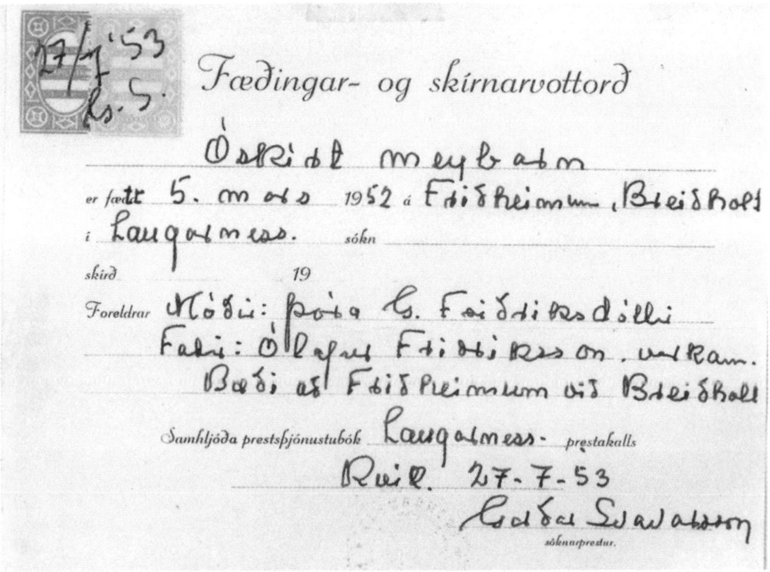
27/7 '53
Ls. S.

Fæðingar- og skírnarvottorð

Óskírt meybarn

er fætt 5. mars 1952 á Friðheimum, Breiðholt

í Laugarnes. sókn

skírð 19

Foreldrar Móðir: Þóra G. Friðriksdóttir
Faðir: Ólafur Friðriksson, verkam.
Búa á Friðheimum við Breiðholt

Samhljóða prestsþjónustubók Laugarnes- prestakalls

Rvík. 27-7-53

Garðar Svavarsson
sóknarprestur.

Geburts- und Taufurkunde

2. Vielleicht kein Wohnort für Menschen

Tagsüber ist Mutter allein in Friðheimar. Ich kann nicht wissen, was sie denkt, ich kann auch nicht wissen, ob sie einsam ist oder sich langweilt. Ich sehe das Geschehen nur in Bildern vor mir, wenn ich zurückdenke. Natürlich sind wir, ihre vier Mädchen, nie weit weg. Meine drei Schwestern, Anna Maren, Ásta und Stella, treiben sich schweigend um sie herum. Sie versuchen so gut sie nur irgend können, ihr sowohl die Arbeit als auch die Laune zu erleichtern, und so kümmern sie sich um das kleine Wesen, welches das Seine verlangt, ohne Ausflüchte.

Ich weiß schnell, was ich will, und gebe nicht nach, obwohl ich immer gut zu bändigen gewesen bin, genau wie eine Puppe, die man aufstellen kann und die sich dann froh und schweigend mit sich selbst beschäftigt. Das sagt zumindest Anna Maren und ich glaube ihr. Anna Maren ist meine Lebensspenderin, ihrer Geschicklichkeit ist es zu verdanken, dass es der Hebamme gelingt, meine Mutter und mich zu trennen. Gar nicht sicher, dass es Vater gelungen wäre. Es gibt nun einmal Grenzen für das, was ein einzelner Mann in solch einer Angelegenheit tun kann. Das ist zumindest die Ansicht vieler, Männer genauso wie Frauen, wenn so etwas geschieht.
Aber solche Rederei ist egal, meine Mutter ist völlig am Ende nach der Geburt. Kinder zu kriegen, das nimmt einen mit, auch wenn man in Übung ist, und vielleicht nicht zuletzt dann, wenn man in Übung ist; Übung macht nicht unbedingt den Meister, auch wenn das immer wieder betont wird.

Das Haus Friðheimar ist wirklich kein Palast, kaum ein Wohnort für Menschen und kaum Schweinen anzubieten, auch wenn ich mir das genügen lassen muss, sagt Mutter, und es blitzt scharf und gefährlich in ihren Augen und es ist besser sich davonzumachen, wenn das so ist. Wir lernen früh alle Gefahrenzeichen und können uns davor hüten.
Die schäbige Hütte ist also ein Zimmer, eine Ecke für die Küche, wenn man das Küche nennen soll, und die Toilette ist ein recht hübsches Außenklo mit ordentlichem Schnitt, wenn es möglich ist, so etwas von

einem Scheißhaus zu sagen; nur eine Frage, wie man die Dinge ausdrückt.

- Scheißloch und Arschverschlinger sollte man das Ding besser nennen, sagt Mutter. Aber es ändert nichts, wie man die Dinge nennt, ein armseliges Plumpsklo bleibt es zumindest die ganze Zeit in Friðheimar.

Es gibt auch keinen Strom im Haus, nur eine tropfende Öllampe; und Þóra Guðrún, stolz, wie sie ist, muss das ganze verdammte Wasser aus dem Fluss Elliðaá holen. Tja, sie muss sich von dort mit dem ganzen Wasser zum Waschen, Putzen und Kochen mühen. Aber sie bemitleidet sich nicht, auch wenn sie vielleicht nicht zufrieden ist. Nein, sie hat keine Zeit zu heulen und zu jammern, das ist einfach nicht ihre Art.

Mutter wäscht die Wäsche abends im Mondlicht, wenn Vater nach Hause gekommen, alles ruhig geworden ist und wir Mädchen tief schlafen. Sie liebt den Mond, weil er ihr Helligkeit spendet, und sie genießt es, alleine draußen beim Waschen zu sein. Sie sagt, dass die Erdenergie am Fluss Elliðaá gut ist:

- Ich kenne die Energie der Natur wie meine Handfläche, aber das Wasser ist überhaupt nicht gut, zumindest nicht zum Trinken, igitt, es verursacht Durchfall und Darmepidemien, nehmt euch davor in Acht, Mädchen, nehmt euch in Acht, was euch angeboten wird. Aber nicht die Träume vergessen. Die nimmt euch keiner weg, nicht ein einziger Mensch, denkt daran, höre ich sie sagen.

- „Willst du mit mir wachen, wenn die Blumen schlafen, meine Freundin, und hinuntergehen zum Teich. Dort in der Senke im Tal wollen wir eine Hütte haben," singt sie dann im Mondlicht, da, wo sie in der Stille über den Waschbottichen steht.

Ich sehe sie vor mir, dort im Tal Elliðaárdalur, und denkt euch, dort schwingt sie ihr schwarzes, schulterlanges Haar, eine schöne Frau, meine Mutter, macht einige Tanzschritte barfuß auf der bloßen Erde und fühlt sich einen Moment wie eine Königin; so klein und schmal, so weich die goldbraune Haut, so unglaublich braunäugig und allein mit dem Mond. Vielleicht ist auch schon lange ein liebenswürdiger Prinz zu erwarten für die feine und schöne Frau mit den zerbrochenen

Hoffnungen, aber immerwährenden Träumen von einem besseren Leben mit Blumen im Garten und süßen langen Sommertagen.
Wer weiß, und niemand wird es jemals wissen.

3. Die Geschichte spiegelt sich in den Augen von Anna Maren

Vater fährt Diesel für Esso aus. Er ist kein Prinz auf einem weißen Pferd, der auf den Hofplatz kommt und Mutter eines Tages hinwegholt und sie neben sich auf den Thron setzt. Er ist ein Esso-Mann mit niedrigem Lohn und beschafft nicht genug.

- Lump, Memme und Nichtsnutz, der er sein kann, sagt Mutter laut und leise und wählt dafür unterschiedlich schöne Worte.

Þóra Guðrún erinnert sich auch an blühende Verhältnisse, da können wir nämlich Gift drauf nehmen. Sie, die einmal in einer Wohnung in Akureyri wohnte, hatte zum Beispiel eine Sofagarnitur und einen Sofatisch und sieben Kinder und war auf dem Weg in ein neu gebautes Haus; in den Startlöchern für den Weg in ihr neues Haus mit einem Lächeln auf den Lippen und ihrer Kinderschar. Aber dann kommt etwas dazwischen. Immer kommt etwas dazwischen. Der Vater der Kinder will sie nicht mehr; er sagt das einfach so eines Tages aus heiterem Himmel, sagt obendrein, dass ihm überhaupt nicht alle Kinder gehören. Er hat sich eine andere Frau gesucht, um in das neue Haus zu ziehen, hat also eine andere, ansehnlichere getroffen und findet, dass sie besser zu ihm und seinem Haus passt. Und deshalb trennt er sich von ihnen allen, wie sie gerade sind, verdammter Verschwender, Scheißkerl und Drecksack.
Oh, ja, meine Mutter erinnert sich an Zeiten, die sie besser nennt, obwohl sie mit einem Wink abgelehnt wurde und sie deshalb genötigt war, sich halbwegs an den Bettelstab zu begeben. Sie muss fünf Jungen und ein Mädchen von sich weg hierhin und dorthin zu Fremden schicken. Weswegen? Deswegen, weil sie nicht mit mehr als einem Kind im Schlepptau herumziehen kann. Das dürften alle verstehen, etwas anderes

kommt nicht in Frage und darüber wird auch nie gesprochen. So ist das Leben bei manchen Leuten einfach, um die Mitte des letzten Jahrhunderts herum.

Mutter wählt Anna Maren aus der Kinderschar aus ihr zu folgen.

- Komm, Anna Maren, komm mit Mutter, flüstert sie, wir können das zusammen, mein Mädchen, wir schaffen das zusammen.

Anna Maren ist also sieben Kindern gleichwertig und von allen Mutter am liebsten. Zwischen ihnen herrscht irgendeine unbeschreibliche Liebe, und lange Zeit sehe ich die Augen meiner Brüder, Friðrik, Gestur Kristján, Matthías Leó, Reynir Arnar und Pétur und meiner Schwester Svanhildur Sumarrós sich in den Augen von Anna Maren spiegeln, wenn sie auf Mutter schaut. Ich sehe ihrer aller Geschichte in den Augen von Anna Maren. Ich sehe ihre Geschichte auch in den Augen von Mutter, aber in ihnen ist kein Spiegel.

Die Augen derer, die ihre Kinder von sich weggeben, werden leer.

Aber Ólafur Friðriksson, mein lieber Vater, schafft Mutter, die mit ihrem zehnten Kind schwanger ist, also keine besseren Bedingungen als die schäbige Hütte im Tal Elliðaárdalur, um darin zu wohnen und Sklavenarbeit zu verrichten, trotz der farbenfrohen Versprechungen, die er ihr

Mutter musste sechs Kinder weggeben, als sie Akureyri verließ. Auf dem Bild sind drei von ihnen, Matti, Rósa und Reynir.

gemacht hatte, als sie sich im Herbst 1949 in Kirkjubæjarklaustur trafen, denn von dort stammt Vater. Mutter ist Wirtschafterin auf Klaustur, dem nächsten Hof von Vater aus, und dort ist sie mit der achtjährigen Anna Maren und der kleinen drei Monate alten Ásta.
Ja, übrigens, die kleine Ásta, sie ist genau jenen Herbst auf die Welt gekommen, die kleine Löwin, geboren im August desselben Jahres. Aber halten wir hier kurz inne. Wer ist dann der Vater von Ásta? Nun, da ist noch ein Betrüger; wie sehr die Männer diese schöne Frau betrügen konnten! Jener hatte ihr ewige Liebe versprochen, aber irgendwie schienen þóra Guðrún die Dinge vorgetäuscht, als sie eines Tages auf der Geburtsstation in Reykjavík liegt und zufällig aus dem Fenster sieht. Sieht sie dort nicht den Freund mit froher Miene vorbeigehen mit einer Neuen im Arm? Da ist er auf und davon, und meine Mutter wieder allein mit noch einem Kind; mit Ásta, die mir das Lesen beibrachte, mir beibrachte, Gefahren zu meiden, mir beibrachte, mich zu verteidigen, und mich beschützte, Ásta, die meine Mutter, leider, nie ganz zu schätzen wusste, nie ganz zu lieben wusste, vielleicht wegen des Vaters, aber dafür spricht nichts außer meiner Vermutung.
Aber mein Vater ist kein Betrüger, auch wenn ihm das nicht angerechnet wird. Er ist gut zu uns Schwestern, wir sind alle seine Mädchen, und er betrügt Mutter nie; er verlässt sie nie, lässt sie nie allein mit ihren Kindern zurück. þóra Guðrún und Ólafur verloben sich mit Prunk und Pracht am 26. Februar 1950, was man sogar im Morgunblaðið [Morgenblatt] auf der Seite „Dagbók" [Tagebuch] sehen kann, dort, wo auch Schiffslandungen und Jahresfeste erwähnt werden.
Sie heiraten dann einige Jahre später und er liebt sie die ganze Zeit und erträgt es nicht, wenn sie ihre Augen zu einem anderen Mann schweifen lässt oder andere Männer ihr nachschauen. Mutter ist seine Frau, obwohl sie zwölf Jahre älter ist als er. Das übersieht allerdings keiner, doch das macht nichts aus, sie ist am schönsten und am begehrenswertesten.
Vater ist nun dennoch genauso gebrandmarkt mit schweren Fehlern wie andere Männer. Wie konnte es auch anders sein. Doch, er macht sie schwanger, wie die Leute damals sagten, und noch einmal bekommt meine Mutter ein Kind, und diesmal in einer Ecke bei Vaters Tante in

Hveragerði. Da ist nun, bereit zu den Umtrieben des Lebens, auch meine Schwester Stella erschienen, die mit großen Augen und verwundert neben dem Diwan stand, als ich geboren wurde. Das ist also Stella, das neunte Kind von Mutter und das erste Kind von Vater.
Ja, die Kinder häufen sich um Þóra Guðrún, auch wenn sie nicht alle bei ihr sind. Meine Mutter bekommt dreizehn Kinder und wir sind elf, die erwachsen werden. Sie verliert zwei und über sie spricht sie mit niemandem, vielleicht wissen nicht einmal alle von ihnen und dem Schmerz; ich weiß von ihm, weil ich ihn sehe. Das ist natürlich ein Schmerz, den niemand versteht, der ihn nicht selbst am eigenen Leib gespürt hat. Ich erlebe ihn später selbst, verliere auch zwei Kinder, ich habe deshalb den Schmerz mit Mutter gemeinsam, obwohl wir niemals darüber sprechen und er uns nicht verbindet. Es ist keine selbstverständliche Sache, miteinander sprechen zu können, weder über die Wahrheit noch über Gefühle.

4. Die Eier bleiben am besten in ihrem eigenen Korb

Meine Mutter ist stolz. Sie schert sich einen Teufel um die Hilfsbereitschaft von diesem oder jenem, und deswegen lehnt sie die Eier von Guðrún ab, die in Heimahvammur weiter drinnen im Tal Elliðaárdalur wohnt. Guðrún ist eine gute und verständnisvolle Frau, die manchmal zu uns kommt und versucht, uns Eier und die eine oder andere Kleinigkeit zukommen zu lassen. Aber Guðrún trifft so ganz und gar nicht ins Ziel mit ihrer Gutherzigkeit. Ganz im Gegenteil. Sie kann ihre Eier für sich behalten, die Eier bleiben am besten in ihrem eigenen Korb, diese Tante mit den verdammten Scheißhühnern, die vor ihrer trostlosen Hühnerhütte wackeln und gackern. Mutter sorgt schon für sich und die Ihren, die Leute sollen sich das bewusst machen und nicht eine einzige Minute daran zweifeln.
Guðrún von Heimahvammur versteht dies aber sehr gut und ihr ist klar, dass die Frau in Friðheimar eine todmüde Frau ist und hochgradig schwer und quer im Gemüt. Wahrscheinlich ist das auch der

Grund, weshalb Guðrún nicht so schockiert reagiert, wie es viele andere getan hätten, als sie einen Tag im Juni, als die Margheriten, Butterblumen und der Löwenzahn im Tal sprießen, ein kaum drei Monate altes Säuglingsmädchen, mich selbst, nach Atem ringend, aus dem Fluss Elliðaá zieht.
Mutter war mit mir im alten Wagen hinunter zum Fluss gefahren, um Wasser zu holen, und dann plötzlich auf die unheilvolle Idee verfallen, den Wagen umzukippen und wegzugehen. Was sollte sie auch mit noch mehr Kindern anfangen und was sollte sie denn mit mir machen? sagte sie später äußerst zornig zu mir und verlor dann nie mehr viele Worte über die Angelegenheit, schließlich war das für jeden vernünftigen Menschen verständlich.
Aber was zum Teufel meint Guðrún von Heimahvammur eigentlich, als sie sagt, dass sie das Mädchen, das sie aus dem Fluss gezogen hat, zu sich nehmen will? Hat das Weib nicht genug eigene Kinder? Muss sie nach anderer Frauen Kindern greifen? Kann sie sich nicht einfach um ihre eigenen Ferkelchen kümmern und þóra Guðrún Friðriksdóttir mit den ihren in Ruhe lassen? Nein, meine Mutter gibt Guðrún auf Heimahvammur weder ein Kind, noch nimmt sie ein Ei von ihr an. Das soll sie wissen, wenn sie zum Teufel überhaupt etwas im Kopf hat.
Ich glaube allerdings, dass Guðrún auf Heimahvammur das alles ausgesprochen gut verstanden hat, denn vieles ist so einfach und offensichtlich und deutlich.
So verläuft auch der Tag, als Vater und Mutter aus dem Tal Elliðaárdalur fortfahren mit dem schicken Esso-Auto, mit all ihrem Hab und Gut und ihren vier Mädchen, einem besseren Leben in einer besseren Unterkunft entgegen.
Ich glaube mich zu erinnern, dass der Himmel wolkenlos war und wir Spaß hatten an jenem Tag, obwohl Vater Nellý umbringen musste; ich sehe sie Mutter seitdem trotzdem auf Schritt und Tritt folgen und niemals ihre Treue verheimlichen.

Nellý

Vater auf dem Auto, das uns von Friðheimar an der Straße Breiðholtsvegur mit all unserem Sack und Pack transportierte, auf dem Weg in eine bessere Wohnung. Ich bin bereits ein Jahr alt und die Reise geht in die Siedlung Múlakampur.

Ja, es macht Spaß, im Auto von Vater durchgerüttelt zu werden, und ich glaube, dass Mutter auf dem Weg gesungen hat. Ich wünsche mir zumindest, dass sie gesungen hat, es ist so unglaublich gut, sie sich singend vorzustellen. Sie hat auch guten Grund zu singen. Wir sind alle auf dem Weg aus einer Hütte in ein Haus. Ich bin schon ein Jahr alt und die Reise führt in die Siedlung Múlakampur. Unser Haus heißt Björk und steht an der Straße Suðurlandsbraut 25.

5. Weder Jammern noch Klagen an meinem Heimatplatz

Die Siedlung Múlakampur wird von vielen als Schandfleck Reykjavíks bezeichnet, vor allem von Politikern, die nie einen Fuß in das Gebiet gesetzt haben, sich aber durch Aufmerksamkeit und tiefes Verständnis für Armut Stimmen sichern wollen. Und die Leute in Múlakampur werden Pöbel genannt, zusätzlich zu diversen anderen Prachtnamen.

Die Menschen brauchen immer etwas und jemanden, am liebsten ihre Mitmenschen, um sich aufzuregen und sie zu verhöhnen. So ist das nun einmal und das wissen wir zu Hause in Björk. Vielleicht kommt es auch daher, dass ich an meinem Heimatplatz in der Siedlung weder Elend noch Jammer spüre. Ganz im Gegenteil. Die Stromleitungen, die kreuz und quer über den Häusern und den halbtonnenförmigen Baracken liegen, sind Spinnen, die Gräben, die entlang der Siedlung liegen, voll mit altem Zeug, sind vortreffliche Drachen. Es gibt so vieles in der Umgebung, das mich früh an Tiere erinnert. Ich fühle mich übrigens zu allen Tieren hingezogen, genauso wie Mutter, und sie sind für mich, genauso wie für sie, Freunde und Beschützer, ein Zeichen von Treue und Fürsorge. Sie zerreißen sich weder das Maul, noch nehmen sie Anstoß, urteilen nicht und regen sich nicht über stolze Leute auf.
Für viele Außenstehende, die niemals einen Fuß in meine Siedlung setzen und all ihr Wissen aus den Zeitungen haben und sich niemals

Da, wo heute an der Straße Suðurlandsbraut die Prunkbauten der Geschäfte und Hochhäuser stehen, war die Siedlung Múlakampur. Dort wohnte ich von 1953 bis 1964, und es war mir nie langweilig.

Ich stehe vor dem Wohnzimmerfenster unseres Hauses, das Björk genannt wurde, in der Siedlung Múlakampur. Mir hat es unglaublichen Spaß gemacht, mich in die Gestalt von allen möglichen Kreaturen zu verwandeln, die Säuferfigur war sehr beliebt.

unangenehme Fragen stellen, scheint das ganze Gesindel aus Múlakampur ein ziemlich unangenehmes Abdeckerpack zu sein. Sie bemerken auch die Brandgefahr, die wahrhaftig vorhanden ist, den Tex-Gestank, den Schimmelgeruch, den Dreckschlamm, die Unsauberkeit und die Besäufnisse als typisches Baracken-Phänomen, das sich nirgendwo anders in der blitzblanken Hauptstadt findet. Sie nehmen Anstoß daran und schlagen sich auf die Schenkel, aber schauen sich selten auf die eigene Brust und denken nur an ihren eigenen Gewinn.

Aber mir ist es ehrlich gesagt gleichgültig, was andere denken, denn für mich ist das Leben ein Abenteuer und Spiel. Mir ist es nicht langweilig in der Siedlung Múlakampur. Sie ist voll von Leben und Spannung, unerwarteten Begebenheiten und Ereignissen am Tag wie in der Nacht. Man kann unbedenklich sagen, dass dort nie Flaute herrscht, wir Kinder können immer etwas Aufregendes zu tun finden.

Was macht auch mehr Spaß, als sich in die richtige Mülltonne hinter dem Café Múlakaffi hineinzuquetschen und dann gespannt darauf zu warten, dass der Mann, der das geräucherte Lammfleisch stiehlt, damit ankommt und es in seine Tonne legt; sich ihm dann bemerkbar machen, in der Tonne brummen und stöhnen und flüstern: „Herzlichen Dank, ich habe gerade auf dein Lammfleisch gewartet." Und dann den Mann schreiend davonlaufen zu hören. Es ist auch nicht schlecht zu wissen, dass, wenn man davon zu Hause erzählt, alle vor

Lachen beinahe platzen, was das Mädchen für eine gute Schauspielerin ist.

Mir macht es so unglaublichen Spaß, Schauspielerin zu sein. Ich begebe mich in immer neue Rollen, stecke mit zerzaustem Haar in einem zerschlissenen Müllanzug und gebe vor, ein Säufer zu sein, biete sogar einen Schluck an und werde als gerechte Strafe beinahe zu Tode geschimpft. Aber ich bin schnell genug, um in ein Versteck zu rennen, in einen Graben oder hinter ein Haus, schneide dort Grimassen und verziehe das Gesicht, wie es einem wahren Säufer geziemt. Ich finde es auch nicht schlecht, den Retter zu spielen, der mit vollen Händen zu sich nach Hause kommt. Er hat vielleicht einen Karton mit Äpfeln beim HB-Haus an der Straße Suðurlandsbraut gefunden, einen vollen Karton mit roten, glänzenden Äpfeln, die niemand zu besitzen scheint. Er krallt sich den Karton und schleppt ihn den ganzen Weg nach Hause und stellt ihn an einen geheimen Ort, für den Fall, dass ihn jemand beobachtet hat. Er lässt den Karton eine lange Zeit nicht aus den Augen und sieht dann auf einmal, wie die Mädchen von Nummer 11 ihn davonschleppen, die Hündinnen von 11 schleppen ihn davon, als ob er ihnen gehörte, aber der Retter weiß einen Rat. Er wartet in der Dunkelheit, bis die Mädchen ins Haus gegangen sind, wohl wissend, dass sie allein zu Hause sind, dann springt er vor, kratzt an ihrem Fenster und verwandelt sich in eine Hexe.

- Beißt nur in die vergifteten Äpfel, gemeine Kinder, zischt die schreckliche Hexe mit verrosteter Stimme. Und die Reaktionen lassen nicht auf sich warten. Die Hexe hört Spucken und Heulen.

- Igitt, vergiftete Äpfel, igitt, vergiftete Äpfel –, während die Mädchen den Karton hinauswerfen. Dann greift sie den Karton und schleppt sich mit ihm ab nach Hause, um ihn Mutter zu geben, und da ist sie wieder zum Retter geworden. Der Retter gibt seiner Mutter auch einen Rübensack, den er auf dem eigenen Grundstück findet; alles, was man auf seinem eigenen Grundstück findet, gehört einem, das ist ein Gesetz, das alle in Múlakampur würdigen. Er scheint den verdammt schweren Sack niemals vorwärts bringen zu können, aber es gelingt, und Mutter schaut wohlwollend auf den glücklichen Rübenträger, der sich vor Freude in den Hüften wiegt.

Es ist auch wunderbar, den unsichtbaren Mann zu spielen, heimlich zu beobachten, wie die Jungs Schnaps aus dem Vorratslager des staatlichen Alkoholladens stehlen, gerade unterhalb unseres Hauses, und sich im Handumdrehen blind besaufen und sich sofort aus kleinen Tölpeln in erregend tolle Typen verwandeln. Oder im Fenster zu liegen, olálá, und zu beobachten, wie die Leute bei sich zu Hause ihre nackten Privatangelegenheiten treiben, Angelegenheiten, die niemanden etwas angehen und besonders mich nicht, die unter grimmigen Drohungen schreiend davonrennt; ich laufe davon wie eine Feuerwalze, dampfe wie ein Schnellboot, schieße davon wie das schnellste Pferd der Welt.

6. Mutter und Tochter aus Stein

Ja, nichts ist besser als in seiner eigenen Welt sein zu können, die eigenen Gesetzen gehorcht. Natürlich kommt es trotzdem vor, dass ich irgendeine Niedergeschlagenheit empfinde, aber dann habe ich ein Domizil, einen Schutz, ein Versteck in einem großen Stein, der mitten auf der Hofwiese steht.

In den Stein gehe ich gerne mal schnell und suche mir Gesellschaft. Dort treffe ich meine Freundin und ihre Mutter, die unter herrlichsten Bedingungen im Licht und in schönen Dingen wohnen. Bei ihnen finde ich immer die Freude wieder, die ich manchmal in der gewöhnlichen Welt verliere; und sie erklären mir vieles, was ich nicht verstanden habe. Ich bekomme auch andere Länder zu sehen und andere Welten, und einmal schenken sie mir einen glühenden Stern, den sie mir in die Brust drücken. Seitdem ist er dort. Der Stern macht mir bewusst und vergrößert mein Verständnis für das, was noch geschehen wird in meinem Leben, das ständig und ewig Überraschungen bereithält. Elfenmutter und Elfentochter sind auch immer sanft und fröhlich, bei ihnen gibt es kein Jammern. Sie tanzen vor Freude im Stein, und manchmal bekomme ich bei ihnen so viel von allen möglichen Leckereien, die es nicht auf dem Tisch im Haus Björk gibt, dass ich pappsatt bin, wenn ich polternd hinein zu Mutter komme und sage, dass ich nichts mehr essen kann.

- Ich habe im Stein zu essen bekommen und bin völlig satt.

- Du wirst nicht satt von dem, was du dort isst, du musst auch Essen hier bei mir essen. Verstehst du das nicht, du dürre Gestalt? sagt sie, und ich tue, wie mir gesagt wird, obwohl mir halbübel ist. Ich tue, wie mir gesagt wird, wie ich es meistens tue, damals als kleines Mädchen. Und obwohl mir übel ist und ich kaum etwas hinunterbekomme außer unter Qualen, freut es mich, dass Mutter nicht an meinen Worten über das Essen im Stein zweifelt.

Ich weiß allerdings früh, dass nicht alles ist, wie es scheint, dass es andere Wellenlängen und Dimensionen gibt und eine andere Energie als die, welche die Menschen in Kraftwerken nutzen können; ein anderes Bewusstsein und andere Fakten über das Leben und Dasein, als die Menschen bei schneller Betrachtung sehen. Ich sehe auch Farben um die Menschen herum und um alles, was lebt, und die Farben zeigen mir, wie beispiellos unterschiedlich die Menschen sind und wie unterschiedlich und oft von der Oberfläche entfernt ihre Bestimmung ist. Die Farben bewahren mich jedoch nicht vor dem, was mir bestimmt ist zu leben und zu erfahren, aber ihretwegen gelingt es mir manchmal, vor feuerrotem Zorn wegzulaufen oder mit Freude erfüllt zu werden aufgrund von hellblauer Wärme. Und ich mache mir meine großen, meeresgrünen Augen zu Nutzen, über die viele sagen, dass sie sie nicht vergessen können, seit ich ein Mädchen in der Siedlung Múlakampur bin.

- Was ist das mit deinen Augen? fragen die Leute, und meistens sind es Unbekannte, denn meinen Leuten liegt nichts daran, an Nebensächlichkeiten zu rühren.

- Nichts, antworte ich.

- Siehst du vielleicht durch die Dinge hindurch?

- Ich sehe einfach nur das, was ich sehe.

- Das sind äußerst erstaunliche Augen, Mädchen.

- Dann starrt sie nicht an, sage ich und meine es,

schließlich verstehe ich solche Bemerkungen der Leute ziemlich spät. Ich weiß nicht, ob sie positiv oder negativ sind, aber ich spüre früh, dass es für mich vielleicht am besten ist, eher runterzugucken als rauf, um sie zu vermeiden.

V: Siehst du immer noch ein Licht um die Menschen herum?
B: Ich habe das immer getan.
V: Kannst du es beschreiben?
B: Es ist ein Licht rings herum um alles, was lebt, nicht nur Menschen, das Licht ist eine Energie, die niemand vollkommen versteht.
V: Wie ist es mit dem Tod?
B: Was meinst du?
V: Was geschieht mit dem Licht?
B: Nach dem körperlichen Tod steigt das Licht auf und lebt mit all seiner Kenntnis und Erfahrung im Gepäck weiter. Das Licht eines Menschen verändert seine Farbe nicht, auch nicht, wenn er stirbt. Das Licht von Mutter ist heute beispielsweise ganz genauso, wie es war, als sie lebte.
V: Dann ist es das Licht, das lebt?
B: Ja, und es ist eine große Lichterpracht.

In Wahrheit gesagt ist es oft besser, lieber nach unten zu blicken als forsch nach vorne, wenn man ein Kind ist und sich nicht selbst verteidigen kann, weil man so unglaublich furchtbar viel anders ist als andere.

7. Man kennt seine eigenen Leute

Ich übertreibe nicht, wenn ich behaupte, stolz zu sein auf unser marmorweißes Haus, das Vater baut, er streicht alles in seiner Lieblingsfarbe, und es steht im Siedlungsgebiet nur ein bisschen weiter drinnen als das Café Múlakaffi. Heute bekommt Vater die Erlaubnis, dort ein Haus hinzusetzen, und baut um alles einen Zaun herum, den er rund um den Grundstücksstreifen errichtet, so dass allen klar ist, dass dies unser Platz ist und niemand willkommen ist, außer wir laden ihn ein, hereinzukommen. Wir pflanzen Kartoffeln und Rhabarber im Garten an, und die Leute sollen unsere Grundstücksgrenze respektieren. Hier wohnen wir und nicht ihr. Das ist unser Haus, eine Etage mit Vorstube, und dort steht ein Schrank für Mäntel und Hüte. Mutter reiht die

Schuhe abends in den Schrank, keine Unordnung im Haus.
Vom Vorzimmer geht es in die Küche, dort ist eine Bank an einem kleinen Fenster, ein einzelnes Waschbecken separat an der Wand neben der Bank und unter ihm ein Mülleimer. Mutter näht grün gemusterte Vorhänge für die offenen Schränke und hängt sie auf die dafür vorgesehenen Spiralstangen und sie spült im Spüleimer, um das glänzende Spülbecken zu schonen. In der Küche ist ein kleiner Tisch, aber wir essen nicht daran, sondern in der Wohnstube am Wohnzimmertisch, den Vater zimmert, wie auch alles andere, und dort ist auch der Diwan, auf dem er schläft, und über ihm die Häkeldecke, die seine Mutter, Steinunn Ólafsdóttir, meine Großmutter, uns geschickt hat. Wir anderen schlafen im zweiten Zimmer in Stockbetten und Mutter auf dem Diwan. Vor einem Weihnachtsfest tapeziert Vater das Zimmer mit grüner Tapete; auf ihr ist eine aus Steinen aufgeschichtete Wand mit grünen Weinreben, und ich werde von der grünen Farbe angezogen, finde die grünen Blätter warm, sie spenden mir Sicherheit. Ansonsten ist alles hellgelb im Haus außer den Fenstersimsen in der Küche, die weiß sind und nicht im Stil von Mutters Vorhängen.
Das Haus Björk ist stattlich auf einen Sockel gesetzt, was überaus angenehm ist, weil man sich darunter zwängen kann, um mit den streunenden Katzen und Mäusen zu toben und den Worten zu lauschen, dem Geschimpfe, den Streitereien, Fußtritten, Trampeln und Stampfen. Es ist nicht schlecht, Zugang zu haben zu einem kostenlosen realen Theater unter seinem eigenen Haus und dann davonzurennen, gerade wenn es am lautesten zugeht, sich um den Rhabarber im Garten zu kümmern und vielleicht vereinzelte Blumen an der Hausmauer; oder man stiehlt sich unter die Leinen mit nasser Wäsche, linst hindurch und sieht jemanden zum Klo schleichen.
Jeder Fleck draußen wird genutzt und drinnen gibt es Strom, und Mutter hat Gardinen für alle Fenster genäht, die darf man nicht vergessen, und bei ihr gibt es weder Schmutz noch Dreck. Es ist schließlich alles blitzblank bei meiner Mutter.

Ich bin drei Jahre alt, als Vater den Wohnzimmertisch zimmert, und ich erinnere mich, wie ich ihn anschaue und denke, dass ich den großartig-

Ich fand, dass ich den großartigsten Vater der Welt hatte. Er rauchte Pfeife, und während ich mir die Kindheit in Erinnerung rufe, spüre ich den wunderbaren Pfeifengeruch und die Bilder werden klarer.

sten Vater auf der ganzen Welt habe. Ich habe einen großen, dünnen Vater in glänzend polierten Schuhen, steingrauen Terylene-Hosen und kariertem Baumwollhemd; er hat krauses Haar und Locken vorne auf der Stirn, und obwohl er einen Glatzenring auf dem Scheitel hat, macht das nichts, weil ich einfach über ihn drüberkämme. Was tut man auch nicht alles für seinen Vater, der so gut ist, dass er für einen ein Haus baut und einen Wohnzimmertisch und Stockbetten und alles Mögliche und einen manchmal umarmt und einem erlaubt, an der Schulter zu kuscheln, während er Moggann, das Morgenblatt, liest.

Ja, es ist immer alles wattestäbchenrein bei Mutter, das Klo ausnahmslos weißgeschrubbt und nie beißender Kotgeruch dort, was man nämlich von anderen Klos nicht gerade sagen kann.

- Man muss schon alles hüsch machen, sagt sie, als sie vor dem Waschbecken auf der Bank sitzt und sich vielleicht entspannt und Camel raucht, es ist kein einfacher Zeitvertreib, Hausfrau in einem großen Haushalt zu sein. Vater raucht Pfeife und trennt sich selten von ihr. Ich spüre einen wunderbaren Pfeifengeruch, wenn ich mir diese Zeiten in Erinnerung rufe, und die Bilder werden mit jedem Moment klarer. Mutter sitzt oft auf der Bank, wenn sie einen Moment Pause von der Arbeit hat und raucht und tratscht mit Anna Maren über den Nutzen des Landes und andere Notwendigkeiten. Mutter braucht immer ihre

Zigarette, und jetzt hat sie gerade das Wasser nach dem Abwasch hinaus in den Garten gekippt, da wo wir Mädchen spielen:

- Passt auf, Ásta, Stella, Bíbí, wenn ihr nicht in der Dreckbrühe landen wollt, passt bloß auf, verdammte Drecksmädchen.

Ich, Stella und Ásta, alle mit Seiten-Haarspangen und in den guten Kleidern vor unserem Haus. Vater hat gerade die Teerpappe befestigt. Man beachte, wie ordentlich die Nut ist.

Und wir passen auf, kommt gar nicht anders in Frage, landen weder in diesem Dreckspülwasser noch in anderem; wir können rennen und das tun wir. Wir schießen wie aus der Pistole geschossen durch die Siedlung, beobachten und spionieren, besonders ich und Ásta. So lernen wir auch die Leute kennen und kennen sie besser, als sie selbst ahnen. Wir wissen zum Beispiel, dass Eyvi in der Baracke uns gegenüber freitags immer Fleischsuppe kocht, die bis zum nächsten Freitag reicht, und dass er Schnaps daruntermischt, der Kerl weiß, wie er den Geschmack der Suppe verbessert, oder so in etwa. Wir hängen am Fenster, aber nehmen uns nicht vor Eyvi in Acht, der sich gegen die Gafferei zu wehren weiß und die Fensterpfosten streicht, so dass die Farbe sich in unsere Kleider hängt.

- Was schnüffelt ihr auch hier herum, Mädchengesindel. Geschieht euch recht.

Der Kerl hat irgendwie Recht, aber wie soll man sonst wissen, was geschieht, wenn man nicht spioniert? Wie soll man sich vor Suppen in Acht nehmen, wenn man nicht weiß, was in ihnen drin ist? Man fragt sich nur. Und obwohl Mutter es uns spüren lässt, als wir mit Farbe beschmiert hereinkommen, ist uns das egal; es ist es wert, eine Ohrfeige dafür zu bekommen, Eyvi hinterherspioniert zu haben, der ehrlich gesagt ein ziemlich blöder und jähzorniger Säufer ist und seinem Bruder Steini komplett unähnlich, der ein stiller und angenehmer Trunkenbold ist und freitags immer zu uns zu Besuch kommt mit der Schnapsflasche, die aus seiner Tasche guckt. Und obwohl Alkohol im Haus Björk nicht öfters zur Hand ist, als man an den Fingern einer Hand abzählen kann, während wir dort wohnen, darf sich Steini bei uns volltrinken und schwatzen und fluchen und Geschichten erzählen, bis er einschläft und Vater ihn hinaus in seine Baracke trägt, den gesegneten Prachtmenschen.

8. Bilder auf dem Bildschirm und Versteckspiele

Die Brüder sprechen sonst übrigens nicht miteinander, Steini der Gute und Eyvi der Blöde. Der Letztgenannte wird allerdings immer Knallfroschhintern genannt, nachdem Vater einen Neujahrsabend heimlich einen brennenden Knallfrosch in die Gesäßtasche seiner Hosen gesteckt hatte und Eyvi über das ganze Heideland wetzte, meinen Vater verfluchend, der schallend lachte. – Was zum Teufel hat der verdammte Feuerwerksleiter sich gedacht? Aber Vater wurde seine Neckerei schnell vergeben, weil er der Hilfsbereiteste von allen war und kein Elend sehen konnte.
Nein, sie sprechen nicht miteinander, die Brüder, obwohl sie in Baracken nebeneinander wohnen. Sie wünschen einander weder guten Tag noch guten Abend, schließlich bringen sie dem anderen keine Achtung entgegen und brauchen es zum Teufel auch nicht.

- Man bringt Achtung entgegen, wem man will, und man verachtet, wen man will, sagen sie und dann ist das einfach so. Arme Arbeiter bestimmen selbst, wen sie kennen, mit wem sie reden und was sie in ihrer Freizeit machen. Das geht keinen etwas an, sagen sie auch beide, jeder auf seine Weise.

- Steini ist nicht arm, sage ich eines Tages zu Mutter, weil ich will, dass sie weiß, dass er jede Menge Geld hat. Er ist steinreich und sollte sich vernünftige Kleidung kaufen und nicht immer diese Lumpen tragen, und ich weiß obendrein, wo er sein Geld aufhebt.

- Komm mir nicht mit diesem verdammten Unsinn, Bíbí.
- Aber ich habe es gestern, bevor ich schlafen ging, gesehen, sage ich, er bewahrt sein Geld unter einem Brett im Fußboden auf.
- Pass bloß auf, sagt Mutter, pass bloß auf, Mädchen.
- Ich hab es wohl gesehen, murmele ich.

Ich sehe das und noch mehr auf einer Art Bildschirm, der mir ungebeten erscheint, meist wenn ich in meinem Stockbett liege. Ich sehe Steini weit drinnen auf dem Boden neben seinem Feldbett sitzen mit einer Unmenge an Geld in den Händen. Vor ihm ist eine Öffnung im Boden, aus der er von Zeit zu Zeit mehr und mehr Scheine herauszieht. Er fummelt schnurrend und freudig knurrend mit seinem Geld herum und zählt und zählt ununterbrochen. Was hat der Mann eigentlich mit all diesem Geld vor?
Plötzlich springt der Mann auf die Füße und quetscht das Geld unter das Brett und zieht den Teppichfetzen darüber.

9. Es liegt so vieles im Schweigen

Einige Jahre später, als die Baracke über Steini abbrennt, Barackenbrände sind häufig und Glück im Unglück, wenn die Leute lebend davonkommen, kommt heraus, dass ich keinen verdammten Unsinn geredet hatte. Der Alte hatte über viele Jahre seinen Lohn unter einem Brett neben seinem Feldbett deponiert.
Als die Baracke zu kalter Kohle brennt, verliert Steini den Verstand. Er rennt bis spät in die Nacht hinein schreiend durch die Siedlung und ruft nach seinem Geld, ruft nach seinen Ersparnissen unter dem Brett. Es gelingt keiner menschlichen Kraft, ihn zur Vernunft zu bringen, bevor Vater ihn letztendlich beruhigt; er beruhigt Steini und tröstet ihn und verspricht ihm, für ihn eine neue Hütte zu bauen. Was er später auch tut, schließlich ist er ein Mann, der immer zu seinem Wort steht, aber es liegen keine Reichtümer unter den Bodenbrettern in dieser

Hütte. Und Steini stirbt als armer Mann, aber er hat trotzdem diese Erinnerungen an das Geld, über das er manchmal vor sich hin murmelt, wenn er besoffen ist, über das er manchmal murmelt, was er damit hätte machen wollen.

Er hätte es immer seiner Tochter geben wollen, hätte ihr immer zeigen wollen, dass er kein Taugenichts sei, hätte alles für seine Tochter tun wollen, die ihn nicht sehen will. Ja, er murmelt manchmal vor sich hin über sein Geld, wenn er freitags betrunken bei uns in Björk ist, bis er dann wegzieht.

Ich kann nicht beschreiben, wie es mir in dieser Brandnacht geht, als Steini eingeschlafen ist. Vater hat sich auf seinen Diwan gelegt und sich zugedeckt; meine Schwestern sind eingeschlafen, und ich treibe mich etwas im Nachthemd vorne in der Küche herum und möchte mit Mutter sprechen, obwohl ich weiß, dass sie es nicht mag. Aber ich stehe nun trotzdem zögernd dort vor ihr in der Küche und schrecke zusammen, als sie mich mit stechenden Augen ansieht und zudem mit jenem fürchterlichen Ton in der Stimme.

- Das ist nun ein riesiger Unfall, Bíbí, und geh jetzt endlich schlafen.
- Ich bin nicht schuld, ich habe den Unfall nicht gesehen, ich habe nur das Geld gesehen, ich habe nur das verdammte Geld gesehen, sage ich der Wahrheit entsprechend.

Aber sie antwortet mir nicht, und es kommt mir vor, als ob es im Schweigen läge, dass ich etwas mit der Sache zu tun gehabt hätte, als ob das, was ich über das Brett und das Geld wusste, unheimlich viel mit dem Brand selbst zu tun hätte, als ob das vielleicht ich gewesen wäre, die es angezündet hat. Aber meine Mutter sagt überhaupt nichts, und ich kann ihr nicht erklären, dass ich nicht über die Bilder bestimme, die ich auf meinem Bildschirm sehe. Ich schaue nur auf das, was mir gezeigt wird. Ich kann nicht mit Mutter sprechen, weil sie nicht mit mir sprechen will; sie will nur allein in der Dunkelheit auf der Bank in der Küche sitzen und rauchen und sagen „sieh zu, dass du reinkommst, Mädchen“, anstelle „gute Nacht, meine Bíbí“ zu sagen.

In meiner Kindheit liegt so vieles im Schweigen, und in ihm wächst dieses zähe Schuldgefühl wie ein selbst ausgesäter Baum mit tiefen

Wurzeln. Ich fühle mich so oft als Missetäter, Schuldiger, Sünder, als schlechter Mensch. Ich bin schuld an den Bildern, die ich auf meinem Bildschirm sehe, es muss wohl so sein, dass ich sie hervorrufe, besonders die schlechten und abscheulichen. Die Sache ist einfach, was ich sehe und was später geschieht, wäre nicht passiert, wenn ich es nicht gesehen hätte.

Das ist ein höllischer Fluch für ein kleines Wesen, das wenig oder gar kein Wissen von der Welt hat, und meistens weine ich mich in den Schlaf. Aber manchmal halten mich die Bilder wach und es gibt nichts, was mich bremst.

- Tu mir das nicht an, sagt Mutter, als ich schreiend zu ihr renne, während sie rauchend auf der Küchenbank sitzt und auf das Waschbecken starrt, was ist verdammt noch mal mit ihr los, so das Waschbecken anzustarren,

- Tu mir das nicht an, Mädchen, geh sofort rein zu dir und lass mich in Ruhe.

Sie erhitzt sich, und es flackert rot um sie herum, als sie sich anhört, was ich sage: Dass Vater nicht nach Hause käme, dass er sich vielmals mit dem Auto überschlagen hätte, dass er völlig mit Blut verschmiert versuche hinauf auf den Weg zu klettern, dass sie etwas tun müsse, um ihm zu helfen, dass das nicht so sein dürfe, dass er nun auf der Straße läge, als ob er tot wäre, dass bald ein Mann käme, um ihm zu helfen, aber es sei nicht sicher, dass er früh genug käme, dass sofort etwas getan werden müsse, Mutter, verstehe das!

- Mach dich rein und tu mir das nicht an, sagt sie, und ich gehe rein, aber wie ich auch versuche den Bildschirm mit dem Kissen und der Bettdecke zu unterdrücken und in mich hineinweine, denn man weinte nicht laut im Hause Björk, da nützt es nichts, die Bilder erscheinen wieder und wieder und ich habe überhaupt keine Kontrolle darüber.

Ich renne dreimal vor zu Mutter und ich werde dreimal immer wieder zurückgejagt mit den Worten:

- Tu mir das nicht an.

Mutter sitzt die ganze Nacht auf der Küchenbank und Vater lässt sich nicht blicken.

10. Es ist an mir, auf das Haus aufzupassen

Morgens wird geklopft, und zwei feierlich angezogene Männer von Esso stehen in der Tür, und sie brauchen nichts zu sagen, denn Mutter sagt, dass sie das Anliegen kennt.

- Ich weiß von dem Unfall, sagt sie.

- Ist jemand vor uns gekommen und hat es dich wissen lassen? fragen sie, aber sie antwortet ihnen nicht, sondern kleidet sich an und geht mit ihnen, kommt danach wieder zurück und ruft die Kinder zusammen. Dort ist Friðrik [Fiddi genannt], mein jüngster Bruder, erschienen, Vaters einziger Sohn und der Liebling von beiden, winzig klein und süß und viereinhalb Jahre jünger als ich. Natürlich, sie ruft also ihre Kinder zusammen und packt sie warm in Anoraks und Stiefel ein, alle außer mir, und der Trupp marschiert nach draußen in ein Taxi.

Es ist Herbst und es ist bitterkalt draußen, die Blätter fangen an abzufallen, die Erde treibt ein wenig stürmisch auf der Straße, die Farben in der Umgebung sind blass und Mutter sagt entschlossen:

- Du bleibst zu Hause und passt auf das Haus auf, hörst du!

Ich weiß, warum sie nicht will, dass ich mit ins Krankenhaus komme. Ich weiß, dass sie fürchtet, dass ich sage, dass Vater sterben wird, und þóra Guðrún Friðriksdóttir will nicht, dass er das tut. Sie will nicht, dass Ólafur Friðriksson ihr und ihren Kindern wegstirbt, obwohl sie nie an seiner Seite im Bett liegt, sondern immer bei uns drinnen schläft, obwohl sie ihn nie berührt, weder zärlich noch mit Wärme, sondern ihn immer von sich wegstößt, obwohl ich sie nie etwas Schönes zu ihm sagen höre, sondern sie ihn ständig beschimpft, obwohl dieses und obwohl jenes, da will sie doch keinesfalls, dass er stirbt.

Aber einige Tage nach dem Autounfall stehe ich von Schuld geplagt in der Ecke im Krankenzimmer im Landesspital und schaue auf meinen Vater, der übel zugerichtet im Bett liegt. Ich bin in einem Eiskasten, ich bin gefroren, schlecht und furchtbar, und mein Vater ist vom Scheitel bis zur Sohle in Weiß gewickelt, nur die Augen sind zu sehen und ein schrecklicher Schlauch in seinem Mund.

Ich glaube, dass ich meine Gedanken niemals vergessen werde: Wie kann ich es wagen, das vorherzusehen? Was ich für ein furchtbarer

Mein Bruder Fiddi war das jüngste Kind von Mutter und Vater, und er war der Sonnenstrahl im Haus und unser aller Wonne.

Mensch sein konnte, meinem Vater das anzutun, dem Mann, der mir eines Tages eine Tüte mit Hustenbonbons schenkt, als ich mit Lungenentzündung flachliege, weil er weiß, dass es mir dann besser geht, der immer voller Wärme mit mir spricht, wenn es Schwierigkeiten gibt, auf den ich mich immer freue, um ihm entgegenzulaufen, wenn er von der Arbeit kommt, der mir manchmal auf die Schultern klopft, weil er so zufrieden mit mir ist, der für uns Mädchen Stockbetten zimmert und lächelt, als ich die untere Koje bekomme, weil er weiß, dass sie besser ist als die obere, in der sich alle Hitze von der Heizung staut, der mir beibringt, mit ihm Lönguvitleysu [Langer Unsinn, ein Kartenspiel] zu spielen, der mir einmal 48 Crayola-Farben schenkt, als wäre nichts selbstverständlicher.

Ja, wie kann ich ohne mit der Wimper zu zucken diesen guten Mann fast umbringen, der dort im Bett liegt und mich mit seinen sanften Augen ansieht und der sicherlich sagen würde, wenn er irgendwie könnte, „es ist alles in Ordnung, meine Bíbí".

Er stirbt aber nicht, mein Vater, er ist zäh und ist es immer gewesen. Es wäre daher für Mutter sowieso ungefährlich gewesen, mich am Abend wie die anderen Kinder mitzunehmen. Ich hätte es ihr sofort sagen können, als ich ihn sah. Ich hätte auch gesagt, dass er es überleben würde,

er würde genesen und sich wieder völlig erholen, es würde nur Zeit brauchen, es würde nur ziemlich lange Zeit brauchen.
Ich weiß es in der Tat sofort, als ich einsam dasitze und auf das Haus Björk aufpasse, dass Ólafur Friðriksson noch einen langen Weg vor sich hat, und das erfreut mich innig inmitten der ganzen Gewissensbisse. Und dann empfinde ich, wie so oft vorher, unglaublich viel Erleichterung dadurch, dass Mutter mir glaubt; dass sie das glaubt, was ich gesehen habe, dass sie das glaubt, was ich weiß.

- Du bleibst zu Hause und passt auf das Haus auf, hörst du!
Mir ist es freilich immer noch viel wert, dass sie immer an meine Natur geglaubt hat. Es liegt immer in der Luft, dass sie weiß, dass es mir wichtig ist, dass sie mir glaubt, das liegt immer in der Luft und macht sich kaum bemerkbar, nicht anders als die Furcht, die jenen folgt, die sich schwer damit tun, über emotionale Angelegenheiten zu sprechen. Vielleicht fürchtet meine Mutter mich und das, was ich sehe, auf dieselbe Weise, wie sie das fürchtet, was sie selbst sah, als sie ein kleines Mädchen war, vielleicht fürchten wir beide unsere Natur genauso sehr, wie wir das fürchten, wovon wir denken, dass es viel mächtiger sei als es in Wirklichkeit ist. Ich verstand damals und auch lange Zeit später nicht, dass ich keine Macht über Leben und Tod habe und nie gehabt habe. Ich sehe, das tue ich so wahrhaftig, aber ich steuere nichts. Ich verhindere nicht, was geschehen soll. Ich warne und helfe, wenn ich kann, aber ich ändere nichts an dem, was geschehen soll und geschieht. Aber wenn ich die Macht gehabt hätte, etwas oder jemanden zu ändern, wie ich es so oft erträumte, als ich ein kleines Mädchen war, dann hätte ich Mutter geändert. Ich hätte nicht viel an ihr geändert, ganz und gar nicht viel, aber ich hätte sie hier und da das eine oder andere warme Wort zu mir sagen lassen, ganz vereinzelt, denn wahrscheinlich hätte mich das mehr gefreut als das meiste andere.
Ach, ja, es ist immer dasselbe mit mir Mädchen, ich ersehne oft am heißesten das, was ich überhaupt nicht bekommen kann.

Ich habe diese drei Zitate gern und ich glaube an sie:

„Es gibt nur ein Lebensglück: zu lieben und geliebt zu werden.“

George Sand

„Hier ist das Geheimnis: es ist sehr einfach; man sieht nur mit dem Herzen gut. Das Wesentliche ist für die Augen unsichtbar.“

Antoine de Saint-Exupéry

„Folge dem Licht und lass es dir den Weg nach Hause weisen, dann wird die Vernichtung des Körpers dir nicht zum Verlust werden. Das bedeutet, sich in Ewigkeit zu kleiden.“

Lao-Tse

11. Die Geschichten sind unterschiedlich schön

Aber obwohl Þóra Guðrún keine freundlichen Worte macht und Worte wie mein Liebes und mein Herzchen, mein Schatz und meine Pracht bei ihr ganz und gar nicht üblich sind, weiß ich früh, dass die Worte, die sie benutzt, nicht unbedingt das bedeuten müssen, was sie eigentlich bedeuten. Es sind der Klang der Stimme, die Bewegungen, die Farben um sie herum und das ganze Auftreten, die alle eine geheime und tiefe Bedeutung verbergen und deswegen viel mehr sagen, als es irgendwelche Worte tun könnten.
Es ist zum Beispiel ihre Angewohnheit, alle möglichen Lieder zu singen, wenn sie glücklich ist, und dann tanzt ein hellblaues Licht um sie herum und flackert manchmal stark. Dann geht es fröhlich zu bei uns in Björk, weil wir wissen, dass Mutter in ihrem Element ist, und gleichzeitig sind wir es dann auch; das Licht rund um sie herum ist immer kräftig, egal, welchen Kummer sie hat, und es hat immer einen großen Einfluss.

Das Licht um die Menschen herum hat mir immer viel über die Menschen gesagt, deshalb, weil es nichts verbirgt. Im Licht der Menschen wird alles klar und deutlich, sogar das, was sie zu verbergen versuchen.

Und das Licht von Mutter folgt ihr nicht nur, wenn sie singt, sondern auch, wenn sie uns Kindern Geschichten erzählt. Dann ist sie heiter und in ihrem Element, auch wenn die Geschichten nicht immer alle besonders fröhlich sind. Aber es macht ihr Freude zu schauspielern, zu singen und zu erzählen. Es ist nicht zuletzt ihrer Geschichten wegen, dass ich weiß, dass wir mehr gemeinsam haben als das Blut.

Wie geschieht das? Nun, sie putzt vielleicht gerade oder räumt auf, säubert, schrubbt, poliert oder sitzt einfach auf der Bank in der Küche, entspannt sich und raucht, während sie uns Geschichten erzählt. Wir sind dann ganz Auge und Ohr und hören und denken und sehen alles vor uns. Viele Geschichten handeln nämlich von ihr selbst, unserer kleinen Mutter, und wenn ich ihr zuhöre, öffnet sich für mich eine Welt, die ich selbst kenne, auch wenn sie natürlich nicht dieselbe ist; eine Welt, die ich später noch besser kennen lernen werde.

Ich sehe uns vor mir, wie wir vor ihr sitzen und alle zu ihr hinaufschauen; das violette Licht macht sie noch schöner und fast unwirklich. Der Lichtschein der Erinnerung ist stark, und mir kommt es vor, als ob ich sie höre; ich höre ihre Worte jetzt genauso deutlich wie damals.

Die Stimme ist immer tief und ruhig, wenn sie uns die Geschichten vom dem kleinen Mädchen im Norden erzählt. Die kleine Þóra Guðrún hat die beste und schönste Mutter auf der Welt und wohnt bei ihr und dem Vater unter ganz und gar besten Bedingungen, bis sie fünf Jahre alt ist. (Später erfuhr ich, dass ihre Mutter, meine Großmutter, Baldvina Anna Hallgrímsdóttir, Tuberkulose bekommen hatte und sich im [Sanatorium] Kristneshæli aufhielt. Dorthin kam sie, als meine Mutter fünf Jahre alt war. Als ihre Mutter dort 1923 mit siebenunddreißig Jahren starb, war meine Mutter neun Jahre geworden. Diese Fakten wollte meine Mutter entweder nicht kennen oder wusste einfach nicht von ihnen.)

Aber in Mutters Geschichte klopft der Tod also an die Tür ihres kleinen Hauses im Norden, als sie fünf Jahre alt ist, und reißt die gute Mutter mit sich hinweg in die Ewigkeit. Vater kann nicht alleine damit zurechtkommen, sich um sein Mädchen zu kümmern, der arme Vater, (allerdings hatte Mutter vier Brüder, die nie in der Geschichte vorkamen) und schickt sie deshalb von sich weg. Unter ziemlich schlechten Bedingungen auf diversen Höfen im Norden [Islands] verbringt das Mädchen, þóra Guðrún, dann seine Kindheit.

Die Leute auf den Höfen im Norden sind ihr gegenüber nicht herzlich, und sie lernt keine Wärme kennen, schließlich lässt man sie mit den Hunden essen, denn weshalb sollte so ein Kostgänger mit den Leuten essen? Überhaupt nicht. Sie muss jede Arbeit machen, es ist klar, dass ein sechs Jahre altes Mädchen für die meisten Aufgaben eingesetzt werden kann, und sie erinnert sich, dass sie das gesamte Tongeschirr abgewaschen hat, wie es gerade war, mit Töpfen und Pfannen von all den Leuten, die zusammen in der Stube aßen. Sie ist entsetzlich müde, wenn sie sich abends ins Heu legt und bei den Hoftieren schlafen darf. Schlafen, sagt sie, wenn man das Schlaf nennen sollte, denn oft ist es doch ziemlich unruhig bei ihr in der Nacht. Zu ihr kommen Seeleute, die sie nie gesehen hat, und bitten sie, eine Nachricht für den Hof zu überbringen. Sie ist ihnen gegenüber folgsam und stiehlt sich in den

Meine Mutter, ein kleines Mädchen in Akureyri, bevor das Glück sie verließ. Die Kindheitsschritte von Mutter waren sehr schwierig und zeichneten ihr gesamtes Leben.

Hof, holt sich Kohle und schreibt eine Nachricht an die Wand: „Wir sind heute Nacht um drei Uhr ertrunken“, schreibt dieses nicht des Schreibens fähige kleine Mädchen an die Wand, wie es ihr gesagt wird. Sie versucht immer alles so zu tun, wie es ihr gesagt wird.
Am Morgen wird sie zur Rede gestellt. Was denkt sich das Unding mit dem verdammten Gekritzel? Was für Nachrichten sind das eigentlich von Männern, die draußen auf See sind? Weshalb sollten sie darum bitten, Grüße zu sich nach Hause zu bestellen, quicklebendig, die Männer? Sie soll nicht wagen, mit dem Teufel selbst anzubandeln, der offenbar Gewalt über ihr Inneres gewonnen hat. Und nur damit sie nie vergisst, wie sie sich zu benehmen hat, wird sie an den Beinen zwischen zwei Pfosten draußen auf der Wiese gebunden und wird hängengelassen, bis sie das Blut in ihren Ohren rauschen hört.

- Wenn das Blut rauscht, rinnt der Teufel aus den Menschen, sagt der, der sie aufhängt. Andere Erklärungen bekommt das kleine Mädchen nicht, und es versteht all diese Bosheit der Menschen nicht, und es versteht auch nicht das Glück, wenn es das arme Lamm befreit, das sich im Draht verheddert hat und draußen auf der Wiese schreit. Das Mädchen weiß nicht, wie es ihm gelingt, über den hohen Zaun zu kommen und das Lamm zu retten, mit dem Nachthemd als einziger Kleidung. Das kann auch niemand verstehen, so klein, wie das Mädchen ist, aber ihm wird gedankt, als man es mit dem Lamm im Arm am Morgen auf der Wiese findet.
Nein, þóra Guðrún versteht weder Dank noch Schimpfen. Sie versteht die Menschen nicht, schließlich muss man deren Launen zum Teufel keine Bedeutung beimessen.

12. Verschwunden in Feuer und Rauch

Und die Geschichten gehen weiter in all ihrer Seelenruhe, die über der Siedlung Múlakampur liegt, und wir hören zu, bis wir Vater hören, der in der Vorstube ablegt; in der Vorstube zieht er die blaue Jacke mit dem schwarzen Fellkragen aus und zieht die Schuhe aus und kommt herein zu uns und den Geschichten; in Terylene-Hosen mit Ledergürtel und einem Bild von einem Adler mit ausgebreiteten Flügeln auf der Schnalle. Er setzt sich zu uns, aber er kommt nicht eher herein, bis die Geschichten schweigen und das violette Licht über Mutter erblasst. Er hat offensichtlich nichts mit ihren Geschichten zu tun, sie will zumindest nicht, dass er sie hört. Stattdesssen faucht sie ihm vielleicht etwas über das Essen zu, iss dies, Ólafur, iss jenes, und sagt uns dann, dass wir schlafen gehen sollen – rein zum Schlafen, Ásta, Stella, Bíbí, Fiddi, und kein Murren. Und obwohl Vater uns vielleicht gerne davon erzählt hätte, dass er gerade der Fünf-Öre-Dísa ein bisschen Diesel in die Baracke gebracht hätte, sie kann es nun brauchen, das Weib, nun, da ist es nicht gut für Mutters Kinder, irgendein Gerede über Hurenweiber anzuhören, die ganze Busladungen von Soldaten empfangen und für den Gefallen Schnaps und Nylonstrümpfe bekommen. Was für einen Gefallen? Das geht uns überhaupt nichts an -

- 'rein zum Schlafen, Ásta, Stella, Bíbí, Fiddi, hört ihr, und ich sehe, dass das grüne Licht von Vater auch verblasst, als ich zu uns hineintrotte und mich in das untere Stockbett lege, Stella in das obere Stockbett, Ásta in das Feldbett am Fenster und der kleine Fiddi in das Bett von Mutter.

Ich wache nicht auf, als Mutter hereinkommt und sich ins Bett zu Fiddi legt, und auch nicht, als Stella flüstert, oder war es vielleicht Ásta, meistens war sie es, die flüsterte:

- Gute Nacht, Bíbí.

In der Nacht sehe ich die Fünf-Öre-Dísa auf dem Bildschirm, wie ich es so oft zuvor getan habe. Ich schleiche in ihre Baracke, Erde auf dem Fußboden und Steine. Die Fünf-Öre-Dísa ist eine kleine Frau und ständig betrunken, aber sie ist niemals großmäulig, sie ist einfach drinnen bei sich in völligem Frieden mit ihrem Schnaps. Sie ruft mich, um mir die neugeborenen Kätzchen zu zeigen, weil sie meine Liebe zu Tieren kennt. Ich schaue mir die Kätzchen an, aber meide Dísa und ich meide auch das Feuer in der Baracke, das sie mit sich nimmt. Ich sehe sie im Rauch und Feuer verschwinden, so wie ihre Baracke und alles andere, was zu ihr gehört.

Als ich aufwache, traue ich mich nicht, etwas zu erwähnen. Ich will nicht, dass das, was ich sehe, Wirklichkeit wird, will auch nicht, dass mir die Schuld daran gegeben wird und ich bestraft werde, aber ich werde verdammt beschämt und niedergeschlagen, als ich höre, dass die Fünf-Öre-Dísa innen in ihrer Baracke mit allem, was ihr gehörte, verbrannt ist.

Später erzähle ich Mutter von einem anderen Bild, das auf dem Bildschirm erschienen war. Es kommt mir vor, als ob ich die alte Frau, bei der Mutter in Kirkjubæjarklaustur arbeitete, als sie Vater kennen lernte, in ein blassrosa Nachthemd kleide und sie in ihrem Bett zurechtlege und überall um sie herum Kerzen anzünde.
Ich erzähle Mutter sofort von diesem Bild. Ich sehe, dass ihre Augen unruhig werden und sie sie zusammenkneift, als sie mich für den Unsinn schimpft, den ich mir immer ausdenke. Ich müsste nur anfangen zu lernen und mich benehmen wie ein Mensch. Wie es käme, dass ich mich immer wie ein Narr benähme, ich sei genauso ein Narr wie Vater, ich sei auch genauso hässlich mit den aus dem Kopf stehenden Augen und zudem mit diesem traurigen Buckel, worüber sie sich schon so oft den Kopf zerbrochen habe, was der eigentlich beinhalte.
Am Abend wird uns gesagt, dass die alte Frau auf Klaustur in der Nacht verstorben sei.

-Du musst versuchen dich zu beherrschen, Bíbí, sagt Mutter und gibt mir eine Maulschelle, um ihre Worte zu betonen.
Ich werde nun vielleicht nicht gerade schöner von dem Hieb, aber mir ist es egal, wo es ihr schon egal ist. Es ist für mich eine Kleinigkeit, das entgegenzunehmen, was mir bestimmt ist, und ich schleiche hinaus ins Heideland. Ich wälze mich im Gras, umarme die Erde, finde Schutz im Grün und esse Gras, ich stopfe Gras in mich hinein und fühle mich endlich sicher und vollkommen genesen mit dem grünen Gras um mich herum und in mir drin.

13. Jónína Björk will sich nicht mit mir verbinden

Doch, natürlich bin ich auf den Namen Jónína Björk getauft, aber Tatsache ist, dass sich der Name weder an mich gebunden hat noch ich mich an ihn. Ich heiße Bíbí und nicht anders, auch wenn der Name vielleicht durch ein Missverständnis aufgekommen ist, ein Missverständnis, das ich allerdings immer außerordentlich gern gehabt habe. Mutter ist drinnen beim Putzen und Waschen, und ich bin draußen im Garten. Meine Schwestern Ásta, Stella und Anna Maren sind wahrscheinlich irgendwo in der Nachbarschaft mit der Kinderhorde zu Gange, ich kann mich einfach nicht erinnern, schließlich bin ich gerade eineinhalb geworden, mit sehr armseligem Wortschatz, und die Erinnerung reicht nicht weiter als hier erzählt wird:
Am blauen, wolkenlosen Himmel strahlt die Sonne, und ich blicke auf und sehe einen Vogel in der Luft fliegen. Der Goldregenpfeifer, ich denke, dass es bestimmt ein Goldregenpfeifer gewesen sein muss, macht einen Sinkflug und schwirrt singend über meinem Kopf, bíbíbíbí singt er, und ich muss nach drinnen sausen und Mutter von diesem Riesenereignis erzählen. Das mache ich auch, stehe mitten auf dem Fußboden, hinterlasse in der Aufregung natürlich Fußspuren auf dem frisch geputzten Boden und sage: - Heiße bíbí, heiße bíbí, und natürlich meine ich, dass ich einen Goldregenpfeifer gesehen habe, was denn sonst? Aber Mutter missversteht mich. Sie scheucht mich rückwärts wieder hinaus.

-Du heißt nicht Bíbí, was du dir immer für einen verfluchten Unsinn ausdenkst, Mädchen. Mich kränkt ihre Dummheit. Weshalb kann sie nicht verstehen, was ich meine, so offensichtlich, wie es ist? Ich sage ihr, dass ich einen Goldregenpfeifer am Himmel singen gesehen habe. Ich kann nicht aufhören, muss mein Anliegen erklären, versuche es wieder, sie muss mich verstehen. – Heiße bíbí, heiße bíbí, wiederhole ich und breite die Arme aus. Aber Mutter wirft mich wieder hinaus, natürlich des Unsinns überdrüssig, und ich erinnere mich, dass ich unheimlich zornig auf sie war. Aber genau da fährt Vater auf den Hof, sein Arbeitstag ist zu Ende, und ich stürze zu ihm und wiederhole die freudige Nachricht, dass ich einen Goldregenpfeifer gesehen hätte, dass ich einen Goldregenpfeifer gesehen hätte, der so schön am Himmel flog:

- Heiße bíbí, heiße bíbí.

- Was für einen Unsinn denkst du dir aus, du heißt nicht Bíbí, meine Lilla, sagt er, und da weiß ich es, er ist kein bisschen besser als Mutter, versteht auch nicht, was ich sage, trotzdem wiederhole ich die Tatsache über den Goldregenpfeifer. Aber es gelingt mir nicht besser, als dass Vater glaubt, dass ich den quietschenden Ton der Autohupe meine. Was ist eigentlich los mit meinen Eltern? Aber ich will keinesfalls aufgeben, ich will, dass Vater mich versteht, ich verlange, dass er mich versteht, aber es ist ganz egal, wie ich zwitschere, er versteht mich nicht, sagt aber, während er mich hochhebt:

- Ja ja denn, du kannst Bíbí heißen, wenn du willst.

Und seitdem heiße ich Bíbí und habe es alle Zeit gut leiden können und meinen Namen von dem Moment an gerne gehabt, als er sich an mich hängte.

Ich erinnere mich allerdings sehr deutlich an meine Taufe. Ich bin zweieinhalb Jahre und Steinunn Björk, meine Schwester, die immer Stella genannt wurde, wie vorher erwähnt, ist dreieinhalb. Wir sind herausgeputzt, und es ist der 31. Juli 1954.

Wir sind also schick und fein und die Eltern nicht weniger. Es ist auch ihr Tag, sie haben beschlossen, den heiligen Bund der Ehe einzugehen und ihren ungetauften Mädchen nebenbei Namen zu verpassen; Recht haben sie, mehrere Fliegen mit einer Klappe zu schlagen. Das ist auch in aller Hinsicht wirtschaftlicher für arme Menschen.

Aber egal, mir gefällt die Taufzeremonie bei Pfarrer Garðar Svavarsson in der Kirche Laugarneskirkja nicht. Er macht nämlich nicht viel Federlesens, gemäß dem Wunsch von Vater und Mutter natürlich, und erlaubt sich, meine Schwester Stella mit Wasser zu übergießen und ihr den Namen Steinunn Björk zu geben. Ich bin außer mir, was denkt sich der Kerl, ich will das nicht. Stella heißt Stella und nicht anders. – Nein, nein, nein, das nicht, das nicht! brülle ich.

Aber es kommt nicht besser.

- Und wie soll diese Kleine heißen, Ólafur? fragt Pfarrer Garðar.

- Jónína, antwortet Vater.

- Nein, nein, nein! schreie ich.

- Sie darf dann auch noch Björk heißen, sagt Vater und will uns beide offensichtlich gleich behandeln. Aber das macht die Sache nicht besser, die Ungehörigkeit ist zweifach, und ich heule los und ich schlage um mich, so dass Vater mich halten muss, als Pfarrer Garðar mich mit Wasser übergießt und mich Jónína Björk tauft.

Ach, was für ein Unsinn ist das, ich will das nicht, ich will das überhaupt nicht. Ich heiße Bíbí, ich will nicht, dass sich dieser triste Name mit mir verbindet, ich will nicht Jónína Björk heißen, und ohne weiter nachzudenken, greife ich den Priester an, schlage und prügele ihn und befehle ihm, den Namen sofort von mir zu nehmen. Auf dem Weg aus der Kirche tadelt Vater mich dafür, so unverschämt gewesen zu sein.

- Wie kommt es, dass du dich dem Priester gegenüber so benommen hast, meine Bíbí? sagt er, und da mache ich mir vielleicht zum ersten Mal die Tatsache klar, dass erwachsene Leute Kinder nicht verstehen, weder die Gefühle von Kindern noch ihre Welt. Aber mir ist es egal, ich schäme mich überhaupt nicht. Ich will nicht, dass ein Mann im Kleid in den Namen von mir und meiner Schwester Stella herumwütet.

Lange, lange später kommt Pfarrer Garðar zu mir nach Hause, um meine Tochter zu taufen, und ich hoffe so wahrlich, dass er mich nicht wiedererkennt.

- Manches wird nun nicht vergessen, sagt er.

- Das nicht, sage ich.

- Nein, man vergisst nun nicht den einzigen Menschen, der einen für eine Amtsaufgabe geschlagen hat. Und deine Augen vergesse ich niemals, schau mal.

Ich weiß in Wirklichkeit nicht, warum mir diese Erinnerungen an den Vogel im Himmel und die Taufe mehr bedeuten als so viele andere, aber wahrscheinlich ist es deshalb, weil so viele daran gezweifelt haben, dass ich mich daran erinnern könnte, so jung wie ich war. Aber ich erinnere mich daran so genau, als ob es gestern geschehen wäre, und die einfachste Erklärung ist die, dass das wahrscheinlich die erste schmerzliche Enttäuschung meines Lebens gewesen ist.

Und in einem bin ich mir sicher, meine Schwester Stella und ich trugen beide feuerrote Samtröcke mit geknöpften Hosenträgern und weißen Knöpfen und rote Lackschuhe mit einem Band über dem Spann. Und ich erinnere mich auch, dass trotz meiner Prügel für den ehrenhaften Priester Garðar Svavarsson in der Kirche Laugarneskirkja das frisch vermählte Ehepaar, Ólafur und Þóra Guðrún, in seinen Festtagskleidern außerordentlich glücklich und wohlgemut war.

14. Wir blicken durch alle Befestigungen

Ja, ich habe früh ein hitziges Temperament und einen ausgeprägten Gerechtigkeitssinn, und obwohl ich es schon früh gut und außerordentlich notwendig finde, allein und für mich zu sein, gewinne ich trotzdem Freunde in der Siedlung, schließlich wimmelt alles von Kindern in der Siedlung Múlakampur.
Maja ist meine Freundin und ich denke immer an sie als Maja, die in meinem Alter ist und in Haus Nummer 7 wohnt, und wenn auch jemand sagen sollte, dass sie ein kleines und verzärteltes Püppchen im Tüllkleid ist, schätze ich sie trotzdem und wir schleichen heimlich davon, um zusammen zu sein. Das Problem ist, dass Maja in 7 genauso wenig mit mir spielen darf wie andere Kinder in der Siedlung. Mutter ist nicht gerade froh und begeistert darüber, dass wir uns mit anderen Kindern und mit uns nicht Verwandten herumtreiben; nun, stark sind die Marotten von Müttern. Daher gelten ähnliche Regeln in meinem Zuhause und in dem von Maja, auch wenn unser Haus nicht wie das ihre mit himmelhohen Wellblechplatten eingezäunt ist, so dass niemand sehen kann, was im Garten geschieht. So ist das bei Maja, und sie soll innerhalb der Umzäunung bleiben.
Aber Maja und ich durchschauen alle Festungen und Fallen, und eines Tages schenkt sie mir ein blaues Tüllkleid, das mir so gut steht, dass mir einen Moment schwant, ich sei eine Prinzessin. Ich drehe mich im Kreis und bin auch überglücklich, als Maja mich zu ihrem sechsten Geburtstag in einigen Tagen einlädt, ich könnte genau da das blaue Tüllkleid anziehen.

Tja, die Dinge stehen dann einfach so, Bíbí Ólafsdóttir ist zum Geburtstag eingeladen, das ist etwas, was niemals zuvor passiert ist. Mein Jubel ist so groß, dass ich sofort damit beginne, ein Geburtstagsgeschenk für Maja vorzubereiten, und das Geschenk soll sie überraschen. Aber gerade als ich dabei bin, das Geschenk fertigzustellen, kommt das Geburtstagskind ans Tor. Sie ruft mich und sagt ziemlich kleinlaut, dass ich das Kleid zurückgeben muss, dass sie es mir nicht hätte schenken dürfen, dass ihre Mutter sie geschickt hätte, um es jetzt sofort zu holen.

- Und du darfst auch nicht zu meinem Geburtstag kommen, Bíbí, ich durfte dich überhaupt nicht einladen, auch wenn ich es getan habe.

- Scheiß auf dein Kleid und scheiß auf deinen Geburtstag, sage ich und schmeiße ihr das Kleid entgegen und kann dann nichts dagegen tun, wie verletzt und zornig ich bin, und petze die ganze Sache meiner Schwester Ásta, die genauso meiner Meinung ist über die Ungerechtigkeit der Welt und die Notwendigkeit sich zu rächen, wenn solch eine Ungeheuerlichkeit über einen hereinbricht.

Ásta und ich beschließen, dass Maja trotzdem ein Geschenk bekommen soll, es aber eine ganz andere und erdgebundenere Form haben soll als der kleine Vogel, den ich aus Pappe gebastelt hatte und dem ich kleine Steine als Augen und Schnabel aufgeklebt hatte. Ich setze mich auf die Fersen und kacke auf eine Zeitung, verpacke die ganze Pracht dann sorgfältig, und zusammen rennen Ásta und ich damit zur Befestigung. Wir reißen Nägel heraus - zusammen sind wir stark - und linsen hinein. Dort ist Maja in ihrem Geburtstagskleid mit anderen Mädchen, die auch Kleider anhaben, am Lachen und das Weib, ihre Mutter, liegt auf einer Matratze, badet in der Sonne und räkelt sich.

Ásta, die groß und dünn und unheimlich stark ist, hebt mich hoch und ich werfe das Scheißgeschenk hinüber in den Geheimgarten und rufe:

- Ein Geburtstagsgeschenk für dich, Maja, pack es sofort aus!

Und dann rennen wir schreiend vor Lachen davon, und ich sage zu Ásta, dass es genau so ist, wie man auf Leute scheißt. Nicht wahr, Ásta, sage ich und nehme meine unzertrennliche Schwester in den Arm, die mit mir lachen kann, mit mir weinen, mit mir Streiche aushecken, mit mir Leute ärgern und mich immer wie ein Heerführer verteidigt, jedes Mal, wenn sie findet, dass mir ein Unrecht zuteil geworden ist.

15. Spaß in der Rabaukenhaut

Und der Tag ist jung, das Leben ist wunderbar, und wir beschließen weiter Schabernack zu treiben. Es kann sein, dass das an einem ganz anderen Tag passiert ist, und so kann es auch sein, dass ich es allein gewesen bin und meine Schwester Ásta weit weg, aber folgendermaßen ist das in der Erinnerung: Wir haben nämlich vor, richtig auf die Klötze zu hauen, wir brennen in der Rabaukenhaut, und jetzt haben wir es auf alte Weiber abgesehen.

Es macht immer unglaublichen Spaß, alte Weiber zu ärgern, es ist unglaublich spannend, alte Weiber zu verfolgen und sie zu verdrießen, schließlich kann das ein heftiges Wortgefecht zwischen ihnen und Mutter kosten, die es gewohnt ist, das Maul aufzureißen, wenn sie mit den Beschwerden zu ihr stürmen. Das allein ist schon wie die Zuckerglasur auf der Teigschnecke. Blitzblank, fein und am schönsten von allen mit ihrer weißen Schürze, immer mit weißer Schürze, unsere Mutter, steht sie in ihrem Garten und ergießt sich über die Weiber, und dann sind wir Mädchen furchtbar stolz, während wir dabeistehen und gaffen. Wir haben eine Mutter, die uns mit Maul und Klauen verteidigt, wenn ihr Tausende Kuhgerippsweiber gegenüberstehen, die uns Abschaum und Lumpen nennen, vor denen man nie Frieden habe, noch nicht einmal auf dem Klo. Damit haben sie allerdings soweit Recht. Wir lauern ihnen auf, bis sie aufs Scheißhaus gehen, das für mehrere Baracken gemeinsam ist. Wir liegen da heimlich im Versteck, wenn sie sich aufs Klo setzen, kommen dann rennend wie die schnellstschleichenden afrikanischen Pumas auf den weichsten Pfoten der Welt, halten den Atem an, denn der Lebensatem soll nicht den Spaß zunichte machen und uns verraten, – und dann schließen wir sie ein – schließen, schließen zu, und dann ist alles felsenfest verschlossen!

Es ist kein Problem, alte Weiber einzuschließen und vor Lachen zu platzen, wenn sie versuchen zu öffnen, dann eine Holzlatte vor der Tür aufzurichten, hinaufzuklettern, den Kopf ans Loch zu zwängen, sie dort missmutig stöhnend sitzen zu sehen und liebenswürdig zu fragen:

- Wie geht es Euch? und noch mehr zu lachen, wenn sie wie verrückt schreien, davonzurennen und sie zurückzulassen, sogar bis zum Abend. Aber dann kommen wir wieder, schleichen uns an den Ort wie liebe Hauskatzen und öffnen das Gefängnis, so dass sie in die Küche kommen, bevor die Männer am Abend müde zum Kochfisch heimkommen. Sie müssen doch ihre Pflicht erfüllen, und das verstehen wir.

16. Schlampen, Dreckshuren und sturzbesoffene Kerle

Es macht besonders viel Spaß, die alte Ásta einzusperren, sie hat das auch verdient, die blöde Gans, so klein, dick und querköpfig, wie sie ist. Die Frau will keinesfalls zugeben, dass ihr Enkel, der Lump, mir ein Auto gestohlen hat, das ich als Geburtstagsgeschenk von Vater bekommen hatte, ja, er hat einfach rücksichtslos und diebisch den hellblauen Mini-Chevrolet gestohlen, den wir auf dem Wohnzimmertisch bei der Schlampe Ásta sehen, als wir durch das Fenster gucken.

Aber, nein, nein, das Weib will nicht zugeben, dass ihr Liebling ein verfluchter Dieb ist, und daher hat sie es verdient, lange auf dem Klo zu sitzen, und es kommt ihr niemand zu Hilfe, obwohl sie schreit, es wird sowieso so viel geschrien und gebrüllt in der Siedlung, so dass ein vereinzelter Schrei eines Weibes auf dem Abort leicht erstickt in jener lauten Symphonie.

- Geschieht dir recht, alte Ásta, sagen wir und blicken auf sie, wie sie auf dem Eimer sitzt, geschieht dir nur ganz recht. Aber als wir sie nach einer langen Sitzung herauslassen, stürzt sie direkt zum Zaun unseres Hauses und ruft Mutter.

Sie fängt natürlich an zu schimpfen und streiten und sich zu beschweren, wen sollte es wundern, aber dann bleiben ihr die Worte weg, als

þóra Guðrún war eine hübsche Hausfrau, immer fein und schick mit Schürze und zögerte nicht, es den Nachbarn zu geben, wenn sie sich über ihre „völlig unschuldigen" Kinder beschwerten; sie wusste mit ihnen umzugehen, und wir waren stolz auf sie.

þóra Guðrún die Hände in die Hüften stemmt und sie bei allen schlimmen Namen nennt, wie verdammte Schlampe, Dreckshure und Steinzeitstute, die sie und ihre Mädchen nicht drangsalieren solle.
Ásta, die Diebesoma, macht sich erniedrigt davon, völlig überwältigt, schließlich hat sie keine Worte, um einer Person zu antworten, die so entsetzlich redet – und ist es nicht auch zu erwarten, dass die Mädchen sind, wie sie sind?

- Eine großartige Mutter, die wir da haben, und sie ist auch sehr stark, sage ich zu Ásta, und wir erinnern uns, wie sie es Gvendur, dem Verbrecher, gegeben hat. Wieso knallt der ständig betrunkene Teufelskerl ihr das Fenster der Luke vor der Nase zu? Durfte sie das Fenster ihres eigenen Hauses nicht auf andere Art schließen? Und dann seine widerwärtigen Worte:

- Nimm dich nur in Acht, Gute, ich bin auf dem Weg hinein zu dir und habe vor, sowohl dich wie deine Ferkel umzubringen.
- Ja ja, dann hast du also vor, das zu tun, du Drecksocke, wir wollen mal sehen, wie gut dir das gelingt.

Sie wettert hinaus, Ásta stürzt in Todesangst hinein, aber ich beobachte alles genau und schnappe eine Schaufel, falls das nötig werden sollte, und ich sehe zu meinem Entsetzen, dass dort drei völlig betrunkene Kerle stehen, und Gvendur, der Verbrecher, steht bebend vor ihr mit seiner langen, hässlichen Nase und seinen tiefstehenden, bösen Augen und der Faust in der Luft.

Und was soll eine Frau tun, die nur gerade einmal eineinhalb Meter groß ist und dünn wie eine Latte und schmal in der Taille, anderes als Folgendes: Sie erhebt sich einfach in die Luft und schlägt den Verbrecher zwischen den Augen, so dass er zu liegen kommt wie ein Stein, und danach sagt sie ihnen allen zusammen, dass sie zur Hölle fahren sollen und noch weiter, wenn sie es schaffen sollten.

- Gut gemacht, sagt der gute Steini, der gespannt das Geschehen mitverfolgt hat, das war angemessen, ergänzt er, als Mutter ihre Hände reinigt, indem sie die Handflächen zusammenschlägt.

Ich lächele die ganze Zeit, während mich diese Erinnerung aufsucht, deshalb, weil die Geschichte nur halb erzählt ist. Mutters Mädchen haben nämlich ein Geheimnis. Sie weiß nicht, unsere Mutter, stark und mit dem Maul am rechten Fleck unter der Nase, dass Gvendur, der Verbrecher, und seine Kameraden einen Grund hatten, sich zu rächen. Ásta und ich hatten sie nämlich gesehen, als wir am unteren Ende der Straße Suðurlandsbraut herumschlenderten, da wo sie im Graben lagen, stinkbesoffen und schreiend, wie es ihre Gewohnheit war, wenn sie in Stimmung waren, und wir hatten sie beschimpft: - Säufer, Säufer, sabbernde Säuferpenner, und dann waren wir davongerannt, als ob es um unser Leben ginge.

Þóra Guðrún weiß nicht alles über ihre Mädchen, auch wenn sie vielleicht glaubt, dass ihr nichts entgeht. Wir finden aber keinen Grund, ihr etwas zu erzählen, wonach sie nicht fragt. So denken unschuldige und brave Mädchen und malen auf dem Boden im Haus Björk weiter, während ihre Mutter das Essen für ihren todmüden Mann vorbereitet.

17. Tarotspiel und Frauen aus dem Norden

Nein, der Dieb, der Enkel der alten Ásta, gibt mir nie meinen hellblauen Chevrolet zurück, und das gefällt mir absolut nicht. Uns Schwestern gehört nicht viel, was unser Eigentum ist, aber jede für sich hat nun trotzdem einen Schuhkarton, in dem sie ihr Hab und Gut aufbewahrt.

Der Chevrolet gehört daher in meinen Privatkarton und nicht auf den Tisch bei Ásta, der Schlampe, obwohl es ihrem langfingrigen Enkelkind gelungen ist, ihn mir am helllichten Tag zu stibitzen, als wir im Dreck spielten und niemand hinsah. In diesen selben Kasten gehört auch mein Kartenspiel, aber es ist nicht dort. Oh nein, es ist oben im obersten Regal im Küchenschrank, da wo ich es nicht erreiche, weil Þóra Guðrún sagt, dass ein Tarotspiel nichts für das Kind sei, zumindest nicht jetzt sofort, keinesfalls sofort.
Das macht mich zornig. Was für ein Recht hat sie, mein Spiel zu nehmen, meinen Privatbesitz, und im obersten Regal im Küchenschrank aufzubewahren, wo es mir völlig unmöglich ist, daranzukommen? Was für eine Unverschämtheit ist das?

- Das ist mein Kartenspiel, sage ich.

- Geh mir aus den Augen, sagt sie, und ich schlüpfe aus ihrem Sichtfeld. Aber ich bin wahnsinnig zornig und die Worte sausen in meinem Kopf, obwohl der Mund wie ein Reißverschluss verschlossen ist: Frechheit, Frechheit, frecher Arsch, der furzt und auf mich scheißt.
Ich sehne mich danach, meine Spielkarten in die Hand zu nehmen, ich sehne mich danach, die Bilder und Zeichen zu betrachten, ich sehne mich danach, mit ihnen unter dem Kopfkissen zu schlafen, ich sehne mich danach, sie in meinen Kasten zu legen, wenn ich es will, und manchmal den Deckel zu lüften und sie einfach zu betrachten. Ich bin es, der diese Spielkarten gehören. Diese Karten wurden mir geschenkt, auch wenn das vielleicht seltsam erscheint.
Ich bin draußen auf der Straße und zeichne Hüpfkästchen, als die alte Kristín - viele Erwachsene hatten den Beinamen alte oder alter in der Siedlung Múlakampur -, die niemals mit irgendjemandem Worte wechselt, außer am ehesten mit dem alten Kristján, ihrem Mann, sich zu mir dreht, gerade, als ich beginne, den Kopf des Hüpfkästchens zu zeichnen. Kristín ist schick und fein und schlank mit einem schönen, roten Kopftuch ums Haar und in einem hellbraunen Mantel, und um sie herum sind hellgrüne Friedensfarben. Ich glaube trotzdem sofort, dass sie mir die Hüpfkästchen zerstören will, die alten Weiber hatten die Angewohnheit, die Hüpfkästchen kaputtzutreten oder auf ihnen herumzutrampeln, aber die Frau hat etwas ganz anderes im Sinn, sie

greift geradewegs in ihre Tasche, reicht mir das Kartenspiel und sagt:

- Das darfst du behalten, du wirst es noch benutzen, meine Gute.

- Schau mal, was mir die alte Kristín geschenkt hat, sage ich zu Mutter, die nicht viel Federlesens macht und mir das Spiel einfach stiehlt, als ob das nichts sei, und ich bekomme es erst viel später wieder in die Hände, und dann nur einen kleinen Teil des Tages, wenn die Frauen aus dem Norden bei Mutter zu Besuch sind.

þóra Guðrún ändert ihr gesamtes Benehmen, wenn die Frauen aus dem Norden zu ihr zum Kaffee kommen. Sie wird zivilisiert und wichtigtuerisch, dünkelhaft, selbstzufrieden mit sich und dem, was sie hat, denn schließlich steht ihr im Sinn, dass die Freundinnen sehen, dass sie die Königin im eigenen Haus ist.

Einmal, als sie am Wohnzimmertisch sitzen und Kaffee schlürfen, es wurde viel Kaffee getrunken, ist ihre Stimme über alle Maßen lieblich und ihre Augen blicken sanft, als sie mich ruft:

- Komm hierher zu uns, Bíbí.

Sie reicht mir die Spielkarten und bittet mich, damit zu spielen, „und geh dann zum Tisch zu den Mädchen" – was das nun auch für Mädchen sind – „und schau nach, ob du nicht etwas Interessantes im Spiel siehst, was erfreulich für sie wäre zu wissen."

Ich genieße es, mit den Karten zu hantieren, ich möchte am liebsten mit ihnen hinauslaufen und mich beim Elfenstein hinlegen und sie betrachten, sie sogar der Steinmutter und Steintochter zeigen und ihre Meinung über die Kostbarkeit erfahren. Ich möchte zumindest allein mit meinen Spielkarten sein und sie so gut betrachten, dass ich mich an jede einzelne erinnern kann. Aber ich tue das, was ich tun soll, und gehe zum Tisch zu den Frauen aus dem Norden.

Ich stehe da mit gesenktem Kopf und schüchtern und weiß nicht, was ich eigentlich sagen soll. Was weiß ich, was diese Frauen hören wollen? Aber dann habe ich mich auf einmal nicht unter Kontrolle und habe keine Ahnung, warum. Ich beginne, Luft in meine Wangen zu pumpen mit den dazugehörigen Grimassen und Mienen; ich stehe einfach da, als ob ich nicht anders könnte, und pumpe ununterbrochen mit den Wangen. Mutter befiehlt mir, sofort mit dieser Unanständigkeit aufzu-

hören, arme Mutter, so eine sonderbare Tochter zu haben, aber ich kann keinesfalls sofort aufhören, auch wenn ich es wollte, und jetzt kommt ein unkontrollierbares Schmatzgeräusch hinzu. Aber schließlich enden diese Seltsamkeiten genauso schnell, wie sie begonnen haben, und ich beginne das Spiel unbewusst zwischen den Fingern zu wälzen trotz des unerträglichen Schmerzes, den ich in der rechten Hand spüre und kaum verbergen kann.
Mutter sagt nichts, und die Frauen aus dem Norden schweigen auch.

- Siehst du etwas? fragen sie, aber ich sehe nichts, sondern es kommt mir vor, als ob ich im Nebel verschwinde, fortgleite und hinein in irgendeinen Frieden und in Schweigen und Vergesslichkeit. Auch der Schmerz in der Hand verschwindet in dieser ruhigen Welt, und ich erinnere mich an nichts, bevor Mutter mich schüttelt, mir das Spiel wegnimmt, und ich höre die Frauen aus dem Norden sagen, dass sie Recht habe, ich sei sehr speziell, sehr, sehr speziell, um nicht mehr zu sagen.

- Sie waren mit dir zufrieden, meine Freundinnen, sagt Mutter, und ich spüre, dass sie es genießt, das Dasein ein bisschen mit ihrer speziellen Tochter übertrumpft haben zu können.
Ja, dem Mädchen Bíbí war es also gelungen, und wie es scheint, völlig unbewusst, diese Ungeheuerlichkeiten über die Vergangenheit und Zukunft der Frauen zu schwatzen, ohne sich danach an irgendetwas zu erinnern, schließlich wandelte es auch in jener wunderbaren und stillen Welt, wo es keine Worte gibt, aber das sagt es nicht.
Aber natürlich schimpft die Mutter ihre schwatzhafte Tochter trotzdem dafür, das Asthma einer Freundin so idiotisch nachzuahmen und so erbärmlich mit der Hand zu tun:

- Wissend, dass eine von ihnen ganz genau keine Hand hat, Bíbí, auch wenn sie es natürlich versucht hat zu verbergen, die arme Frau. Aber das, was du zu ihnen gesagt hast, war ansonsten in bester Ordnung.
- Ich erinnere mich an nichts, was ich gesagt habe, und ich wusste nicht, dass sie irgendwie krank sind, sage ich.
- Du solltest das wissen, sagt Mutter, nimmt mir dann das Spiel

weg und deponiert es wieder im Regal, da, wo ich es nicht erreiche. Und dann sagt sie, dass sie nicht versteht, warum die alte Kristín, selbst eine Adventistin, mir ein Tarotspiel geschenkt habe.

- Die Leute hier in der Siedlung haben ihre Geheimnisse und nicht zuletzt die allerheiligsten, fügt sie hinzu und sagt mir dann, dass ich hinunter in den Bezirk Herskólakampur gehen soll nach Milch und Zigaretten.

18. Ich will weder stehlen noch lügen

Es ist ein etwas langer Weg hinunter nach Herskólakampur, man muss schnell an vielen Rabauken-Baracken und Gräben mit Pennern vorbeirennen, aber ich bin es gewohnt und kann schnell sein und schaffe es daher meistens unbehelligt hinunter zu Jóns Laden.

Mutter ist auch umsichtig, sie lässt mich nie zuviel auf einmal einkaufen, schließlich gibt es keinen Grund für Kinder, sich mit Gewicht abzumühen, besser mehrere Runden gehen, sagt sie. Mir macht es im allgemeinen Spaß, in den Laden von Jón zu kommen, und ich kann mich besonders gut an einmal erinnern, wahrscheinlich deswegen, weil ich da das erste Mal die Gesetze breche, die ich nicht brechen will und nie wollte, ich werde unverschämt, ich greife das, was nicht meins ist, ich mache lange Finger, ich stehle.

Es gibt alles in Jóns Laden. Jón ist allein mit seinem Laden, der in einem länglichen Schuppen gleich bei seiner Baracke ist. Der Fisch liegt auf der einen Seite, und über ihn läuft ständig Wasser, und dann verbessert Jón ihn auch noch, indem er glückselig über ihn pinkelt, das ist ihm ein Bedürfnis, ich habe es gesehen, aber mir wenig daraus gemacht; Männer dürfen eben pissen, weil sie die Freiheit dazu haben, weil sie das Glück haben, es so zu können.

Jón steht ansonsten immer hinter einem, wenn man sich seine Bottiche genau ansieht und versucht den richtigen Kabeljau oder Schellfisch zum Kochen zu wählen. Und natürlich passt man auf, dass er gründlich über den Fisch spült, bevor er ihn in die Zeitung Moggann packt; keinen Urinfisch für uns in Björk, trotzdem danke.

Auf der anderen Seite im Schuppen sind dann die Milch, das Mehl, die Zigaretten, der Kaffee, der Zucker und alle notwendigen Waren, und dorthin führt mein Weg an jenem unvergesslichen Tag.
Auf dem Ladentisch hat Jón alle möglichen durchsichtigen Krüge platziert, voll von wunderbaren Süßigkeiten, Toffimandeln, Hustenbonbons, Kugeln jeder Art, Schokolade, Karamellbonbons und Kandis. Er ist Kaufmann mit Haut und Haar, er kennt sich aus und beherrscht es, auszustellen und zu verführen.
Ich sage, dass ich einen Topf Milch und Zigaretten haben will, und wahrscheinlich hat Jón bemerkt, wie ich auf die Krüge starre, weil er fragt, ob ich nicht auch Süßigkeiten kaufen will, Schätzchen. Nein, ich will nicht auch noch Süßigkeiten kaufen, nur Milch und Zigaretten, ich soll nichts anderes kaufen.

- So, stell dich nicht so an, mein Mädchen, kauf nun eine Kleinigkeit für dich selbst, sagt er, und ohne über Sünde und Schimpfe nachzudenken und ohne an etwas anderes zu denken als die Spucke in mir, die wahrhaftig hochschwillt, sage ich, dass ich Kugeln für 25 Öre haben will.

- Recht hast du, sagt Jón, stellt eine gedrehte Papiertüte her und klatscht glänzende Kugeln hinein. Ich greife die gedrehte Papiertüte, und sofort fühlt es sich an, als ob es mir die Hände verbrennt, fühlt sich wirklich an, als ob meine Hände von innen brennen. Ich renne trotzdem nach Hause, komme aber nicht weit, weil mir geradewegs der Ausweg versperrt ist, ich kann einfach nicht stehlen und schon gar nicht Geld von meiner eigenen Mutter, die mir das Einkaufen anvertraut.
Ich kehre um und sage ziemlich kleinlaut und natürlich fast genauso lächerlich, dass ich die Kugeln zurückgeben will, ich hätte sie keinesfalls kaufen sollen, ich hätte keinesfalls die verdammten Kugeln kaufen dürfen. Aber der Kaufmann von Gottes Gnaden sagt, dass er natürlich nichts zurücknimmt und zuallerletzt Süßigkeiten, in denen schon herumgekramt sei, ich müsse mich einfach damit abfinden, dass gekauft gekauft sei und es dabei bleibt.
Auf dem Heimweg übe ich, Mutter davon zu erzählen, denn lügen kann ich nicht, selbst wenn ich dafür bezahlt würde, ich kann schwei-

gen, aber nicht lügen. Und als ich hereinkomme, sage ich sofort, fest entschlossen, dass ich es nicht hinauszögern kann:

- Mutter, das habe ich gestohlen.

- Von dem närrischen Kerl? fragt sie.

- Nein, von dir, ich habe es von deinem Geld gekauft, sage ich und ziehe den Kopf ein. Ich erwarte einen Schlag, aber er kommt nicht, sondern sie sagt, sehr zu meiner Verwunderung, und es flackert ein oranges Licht um sie herum, wie so oft, wenn sie die komische Seite des Lebens sieht:

- Ja ja, iss es ruhig, ich will es nicht sehen.

Sie nimmt mir schweigend den Topf mit der Milch ab und die Zigaretten, zündet sich eine an, setzt sich summend auf die Bank, starrt vor sich hin und weiter nichts, damit ist die Geschichte zu Ende.

Aber ich, die heilige Jungfrau, traue meinen eigenen Augen und Ohren nicht. Ich werfe die gedrehte Papiertüte mit den verteufelten Kugeln von mir und stürze heulend hinaus in den Garten, ich bin völlig verzweifelt, finde das alles zusammen ungeheuer entsetzlich, und ich umarme den Elfenstein, der sich wie immer öffnet, wenn ich Trost brauche.

Ich gehe hinein, bade mich im weißen Licht, dem Zeichen der selbstlosen, uneigennützigen Liebe, sage, dass meine Wege nicht eben sind, hierher käme ich, der Dieb selbst, gerade eben hätte ich 25 Öre von meiner eigenen Mutter gestohlen und davon die blöden, ekligen Kugeln gekauft. Und obwohl Mutter das alles in Ordnung fände, sie sei sogar orange dabei und denke nur daran zu rauchen und mache sich keine Sorgen, dass ihre Tochter zur Diebin geworden sei, da hätte ich trotzdem stechende Gewissensbisse und die 25 Öre würden mich einfach von innen her verbrennen.

V: Fällt es dir immer noch schwer zu lügen?
B: Ein bisschen.
V: Aber tust du es?
B: Manchmal.
V: Weshalb?
B: Wenn die Menschen das, wonach sie fragen, nichts angeht.

V: Ist das der alleinige Grund?

B: Meistens.

V: Nicht immer?

B: Doch, manchmal wenn ich finde, dass ich jemanden schützen muss.

V: Aber dich selbst?

B: Das ist vorgekommen, aber jene Male kann man an den Fingern einer Hand abzählen.

V: Bist du dann nicht jetzt gerade am Lügen?

B: Nein.

V: Glaubst du noch an Elfen?

B: Ich habe sie nicht mehr gesehen, seit ich ein Mädchen gewesen bin, aber ich glaube, dass es sie gibt und andere sie sehen.

V: Glaubst du, dass es sein kann, dass du deine Elfenfreundin und ihre Mutter gesehen hast, weil es dir schlecht ging und du Hilfe brauchtest?

B: Ich sah Mutter und Tochter und sprach mit ihnen und ich war immer glücklich, wenn ich sie getroffen hatte. Das habe ich mir selbstverständlich nicht eingebildet, aber ich will nichts sagen.

V: Aber verschwanden sie dann?

B: Ja, und seitdem habe ich keine Elfen mehr gesehen.

V: Aber glaubst du dann nicht an Trolle?

B: Nein, aber ich glaube an Jóhann, den Riesen, und andere groß gewachsene Männer und Frauen, nun hör auf mit dem Unsinn.

V: Glaubst du an andere übernatürliche Wesen?

B: Als ich ein Mädchen war, kam es vor, dass ich bis lange nach der Essenszeit mit Blumen im Arm dasaß und auf die Bewohner der Sterne wartete, die ich am Himmel sah. Mutter rief mich zum Essen und sagte, dass die Warterei völlig unnötig sei, ich müsste essen. Sie hatte Recht, die Sternenbewohner ließen sich nie blicken.

Bei meiner Steinfrau, dem schönen, blonden und verständnisvollen Gegenteil meiner Mutter, bekomme ich den Trost, den ich brauche. Sie sagt, dass ich einen starken Gerechtigkeitssinn hätte, den ich sowohl schätzen als auch bewahren und mit dem ich zufrieden sein sollte, und ich solle mir gleichzeitig selbst vergeben, aber mir das trotzdem eine Lehre sein lassen, so etwas in der Art nie wieder zu tun.
Ich glaube auch, dass ich all das befolgt habe, auch wenn ich häufig schikanös, neckisch und temperamentvoll gewesen bin und oft das eine oder andere getan habe, was mehr als ein bisschen zweifelhaft gewesen ist, was nun meistens nicht so ungewöhnlich ist bei Kindern, denen es vorkommt, als ob sie nicht haargenau in die Welt passen, die sie kaum verstehen.

Ja, die Idee, dass ich mich erheblich von anderen Menschen unterscheiden würde, war lange mein Begleiter, aber das Gefühl, anders zu sein, vermindert sich und wird unklar und dunstig in meinem Gedächtnis, als mein Bruder Friðrik Ólafur, oder Fiddi, auf die Welt kommt. Mein Leben verändert sich stark, als er geboren wird, weil ich jetzt die Rolle einer realen verantwortlichen Person bekomme, und von da dann ist es wirklich von Bedeutung, was ich tue, auf welche Art ich meine Aufgaben löse, wie ich mich von Tag zu Tag bewähre und ob ich den Problemen des Lebens gewachsen bin; nicht nur wegen Mutter, sondern auch wegen mir selbst und Fiddi.

19. Weder Jahrmarktsvergnügen noch Kino

Hat die Liedzeile „Ich erinnere mich, als ob es gestern geschehen wäre" irgendwann meine Kindheit gemeint, dann meint sie den Tag, an dem Fiddi, mein kleiner Bruder, geboren wurde.
Es ist der 11. September 1956. Ich bin viereinhalb Jahre und ich erinnere mich, dass an jenem Tag viel in der Siedlung darüber getratscht wurde, wer den Schönheitswettbewerb im Tivoli am Tag zuvor gewonnen hatte, und jeder hat seine eigene Meinung zu dem Ergebnis. Aber wir im Haus Björk haben kein Interesse an so etwas und reden kein

Wort mit im Schönheitsgerede; unsere Anspannung dreht sich um folgenschwerere Sachen als darum, ob die Wahl der Schönheitskönigin in Reykjavík fair ist oder nicht und ob sie nun Ester Garðars, Sigríður Clausen oder anders heißt. Uns ist das einfach egal, weil die schönste Frau in unser aller Leben auf dem Bettzeug liegt, und sie ist die einzig wahre Schönheitskönigin von Reykjavík – und des gesamten Landes, wenn es drauf ankommt.
Der Tag ist heiß. Die Sonne steht im Zenit, und ich habe Mutter und Vater schon gesagt, dass sie dieses Mal einen Jungen bekommen würden; ich spüre deutlich das Brausen eines Jungen im Bauch, wenn ich ihn berühre. Es stellt sich als richtig heraus, und ich bin so zufrieden mit mir, dass ich es kaum in Worte fassen kann. Wir wollen freilich alle einen Jungen haben, wir Schwestern wollen gerne einen Bruder, Mutter will einen Jungen und Vater ersehnt buchstäblich einen Mann in seinem Weiberhaufen.
Es ist daher nicht übertrieben, dass mein kleiner Fiddi ein willkommenes Wesen ist. Schließlich wird er sofort unser aller Augenstern und ein einzigartiges Freudenbündel in unserem Zuhause.
Mutter ist allein im Zimmer und liegt auf dem Diwan, der anderthalbfache Breite hat, den Vaters Vater, Friðrik Kristófersson, mein Großvater, ihr geschenkt hat mit den Worten, dass etwas Vernünftiges unter der Frau sein müsse, wenn sie gebäre. Etwas anderes würde sich einfach nicht ziemen. Aber Þóra Guðrún ist also allein im Zimmer und sie jammert auf; die Hebamme ist gerade zur Tür hereingekommen.

Dieses Mal kommt Vater der Geburt nirgends nahe, aber er kocht Wasser und sucht das beste Handtuch im Haus gemäß den Anweisungen der Hebamme, die es ihm abnimmt und dann die Tür wieder zuschlägt. Hier dreht es sich weder um Jahrmarktsvergnügen noch Kino, da können wir sicher sein. Aber es ist ein Schlüsselloch in der Tür, ehrlich gesagt ziemlich gewaltig, und daran hängen Vater, Ásta und Stella, aber ich komme wegen meiner klassischen Kleinheit nicht ran. Irgendwie entflammt das Spiel im Zimmer schnell mit den dazugehörigen Tönen und Tumult, und plötzlich übermannt mich die Neugier, ich kann mich nicht beherrschen und werfe mich von hinten auf die

s war eine unglaubliche Freude, einen Bruder zu bekommen, und nicht zuletzt, weil man es vorausge-hen hatte und davon hatte wissen lassen. Vater und Mutter finden es auch gut, einen Jungen in die ládchengruppe zu bekommen, und da waren wir schon vier Kinder und stehen dann auch dort auf den ildern herausgeputzt und gerade, nach Alter aufgereiht, Ásta, Stella, Bíbí und Fiddi. Es ging meistens bhaft bei uns zu.

gaffende Truppe am Schlüsselloch, die in Verwirrung wegfliegt, alle auf einmal, die Tür springt auf und ich sause hinein mitten auf den Boden, genau in dem Moment, als Fiddi sich in die Welt zwängt.

Ich sehe ihn im selben Moment, in dem die Hebamme ihn herauszieht und ihn auf ein großes, glattes Stahlkuchenblech legt; ich starre bewegungslos auf ihn, wie er dort völlig nackt und schreiend auf dem Blech liegt, während mich die Hebamme gleichzeitig beim Schopfe fasst und mich hinauswirft:

- Fort mit dir, Mädchen –, und ich mache eine Bauchlandung mitten auf dem Wohnzimmerboden und habe die Nachrichten zuerst:

- Es ist ein Junge, wir haben einen Jungen bekommen, wir haben einen Jungen bekommen, wie ich schon lange gesagt hatte!

Die Reaktionen lassen nicht auf sich warten, Ásta und Stella stürzen hinein, um das kostbare Stück zu betrachten, aber Vater rennt wie der Blitz aus dem Haus und verschwindet. Ich laufe ihm nach und finde ihn da, wo er unter dem Wohnzimmerfenster herumsteht. Er ist gekrümmt und weint laut vor Freude.

- Geh weg, Bíbí, und lass mich in Ruhe, sagt er, der nicht will, dass irgendein lebender Mensch ein Schwächezeichen an ihm sieht, nicht an Ólafur Friðriksson, der niemals weint, aber seine Gefühle dieses erste und einzige Mal, als er einen Jungen bekommt, nicht unter Kontrolle hat. Das grüne Licht rund um meinen Vater ist unglaublich schön, als er hinter seinem Haus steht und weint, und ich weiß, dass das ein Glückslicht ist, und obwohl er mich wegjagt, werde ich so unbeschreiblich wohlgemut. Hätte ich Flügel gehabt, wäre ich tausend Kreise um unsere Siedlung herumgeflogen und hin und her geflogen und hätte den Orten der Welt die Nachrichten mitgeteilt:

- Bei mir zu Hause ist ein Sonnenstrahl geboren!

Im Haus Björk ist viel Jubel an jenem Tag, und ich sehe an allen Lichtern rund um jeden einzelnen von uns, dass mit der Geburt von Fiddi das Leben inhaltsreicher, bunter und besser werden wird.

Es macht Spaß zu leben.

20. Eifersucht und Lackschuhe

Fiddi ist schnell dabei, fängt früh an zu sprechen und sich wichtig zu machen, und alle möglichen und unmöglichen Räder drehen sich um ihn, seine Freude und sein Glück.

- Schaut, was er jetzt macht, jetzt ist er gescheit, er gleicht keinem anderen, dieser Schatz. Mutter sieht die Sonne vor dem Tag nicht vor ihm, und wir Mädchen freuen uns, schließlich lieben auch wir ihn heiß und innig.

Fiddi ist die wahrhaftige Sonne des Hauses, das Licht um ihn herum ist gelb und es ist gut, sich in der Wärme zu baden, die dem Licht folgt. Er weiß das und spürt, dass er es ist, der Mutter besitzt und niemand außer ihm. Ihm gehören die Streicheleinheiten, die Liebe, Zärtlichkeit, Liebkosung, und in einem können wir sicher sein – es kommt niemand seiner Mutter zu nahe.

Fiddi ist gewiss nicht mehr als zwei Jahre alt, als mein Bruder Reynir Örn, einer von Mutters fünf Söhnen aus dem Norden, der dann im

Mein Bruder Fiddi, tüchtig mit dem Hammer. Dort ist er schon einige Jahre älter als damals, als er die Schuhe seiner Cousine Rósa Arnheiður (rechts) in einem Anfall von Eifersucht festnagelte.

Herskólakampur wohnt, mit seiner Tochter, Rósa Arnheiður, auf die er äußerst stolz ist, zu Besuch kommt. Das darf er auch sein, denn sein Mädchen ist klein und schön im feinen Kleid und mit glänzenden Lackschuhen. Reynir zieht Rósa im Flur die Schuhe aus, immer ein sehr ordentlicher Mensch, Reynir, egal, was passiert, und sie gehen hinein zu Mutter, die sofort beginnt, seine Kleine zu liebkosen.
Ich sehe, wie sich der Gesichtsausdruck von Fiddi verfinstert, der sofort hinausstürzt und offensichtlich nicht begeistert ist über den Besuch. Ich weiß, wieviel die Uhr geschlagen hat, und springe dem Lümmel hinterher und erwische ihn, als er mit einem Hammer und Fünf-Zoll-Nägeln hinter dem Haus sitzt und wie ein uralter Zauberer halblaut lispelnd murmelt: „Sitze hier und hämmere auf die Schteine, sitze hier und hämmere auf die Schteine."
Er hat also nicht viel Federlesens gemacht und die schönen Lackschuhe von Rósa Arnheiður an die Holztreppe des Anbaus unseres Hauses genagelt, den Vater gerade frisch fertig gezimmert hat.

Was dem Jungen immer in den Sinn kommt, denke ich und schnappe ihn mir – was hast du eigentlich getan, Junge, was hast du getan? – Und ich stürze mit ihm hinaus ins Heideland, das wie ein weit entferntes, unbesiedeltes Abenteuerland auf der anderen Seite der Siedlung liegt. Mir erscheint es am angeratensten, mit dem Freund möglichst weit weg zu gehen und am besten in vollkommene Sicherheit.

Im Heideland weilen wir dann im Versteckspiel, bis ich weiß, dass Reynir und Rósa sich auf den Weg machen, die bedauernswürdige Rósa natürlich in Socken auf dem Arm von Reynir, und alle wundern sich natürlich über das Verschwinden von mir und Fiddi und das seltsame Verschwinden der Lackschuhe.

Als Vater und Tochter dann verschwunden sind, machen Fiddi und ich uns auf nach Hause, und in der Tür steht Mutter mit ziemlich zornigem Gesicht und fragt, wo zum Teufel ich mich mit dem Kind herumgetrieben hätte.

- Wir waren im Heideland, antworte ich, aber bitte sie dann, mit mir hinter das Haus zu kommen; ich weiß, dass es nicht reicht, die Spuren der Tat zu verstecken, und ich bin bereit, das entgegenzunehmen, was auf mich zukommt, sie muss die festgenagelten Schuhe sehen.

Die Reaktionen lassen auch nicht auf sich warten, und Mutter fragt, was zum Teufel ich eigentlich getan hätte. Aber da trifft ihr Sonnenstrahl eine Entscheidung, immer ein Junge mit großem Gerechtigkeitssinn, und sagt mit zornigem Gesicht:

- Ich habe das selbst gekonnt.

Mutter blickt zärtlich auf ihn und flüstert oben in den Halsausschnitt seines Hemdes:

- Du brauchst nicht zornig auf die kleine Rósa zu sein, ich bin nur ihre Oma, aber ich bin deine Mutter.

Fiddi findet seine Freude wieder, steckt heimlich die Finger in meine Handfläche, kitzelt die Handfläche, und ich weiß, dass er mich wissen lässt, dass es ihm nicht nur gelungen ist, seinen persönlichen Besitz aus den Klauen irgendeines elenden Enkelkindes zurückzugewinnen, sondern dass es ihm auch gelungen ist, mich vor den Schlägen zu retten, indem er seinen eigenen Anteil an der Sache zugegeben hat.

21. Ich spüre keine Schmerzen

Mir wird früh die Aufgabe zuteil, Fiddis Beschützer zu werden. Es ist meine Sache, mich um den Schatz zu kümmern, in regelmäßigen Abständen von uns hören zu lassen, damit Mutter keine Angst bekommt, aufzupassen, dass er zur rechten Zeit zu essen bekommt und es ihm in jeder Hinsicht gut geht.

Meine Schwester Ásta ist älter als ich, und daher stellt Mutter ihr Beschützertalent auf die Probe, bevor ich zu der Aufgabe gekürt werde. Das gelingt nicht besonders gut. Ásta setzt den Jungen auf eine hohe Graskante neben einer Baracke, die Grassoden wurden als Isolierung benutzt, dann erlaubt sie sich den Luxus, sich umzusehen und die Kinder zu beobachten, die sich auf den Staubstraßen zwischen den Baracken schlagen oder umhertoben. Man hat sich natürlich oft geschlagen in Múlakampur. Der Moment, in dem Ásta von Fiddi wegblickt, dehnt sich dann etwas aus, und er fällt von der Kante, landet auf dem Gesicht im Schotter und schürft sich die Haut auf, hat Schrammen, blutet und stößt einen Schmerzensschrei aus.

Þóra Guðrún reagiert nicht gerade mild, als sie sieht, dass ihr bester Mann auf der Welt verletzt ist; sie bestraft Ásta sofort, reinigt danach die Schrammen ihres laut schreienden Engels mit Wundreinigungswasser, aber es bleibt ein Steinmal zurück; die Narbe verschwand nie, und bei einer kleinen Berührung konnte man sie über die Stirn von Fiddi tanzen sehen wie einen kleinen selbstständigen Stirnmenschen; eine ewige Ermahnung an die Nachlässigkeit meiner Schwester, die danach nie wieder auf ihren Bruder aufpassen darf. Die Aufgabe des großen Beschützers kommt daher ganz und gar mir zu, und nachdem ich formell zu der Aufgabe gekrönt worden bin, ist er wie an mich geheftet, wo ich gehe und stehe und ob ich schnell in den Ort laufen muss, in die Heide springen, um alleine zu sein oder mich ein Stück zu bewegen, da muss ich meistens meinen kleinen Bruder im Schlepptau haben. Mir gefällt meine Rolle recht gut, und ich kann mich gut daran erinnern, wie ich so häufig den Wagen vor mir herschiebe wie eine alte, verantwortungsvolle Frau, die alles auf der Reihe hat und der Aufgabe gewachsen ist.

Der gute Wachmann mit seinem Bruder; nachdem Fiddi geboren wurde, hatte ich eine wirklich Aufgabe im Leben. Es waren nicht wenige Stunden, die wir zusammen verbrachten, und taten da immer, wenn wir die Gelegenheit dazu hatten, bis es zu Ende ging. Auf dem linken Bild ist Mutter zu sehen, die offensichtlich die Tochter ein bisschen für den Fotografen zurechtmacht.

Es gibt allerdings viel mehr von solchen kleinen Frauen, die Verantwortung tragen, und die Kinderwagen vor sich herschieben im Múlakampur. Eine von ihnen ist Gógó, und wir sind oft zusammen auf Tour mit unseren Brüdern in den Wagen. Wir versuchen ständig etwas Lustiges zu machen, da wir nicht an den gewöhnlichen Kinderspielen in der Siedlung teilnehmen können, so angehalftert, wie wir sind, und so fest entschlossen wir darin sind, meistens, die erste Glaubensregel unserer Mütter zu bewahren: die Jungs nicht loszulassen, egal, was passiert! Aber natürlich lassen wir sie manchmal los, wenn uns niemand sieht, wir sind nun einmal nur kleine Gören und haben beide viel Energie und gewaltigen Abenteuerdurst.

Einmal beschließen wir mit den Wagen runter zum HB-Haus an der Suðurlandsbraut zu fahren. Das Haus ist gerade neu gebaut worden, und darin sind schnelle und aufregende Aufzüge untergebracht. Wir lassen die Jungs aus den Wagen, und sofort passiert es, dass sie sich absolut weigern, damit aufzuhören, mit den Aufzügen rauf- und runterzufahren.
Gógó und ich beschließen, es darauf ankommen zu lassen, und toben mit den Jungs in Fahrtpartien bis zur Kaffeezeit, und da gelingt es uns endlich, sie wieder in die Wagen zu ködern.
Auf dem Heimweg weiß ich, dass mich nichts Gutes erwartet; ich höre scharfe warnende Worte - jetzt musst du aufpassen, Bíbí -, aber ich weiß, dass ich nichts ändern kann. Mutter zeigt nicht gerade ihr sanftes Gesicht, als wir heimkommen. Sie hebt Fiddi schweigend aus dem Wagen, stürzt mit ihm rein, setzt ihn auf die Bank in der Küche und gibt ihm Honigkuchen. Während Fiddi den Kuchen in sich hineinstopft, fragt sie, wie ich es wagen kann, so spät mit dem Kind zu kommen. Er versucht mit schwacher Kraft die Sache zu korrigieren, aber seine Worte, dass er sich selbst geweigert hätte, mir zu gehorchen, ersticken im Kuchengeschmatze. Er kann daher zugucken, als Mutter mir den nackten Hintern verhaut und dieses Mal dazu einen Wäscheknüppel verwendet.
Ich fühle mit Fiddi, aber nicht mit mir selbst, ich nehme auch die Angst von Mutter wahr und verstehe sie mit jedem Schlag besser. Zum Glück bin ich mit solch einer Natur gesegnet, dass ich aus dem Körper verschwinden kann, wenn so etwas passiert; ich kann spurlos verschwinden und auf die Ereignisse wie ein Vogel aus der Luft blicken.
Das führt vielleicht dazu, dass ich nichts spüre und auch nicht heule, egal, wie die Schläge dröhnen. Vielleicht schlägt sie mich auch öfter, als sie es getan hätte, wenn ich schlau genug gewesen wäre zu heulen. Was weiß ich, aber als die Bestrafung zu Ende ist, ziehe ich mir die Hosen hoch, stürze auf und davon und fange an, mich mit meinen Sachen zu beschäftigen. Vielleicht zeichne ich Hüpfkästchen oder gehe zum

Seilspringen zu den Mädchen. Ich spüre keine Schmerzen, auch wenn man mir die Schläge ansieht, und ich laufe nach dem Seilspringen hinaus ins Heideland, dann antworte ich der Stimme nicht, die mich beim Laufen verfolgt – ich habe es dir gesagt, ich habe dich gewarnt – , ich antworte nicht und laufe einfach davon, froh über die Freiheit und froh über die Worte von Fiddi, diese Worte, die ich niemals vergesse, die er schließlich sagte, als er fertig war mit dem Kuchen:

- Es tut mir so leid, Bíbí, ich finde das so furchtbar schmerzlich, du warst nicht schuld.

Ich laufe davon mit Fiddis Mitleid als Wegzehrung, ich finde es gut, für mich allein in der Heide zu sein, für mich allein nachzudenken und auf die Stimmen zu hören, die mir die Sache erklären, vor mir Bilder zu sehen, die es noch besser erklären. Ich verstehe Mutter, als ich zwischen den Grasbülten in der Heide liege und mit den Fingern an einem Halm knabbere, und kümmere mich nicht um ihre Bestrafungen. Ich weiß, dass jeder Mensch seine eigene Waffe besitzt, die er manchmal gezwungen ist zu benutzen, um sich glaubhaft und verständlich zu machen, ich weiß auch, dass die Waffen von Mutter unbequem sind, wie vielleicht die Waffen vieler derer, die nie über ihre Schmerzen reden können.

22. Liebkosungen werden nicht von allen geschätzt

Ich verstehe Mutters Liebe zu Fiddi besser, als sie es selbst ahnt, ich verstehe, dass er ein Juwel ist, die Sonne und Freude, dass er vielleicht an die Stelle von Anna Maren tritt, die mit 17 Jahren mit ihrem Freund in den Osten des Landes zieht und Þóra Guðrún mit einem Herzen voller Sehnsucht und Leere zurücklässt. Sie sitzen nicht mehr zusammen auf der Bank in der Küche, Mutter und Tochter, und flüstern sich Geheimnisse zu bis lang in die Nacht. Als Fiddi geboren wird, wird er unwillkürlich der Stellvertreter von Anna Maren und gleichzeitig aller anderen Nordkinder, die Mutter von sich geben musste.

Ich verstehe das, obwohl ich nicht alt bin, verstehe es, weil ich es einen

Abend, bevor ich einschlafe, auf meinem Bildschirm sehe, und höre, dass Mutter in der Küche auf der anderen Seite der Bretterwand weint; ich sehe, wie es ihr geht.
Mutter sitzt auf der Küchenbank und weint und raucht Kette, weil Anna Maren von zu Hause weggegangen ist. Ich bin traurig, wie es sich von selbst versteht, denn gibt es Schlimmeres als das gebrochene Herz seiner Mutter in der Nacht zu hören, wenn sie denkt, dass man schläft, und man meint, keinesfalls nach vorne gehen zu können, um sie zu trösten? Ich kann auf keinen Fall zu ihr nach vorne gehen und sagen:

- So, so, meine Mutter, es kommt alles in Ordnung.

Gibt es etwas Miserableres als so ein schwaches, ohnmächtiges Kind zu sein, das im Bett liegt und weiß, dass alles wieder besser werden wird, wenn die Sonne wieder scheint; das alles zu wissen, es aber keinesfalls sagen zu können, es nur sehen zu können, aber nicht teilen zu können mit der schönsten Mutter der Welt, der tollsten Mutter der Welt.

Ich habe eine Mutter, die ich bewundere und die ich mit einem sonderbar sensiblen und traurigen Verständnis verstehe. Und wenn die Frauen zu ihr zum Kaffee kommen und Anstoß daran nehmen, dass irgendeine Frau in irgendeiner Baracke dabei ertappt worden ist, ihr Kind zu schlagen, so dass es deutlich sichtbar sei, mein großer Gott, da verstehe ich, weshalb sie mich ruft und mit unheimlich beleidigter Stimme fragt und ihr Licht feuerrot wird:

- Habe ich dich jemals geschlagen, Bíbí?

- Nein, natürlich nicht.

- Habe ich Ásta jemals geschlagen?

- Nein, natürlich nicht, sage ich und lüge für sie, weil ich weiß, dass es manchmal einfach so ist, dass die Leute nicht wissen, was sie tun. Natürlich grüble ich oft, warum es ihr reicht, ausschließlich Ásta und mich zu schlagen, aber ich komme schnell zu dem Ergebnis, dass wir wahrscheinlich die besten Opfer sind. Und vielleicht dürfen Ásta und ich einfach dankbar sein für das, was wir bekommen: Hiebe mit dem Wäscheknüppel, mit Gürteln oder bloßen Händen. Was für eine Rolle spielen sie überhaupt?
Als ich ein Mädchen bin, betrachte ich zumindest alle Bestrafungen

von Mutter als Liebkosungen, es sind Liebkosungen, die etwas bedeuten und verletzen und einfach nicht von allen geschätzt werden und vielleicht zuletzt von denjenigen, die nicht die Trauer hinter jenem brodelnden Zorn verstehen.

Ich bin gewiss noch sehr jung, als ich mir jene glückselige Regel angewöhne, nur für einen Tag auf einmal zu leben und möglichst wenig über die Zukunft nachzudenken. Übrigens ist es immer noch so, dass mir diese Regel mehr als Gold wert zu sein scheint, und wenn ich über sie nachdenke, verstehe ich auch, dass ich lange Zeit meines Lebens buchstäblich nicht ohne sie leben konnte.

23. Ich kann nicht auf Bestellung schweigen

Ja, Mutter hat Kummer, als Anna Maren geht und lange, lange Zeit nichts von sich hören lässt. Wer hat keinen Kummer, wenn er seinen Vertrauten verliert? Ich frage einfach nur. Anna Maren ist wirklich eine einzigartige Person. Ich spüre, dass sie weiß, was Þóra Guðrún denkt, was ihr gefällt, was ihr missfällt und was sie von dem einen oder anderen Menschen hält. Sie erlaubt Mutter auch, ohne Unterbrechung zu reden, aber schweigt selbst, wenn es passt. Anna Maren gießt kein Öl ins Feuer, ihre Farbe ist blau und birgt große Güte und unglaublich tiefes Menschenverständnis in sich.

Einen Tag treibe ich mich drinnen herum und höre, dass Mutter zu Anna Maren sagt, dass Vater nicht nur ein verkommener Lump und Nichtsnutz sei, sondern er sei auch sowohl verdammt hässlich als auch enorm blöde. Anna Maren antwortet nichts, aber ich kann mir das keinesfalls anhören; ich kann mir so einen verdammten Unsinn nicht anhören. Deshalb stürze ich hinein zu ihnen und sage, dass sie keine Erlaubnis hat, so über meinen Vater zu reden, sie dürfe das überhaupt nicht.
Mir liegt es nicht und hat es nie gelegen, auf Bestellung zu schweigen.

Mutter sagt mir, dass ich mich davonmachen soll, was ich auch tue, und dann vergesse ich mich schnell, wie ich es gewohnt bin, ich glaube, dass ich etwas mit dem Elfenmädchen herumstöbere, das mir gerade vor kurzem glänzende Perlen geschenkt hatte, die natürlich niemand außer mir sah. Zumal sie keinen anderen etwas angehen. Ich verliere mich also völlig in meiner eigenen Welt und bin daher überhaupt nicht auf der Hut und mache mir keineswegs klar, dass nun ein Unwetter im Anzug ist. Dieses Mal höre ich keine warnenden Stimmen, und sie hätten natürlich sowieso keinerlei Zweck gehabt. Aber was, Mutter ruft mich, Anna Maren ist aus dem Haus gegangen, natürlich zur Arbeit in der Fischfabrik, und Mutter ist alleine zu Hause.

- Komm her, Bíbí, ruft sie, und ich gehorche augenblicklich.

Als ich reinkomme, sehe ich an ihrem Gesichtsausdruck und den feuerroten, sausenden Flammenzungen um sie herum, dass mich nichts Gutes erwartet, dass ich nun zu spüren bekommen soll, dass mir jetzt klar werden soll, was meine Rolle im Leben ist und was der Unterschied zwischen einem kleinem Mann und der Königin ist. Es stellt sich als richtig heraus. Nun soll die Geheimwaffe gebraucht werden, so dass ich mich ein für alle Zeit darauf besinne, dass ich ihr niemals in die Rede falle, wenn sie mit anderen Leuten spricht.

Sie zieht mich zum Waschbecken, stellt mich mit offenem Mund unter den Wasserhahn, hält Nacken und Kinn fest, so dass keine Luft hineinkommt, und dann dreht sie auf und ich fülle mich mit Wasser. Ich spüre, dass ich nicht mehr lange atmen kann; das Wasser spritzt aus Mund und Nase und zu dem Zeitpunkt, als ich schon anfange Weiß zu sehen, dreht sie zu und wirft mich unter das Waschbecken.

Ich ringe wie besessen nach Atem, während Mutter rauchend auf der Bank sitzt, und als sie aufsteht, um sich um die Wäsche zu kümmern, immer genug zu falten und glätten in einem großen Haushalt, ist die Feuerprobe vorbei.

Ich erhole mich langsam und höre undeutlich, wie sie immer wieder sagt, dass sie nicht verstehe, wie unheimlich hässlich ich sei und genauso wie der Kerl, mein Vater, mit diesen hervorstehenden Augen und

Anna Maren war sehr gelenkig und ein besonders schönes und lustiges Menschenkind. Als sie von zu Hause auszog und selbst einen Haushalt gründete, wurde sie schmerzlich vermisst.

dem Buckel, was das eigentlich sei, was wir in diesem grauenvollen Monstrum aufbewahren.

- Ich verstehe einfach nicht, wie ich so eine Tochter bekommen konnte und dann diese schöne Tochter zu haben, wie Anna Maren eine ist, diese schöne, wunderbare Tochter, die Anna Maren ist, diese liebe und gute Freundin, die Anna Maren ist.

Langsam wird ihre Stimme klarer, und ich erhole mich von der Geheimwaffe. Ich bin entschlossen, darüber zu schweigen, entschlossen, weder Vater noch meiner Schwester Ásta davon zu erzählen; entschlossen, dass ich erdulden kann, was mir bestimmt ist zu erdulden, und ich habe auch nicht vor, Anna Maren davon zu erzählen, dieser Schwester, die immer so gut zu mir ist, die mir immer über den Kopf tätschelt und so schön sagt, dass ich einfach ganz und gar wundervoll sei.

Ich beschließe in diesem Moment, vielleicht ein für alle Mal, dass es am besten sei, die Dinge ganz für sich zu behalten und sie nicht anderen gegenüber hinauszuposaunen, um Mitleid hervorzurufen.

Ich bekomme auch kein Mitleid.

24. Mutter wird ans Telefon gerufen

Aber jetzt ist Anna Maren fortgegangen und lässt über viele Tage nichts von sich hören, und Mutter sitzt auf der Küchenbank und weint zwischen ihren Arbeiten; sie kocht, backt, wäscht, schrubbt und putzt mit all der Sorgfalt, die ihr im Blut liegt. Aber ihr Herz ist leer, und es ist schlimm, ihr nicht sagen zu können, dass letztendlich alles gut werden wird. Ich kann ihr das nicht sagen, ich kann jedoch zu ihr gehen, wo sie auf der Bank sitzt, und sie fragen, ob sie wegen Anna Maren weint. Und ich kann verstehen, als sie mir sagt, dass mich das verdammt noch mal nichts angeht, und ich soll mich bloß reinverziehen in mein Zimmer und sie in Ruhe lassen. Ich kann ihren Schmerz verstehen, weil ich ihn mit ihr teile, selbst wenn sie das nicht weiß.
Auch ich vermisse meine große Schwester so sehr, dass es mir wehtut, das Vermissen schmerzt mich, aber ich weine nicht. Ich weine nicht, obwohl ich spüre, wie viel mit Anna Maren verschwindet, wie leer das Haus ohne sie ist, wie viel schlechter und langweiliger das Leben ohne sie ist. Ohne meine große Schwester, die überall, wo sie hinkommt, Leben und Freude entfacht, die auf den Händen läuft, als ob das gar nichts wäre, so weit und so lange, wie es ihr einfällt, die sich mitten im Handstand zu einer Brücke umklappt, weil sie so starke Muskeln hat und gelenkig ist in ihrem Badeanzug mit Tigermuster, die so geschmeidig ist, dass sie ganz sicher die Geschmeidigste auf ganz Island ist, und auch wenn man weiter suchen würde, sie ist so mutig, warmherzig, gut, stark und überzeugend:

- Ich habe dich so gerne, meine kleine Schwester, sagt sie so oft.

Ich vermisse sie, auch wenn ich weiß, dass sie bald von sich hören lassen wird, als ob es selbstverständlich sei. Das tut sie dann auch an einem Tag, als es am wenigsten erwartet wird und Mutter niedergeschlagen auf der Bank sitzt. Ich sehe sie lebendig auf meinem Bildschirm und weiß, dass es in Kürze Nachrichten geben wird, und deshalb kann ich die Worte nicht für mich behalten und sage am Morgen zu Mutter, ich glaube, dass mich die Erinnerung nicht trügt, dass genau an jenem Morgen die Sonne geschienen hat:

- Sei ruhig, meine Mutter, du hörst heute von meiner Schwester Anna.

Mutter antwortet mir nicht und fährt fort, unmöglich zu sein, und ich gehe nach draußen und tue so, als ob ich nichts höre, als sie mir nachruft, dass sie meinen Unsinn leid sei – oder wie sie eigentlich von dem Mädchen hören solle, wo mein Vater genauso wenig ein Telefon beschaffen könne wie andere Dinge.

Ich tue, als ob ich sie nicht höre, und vergesse mich im Spiel und anderem Zeitvertreib und genieße die Farben um mich herum, ich weiß, dass sich bald alles ändern wird, und genau da ruft mich der alte Kristján, er ist der Mann der alten Kristín, die mir das Kartenspiel geschenkt hat, und der einzige im Wohnviertel, der ein Telefon hat.

- Spring heim zu dir, Bíbí, und lass deine Mutter wissen, dass da ein Anruf für sie ist.

Ich glaube, dass dies das erste und einzige Mal in diesen zwölf Jahren ist, die wir im Múlakampur wohnen, dass Mutter ans Telefon gerufen wird. Es ist auch das erste und einzige Mal, dass sie Nachrichten hört, die ihr Leben in einem einzigen Augenblick völlig verändern; wie ein Zauber, wie ein Abenteuerzauber, wie ein Freudentaumelzauber, der noch lange, lange nachwirkt.

Dem alten Kristján gehört einiges. Er hat zwei Baracken, eine für seine Handwerksarbeiten, die andere zum Darin-Wohnen, und dort auf dem Gang hängt sein Telefon an der Wand wie ein Bannerträger von Zeichen und Wundern. Und jetzt ist der Anruf für Mutter, die feuerroten Lippenstift aufträgt, ihr schwarzes Haar kämmt und davonstürzt, dann singend nach Hause kommt und mich Bíbí ruft, genau als ob ich ein Kuscheltier sei oder eine Miezekatze oder ein Hund oder einfach irgendein Tier von allen Tieren der Welt, die sie liebt.

- Heute ist ein großer Freudentag, Bibba, sagt sie, und rotgoldene und violette Farben flammen und flackern wild um sie herum, und sie sagt, dass sie von Anna Maren gehört habe, gehört von dieser Lieben, Bibba. Es sei alles in himmlischer Ordnung mit ihr, sie fühle sich wohl in Vopnafjörður mit ihrem Freund.

Mutter singt den ganzen Tag und bis spät in den Abend hinein *Ave Maria,* und ihr Verhalten ist würdevoll und sie ist unglaublich leicht und schön. Ich empfinde dasselbe Glück wie sie und ich weiß, dass die Trauer verschwindet und dass nun endlich alle froh werden können und sogar gut zueinander.

So soll das Leben sein.

Kurz darauf kommt Anna Maren zu uns zu Besuch und da ist sie schon schwanger mit ihrem ersten Kind, das sie im Oktober 1959 bekommt. Und als sie geht, sagt sie einige schöne Abschiedsworte zu Bíbí, ihrer kleinen Schwester, sagt auch einige schöne Abschiedsworte zu allen anderen im Haus. Anna Maren hat allen immer etwas Schönes zu geben.

Dieses Mal geht es Mutter nicht schlecht, und die Bank in der Küche ist immer leer, außer während sie dort in Arbeitspausen sitzt und raucht. Ich erinnere mich auch nicht daran, dass sie Vater irgendwie verteufelt hat, und an Weihnachten bekomme ich meine erste im Geschäft gekaufte Weihnachtskarte. Darauf ist ein Bild einer Kirche, und vor ihr im Schnee stehen braune Weihnachts-Rentierkälber. Innen auf der Karte steht: Deine Schwester Anna Maren.

Betrachte deinen Gedanken gut, wenn du froh bist, und du wirst sehen, dass nur das, was deine Traurigkeit verursacht hat, dich froh macht.
Wenn du Kummer hast, betrachte dann wieder deinen Gedanken, und du wirst sehen, dass du wegen dem weinst, was deine Freude war.
...Kummer und Freude reisen zusammen zu deinem Haus, und während der eine an deinem Tisch sitzt, schläft der andere in deinem Bett.

Kahlil Gibran

25. Darf man freundlicherweise um ein alltägliches Leben bitten?

Es ist so seltsam, obwohl Vater sonntags immer zu Hause ist, auf seinem Diwan im Wohnzimmer liegt, seine Pfeife raucht und Zeitungen liest und Bücher, so halte ich Sonntage deshalb für abscheulich. Ich glaube allerdings, dass es uns allen so ging, Ásta, Stella, Bíbí und dem Bruder Fiddi; gewiss missfällt es uns am meisten, wenn draußen die Sonne scheint oder Schnee liegt und viel los ist bei der Kinderschar in Múlakampur.
Ach, die Sonntage sind einfach immer irgendwie so träge, geheuchelte Heiligkeit, trostlos lang und abwechslungslos, zumal wir Kinder nicht hinauskommen, sondern gezwungen sind, drinnen herumzuhocken und zu malen, zu zeichnen, das langweilige Spiel Lönguvitleysu [„Langer Unsinn“: ein Spiel für zwei Personen. Man braucht ein Kartenspiel mit 52 Blatt, die man auf beide Spielteilnehmer verteilt. Die beiden Stapel sind verdeckt und jeder nimmt eine Karte vom Stapel, und wer die höhere Karte hat, gewinnt und erhält die beiden aufgedeckten Karten. Bei Kartengleichheit (z.B. 10er und 10er) entscheidet der nächste Schritt. Auf jeden Fall kann das Spiel sehr, sehr lange dauern. Daher auch der Name!] oder Ólsen-Ólsen auf dem Wohnzimmertisch zu spielen; wir sind gezwungen, über so vollkommen unspannenden Bedeutungslosigkeiten herumzuhocken – herausgeputzte Mädchen in Kleidern und Jungen in Nylonhemden –, während das Radioprogramm in all seiner Festlichkeit in Vaters hellbraunem, kastenförmigem Plastikgerät dröhnt, das sich ins Regal gegenüber von seinem Diwan schmiegt; verflucht sei das Radioprogramm, das über allem und allen herrscht, ganz gleich, ob ihm jemand zuhört oder nicht.

Wie kann man auch anders, als das elende Gewinsel von Messen, Mittagskonzerten, den Stimmen der Dichter, dem Wetterbericht und den Todesnachrichten schrecklich zu finden – ich frage ja nur –, aber man nimmt das alles hin, sitzt und vertreibt sich die Zeit damit, flucht jedoch im Stillen und wünscht, dass die Sonntage sich in Donnerstage verwandeln, wenn das Programm endlich so ein großer Ohrenschmaus

wird, dass man buchstäblich das Radio auffressen möchte. Mutter nimmt sich donnerstags sogar eine Pause von der Arbeit und lauscht gespannt auf *Ambrós in Paris, Der Hund von Baskerville* und *Vieles wohnt im Nebel*, und sie bemerkt es nicht einmal, wenn ich einen gellenden Schrei oder Knallgeräusche ausstoße, um den Einfluss jener diesigen, trägen Stimmung zu verstärken.
Sie klebt nahezu buchstäblich am Gerät, und dann macht es Spaß und ist schön, im Wohnzimmer zu Hause in Björk zu sein, und es sind schwirrende Feuerfarben überall um uns herum, die hoch aufflammen und blitzen im Einklang mit dem gewaltigen Lauf der Ereignisse und der Musik des Theaterstückes.

Ja, wir Kinder sind unruhig sonntags, auch wenn wir uns das nicht anmerken lassen, weil es überhaupt keinen Zweck hat. Es scheint schwierig für die Eltern zu verstehen, dass wir solche Sonntage nicht haben wollen. Wir wollen uns bewegen, rausgehen, toben, rennen, uns balgen, eine große Klappe haben, die Kleider und Sonntagskleidung von uns werfen, in die Heide laufen, eine Schafshütte bauen, Knochen in den Gräben sammeln [Knochen waren ein Spielzeugersatz]. Wir wollen in den Waschschuppen, um im Kochkessel, der für alle da ist, herumzusauen und heimlich Feuerholz in den Ofen stecken, anzünden und schwarz vom Ruß werden, kohlrabenschwarz vom Ruß, und Gäste und Vorbeikommende anschreien.
Dürften wir entscheiden, dann würden wir den Alltag wählen, wenn wir hinauslaufen zum Pferdezaun ziemlich weit oben in der Siedlung – der betrunkene Besitzer schlägt immer mit einem Bambusstock seine Pferde, die ihm atemlos und verletzt zu entkommen versuchen – und sofort wieder nach Hause stürzen und Vater sagen, dass der Kerl gerade schon wieder dabei sei, durchzudrehen und wie wild auf die Tiere einzuschlagen. Und was tut Vater nicht als hastig herauszukommen, über den Zaun zu springen, dem verdammten Kerl den Stock zu entreißen, ihn zu zwingen, im Kreis zu rennen und ihn dann mit dem Bambusstock zu schlagen, während er sagt:

- Findest du das gut, Freund?

Wir wollen nämlich spannendes Alltagsleben, nicht zuletzt, weil es sehr gefährlich ist, so, als der Flegel droht, mich im Feuer zu verbrennen – verdammte Hexe –, und buchstäblich auf mich losgeht und mich im Kreis um sich herumschwingt, ununterbrochen, bis Vater kommt, Ásta ist ihn schnell holen gelaufen, er packt den Schurken beim Kragen und schwingt ihn schneller im Kreis, als er ahnen konnte, dass es möglich sei, und sagt:

- Willst du selbst ins Feuer, du Schwächling?

Wir wollen alles außer Sonntage, sogar die wenigen Sonntage, an denen wir Mädchen uns aus dem Haus betteln können, wenn wir nur versprechen, die Kleider nicht zu zerreißen und uns nicht dreckig zu machen. Meine Schwester Stella und ich lassen uns das nicht zweimal sagen und rennen direkt nach Ármúli, da wo der Kerl Gänse und Schafe in einem eingezäunten Privatbereich hält, und Stella vergisst ihr Kleid, das schön beigefarben ist mit französischem Tropfenmuster, und fängt an, sich unter dem Zaun durchzuquetschen. – Oh, Stella, ich werde dir wohl folgen müssen, denke ich, aber gerade als ich unter den Zaun will, kommt eine große und fette Gans und schnappt nach Stella und reißt dann am Kleid, dass es an den Nähten platzt. Die Gans schreit, ich schreie, Stella schreit.

Mutter, die gerade mit etwas in der Küche beschäftigt ist, sieht uns aus dem Fenster, und Vater kommt mit großen Schritten, fliegt über den Zaun und entreißt Stella dem wütenden Gänsemaul und sagt:

- Was zum Teufel nochmal habt ihr hier auch zu suchen gehabt?

Ja, sogar solche einzelnen, erfrischenden Sonntagsbegebenheiten ändern nichts an der Unbeliebtheit des Feiertages. Darf man lieber um etwas ganz anderes bitten, zum Beispiel Akkordeonspiel und Gesang samstags im Sommer, wenn Mutters Jungs, meine großen, schicken Brüder aus dem Norden, mit ihren Akkordeons zu Besuch zu uns kommen, und alles ist so gut und fröhlich; schimmerndes Abendlicht draußen vor dem Fenster, und es geht im ganzen Wohngebiet fröhlich zu bis in die Nacht hinein. Nicht zuletzt in jenem singfreudigen Haus Björk, wenn Mutter die Mundharmonika hervorzieht - Mutter konnte viel spielen -, den Ton findet, den Jungs ein Zeichen gibt, die Akkordeons folgen und alles flammt von Musik. Oder ein menschengroßes Schneehaus bauen, wenn es schneit, und eine Kerze anzünden und dort den ganzen Winter wohnen wollen. Oder auf dem Kufenschlitten rutschen, den uns Vater eines Tages schenkt, Stella sitzt vorne drauf, Ásta, die am größten und stärksten ist, steuert und ich sitze rittlings innen auf dem Schlitten und starre hinauf auf die Nase von Ásta, während wir den Hang vor dem Café Múlakaffi hinunterrauschen – eine Rutschpartie, eine zweite Rutschpartie –, und es macht sogar Spaß, als Stella den Schlitten stibitzt und ihn nicht hergeben will – nur eine Fahrt noch, eine Fahrt noch, sagt sie –, und rutscht ununterbrochen, bis Ásta sie vom Schlitten treibt, mich auf den Sitz klatscht und Stella abhängt, die heimläuft, uns für die Frechheit verpetzt, und als wir reinkommen, werden wir gründlich ausgeschimpft. Aber uns ist es scheißegal, weil das Vergnügen es ganz und gar wert war. Es macht so viel Spaß an einem gewöhnlichen Alltag im Winter im Schnee, dass uns die eine oder andere Ohrfeige egal ist.

26. Freiheit ist nicht immer der König der Tage

Und es macht auch Spaß im Sommer, wenn Stella und ich ein Haus aus großen Pappkartons bauen, die draußen vor der Fabrik Meiður durcheinanderliegen, die direkt unterhalb unseres Hauses ist. Wir bauen Papphäuser, schneiden Löcher für Fenster und Türen, laden zu uns ein, und oft kommen so viele Gäste, dass die Kinder wie Heringe in der Dose sind. Aber auch wenn es eng ist, es ist egal, wenn man der Hausherr ist und selbst entscheidet, wen man hereinbittet und wen man hinausjagt. Welch ein Luxusglück.

In der Papphütte können wir uns auch auf der Erde ausstrecken und uns ausruhen und schlafen, wenn wir wollen, und es ist auch egal, wenn es regnet und die Kartons fast zu Matsch werden und dann über der schlafenden Kinderschar umkippen, weil wir dann einfach davonlaufen und uns neue Kartons holen und ein neues Zuhause bauen, kein Problem, alles zu organisieren an gewöhnlichen Alltagen, wenn alles Spaß macht und die Freiheit regiert.

Meine Schwester Ásta ganz vorne auf dem Bild, ich links und meine Schwester Stella rechts, zwischen uns sitzen zwei Freudinnen. Wir haben uns ständig Papphütten gebaut, und hier sitzen wir bei schönstem Wetter vor einer.

Aber die Freiheit ist nicht immer der König des Alltags im Múlakampur, weil sie manchmal genommen und auf den Haufen geworfen wird und nur als eine unklare Erinnerung bleibt, wie etwas, das eigentlich nie existiert hat.

Dann ist der Tag der längste Tag aller Tage, wenn die Trauer die Häuser beutelt, sie so gewaltig, so unsanft beutelt, dass das Schmerzensstöhnen und Weinen aus jedem Haus herangetragen wird, jedem Haus, jeder

Hütte, jeder Baracke. Die Trauer ist uns allen gemeinsam und sie herrscht wie eine dunkle Gestalt über der Siedlung, als der kleine Jónsi von Lillý stirbt; er stirbt einfach, der kleine Jónsi, der immer so lebhaft und fröhlich ist, stirbt eines Tages an Lungenentzündung, weil er sich auf einer Reise unterkühlt hatte.
Lillý ruft natürlich einen Arzt, der kurz bei ihr in der Baracke weilt, dann mit hängendem Kopf herauskommt zu uns Kindern und den erwachsenen Leuten, die mit riesiger Angst in einem schweigenden Haufen dabeistehen, und der Arzt braucht nichts zu sagen, wir wissen, dass das Leben von Jónsi zu Ende ist.
Lillýs Schrei folgt mir heim nach Björk, und ich vergesse ihn nie.
Ich erzähle Mutter die Nachrichten, und sie bricht in Tränen aus und scheint nicht aufzuhören. So gern hat sie Jónsi, jenen blonden, schönen Engel mit den langen Wimpern, dass sie einen Nachruf auf ihn verfasst, der selbst im Morgunblaðið [Morgenblatt] erscheint. Jónsi ist jünger als Fiddi, „so jung, dieser Schatz, und so schön", stöhnt sie zwischen den unerträglichen Weinschüben auf. Ich mag Jónsi auch gerne, auch wenn ich keinen Nachruf über ihn schreibe, und ich sehe sein weißes Licht über der Baracke schweben und weiß, dass er gegangen ist, lange bevor der Schrei von Lillý den Atem von uns allen übertönt.
Ich weiß auch, dass Þóra Guðrún Fiddi nach dem Tod von Jónsi noch besser schützen wird, und ich weiß nicht, ob es jemals wieder fröhlich zugehen wird auf dem Vorplatz der Baracke Nummer 20 in Múlakampur. Ob es jemals wieder genauso Spaß machen wird, sich auf dem Sofa lang zu machen und Ami-Fernsehen anzuschauen und über die kleine Fríða zu lachen, sieben Jahre alt, die auf den Zehenspitzen steht und im Topf mit Fleischsuppe rührt – was sie für ein geschicktes Mädchen sein konnte, so klein –, ich weiß auch nicht, ob die Sauferei von Lillýs Eltern dadurch zunimmt und ob es vielleicht daher kommt, dass sie eine dröhnende Party halten, als sich ihre elfjährige Tocher mit einem Jungen aus dem Bezirk Herskólakampur verlobt.
Ich kenne nicht die Antwort auf diese Fragen, aber ich erinnere mich, dass meine Schwester Stella, die die beste Freundin der Mädchen in 20 ist, einen Tag mit einem Ableger einer Hängepflanze heimkommt nach Björk. Die Blume folgt uns seitdem immer wie eine Erinnerung an

Jónsis Tod; vielleicht richtet sich die Erinnerung in der Blume ein, ich weiß es nicht, aber eines lerne ich, dass die alltäglichen Erinnerungen manchmal so schrecklich sein können, dass sie die langweiligen Sonntagserinnerungen schlagen. Aber das geschieht doch seltener, und wahrscheinlich würde ich sie für nichts auf der Welt austauschen wollen – trotz der Schatten.

27. Ein kleiner Junge sieht Christus

Ich will zum Beispiel nicht die Erinnerung opfern, als ich meinen Bruder Reynir das erste Mal treffe. Er ist fünfzehn Jahre und ich gerade drei, und ich vergesse nie, wie er mich in den Arm nimmt und sagt, dass ich klein und süß sei mit diesem rabenschwarzen, schönen Haar. Ich fühle mich wohl in den Armen meines großen Bruders, obwohl ich ihm gegenüber schüchtern bin, und ich staune über die silberne und feuergelbe Farbe um ihn herum, die ich erfolglos zu berühren versuche. Reynir ist großzügig, und er schenkt mir eine Fünf-Öre-Münze, die ich sofort in den Mund stecke und hinunterschlucke. Die Tage danach kosten mich elendes Nachttopfsitzen und von da an ist es nicht übertrieben, wenn ich sage, dass ich Nachttöpfe gehasst habe, als ich wie ein Ausstellungsstück vor allen meinen Geschwistern auf dem Unding sitzen durfte. – Bist du nicht endlich fertig, willst du nicht endlich etwas machen? Ich schäme mich, und vielleicht ist es das erste Mal, dass ich echte Schüchternheit empfinde. Mutter ist überglücklich, als das Fünf-Öre-Stück sich im Nachttopf einfindet, und ich bin froh über die Freiheit.

Ich weiß nicht, ob es an dieser Begebenheit liegt, dass mir nie viel an Geld gelegen hat, es ist so oder so zu nichts anderem da, als das zu schaffen, was unvermeidlich wieder zurückgegeben wird.

Dieser Erinnerung folgt Reynirs Geschichte von den Leuten, die ihn in Pflege genommen haben, als Mutter ihn im Norden zurücklassen musste. Das sind schlechte Menschen, die ihn in der Scheune anketten, den kleinen Kerl, dem es an Essen und an allem mangelt, ihn dann schla-

gen und prügeln, so dass er glaubt, dass er dort sterben, von der Erde verschwinden und niemals seine Mutter wiedersehen wird; er hat Geburtstag und wartet auf ein Geburtstagsgeschenk von Mutter. Aber mitten im Elend dort in der Scheune sieht er, dass Christus bei ihm steht, er zweifelt nie daran, dass er Christus gesehen hat, und dieser sagt zu ihm, dass ihn von nun an keine Bänder halten würden und er einer der stärksten Männer der Welt werden würde. Aber an eins müsse mein Bruder denken, sagt Christus, er dürfe mit seinen Begabungen nie Gewinn machen und niemals Wettkämpfe austragen.
Später wird die Geduld von Reynir noch sehr auf die Probe gestellt, sowohl sein Wort Christus gegenüber zu halten als auch den Herausforderungen skrupelloser Menschen zu widerstehen, die nicht verstehen, dass sich in einem starken Körper oft ein kleines Kind mit tiefer Überzeugung verbirgt.
Ich kann mich nicht erinnern, ob Mutter Reynir kindisch nennt, als er die Geschichte erzählt, ich glaube aber nicht. Ihre Geschichte ist viel zu ähnlich, als dass Mutter etwas an ihr auszusetzen haben könnte. Die Geschichte der Kinder, die niemand haben will und die allen gleichgültig sind, ist ganz sicher überall auf der Welt die gleiche. Es ist nur unterschiedlich viel über sie bekannt und es wird unterschiedlich viel auf sie gehört, und es ändert nichts, ob Christus diesen Kindern erschienen ist oder nicht.

Ja, es gibt so unzählbar viele Kindheitserinnerungen, und trotz allem hätte ich keine missen wollen. Jede einzelne ist ein Glied in der Kette des Lebens, für das ich dankbar bin, es gelebt zu haben. Ich weiß auch, dass, wenn ich eines verschieben würde und ein anderes entfernen, dann würde meine ureigene Lebenskette durcheinandergebracht. Und auch wenn ich mich nicht an alles in der richtigen Reihenfolge erinnere, oder genau so bis ins Detail, wie alles passiert ist, so erinnere ich mich der Gesamtheit, die genauso wahr und genauso aufrichtig ist wie die Gefühle, die heißen und kalten, die ich zu diesen meinen Kinderjahren habe.

28. Das Gleichgewicht der Kindheit zerrissen

Ich glaube, ich kann ruhig sagen, dass das Gleichgewicht meiner Kindheit zerrissen wurde, als im Herbst 1959 mein Schulbesuch in der Schule Laugarnesskóli beginnt. Zum Glück kann ich schon lesen, Ásta sei Dank, die aus eigenem Antrieb lesen lernt, während ich auf der anderen Seite vom Wohnzimmertisch hänge. Ich lerne auf diese Weise lesen, und aus gegebenem Anlass buchstabiere ich alles komplett rückwärts und selbst heute noch fällt es mir leichter, schnell zu lesen, wenn ich die Bücher und Zeitungen auf den Kopf drehe! In der Schule bekomme ich nie mehr als 6,2 im Lesen [auf einer Skala von 1 bis 10 ist in Island die 10 die beste Note], da es nicht erlaubt ist, das Prüfungsblatt umzudrehen, alles muss dort wie anderswo seine Richtigkeit haben. Mir ist das allerdings gleichgültig, schließlich verzögert das meine Schulzeit nicht, ich komme in eine gute Klasse, und da passe ich so gut ich kann auf, dass die Kinder nicht sehen, dass ich eine Rückwärts-Person bin.

Meine Schwestern, Ásta und Stella, sind auch in der Schule, aber sie sind dort zu anderen Zeiten, so dass ich nicht mit ihnen zusammen gehen kann. Aber am ersten Tag begleitet mich Ásta dennoch, sie bringt mir den Weg zur Schule und zurück bei, und ich bin ihr bei Gott dankbar dafür. Ich habe nie einen guten Orientierungssinn gehabt. Die Schule Laugarnesskóli ist in den Augen eines kleinen Wesens, das selten weit weg von seiner eigenen Siedlung gegangen ist, riesig groß und gewaltig, fast so furchterregend, wie ein weit geöffnetes Walmaul auf einen kleinen Fisch wirken muss. Als ich ins Foyer gehe, da geschieht es mir, dass ich mich vollkommen in der Weite und Kindermenge zu verlieren scheine, und ich spüre, direkt gesagt, dass mir die Augen aus dem Kopf springen wollen, als ich all die ausgestopften Tiere in den Glasvitrinen entlang der Wände sehe. Oft vergesse ich auch, mich in die schnurgerade Reihe beim Klassenzimmer zu stellen, weil ich wie erstarrt dastehe und auf die Füchse, Vögel, Katzen und Hunde stiere; ich starre auf die mausetoten Tiere, unnütz und sonderbar, und ich finde in ihnen eine seltsame Entsprechung, die ich nicht ausdrücken kann.

Die Schule Laugarnesskóli

Aber ich habe Glück mit der Klasse und lande beim Lehrer Klemens, der mir gleich unermesslich alt vorkommt. Er hat trotzdem dieses schöne gelbe und blaue Licht um sich herum, und ich weiß, dass ich wegen des Lichtes in seiner Nähe sicher sein kann.

Ich brauche Sicherheit und spüre das auch genau, ich bin einzelgängerisch und menschenscheu, ich spreche nicht mit anderen Kindern, finde, dass ich ihnen nichts zu sagen habe, schließlich kenne ich sie überhaupt nicht, ich singe auch nicht das Morgenlied auf dem Balkon, weil ich meinen eigenen Laut nicht ertrage, bewege aber die Lippen wie die anderen.

Ich weiß, dass auf die Barackenkinder herabgesehen wird; man hört die Schimpfnamen neben sich. Wahrscheinlich habe ich es einfach nie verstanden, mich dafür zu schämen, in einer Barackensiedlung zu wohnen, weil es mir ganz egal ist, was andere davon halten. Ich nehme es mir nicht zu Herzen, wenn die Kinder sich in der Nähe von uns Barackenkindern die Hand vor die Nase halten. An mir ist kein Schimmelgeruch, wie sie auch schnauben und schnuppern, das Haus Björk ist nicht mit Tex isoliert.

Aber ich finde auch, dass der Geruch von Menschen nicht von Bedeutung ist, es zieht mich früh zu den Lichtern um die Menschen und ihre Art ihrem Nächsten gegenüber hin. Das beides spielt für mich eine große Rolle.

Einige Monate bevor ich aus Múlakampur wegziehe, lese ich dies in *Vikan* [eine Wochenzeitung]: „Aber der schlimmste Schandfleck ist doch der Bezirk Múlahverfið oder der selige Múlakampur. Dort gibt es nur wenige oder fast gar keine Baracken mehr, sie wurden durch andere Häuser ersetzt, die kaum besser sind, und das ist der einzige Ort in Reykjavík, ausgenommen dem Bezirk Höfðaborg, den ich „Slum" nennen würde. Ich habe häufig zur Sommerzeit ausländische Touristen auf der Straße Suðurlandsbraut aus ihren Autos steigen sehen, um Bilder von diesem Schmutzfleck zu machen. Hingegen kann ich mich nicht erinnern, dass ich sie in die andere Richtung habe blicken sehen, da wo sich das Tal Laugardalur mit schönen Bauwerken rundherum eröffnet; eine der schönsten Aussichten, die man in Reykjavík sehen kann."
Die Grüße sind nun wahrhaftig kalt und vielmals breitgetreten, sowohl in Zeitungen wie auch Zeitschriften, und eins ist sicher, dass es nicht wenige sind, die sich selbst heute noch für ihre Kampur-Wurzeln schämen; aber kaum etwas ist ungesünder, als sich für seinen Ursprung zu schämen. Es ist möglich, dass Worte wie diese, die jedoch keineswegs dick auftragen, gemessen an vielen anderen in derselben Zeit, die Leute dabei unterstützt haben, ein niedriges Selbstbild zu festigen.

Es ist eine andere Sache und viel schwieriger, dass meine Schulkameraden mich sonderbar finden und sie das großzügig zum Ausdruck bringen. Wie denn? Doch, ich bin zum Beispiel enorm höflich, ich grüße alle, die ich sehe, mit einem Lächeln und wünsche guten Tag. Das ist für sich genommen nicht der Rede wert, außer vielleicht, weil ich mehr Menschen grüße als die, welche die Kinder sehen. Mein Auftreten ist auch die Ursache, dass ich fast den ganzen lieben langen Tag von einem Ohr zum anderen lächle und nicht wenige Bemerkungen bekomme:

- Wieso lächelst du immer und wünschst guten Tag, wenn niemand mit dir spricht?

Ich antworte nicht, bin es aber furchtbar leid und komme mir vor, als sei ich der dümmste Mensch auf der Welt. Ich versuche natürlich diese Angewohnheiten zu unterlassen, kann es aber nicht. Tatsache ist es zu diesem Zeitpunkt nämlich, dass ich nicht immer sicher weiß, wer lebendig und wer tot ist. Ich finde es daher am besten, alle zu grüßen, die ich sehe, versuche mich aber trotzdem meistens zurückzuhalten und mich dort aufzuhalten, wo wenige sind.

Man kann daher sagen, dass ich wie eine uralte Frau in der Pause in der Ecke kauere oder wie eine Zehnörekugel im Ziel hänge und darauf warte, dass die Zeit möglichst schnell vergeht, so dass ich nach Hause gehen kann in die Welt, die ich kenne und verstehe. In jener Welt gibt es nämlich sowohl ein Gleichgewicht als auch Zusammenhänge, die ich verstehe, schließlich gibt es weniges im Múlakampur, was mich aus dem Gleichgewicht bringt. In der Schule mache ich leider einen Fehler nach dem anderen. Ich stehe zum Beispiel ständig im Klassenzimmer vor irgendeinem Erwachsenen auf, den niemand außer mir sieht. Klemens folgen zum Beispiel zwei alte Frauen und ein Mann, natürlich irgendwelche Beschützer von ihm, die immer vor ihm ins Klassenzimmer hereinkommen. Und es ist selbstverständlich, dass ich wie der Blitz auf die Füße springe, wenn die Truppe erscheint, während die anderen sitzen bleiben und ihre Plätze wärmen.

Aber natürlich lerne ich schnell, mich umzuschauen und zu beobachten, ob die anderen Kinder vorhaben aufzustehen oder nicht, aber das genügt nicht, ich trage nämlich schon längst einen Stempel: *Die ist vielleicht seltsam.* Und dieser Stempel lässt sich nicht so schnell von einem abwaschen. Wahrscheinlich ist es auch wegen meines Benehmens, dass mich die Kinder alte Oma rufen – und Gott, wie ist das verdrießlich, diese äußerst seltsame alte Oma mit der Umhängetasche zu sein; die alte Oma, die immer zu Hause lernt und alle Aufgaben abgibt, die sie abgeben soll. Ja, ich bin natürlich ein schrecklich altmodisches kleines Mädchen, und alle Zeit von da an, als ich mit sieben Jahren in der Schule Laugarnesskóli anfange, und bis ich sie mit

zwölf Jahren absolviere, bin ich die alte Oma Lehrerschleimer.
Es wird nicht besser, obwohl Klemens mich eines Tages anspricht und sagt, ich solle mir das Gerede der Kinder nicht nahe gehen lassen, weil sie so unreif seien. Ich danke Klemens herzlich, aber ich bin nun auch nicht reifer, weil ich nicht verstehe, was das Wort unreif bedeutet, und ich traue mich nicht, jemanden bei mir zu Hause zu fragen, denn schließlich spreche ich dort nicht über mein Befinden in der Schule. Im Haus Björk diskutieren die Leute nichts Unnötiges, und Heulsusen-Getue ist völlig verboten.

29. Manche Weihnachtskarten sind mehr wert als tausend andere

Ich nehme also meine Position in der Schule Laugarnesskóli hin wie jeden anderen Hundebissen und bin daher überglücklich, als Þorbjörg Jóhannesdóttir, meine Klassenkameradin, mich anspricht und sagt, dass sie meine Freundin sein will; sie sagt das einfach so, als ob nichts normaler sei:

- Willst du meine Freundin sein?

Þorbjörg ist sehr groß gewachsen, ich aber bin sehr klein gewachsen, so dass wir wahrscheinlich sowohl von ferne wie von nah an den kleinen und den großen Klaus [Märchen nach Andersen] erinnern. Aber wir sind Freundinnen, und das ist das einzige, was wichtig ist.
Es ist sehr wichtig, einen Freund in Freud und Leid zu haben, einen Freund, der alles versteht und einem jedes einzelne Weihnachtsfest eine Weihnachtskarte schickt und darunter schreibt: *Deine Freundin Þorbjörg*. Deswegen ist es einem auch egal, wenn man jedes einzelne Weihnachtsfest nur diese eine Weihnachtskarte aus dem Klassenbriefkasten bekommt, weil diese Weihnachtskarte von der eigenen Freundin ist. Und auch wenn ich allen in der Klasse eine Weihnachtskarte schicke, die ich nach Herzenslust verziere, und nichts zurückbekomme, dann ist das in Ordnung, weil die Weihnachtskarte von Þorbjörg Jóhannesdóttir mehr wert ist als tausend andere.

Was kann auch wunderbarer sein als eine Freundin zu haben, die jeden einzelnen Tag oben aus Blesugróf hinunter in den Múlakampur kommt, um gemeinsam mit mir zur Schule zu gehen? Eine Freundin, die mich sogar zu ihrem Geburtstag einlädt, da wo immer Bingo gespielt wird, und die sich mit mir freut, wenn ich gewinne, auch wenn das kein anderer tut. Eine Freundin, die auch versteht, dass sie nie zu meinem Geburtstag eingeladen wird, weil sie weiß, wie es ist, dass er nie gefeiert wird. Eine Freundin, die einen völlig selbstverständlich versteht, wenn man ihr anvertraut, dass man ja in Teufels Namen nicht mit Bjarni tanzen will, der einen immer in der Tanzstunde in der Schule auffordert. Warum will man nicht mit diesem Bjarni tanzen? Doch, weil er einem nicht nur seinen Chevrolet gestohlen hat, wie man weiß, sondern er auch ein so schrecklich tollpatschiger Troll ist, dass er einem bei der Polka pausenlos auf die Zehen steigt.

Þorbjörg Jóhannesdóttir, meine Freundin, gut behütet und glücklich. Ich hatte das Glück, sie zur Freundin zu haben, schließlich war sie äußerst treu.

Es ist nämlich nicht schlecht, Þorbjörg zu haben, die sogar zu einem hält, als ihre eigene Mutter zu meiner Mutter sagt, beim einzigen Mal, wo meine Mutter ihren Fuß in die Laugarnesskóli setzt, dass das Mädchen Bíbí offensichtlich seine Handarbeit in der Handarbeitsausstellung nicht selbst gemacht habe, da müssten nun einige nachgeholfen haben, eigentlich müsste weniger zu sehen sein.

- Da hast du nicht recht, Mama, sagt Þorbjörg, die in der Tat findet, dass ihre Mutter noch wüste Beschimpfungen von meiner Mutter gut hat, die es ihr natürlich gibt, dass es sich gewaschen hat.

- Seid nun gut, sagen Þorbjörg und ich gleichzeitig, und zusammen gelingt es uns, Frieden zu stiften.

Aber wegen dieser Begebenheit hat Mutter natürlich nicht annähernd so viel Spaß, die Handarbeitsbeutel, Topflappen, Waschhandschuhe, Nadelkissen und alles andere, was ich genäht habe und was die Handarbeitslehrerin zweckmäßig auf einem langen Ausstellungstisch im Klassenzimmer platziert hat, anzuschauen. Nichtsdestotrotz bin ich unbeschreiblich zufrieden damit, dass sie mit mir durch das Klassenzimmer geht und meine Ausstellung betrachtet; meine Mutter ist so schön und schick, dass es niemand übersieht, und ich bin das stolzeste Mädchen auf der Fläche.

- Die Weiber sind nur neidisch auf sie, flüstere ich Þorbjörg zu.

- Es ist zumindest gut, dass sie aufgehört haben zu streiten, sagt meine Freundin, und da bin ich einer Meinung mit ihr.

Ja, es ist unschätzbar, so eine Freundin zu haben, die weiß, dass man James Dean und Doris Day verehrt und daher die meisten Schauspielerbilder von ihnen hat und sie in der Siedlung wie ein verrücktes Wesen tauscht, um mehr zu bekommen. Sie versteht auch, dass man Todesangst hatte, als man klein war und auf den Plumpsklo-Sitz geklettert ist und sich fürchtete, dass man durch das Loch verschwinden würde, das viel zu groß war für so einen schmalen Hintern wie meinen.

- Ich sterbe vor Lachen, Bíbí, sagt sie und lacht, als ich ihr von den Wannen und dem Bad erzähle, zwei Mädchen in einer Wanne, und Mutter macht das Badewasser in einem großen Topf heiß und vermischt heißes und kaltes, bis der Rafha-Herd in all seiner Pracht ins Haus kommt.

Þorbjörg lacht, versteht aber trotzdem, dass einige weniger besitzen als andere, und sie findet das in Ordnung. Aber sie lacht nicht, sondern fühlt mit, als man schreckliche Angst bekommt in der ersten Schwimmstunde im alten Schwimmbad am Sundlaugavegur, weil man Angst hat vor so viel Wasser.

- Ich habe einfach immer so viel Angst vor viel Wasser.

Sie sagt, dass das schon in Ordnung sei, weil nicht alle auf der Welt schwimmen können. Aber natürlich weiß sie nicht, warum man Angst hat. Sie weiß das nicht, weil diese Angst das Geheimnis des Hauses ist und von Mutter und mir, ein Geheimnis, das kein lebender Mensch wissen darf, nicht einmal Þorbjörg Jóhannesdóttir, die trotzdem so vieles weiß. Sie weiß zum Beispiel, dass man wie eine Feder von einer fürchterlichen Lungenentzündung genesen ist, weil einem der eigene Vater eine volle Tüte mit Birnenhustenbonbons geschenkt hat.

- Wow, Bíbí, ich habe nicht gewusst, dass es möglich ist, Lungenentzündung mit Birnenhustenbonbons zu heilen, sagt sie und zweifelt nie daran, dass ich die Wahrheit gesagt habe, schließlich hat sie keinen Grund dazu.

30. Meine Augen sind ungeheuer böse

Ich glaube, dass ich nie vollkommen beschreiben kann, wie viel es mir wert ist, die Freundschaft von Þorbjörg Jóhannesdóttir gewonnen zu haben, und auch, wenn ich nicht über alle Dinge mit ihr sprechen kann und darf, dann ist das einfach so, und so soll es auch sein.

- Sprich nie mit irgendeinem Menschen darüber, sagt Mutter, als ich eine Nacht vorher zu ihr in die Küche stürze und ihr sage, dass ich eine fürchterliche Feuersbrunst gesehen habe, als ich das Silvesterfeuer [öffentliches Lagerfeuer zur Feier des Jahreswechsels] im Zeichenunterricht in der Schule gezeichnet habe. Ich sehe, wie ein großes Haus im Bezirk Herskólakampur Feuer fängt. Ich sehe eine Frau unter einer Säule mit dem Feuer kämpfen, und sie hält ein Kleinkind, ich sehe, wie die Säule zerbricht und über der Frau zusammenstürzt, ich sehe, wie sie im Feuer stirbt und das Kind auch, ich sehe meine Klassenkameradin Ásta, die sich mit ihrem Bruder aus dem Fenster wirft und rettet.

- Ich sehe das alles, und was soll ich eigentlich tun, Mutter?

- Tu mir das nicht an, Bíbí, sagt Þóra Guðrún, und ich bekomme brennende Angst. Ich traue mich am nächsten Tag kaum in die Schule, bin ungewöhnlich beschämt, und das Herz rast in meiner Brust, als ich meine Klassenkameradin Ásta auf dem Flur sehe. Wie in aller Ungeheuerlichkeit fällt es mir ein, ein solches Ereignis zu sehen? Was für ein Ungeheuer bin ich eigentlich? Was für eine Bestie sieht so etwas?

Aber ich werde ruhig, als ich höre, dass es nicht gebrannt hat im zweistöckigen Haus an der Suðurlandsbraut. -Wäre ich ein Vogel, könnte ich fliegen, singe ich froh vor mich hin. Aber Adam war nicht lange im Paradies, wie man sagt. Wenige Tage später erscheint Ásta nicht in der Schule. Weshalb? Deshalb, weil es in der Nacht zu Hause bei ihr brennt und ihre Mutter und Schwester Opfer des Feuers werden; beide sind wie gefesselt an eine Säule, die über ihnen zusammenstürzt, aber Ásta kommt mit ihrem Bruder lebend davon. Sie schafft es aus dem Fenster heraus, und sie sind gerettet.

- Sie hat Glück gehabt, flüstern die Kinder untereinander, aber ich schweige wie ein Stein. Ich bin der Missetäter, der die furchtbaren Ereignisse auslöst, und ich kann Ásta nie mehr ins Gesicht blicken. Ich fürchte, dass sie meine ungeheuerliche Wesensart sieht, ich fürchte, dass sie weiß, dass ich verflucht noch mal an allem schuld bin, und als ich über die Ereignisse im Morgunblaðið lese, da zittere ich bis auf die Knochen.

Und auch wenn ich Spaß an Tierkunde habe, Spaß am Zeichnen und Malen in meinem Arbeitsheft, Spaß, es zu verzieren und mich in Informationen über Tiere und Lebewesen zu vertiefen, da hilft das nicht, ich kann nicht vergessen, was für eine Trauergestalt ich in Wirklichkeit bin, es hilft auch nicht, wenn Klemens mich für die Arbeitshefte lobt; ich bin ein schlechtes und ekliges Ungeheuer, das unschuldige Leute tötet, ohne dass sie sich irgendwas hätten zu Schulden kommen lassen.

- Was ist eigentlich los mit dir, wenn du in der Schule bist, Bíbí?

- Ich finde es einfach furchtbar blöd hier, Þorbjörg, sage ich und kann ihr nicht sagen, dass ich tote Leute sehe und entsetzliche Ereignisse geschehen sehe und dass ich daran schuld bin, weil ich sie sehe und sie nicht verhindern kann. Dass ich ein böser Mensch bin und das wisse.

Ich möchte natürlich gut sein, und obwohl ich eine undeutliche Stimme drinnen in mir flüstern höre: „Du bist ein sehr gutes kleines Mädchen, Bíbí, und du bist an nichts von allem schuld“, da bin ich nicht alt genug, um die Stimme zu verstehen. Ich bin nämlich überhaupt nicht alt genug, um solchen Worten zu glauben, und ich bin gewiss weit davon entfernt, zu sehen und zu verstehen, weshalb ich bin, wie ich bin, und noch weiter entfernt davon, damit zufrieden zu sein. Ja, bis zu dem Zeitpunkt ist es ein langer Weg, und ich finde, dass ich es verdient habe, in jeder Art von Schwierigkeiten zu landen.

Im Nachhinein sehe ich, dass dies alles notwendig für mich war, um Menschen besser zu verstehen. Es ist nämlich keine Schule besser, in meinem Fall zumindest, als die, welche die Lebenserfahrung selbst als Hauptlehrer in jedem einzelnen Fach hat. Sie ist es auch, die meine Bildung in Länge und Breite ist, und ich schätze sie nun, auch wenn ich mich oft unheimlich bemitleidet habe.

31. Es ist einfach, als ob ich nicht aus der Erfahrung lernen könnte

Ich betrachte das Leben also als Bestrafung, während ich ein Mädchen in Laugarnesskóli bin, und obwohl Selbstmitleid mir heute fern liegt und ich es ehrlich gesagt nicht ausstehen kann, liegt es wahrscheinlich an diesen Gefühlen, dass ich nicht auf die warnenden Stimmen höre, die mir zum Beispiel zuflüstern, wenn ich auf dem Weg von der Schule nach Hause bin – nimm dich in Acht, Bíbí, nimm dich jetzt in Acht –, und ich schüttele den Kopf und tue so, als ob ich gar nichts höre.
Ich eile direkt von der Schule weg, meistens allein und ohne Þorbjörg und Ásta, die mich trotzdem manchmal begleiten. Ich eile weiter über Heideland und unbewachsene Einöde mit Feuer im Hintern, mache einen kleinen Schlenker und stoppe bei Sigtún 23, um den Schwanenzaun rund um das Haus bei meinem Klassenkameraden Hilmar anzuschauen. Das ist der tollste Zaun der Welt, so unendlich schön und kunstvoll entworfen, und ich kann nicht anders als unauffällig meine Finger an ihm entlanggleiten zu lassen. Dann düse ich weiter, bis ich Halt mache am kugelförmigen Haus des Bildhauers Ásmundur; der herauskommt, als er mich sieht und mit mir über seine Statuen plau-

dert, von denen er sagt, dass sie quicklebendiges Gestein seien, und es sei trotzdem in guter Ordnung, wenn so eine nette kleine Frau in ihnen herumklettere. Und während ich in den großen Frauen und Kerlen herumklettere, höre ich nicht auf die warnende Stimme, die immer lauter wird – nimm dich in Acht, Bíbí, nimm dich in Acht. Ich ignoriere die Stimme weiter und klettere eine gute Weile, bis ich mich auf den Heimweg mache. Ich bin leichtfüßig, gelenkig und gehörlos und wetze an dem Graben entlang, der voll von Holzabfällen, Müll, Essensresten, Ratten und anderen Feinheiten ist.

Ich gehe meines Weges, immer denselben Weg, wie eine kaputte Platte, auch wenn ich verdammt gut weiß, dass oben in dem Graben ein Halbstarker auf mich wartet, der auf mich losgeht, wenn ich es am wenigsten erwarte; es ist, als ob ich nicht aus der Erfahrung lernen kann, obwohl sie später meine einzige Schule geworden ist. Der Junge reißt mir die Schultasche weg, wie er es gewohnt ist, und schlägt mich lachend mit ihr, bis ich wie ein verkrüppeltes Lamm auf dem Bauch liege. Dann schleudert er die Tasche auf mich, und ich taumele auf die Beine und setze meinen Weg heulend und schreiend fort, arme Bíbí, arme kleine Bösewichtin und gemeine Kreatur, die das verdient hat.

Ich habe allerdings gerade aufgehört zu heulen, als ich mich Múlakampur nähere, fest entschlossen, so etwas für mich zu behalten, aber Ásta, die ihre Familienmitglieder kennt, fragt mich vielmals.

- Was ist los?

- Nichts.

- Weshalb hast du dann immer so rote Augen, wenn du heimkommst aus der Schule? Es ist ganz so, als ob du geweint hast, bohrt sie, und nachdem ich den Jungen im Graben mich viel zu lange habe quälen lassen, stöhne ich den Grund hervor. Jetzt reicht es Ásta, es soll keiner damit durchkommen, ihre kleine Schwester zu verletzen, da soll er sie kennen lernen, und sie ist stark und weiß für alles einen Rat. Sie verfolgt mich auch einen Tag, ohne dass ich ihrer gewahr werde, und als der Kamerad auf mich losgeht, springt sie auf ihn wie ein heulender Löwe, ein schreiender, kreischender Löwe, wie sie es immer tut, wenn sie mich verteidigt. Und meine Schwester nimmt den Lümmel in die Mangel, auch wenn er größer ist als sie. Sie schlägt ihn mit solcher

Wucht mit meiner Tasche, dass er heulend davonrennt, elender Lump und Memme, der sich an Schwächeren vergreift. Danach sieht man den Gesellen nicht mehr im Graben.

- Der verdammte Schlappschwanz bedroht dein Leben nie wieder, meine Bíbí.
- Du sprichst nicht darüber zu Hause, Ásta.
- Glaubst du, ich bin ein Narr, Bíbí?
- Aber glaubst du, dass es sein kann, dass ich das verdient habe?
- Du bist kein Narr, Bíbí, nicht wahr?
- Nein, sage ich, habe aber die starke Vermutung, dass es durchaus sein kann, dass ich trotzdem ein Narr bin, obendrein zu allem anderen.

Und schnell schlummert dieses Ereignis in der Erinnerung, wie so vieles andere, von dem ich glaube, es sei so unwichtig, schlummert in der Erinnerung und macht sich wenig bemerkbar, bis ich jetzt über das Gesamtbild schaue, lange, lange danach. Ásta und ich gehen nach dem Kampf nach Hause; wir sind zwei zähe Schwestern, die zusammen nach Hause gehen, eine groß und dünn, sie hält die andere, klein und dünn, an der Hand, beide mit schwarzem Schopf wie die Mutter, beide völlig getreu und verschwiegen, wenn es darauf ankommt. Mir scheint, ich sehe diese kleinen Puppenmädchen quicklebendig vor mir, und genau jetzt erreichen sie die Sicherheit im Múlakampur, da wo Fiddi mich erwartet und diverse andere Pflichten auf Ásta warten.

32. Kinderhüten und Heimweh

Fiddi besitzt mich und sagt das so oft, wie er Gelegenheit dazu bekommt, und daher ist er nicht gerade begeistert, dass ich zwei Sommer in Folge aufs Land gehen soll, schließlich ist das eigentlich undenkbar, so gerne, wie ich zuhause bin.

Aber etwas ist da wohl, was ich auf dem Land zu tun habe, und ich reise froh nach Foss [ein Hof namens „Wasserfall"], der ganz in der Nähe von Bíldudalur ist, zu meinem Bruder, Matthías Leó, der einer von den

großen, tollen Nordjungen von Mutter ist und sechzehn Jahre älter als ich, und zu seiner Frau Ester. Meine Aufgabe ist es, ihnen mit ihrem Sohn Gísli zu helfen, und auch wenn ich Fiddi nicht davon erzähle, bin ich begeistert von dem Jungen, der ausgenommen schön und unterhaltsam ist; ich finde obendrein Matti, meinen Bruder, bewundernswert und Ester finde ich fein und süß.
Das ist also alles klipp und klar, und als ich mich verabschiede, bin ich bereit, es mit der Landarbeit und erneutem Kinderhüten aufzunehmen. Natürlich mache ich mir Sorgen, dass es Fiddi langweilig sein wird und er nicht ohne mich leben kann, wie ich weiß, dass er es selber glaubt, aber ich sage ihm, dass der Sommer schnell vorbeigehen wird, und bald käme ich wieder und dann würde alles so wunderbar wie gewöhnlich. Er verabschiedet mich trotzdem mit einem missmutigen Gesicht, schluchzend und heulend, aber ich gehe alles vernünftig an, zu Anfang zumindest.

Ich bin sogar ziemlich unbesorgt und weltmännisch, als ich im Alter von elf Jahren mit der Esja [Schiff, benannt nach dem Hausberg von Reykjavík] losfahre. Ich lande bei deutschen Frauen in der Kabine, die auf dem Weg deutsche Würstchen heiß machen, und ich kotze die ganze Zeit wie ein Eissturmvogel; wie kommt es den Frauen auch in den Sinn, zu kochen? Ich biete daher keinen erbaulichen Anblick, als mein Bruder Matti kommt, um mich am Kai abzuholen. Aber auch wenn ich begeistert bin von Gísli, bekomme ich nach vier Tagen riesiges Heimweh, ich muss nach Hause fahren, ich bin nie zuvor von zu Hause fort gewesen, ich will nie wieder von zu Hause fortgehen, man soll dort sein, wo man zu sein hat. Mein Bruder Fiddi ist sicherlich völlig außer sich, und meine Schwester Ásta eine klaffende Wunde, ich will nach Hause fahren und das nicht später als sofort, ich sterbe, wenn ich einen Moment länger von zu Hause fort bin, sterbe einfach und was wird dann aus Fiddi?
Matti ist nicht nur unterhaltsam, sondern auch ein Genie. Er sagt, dass ich freilich heimfahren darf, nichts sei selbstverständlicher. Ich müsse nur zwei Tage warten und Ester mit Gísli helfen, bis er wiederkomme, er müsse einige Straßen im Westen bauen, und ich dürfte ja nicht ver-

Ich war zwei Sommer auf dem Land bei meinem Bruder Matti auf Foss; wir waren große Freunde, und ich mochte ihn sehr gerne, aber das hat trotzdem nicht verhindert, dass ich riesiges Heimweh hatte.

hindern, dass die Leute aus den Westfjorden ihrer Wege kämen oder - ob ich etwas gegen die Leute aus den Westfjorden hätte? Nein, das habe ich natürlich nicht. Ich kenne die Westfjordler überhaupt nicht, ich kann nichts gegen irgendwelche Fjordler haben, die ich überhaupt nicht kenne, und sage daher, dass ich mich mit dem Warten abfände, während er die Straße baue, aber dann müsse ich fahren.

Zwei Tage später kommt Matti, wie es vereinbart war, mit einem Pickup auf die Hauswiese gefahren, und die Ladefläche ist voll von Schaffellen; was hat der Mann mit all diesen Schaffellen vor? Er greift mich und schwingt mich hinauf auf die Ladefläche, und als ich anfange, die Schaffelle in Stapel zu reihen, springt plötzlich ein Mädchen in meinem Alter aus dem Haufen. Matti weiß, dass mir ein Kamerad fehlt.

- Man weiß nun einen Rat für so etwas, sagt er, schließlich verschwindet das Heimweh trotz eines heißen sehnsüchtigen Briefes von Ásta, der aussagt, dass das Leben ohne mich langweilig sei, und eines gewichtigen und schweren Gewissensbriefes von Mutter, die sagt, dass

Fiddi einfach ein völlig unmöglicher Junge sei, und sie will, dass ich heimkomme, so dass er mehr draußen beim Spielen sein könne, der gesegnete Freund.
Ja, das Schaffell-Mädchen rettet die Angelegenheit, und die Zeit vergeht wie im Flug bei Spiel und Arbeit, genau wie in einer ereignisarmen Kindergeschichte, und dann bekomme ich auch einen Fotoapparat, und es ist nun nichts Gewöhnliches, seinen eigenen Fotoapparat zu haben und alles mögliche fotografieren zu können. Es ist der Bruder von Ester, der auch auf dem Hof wohnt, der mir eines Tag den Fotoapparat schenkt:

- Damit du Bilder von Tieren machen kannst, meine Bíbí, ich habe gehört, dass du so unheimlich begeistert von Tieren bist, sagt er.

Der Sommer vergeht ohne schlimme Ereignisse in der Sonne, und als er zu Ende ist und es Zeit ist, sich zur Abreise zu rüsten, bittet Matti mich, nächsten Sommer wiederzukommen, denn nun würden er und Ester ein zweites Kind erwarten, und er müsse leider von zu Hause fort sein im Straßenbau, vielleicht sogar eine Woche am Stück.

- Ester muss einfach Hilfe bekommen, und es kommt auf dich an, meine gute Schwester.

Das wirkt, und ich stimme zu, nächsten Sommer wieder zu kommen, aber unter der Bedingung, dass meine Schwester Ásta auch kommen darf, ich könne nicht ohne sie sein, er müsse das verstehen, was er auch tut.

- Selbstverständlich, es heißt nun entweder oder.

Wir Schwestern fahren daher den Sommer danach zu zweit zusammen aufs Land nach Foss, und als wir auf dem Vorplatz ankommen, sitzt der Bruder von Ester draußen und ist dabei, eine Sense zu schärfen mit dazugehorigem Schlagen, Kopfnicken und Willkommenslacheln. Gedankenlos, natürlich steht mir der Sinn nach Schabernack, sage ich zu Ásta, dass es einfach ganz in Ordnung hier bei Matti und Ester auf Foss wäre – außer diesem alten Schattenkerl dort, sie solle sich sehr vor ihm in Acht nehmen, er sei sehr seltsam und absolut äußerst merkwürdig.
Der Mann ist natürlich kein alter Kerl, sondern ein junger Mann im

Alter von Matti und wahrscheinlich erwartet er keinesfalls etwas Schlechtes und geschweige denn so barsche Worte, er, der mir den Sommer zuvor diesen kostbaren Fotoapparat geschenkt hat. Er hört mich auch, schließlich flüstere ich nicht gerade. Und um seinem Namen Ehre zu machen, zaudert er nicht, wirft die Arbeit von sich, springt vor, schneidet fürchterliche Grimassen vor uns Schwestern und sagt laut ein ums andere Mal:

- Da sagst du es, da sagst du es.

Diese Schauspielerei führt dazu, dass wir unzertrennlichen Schwestern schreiend davonlaufen wie völlig unschuldige, aber böse gestochene Schweine; das Leben ist ein Spiel und kein Grund zu etwas anderem, als es großartig zu übertreiben. Wir sind jung, und es macht Spaß zu leben, Spaß zu zweit zusammen auf dem Land zu sein, eine Weile zumindest. Aber es ändert sich, denn trotz der Nähe von Ásta und guten Zeiten mit ihr bekomme ich diesen Sommer noch mehr Heimweh als den davor, und es verschwindet nicht, was ich auch versuche; die Sehnsucht nach Zuhause brennt in der Brust, als ob dort ein Feuer brennt, ohne Möglichkeit, es zu löschen.

33. Briefe erzählen vielleicht die Geschichte der Gefühle

Das Heimweh wird von Tag zu Tag größer, aber ich spreche mit niemandem darüber. Ich verschließe mich für alles Jammern und Klagen und behalte das Feuer in der Brust für mich; wahrscheinlich bin ich dabei, mich ein kleines bisschen in eine Jugendliche zu verwandeln mit der dazugehörigen Dramatik und endlosen Gefühlsschwankungen. Ich kann mir nicht vorstellen, dass irgendein Mensch mein Heimweh heilen könnte. Ich will bei Fiddi sein, mich um Mutter herumtreiben und mit Vater plaudern. Es spendet Trost, sich an Regentagen mit dem kleinen Gísli im Schafstall einzuschließen und ihn auf der Schaukel vor- und zurückzustoßen, an zu Hause zu denken und alles in rosenroten Luftspiegelungen zu sehen. Ich weiß, dass die Tage vergehen und die

Dunkelheit im Meer versinkt, und es kommt mir nie in den Sinn, dass dem Jungen Gísli dieses elende Geschaukel missfällt. Er beschwert sich zumindest nicht.

Es kann sein, dass ich aus diesem Grund in diesem Sommer auf dem Land viel sensibler werde als im letzten, ich will es nicht behaupten. Die Toten laufen zumindest direkt vor meinen Augen an mir vorbei, und sie sind so aufdringlich, dass ich mich abends kaum aufs Klo traue. Mir kommt es immer vor, als ob mich jemand beobachtet, mich verfolgt, mich wie ein Hund verfolgt und in meine Fußstapfen tritt.
Ich stehe zum Beispiel einmal von Angesicht zu Angesicht mit einem dunkel gekleideten Mann mit finsterem Gesicht. Ich spüre, dass Böses von ihm ausgeht, spüre auch, dass er auf irgendeine Weise mit Mattis Ester und ihrer Mutter, María Petrína Finnbogadóttir, verbunden sein muss, die ehrlich gesagt eine der bemerkenswertesten Frauen ist, die ich kennen gelernt habe. Sie ist winzig klein, zeigt ihre Gefühle nicht offen und ist im Allgemeinen ziemlich verschlossen. Aber ich gehe trotzdem gerne zu ihr, vielleicht nicht zuletzt deswegen, weil sie eine der wenigen Erwachsenen ist, die mir überhaupt keine Schuldgefühle wegen meiner Hellsichtigkeit machen. Sie sagt mir nicht, dass ich schweigen und mit niemandem darüber sprechen soll, wie Mutter es tut; sagt allerdings, von da an gewusst zu haben, als sie mich zuerst sah, dass ich so eine Person sei, die in andere Welten hineinsehe und manchmal mehr sehe, als mir lieb wäre.

- Man kann einfach nicht alles bestimmen, mein Fräulein, sagt sie, und mir scheint wie so oft, dass in ihrem Innern irgendeine Art seltsamer Beziehung zwischen Wärme und Sarkasmus kämpft, auch wenn die Wärme meistens die Oberhand gehabt hat.

Irgendeine Nacht sehe ich, dass María Petrína früher aufwacht als gewöhnlich und anfängt zu arbeiten. Ich nähere mich ihr vorsichtig, als sie auf ihrem Bett sitzt. Unglaublich, wie gebeugt die Rückseite dieser kleinen, alten Frau ist, denke ich, und mich durchfährt ein warmer Strom, als ich sie betrachte; ich fühle mit ihr, und mir scheint es, als wäre sie nie eine junge Frau gewesen.

- War dein Mann schlecht zu dir? frage ich und starre zur selben Zeit auf ihn, wie er grimmig an uns vorbeistolziert mit der Nase hoch in der Luft. María Petrína schaut mich an wie durch ein Vergrößerungsglas; es ist, als ob sie wüsste, was ich denke, und ich schweige, als sie besonnen sagt:

- Mein Mann war nie gut zu mir, aber ich kann ihm dafür danken, dass er so freundlich gewesen ist, den Zement für unser Haus zu rühren. Alles andere habe ich getan. In Wirklichkeit war ich sein Sklave, Bíbí, ich war sein Hund. Gut zu mir, nein, frag mich nicht mehr danach und komm mit mir an den Strand.

Ich genieße es, mit María Petrína am Strand spazieren zu gehen, und in der Tat genieße ich es, den ganzen Sommer bei ihr zu sein. Wenn ich zurückblicke, kommt es mir vor, als ob ich vielleicht an einen kleinen, seltsamen Schatten erinnere. Ich finde es gut, ihr beim Waschen zuzusehen oder zu sehen, wie sie die Sonntags-Lammkeule in den Ofen schiebt, finde es angenehm, jede ihrer Bewegungen zu betrachten, nicht zuletzt im Freien. Sie bringt mir bei, mich gegen die Küstenseeschwalben zu verteidigen, auch wenn es nicht immer gut gelungen ist, denn manchmal werden wir regelrecht durchlöchert von diesen Himmelsungeheuern; ich gehe auch mit ihr zum Daunensammeln, und wir unterhalten uns über alles und nichts, während sie das Gelege reinigt und die Daunen einsammelt. Dies sind gute Momente, weil sie die Zeit verkürzen, bis ich heimkomme zu Mutter und Vater. Ich spreche nicht mit María Petrína darüber, wie es mir geht, aber sie weiß, dass ich Heimweh habe, weil ich ständig hinunterlaufe zur Straße, um nach Post zu schauen. Ich schaue nach einem Brief von Mutter oder Vater, und sie weiß das gut. Es ist, als ob sie den Herzschlag in mir hört.

Einen Tag kommt dann ein ganz kurzer Brief, vielleicht richtiger, es Zeile zu nennen, von Mutter, und darin steht unverblümt: „Bíbí, dem kleinen Lilli [Kosename für Fiddi] ist es ganz furchtbar langweilig ohne dich, schließlich ist niemand da, um bei ihm zu sein.

Grüße, þóra G. Fridriksdóttir.“

Länger ist der Brief nicht, aber er sagt trotzdem eine gewaltige Menge, worüber ich nicht einmal nachdenken will, ich tue es aber dennoch. Wie kann es meiner eigenen Mutter eigentlich in den Sinn kommen,

ihren Namen unter den Brief an mich zu schreiben? Weshalb schreibt die Frau nicht „Deine Mutter“ unter den Brief? Ist sie vielleicht nicht meine Mutter? Bin ich vielleicht irgendein geheimes Kind, das vom Himmel zu ihr herabgefallen ist und das sie gar nicht kennt? Bin ich vielleicht nichts wert auf dieser lächerlichen Welt?
Aber ich kann diesen Gedanken nicht vermeiden, auch wenn ich es will. Selbstmitleid sitzt um mich wie Dunkelheit, vielleicht ist es richtiger zu sagen, dass es vor mir liegt wie ein kohlenschwarzer und bleischwerer Nebel. Ich habe einen Kloß im Hals, als sich María Petrína neben mich setzt, eine Hand auf meine Schulter legt und fragt:

- Hast du jetzt endlich einen Brief von zu Hause bekommen, Bíbí?

- Ja, Mutter hat mir geschrieben, sage ich, und ohne dass ich es bemerke, nimmt mir María Petrína den Brief aus den Händen. Sie liest ihn, wirft ihn dann wieder auf mich und sagt barsch:

- Das war dann großartig, dass du den Brief von ihr bekommen hast.
- Ja, ich habe diesen Brief bekommen.
- Es kann sein, Bíbí, dass du einen Brief bekommen hast, aber eins will ich dir sagen.
- Und was ist das?
- Deine Mutter hat dich nicht gern, ist dir das klar?

Mir kommt es vor, als ob diese kleine, arbeitsame Frau mich mit einem großen und feuchten Lappen geschlagen hat.

- Wohl hat sie mich gerne.
- Nein, meine Gute, sie hat dich nicht gerne, und das sieht jeder Mensch mit gesundem Verstand an ihrem Brief.
- Doch.
- Du solltest sie mehr vermissen.
- Ich vermisse sie alle.

- Dann gibt es also einen, der jemanden vermisst, sagt sie, und ich finde es nicht einer Antwort wert, genauso wenig wie anderes, was sie in dieser kurzen, aber denkwürdigen Unterhaltung zu mir sagt. Vielleicht ist es richtig, dass jeder über die Wahrheit am zornigsten wird, ich will das ja nicht sagen, aber ich bin zumindest nicht bereit, meine Furcht, dass Mutter das Mädchen, welches sie so sehr vermisst, nicht gern hat, mit María Petrína zu teilen, trotz aller guten gemeinsamen Momente zusammen mit ihr.

34. Die Kugel zerschmettert das Haus Björk

Es ist so seltsam, dass es mir nach meinem zweiten Aufenthalt auf dem Land vorkommt, als ob ich mich für einige Zeit an nichts klar genug erinnere. Dennoch erinnere ich mich, dass ich überhaupt nicht weiß, wer von uns glücklicher ist, ich oder Fiddi, als ich wieder heimkomme. Auch jetzt kommt es mir vor, als ob ich seine Stimme höre, als er am Tor zu Hause steht: - Bist du heimgekommen, meine Bíbí? Mir kommt es auch vor, als ob ich mich an die Gefühle erinnere, als er mir um den Hals fällt, den Jubel im Herzen, als ich sein Haar berühre; ja, es kommt mir vor, dass ich mich sogar an seinen Geruch erinnere, als er das sagt und dann anfängt zu lachen, überaus froh, der Junge.
Ich kann trotzdem nicht sagen, ob alles ganz genauso ist, wie es mir in der Erinnerung vorkommt. So viele Erinnerungen sind rekonstruiert und kommen in so unterschiedlichen Bildern zu einem. Aber in einem bin ich mir sicher, und das ist, dass ich überaus froh bin, wieder zu Hause zu sein, und in etwas anderem bin ich mir auch sicher, dass ich, Bíbí Ólafsdóttir, in der eigenen Vorstellung fast dabei bin, eine Jugendliche zu werden. Ich bin zumindest schon ein ganz kleines Teenager-Mädchen, und ich glaube, dass ich niemals vergesse, wie wir aus Múlakampur nach Kópavogur [Nachbarort von Reykjavík] ziehen.
Wir drehen uns um und schauen auf die Kugel, die das Haus zermalmt, das sowohl bittere wie süße Erinnerungen bewahrte. Wir sind unter den Letzten, die aus Múlakampur fortziehen, und wir werden es, ehrlich gesagt, auch nicht vermissen, trotzdem weint Mutter, die sich abmüht, das Haus rein zu machen, bevor wir umziehen – weil sie es nicht gewohnt ist, etwas schmutzig zurückzulassen, und auch jetzt nicht damit anfangen will, wie sie sagt, während sie zuschaut, wie sich unser Haus zusammenlegt wie eine Spielburg.

- Du hättest nicht putzen sollen, meine Þóra, sagt Vater und fährt

im Esso-Auto von Múlakampur los mit den Kindern, Ásta, Stella, Bíbí, Fiddi, seiner Frau und unseren Besitztümern. Es ist schönes Wetter, ruhig und windstill, und trotzdem sind helle Farbzungen um uns herum, und irgendwie kommt es mir vor, als ob ich den Klang der Blaskapelle von Reykjavík im Tal Laugardalur höre, wo die Isländer und Dänen gerade das Fußball-Länderspiel beginnen. Ich höre zumindest Bläsertöne, und ich finde das gut, und auch wenn mir nicht klar ist, woher sie kommen, bin ich aufgekratzt. Ich bin nämlich sowohl gespannt wie besorgt, ein neues Kapitel an einem unbekannten Ort aufzuschlagen.
Die Reise geht nach Kópavogur in das Haus, das Vater ganz alleine errichtet hat; er ist jedes einzelne Wochenende abends nach der Arbeit über lange, lange Zeit mit Holzlatten und Nägeln und Hammer und Sägen und Gott weiß was vom Kampur nach Kópavogur geradelt; er ist das geradelt, Ólafur Friðriksson, um seinen Kindern und seiner Frau ein gutes Zuhause in der Weststadt von Kópavogur zu schaffen auf dem umzäunten Gelände, das nach dem Osten benannt ist [daher der Name „Austurgerði" – östliches eingezäuntes Gelände].

35. Ausgelassene Freudenstimmung und Aufbau

Austurgerði 3 in der Weststadt von Kópavogur ist nicht gerade ein stattliches Haus, und das ist uns allen klar, als wir auf den Vorplatz fahren und es in Augenschein nehmen. Es ist allerdings auch nicht so, als ob wir das erste Mal dorthin kämen, denn wir haben nicht wenige Stunden damit verbracht, beim Aufbau zu helfen. Es kann trotzdem sein, dass ich mir in meinen wildesten Träumen vorgestellt habe, dass uns, wenn wir aus Vaters Esso-Auto springen, ein gepflasterter Weg zu einem kleinen Palast erscheint und dass sich auf einmal die Tür von selbst öffnet und Mutter, unser aller Königin, zuerst hineingeht in eine unglaubliche Abenteuerwelt, da wo Veilchenduft aus jedem Winkel herangetragen wird. Aber unser Haus in Austurgerði ist natürlich keinesfalls wie ein amerikanischer Traumfilm in Farbe und Cinemascope

ater errichtete unser Haus in Austurgerði 3 alleine und selber, mit Hilfe vieler kleiner Hände. uf dem Bild ist unser Haus schon recht schick und nicht so, wie es war, als wir 1965 einzogen.

– aber darf man träumen? Träume schaden überhaupt nicht, verursachen keine Enttäuschungen, sondern bringen einen eher zum Schweben.

Wir sind zumindest nicht in einem Netz der Täuschung gefangen, weil die Realität so ganz und gar intensiv schwarzweiß ist. Das Grundstück rund um das Haus ist noch nicht aufgeräumt, Sandhaufen über Sandhaufen, kein Strom, keine Treppen. Austurgerði 3 ist gerade knapp winddicht, aber es gibt ein paar Fenster, einige sogar verglast, und ein kopfdickes Brett anstelle einer Haustür und ein Hängeschloss davor. Zu uns herein soll niemand ungebeten kommen, weder Mensch noch Tier, das ist unser Heim, und niemand braucht hier die Schuhe auszuziehen, zumindest nicht gleich.

Das ist nun ganz und gar kein besonderer Zustand eines Hauses um diese Zeit in Kópavogur, und Austurgerði unterscheidet sich nicht von den anderen Straßen in der Weststadt; viele Häuser sind ähnlich halbfertig, schließlich ist Kópavogur mehr oder weniger im lebendigen

Aufbau, die Lichter über dem Ort sind orange und gold, wie überall, wo die Unternehmungsfreude groß ist.
Alles um uns herum, soweit das Auge reicht und viel, viel weiter, dröhnen die Hammerschläge und Schreie und Rufe der arbeitenden Leute bis spät in die Nacht – reicht die Nägel, Latten, gebt den Zement her, nehmt euch in Acht vor den rollbaren Baugerüsten, reinigt das Holz von Nägeln, holt den Kaffee, beeilt euch und so jetzt und weiter und keine Faulheit – und darunter tönt weit verbreitet das Radio in aller seiner Pracht, und Troels Bendtsen wählt die Lieder für seine Reihe *Alter Wein in neuen Schläuchen.*
Es herrscht eine ausgelassene Stimmung, und nur wenige Bewohner der Siedlung wachen am Morgen ausgeruht und ohne Muskelkater auf. Aber ist das in sich selbst nicht wunderbar? Wem ist es nicht egal, wie er aufwacht, wenn ein neues Haus gebaut wird, ein vernünftiges und menschenwürdiges Zuhause? Wer hat gesagt, dass man sich nicht anstrengen muss? Wir haben auch nie damit gerechnet, alles geschenkt zu bekommen, nicht anders als andere gewöhnliche Leute; es macht auch viel mehr Spaß, sich selbst etwas Eigenes zu schaffen.
Unser Haus hat zwei Stockwerke, das obere ist noch nicht fertig, das untere halbverputzt, aber ungestrichen und hat keinesfalls eine Tapete mit grünen Weinreben auf der geschichteten Mauer, womit Vater die Wand in Múlakampur tapeziert hatte. Der Boden besteht aus rohem Estrich und der Staub wirbelt überall herum, wenn Mutter eifrig fegt, oft so heftig, dass man die einzelnen Zimmer nicht sehen kann, und erst recht nicht die leiseste Ahnung davon hat, wer draußen steht und an die Haustür klopft und vielleicht ein Anliegen an jemanden hat. Meine Mutter, die zuvor die ordentlichste Frau im Múlakampur war, ist jetzt die ordentlichste Frau in Kópavogur, rein bis in die Ecken soll alles in ihren Häusern sein, wo sie auch immer sind, und sie fegt und wischt Staub und wäscht und gönnt sich keine Ruhepause. Sie freut sich auch darauf, alles in Reih und Glied zu bekommen, hantiert und dekoriert, hängt Gardinen vor die Türen:

- Um uns abzugrenzen, gute Leute, wir müssen so viel Ruhe haben wie möglich, es geht einfach nicht, dass alles sperrangelweit offen steht.

36. Völliger Luxus, Mann

Ja, Mutter hat genug zu arbeiten, wie auch am Tag zuvor, und auch wenn sie nicht direkt ein frohes Gesicht macht, als wir auf den Vorplatz fahren, wird sie schnell fröhlicher bei allem Schaffen, Saubermachen und aller Betriebsamkeit. Die Schaffensfreude ist in vollem Gange, ihr Licht ist schön blaurot, während sie arbeitet, und der Blick ihrer Augen nicht stechend, und sie flucht ziemlich wenig, so gesehen. Sie singt, wenn ich mich recht erinnere, „*Einmal an einem Augustabend*" vor sich hin, leicht jazzig mit einem Múla-Schwung, als sie ihre Blumen platziert; es sind Fleißige Lieschen, Buntnesseln und Fuchsien.

- Wie schön die Blumen hier sind, und du isst nicht die Blätter von den Fleißigen Lieschen, Bíbí, hörst du das?

An der Wohnzimmerwand befestigt sie die Hängepflanze, die Lillý in Múlakampur meiner Schwester Stella geschenkt hat – passt genau hierhin, nicht wahr? Streicht dann gelegentlich über den Rafha-Herd, der in der Küche glänzt, und poliert in der Garage die Hoover-Waschmaschine, die nicht weniger glänzt.

- Es gibt keinen Grund, dass die Leute sehen, dass man das benutzt hat, sagt sie mit ihrem Hygiene-Gesichtsausdruck, den ich

zuerst über sie kommen sah, als sie über die Notwendigkeit sprach, das Edelstahlbecken in der Küche in Múlakampur zu schonen.

Ich weiß, dass sie sich darauf freut und es kaum erwarten kann, ihre blütenweiße Wäsche auf den dazu gemachten Leinen aufzuhängen, die Vater zwischen den Wänden in der Garage spannt, denn von der Garage gibt es einen Durchgang zur Wohnung:

- Sowohl praktisch als auch zweckmäßig, so einen Innenzugang in die Garage zu haben, und so viel, viel leichter für eure Mutter, sagt er.

Mir kommt es vor, als ob Mutter sich den Sommer, als wir einziehen, verändert, sie wird glücklicher, fröhlicher, wärmer. Es flackert zumindest nicht so viel Feuerrot um sie herum, ihr Licht wird milder, und manchmal scheint es mir, dass ich ein Lächeln in ihren Augen sehe und einen einzelnen Schwung in den Hüften. Und wehe mir, wenn sie nicht einfach aus vollem Hals und mit Stil *Ave Maria* singt, als Vater damit fertig ist, das Klosett anzuschließen und die Dusche anzubringen, was natürlich völliger Luxus ist, Mann, verglichen mit den Wannen in Björk, und es hängt ein verschiebbarer Plastikvorhang vor der Dusche, was für ein Unterschied!

- Das wird dann wie bei richtigen Leuten, Ólafur.

- Was denn sonst, meine þóra?

Mutter näht auch Gardinen aus rotbraunem Wollstoff für die Fenster und umhäkelt das große Kissen, das sie anstelle von Armlehnen auf das rotbraune Sofa legt; ich finde diese rotbraune Farbe trotzdem unheimlich hässlich. Aber es gibt nichts anderes und es ist immer gut, das zu haben, was greifbar ist, und nicht an das zu denken, was man nicht bekommen kann.

Mutter verfolgt sehr gut den Gang der Dinge in den anderen Häusern in Austurgerði. Sie vergleicht den Stand der Arbeiten bei den anderen mit dem eigenen und steht besser da. Ansonsten will sie nichts mit den Leuten in der Siedlung zu tun haben, aber wünscht trotzdem höflich guten Tag, und ich kann nicht sagen, dass ich ihr Streitmaul vermisse. Ich denke auch, dass sie es in Kópavogur wahrscheinlich weniger braucht, zumindest nicht, während sie beim Aufbauen und Schaffen ist, beim Aufbauen und Weg-Freimachen für neue Ideen und ein Leben an einem achtbaren Ort in der Welt: - Hier verurteilt einen nämlich niemand.

Sie hat auch ihre Schlafgewohnheiten geändert und schläft jetzt im selben Zimmer wie Vater. Fiddi ist zwar drinnen bei ihnen, aber trotzdem ist das ein Fortschritt, finden wir Mädchen, die ein gemeinsames Zimmer haben, und Vater hat gerade ein tolles Bett mit Schaumstoffmatratzen für jede von uns gezimmert.

- Ásta, Stella, Bíbí, keine Stockbetten mehr, danke, schick soll es sein.

Und dann ist genug im Garten zu tun für die Hausfrau mit dem grünen Finger, wie Mutter ihn immer alle Zeit gehabt hat, und jetzt kann er endlich richtig in seinem Element sein. Wir holen Lavaplatten aus dem Lavafeld Keflavíkurhraun, legen Grassoden in den Garten, pflanzen Bäume und eine Menge herrlicher Blumen. Mutter ist Projektleiterin, und alles gelingt, wie es besser nicht sein könnte; wir packen zusammen an und arbeiten schnell. Fiddi baut einen Taubenschlag und arbeitet Tag und Nacht an der Zimmerarbeit, wie andere Jungen in der Siedlung. Er liebt seine Tauben, sorgt für sie wie seine unmündigen Kinder und graust sich, wenn ein Kerl aus der Siedlung anbietet, sie zu essen.

Vater kauft sich einen orangenfarbigen Opel – igitt, aber was für eine Farbe, Ólafur! Aber der Opel ist nicht lange orange, oh nein, Vater nimmt ihn Stück für Stück auseinander, renoviert ihn und lackiert ihn neu mit dem Staubsaugerrohr von Mutter.

- Wie wagst du es, so mit dem Staubsauger umzugehen, Mann!

- Sei ruhig, meine þóra, sagt er und ruft uns dann eines Tages, um uns die Pracht zu zeigen, schleudert eine Plane von dem Auto, als wäre es ein Theaterrequisit, und da steht ein roter und glänzender Opel, rot ist die Lieblingsfarbe von Mutter, und auf dem Boden daneben ist der rote und glänzende Staubsauger, den er auch renoviert hat.

- Er hat nun auch seine guten Seiten, der Kerl, euer Vater.

Wir fahren überall mit dem roten Opel herum. Mutter ist stolz und hat fast ganz aufgehört, uns leichte Schläge zu geben, und wir bekommen ein Plätzchen drinnen im Gebiet von Garður, um Kartoffeln und Rüben auf einem kleinen Stück Land anzubauen, und sie ist ziemlich lebhaft dabei, auch Radieschen auszusäen:

- Sie sind so gesund und gut und haben so eine schöne Farbe.

Und ich bin glücklich draußen in der Natur mit Mutter und Vater und Fiddi und den Mädchen und umarme die Erde, springe im grünen Gras durch die grüne Farbe. Ich esse das Gras, wie ich es in Múlakampur getan habe, um die Sicherheit in meinem Inneren zu spüren. Ich pflücke eine Margherite, finde sie wunderbar, zupfe die Blätter von ihr, reihe sie aufs Gras und sehe, dass die Blätter gleichgroß und gleichbreit sind, vollkommen.

- Die Margherite ist eine vollkommene Blume, sage ich zu Fiddi, und er erinnert mich daran, wie er klein war in Múlakampur:

- Da hast du dir einen Blumenschal gemacht, Bíbí, aus Butterblumen und Löwenzahn, weißt du noch, und du hast eine Krone für mich gemacht, und dann haben wir an den Köpfen der Margheriten gesaugt und Seifenblasen mit Löwenzahnstengeln geblasen.

- Vielleicht werden wir einfach immer so viel Spaß haben, mein Fiddi, sage ich und sehe diverse Möglichkeiten vor mir, die das Leben an einem neuen Heimatort zu bieten hat.

- Vermisst du Múló [Múlakampur] manchmal? fragt er.

- Nein, überhaupt nicht.

- Ich auch nicht.

- Gut.

- Aber vermisst du das Elfenmädchen nicht?

- Nein, ich denke nur schön an sie.

- Gut, sagt Fiddi.

Es wird wirklich leicht, hier in Kópavogur zu wohnen, und ich wage sogar zu hoffen. Ich bin auch deshalb glücklich und fröhlich, weil ich aus irgendeinem Grund nicht länger gefährliche Bilder auf meinem Bildschirm sehe. Es ist, als ob er gleichzeitig mit dem Haus Björk zersprungen sei, er ist zumindest dort zurückgeblieben und liegt in willkommener Ruhepause. Das freut mich unsagbar, und wenn ich auch noch die warnende Stimme höre, von der ich nicht weiß, wem sie gehört, das Licht der Leute um mich herum sehe und Wesen aus einer andereren Welt herumwandern, ist das eine Kleinigkeit und macht nichts. Ich fürchte mich weder vor Stimmen, Licht, noch Toten, aber ich fürchte, Überbringer schlimmer Nachrichten zu sein. Ich will das einfach nicht, und in den Jugendjahren werde ich davor zum Glück verschont.

- Wie gefällt dir das alles, meine Bibba? fragt Vater.

- Sehr gut, antworte ich, und wir wissen beide, dass ich eine Frage beantworte, die einen viel reicheren Inhalt hat als der Klang der Worte.

37. Engelsmädchen in einer Jacke aus Englisch Leder

Ich bin noch nicht lange in unserem neuen, mit Staub angereicherten Haus in Austurgerði, drei Stunden oder so, als fest an das Brett geklopft wird, draußen steht ein zögerliches Mädchen und fragt:

- Ist das Mädchen zu Hause?

- Hier sind drei Mädchen, welche willst du? fragt Mutter.

- Diese Kleine, sagt sie, und Mutter ruft mich, und das Mädchen macht keine langen Worte:

- Willste mit mir komm'n?

Ich bin unheimlich schüchtern, aber nicke trotzdem mit dem Kopf und gehe mit ihr auf Forschungsexpedition runter nach Vitamál, um zwischen den Tanks herumzuklettern und runterzuspringen und zu gleiten und im Sandhaufen zu landen. Ich fürchte keine Höhen und gehe ganz schön hoch und komme mir vor wie ein Vogel. Und dann kommt die Kinderschar in das Gebiet, wir spielen Verstecken und haben Spaß. Als ich heimkomme, fragt Mutter, wie das Mädchen heiße, mit dem ich gespielt habe. Ach, da habe ich bei aller Freude vergessen, sie nach dem Namen zu fragen, ich komme dann später dahinter, dass sie Jóna heißt und dass bei ihr zu Hause auch viele Geschwister sind und immer an ihrem Haus gearbeitet wird wie an unserem. Jóna verschwindet allerdings genauso schnell aus meinem Leben, wie sie aufgetaucht ist. Aber es ist trotzdem so gut, Identifizierung mit anderen zu spüren, auch wenn nichts der Freundschaft zwischen mir und þorbjörg gleichkommt, meiner Klassenkameradin und Freundin aus Blesugróf, die manchmal zu mir nach Austurgerði kommt, auch wenn ich nie, nie zu ihr gehen darf. Ich vermisse þorbjörg und ihre Unterstützung und das Vertrauen, das wir haben; ich habe Angst, sie zu verlieren, Angst, nie wieder eine genauso gute Freundin zu bekommen.

- Du bleibst zu Hause und spielst mit den Kindern aus Kópavogur, wenn du nicht deinem Vater im Haus helfen musst, sagt Mutter. Ihre Worte stehen wie die Buchstaben in einem Buch, kein lebendiger Mensch beginnt nun mit einem Richter zu streiten, der nicht nachgeben kann. – Aber wie verständnislos und frech und saublöd du nun immer sein kannst, Mutter Drecksweib, habe ich größte Lust zu sagen, tue es aber natürlich nicht, auch wenn es mir sowohl schlecht als auch ungerecht erscheint, nicht spielen zu dürfen, wie ich es will und mit wem ich will, oder dann wenigstens einfach ehrliche Arbeit zu arbeiten wie meine Schwestern, Ásta und Stella, die in der Keksfabrik Esja eifrig und hart arbeiten, bis die Schule im Herbst beginnt. Solche Glücksraben, älter zu sein als ich, die sich dennoch sehr gut zutraut, für Lohn zu arbeiten. Aber manchmal ist es gut zu warten und manchmal ist es ganz dringend notwendig zu warten.

Im Herbst gehen wir drei Schwestern dann in die Mittelschule von Kópavogur, und ich kann nicht sagen, dass ich mich darauf freue. Ganz im Gegenteil mache ich mir solche Sorgen deswegen, dass ich die Nacht zuvor kaum schlafen kann. Ich will nicht unter unbekannten Schulkindern sein und denke mit Schaudern daran, dass hier vielleicht der gleiche Fluchttanz und das Versteckspiel anfängt wie in der Schule Laugarnesskóli; das gleiche Gefühl, anders zu sein, wie dort, nur noch schlimmer, weil hier keine Þorbjörg ist, keine Freundin, die man an die Hand nehmen kann und der man Geheimnisse anvertrauen kann. Und obwohl ich eine Stimme höre, die flüstert, dass das alles komplett in feiner Ordnung sein wird, ich würde nur stark sein müssen, nehme ich sie nicht ernst. Ich bin so verdammt besorgt, dass ich gar nichts hören kann, zuallerletzt die Stimme von jemandem, den ich nicht sehe:

- Du kannst dich zumindest sehen lassen, wenn ich irgendwas glauben soll, was du sagst.

- Ihr sollt fein sein am ersten Tag in der Schule, sagt Vater und schenkt uns allen die gleiche Jacke aus Englisch Leder, Stella eine blaue, Ásta eine helllila, mir eine giftgrüne und ich finde meine am hässlichsten – igitt, was für eine Farbe. Aber die Schultasche, die Ásta mir schenkt, sie kauft sie ungebeten und aus freiem Willen von ihrem Lohn, betäubt meine Unzufriedenheit so ziemlich.

Ich beschließe daher, nur an die Tasche zu denken und die Jacke zu vergessen. Es ist eine Umhängetasche aus Leder mit vielen Fächern und sie hat einen echten Ledergeruch, aber auch wenn die Tasche glänzend

schick ist, verdeckt sie nicht die Tatsache, dass ich niemanden in der Schule kenne, und dann muss ich auch alleine dorthin gehen, weil meine Schwestern zu anderer Zeit erscheinen sollen als ich. So eine blöde Schule, die einem eine ganz andere Zeit vorgibt, und dann muss man sich langsam einen Weg durch das Kindergedränge bahnen, den ganzen Weg zur obersten Etage, da wo meine Klasse untergebracht ist, und Gott, wie viele Augen dort sind, wie viele Körper, wie viele unruhige Farben, wie viel Lärm, großer und schrecklicher Lärm.
Ich bin wahnsinnig schüchtern und kann die Gedanken nicht beherrschen, die mich heimsuchen, trotz meiner Hoffnungen auf ein leichteres Leben in Kópavogur. Was habe ich mir eigentlich gedacht und was dachte ich, was passieren würde? Warum kam mir in den Sinn, dass alles in Ordnung wäre? Hier stehe ich, Bíbí Ólafsdóttir, auf völlig unbekanntem Schulgelände in der schauderhaftesten Jacke der Welt; ich bin hässlich, mit hervorstehenden Augen, einem Buckel und ganz und gar die reinste Jammergestalt, wo man mich auch anschaut, und nicht genug damit, ich bin auch noch anders als alle anderen Kinder und verstehe diese Welt nicht und die Gesetze, die in ihr herrschen. Ich rauche nicht, habe nie eine Party besucht, bin nie in der Ballettschule von Edda Scheving oder Sigríður Ármann gewesen, weiß nichts über die Liebe und wonnige Gefühle in Magen und Brust, habe nicht jenen ungewöhnlich gewagten Kinofilm *Die Nackte* mit Bette Davis im Kino Bæjarbíó in Hafnarfjörður gesehen, bin nie auf Tanzveranstaltungen gewesen oder habe Wange an Wange mit einem Jungen mit einem Ständer getanzt, wovon ich trotzdem weiß, was das ist, wegen meiner schmerzhaften Erfahrung. Ich bin völlig verloren, aber wild entschlossen darin, mein Bestes zu tun, um den Ruf zu retten; ich will alles tun, was ich kann.

V: Du sagst, dass du eine schmerzliche Erfahrung gemacht hast.
B: Ja.
V: Was für eine?
B: Ich wurde schlimm missbraucht, als ich zwölf Jahre war.
V: Hat dich das verändert?

B: Natürlich.

V: Wie?

B: Ich landete im Labyrinth und war dort lange und fürchtete, nie den Weg hinauszufinden. Ich war von Zweifeln erfüllt, Zorn und Furcht, was schwer war wieder loszuwerden. Diese meine Kindheitserfahrung kennzeichnete alle meine Schritte und alles, was ich tat. Ich ging verloren und blieb lange verloren; meine Entwicklung hielt irgendwie an, aber das ist schwierig zu erläutern. Es war, als ob ich ohne Ziel und Zweck umhertrieb. Ich war immer verängstigt, schüchtern und unselbstständig. Ich wurde der Unschuld beraubt, aber war trotzdem sehr lange sehr kindlich. Ich hörte auch auf, jeglichem Mann zu vertrauen; ich hatte dem Mann vertraut, der mich missbrauchte, ich glaubte, seine Freundschaft gewonnen zu haben. Danach standen alle Männer unter Verdacht, und mit diesem Verdacht war es schwierig zu reisen und leicht vom Weg abzukommen, was mir wahrhaftig oft passiert ist.

V: Hast du den Weg aus dem Labyrinth herausgefunden?

B: Ja.

V: Wie?

B: Indem ich das Geheimnis vernichtet habe und davon erzählt habe. Das war der Anfang.

V: Hast du gesagt, wer es war, der dich missbrauchte?

B: Nein, das diente keinem Sinn, als es dazu kam, jener hat auch ein schlechtes Gewissen, aber die Erfahrung erlitt ich, kurz bevor wir aus Múlakampur nach Kópavogur zogen; das Herausarbeiten war schwierig und das Nachspiel auch. Mir gelang es, auf das Ereignis aus der Ferne zu sehen. Das ist eine Kostbarkeit, von der ich wünschte, dass sie allen gegeben wäre.

V: Du dankst in den Widmungsworten des Buches allen, die deinen Weg gekreuzt haben, und sagst, dass dir jene viel gegeben haben; gilt das auch für den Mann, der deine Freundschaft gewonnen hatte und dich dann missbrauchte?

B: Das gilt für alle.

V: Wie kann das sein?

B: Mir war dieser Lebenslauf bestimmt, und ohne ihn und die Umwege bis zu einem gewissen Maß könnte ich meine Arbeit nicht leisten und denen helfen, die meine Hilfe brauchen. Ich sehe zum Beispiel sofort, wenn eine Person missbraucht worden ist, das verbirgt sich nicht in ihrem Licht. Mir ist es gelungen, viele dazu zu bringen, den ersten Schritt zu tun; das Geheimnis zu vernichten. Danach übernehmen Fachleute, und wenn die Sache richtig gehandhabt wird, wird es danach heller. Es ist nämlich möglich, sich aus allen Dingen herauszuarbeiten.

V: Aber du hättest natürlich ohne diese Erfahrung bleiben wollen.

B: Ich bat nicht um sie, aber sie war mir zugedacht.

V: Hast du vergeben?

B: Ich habe das vergeben, was in meiner Macht ist.

- Fang bloß nicht an zu lügen, flüstert die Stimme.

- Ach, sei jetzt mal still, murmele ich und gleichzeitig kommt ein Mädchen zu mir, als ich wie ein verholzter Huflattich in der Ecke bei der Haupttür hänge. Es ist Pause, und die sind am schlimmsten, weil ich mich dann unheimlich stark bemitleide und Þorbjörg am meisten vermisse.

Ich sehe, dass das Mädchen weltgewandt ist und sicher alles ausprobiert hat, was ich nicht ausprobiert habe, alles gelernt hat, was ich vielleicht nie lernen kann. Sie redet mich an, und ich bereite mich darauf vor, ihre Fragen so schnell und klar zu beantworten, wie ich kann, und alle Tricks zu benutzen, um mich zu bewähren; ich werde mich, wenn nötig, sogar in Versuchung führen lassen zu lügen.

- Wie heißt du?

- Ich heiße Bíbí.

- Du kannst nicht Bíbí heißen, niemand heißt Bíbí.

- Ich heiße dann Jónína Björk und werde Bíbí genannt.

- Sprichst du oft mit dir selbst?

- Nein, nie.

- Bist du schon mal auf eine Tanzveranstaltung gegangen?

- Ja, oft.

- Wohin?
- Ins Lídó.
- Wann bist du dort gewesen?
- Das ist ein bisschen her.
- Das kann nicht sein, du lügst, du bist nie auf einer Tanzveranstaltung gewesen, du weißt nicht mal, wo das Lídó ist, sagt das Mädchen hämisch, stolziert davon und lässt die Lügnerin mit einem schreienden „Durchgefallen“ in den Augen und überall um sich herum zurück.

Kurz darauf höre ich, dass die Kinder mich Engelsmädchen nennen, das nichts probiert hat, Engelsmädchen, das immer zu Hause lernt, Lehrerschleimerin, die nur schnurrt und lächelt, während die anderen Kinder dafür zurechtgewiesen werden, dass sie nicht lernen, Lehrerschleimerin, die denkt, die Schule sei dazu da, darin zu lernen, Engelsmädchen und Lehrerschleimerin, Lehrerschleimerin und Engelsmädchen, die immer alleine draußen in der Ecke kauert wie eine Kleina [isländische Teigware in Zipfelmützen-Form] und keine Freunde und Kameraden hat, mit denen sie zusammen nach Hause geht.

Wer will auch zusammen mit einem Mädchen laufen, dem die Augen aus dem Kopf stehen und das eine giftgrüne Jacke aus Englisch Leder trägt, wenn andere, bessere im Angebot sind? Wer will Freundschaft schließen mit einem skelettdürren Mädchen, das findet, dass das einzig Gute an der Schule ist, die Tafeln für Weihnachten zu verzieren, Vorlagenbilder zu zeichnen, die die anderen Kinder ausmalen, Rentierjunge zu zeichnen, Engel, Weihnachtsmänner, Kirchen und alle möglichen Kreaturen; ein Mädchen, von dem der Lehrer Björgvin sagt, dass es eine gute Zeichnerin sei, und das lässt es ihm trotz allem warm ums Herz werden. Aber will jemand Bíbí Ólafsdóttir zur Freundin haben, auch wenn sie alles tun will, um eine solche zu werden? Ist es denkbar, dass sich irgendein Freund in der Kinderschar verbirgt? Nein, sicher nicht, denke ich und bemitleide mich selbst mehr als alle hungernden Kinder in ganz Afrika in all seiner Größe.

38. Ich bin vierzehn Jahre und weiß, was ich will

Ich bin offenbar sehr misslungen und werde es immer sein, murmele ich vor mich hin, während ich Fiddi zu Hause beim Lernen helfe, und sage ihm dann, dass er genug essen soll. Die Hauptsache ist, genug zu essen, ich würde ihm nur helfen, wenn er esse, es sei mir völlig unmöglich, so einen mageren Bruder zu haben, der nie lernen können werde, anständig zu dividieren, geschweige denn zu multiplizieren, wenn er so herumbaumele wie ein Gerippe.

- Ich habe Freunde in der Schule, sagt Fiddi einen Tag, als ich ihn begleite, was ich immer tue, wenn ich keine Zusatzstunden habe.
- Das ist gut.
- Hast du Freunde in der Schule, Bíbí?
- Nein.
- Meine Freunde finden dich süß, und sie wollen mit mir nach Hause kommen, um dich zu sehen, nur um dich zu sehen, Bíbí.
- Sei still, Fiddi.
- Aber es ist wahr, sie würden nicht mit mir spielen wollen, wenn sie dich nicht so wahnsinnig süß finden würden, Bíbí.
- Halt die Klappe, Fiddi, ich höre mir deine Lügen nicht an.

Ich bin also erfüllt von Selbstmitleid und elendem Herumgehänge, weil ich keine Freunde bekomme, und ich tue allerdings auch nichts dafür. Ich übe nicht einmal in Gedanken, sehe nichts sich in den Gedanken ändern, spreche nicht mit meinen Schwestern darüber, schweige einfach wie ein Grab und bin mürrisch. Mit dem Elend als einziger Wegzehrung ziehe ich umher, allein und jammernd, auf dem Heimweg komme ich gewöhnlich am Hügel bei der Kirche Kópavogskirkja vorbei. Dort sind wunderbare Farben, lila und violett, dort fliegt ein Rabe mit seinen tiefen Flügelschlägen und spielt mit seinen Flugkünsten, dort ist die Brennnessel, sowohl gefährlich wie schön, es ist gut dort zu sein, und es gibt dort auch eine Menge Leute, die niemand sieht außer mir, Leute, die mich völlig in Frieden lassen. Der Hügel Kirkjuholtið ist mein Hügel, und obwohl ich es gut finde, dort Ruhe und Frieden zu haben, freut es mich, dass ich dort zum ersten Mal der Stimme gewahr werde, die mir ständig folgt und versucht mich zu warnen.

Ich liege zwischen den Steinen im Hügel, kaue einen Halm und murmele jammernd:

- Ich bin ein hässliches und langweiliges Engelsmädchen, das niemand kennen will.
- Nimm dich zusammen, sagt sie da.

Ich zucke zusammen, als ich die Stimme erkenne, und sehe eine Frau im Alter von Mutter. Sie ist schäbig gekleidet in rotbraunen und weiten Kleidungsstücken und schwarzen Stiefeln, und ihr Aussehen erinnert mich am ehesten an die Penner in den Gräben an der Straße Suðurlandsbraut.

- Nimm dich zusammen, wiederholt sie warm und stößt mich gleichzeitig an.

- Wer bist du?
- Ich beobachte mein Mädchen hier in Kópavogur, und dann beobachte ich auch dich, Bíbí, wie du ganz genau weißt, du hast mich nur zuvor nicht gesehen.
- Wie heißt du?
- Nenn mich Kolbrún.

Ich setze mich auf und betrachte sie. Ich habe keine Angst, ich weiß, dass sie mir gut will, ich kenne sie, obwohl ich sie nicht kenne, ich bin froh, sie mir nahe zu haben, froh, mit jemandem sprechen zu können. Ich erzähle ihr von meiner Einsamkeit, dass ich keine Freunde habe, und von meinem Kummer. Sie sagt, dass das mit dem Frühling in Ordnung kommt, und dann löst sie sich vor meinen Augen in Luft auf, verschwindet einfach wie eine Wolke vom Himmel, wie eine unsinnige Idee, wie ein unnützes Nichts.

- Und dann gibt es dich nicht 'mal, heule ich, aber gehe danach trotzdem gerne immer wieder zum Kirkjuholtið, gehe gerne dorthin, weil es mir dort gut geht und ich eine Stimme erspüren kann, eine Frau zum Berühren, da habe ich viel zu reden.

Im Frühling gehe ich zur Arbeit für Jugendliche, streiche unter anderem Zäune und lerne Svana kennen. Svana ist klasse, schön, gut und fröhlich, und ihr Licht ist hellblau und angenehm. Wir fangen an, zusammen auf dem betreuten Spielplatz zu arbeiten, es macht immer

Spaß, unter kleinen Kindern zu sein, und als der Sommer zu Ende geht, beginnen wir zu meinem unermesslichen Vergnügen mehr zusammen zu sein, und was noch besser ist, scheint mir, dass nicht zuletzt auch sie zufrieden ist.
Svana ist ehrlich und direkt heraus.
Sie sagt mir gleich, wie es bezüglich unserer Freundschaft ist, die vielleicht entstehen kann und vielleicht nicht entstehen kann, das hinge alles von mir ab.

- Da ist nur eins, Bíbí.
- Was ist das?
- Dieser Engelsmädchenzustand von dir geht nicht länger.
- Ich kann einfach nichts daran ändern.
- Es gibt immer einen Rat.
- Was soll ich tun?
- Du musst anfangen zu rauchen.
- Weshalb?
- Engelsmädchen rauchen nicht, verstehst du?
- Kein Problem, sage ich, und beginne formell zu rauchen, damit es ein Ende hat, eine minderwertige Erscheinung zu sein. Ich gebe Svana Erlaubnis, die Nachricht bei den anderen Kindern auf der Arbeit für Jugendliche herumgehen zu lassen: Bíbí Ólafsdóttir, wohnhaft in Austurgerði 3, hat sich in einen gewöhnlichen Menschen verwandelt und wird deshalb Teil der Gruppe. Dieses entsetzliche Engelsmädchen und die Lehrerschleimerin ist ein für alle Mal verschwunden, und jetzt muss sich niemand dafür schämen, sie zu kennen.

Ich bin vierzehn Jahre und ich weiß, was ich will, und als ich heimkomme, bietet Mutter mir eine Zigarette an. Das überrascht mich nicht, ich nehme sie schweigend an und erhebe keine Einwände, weil ich weiß, dass Mutter sowieso alles über mich weiß. Und so sitzen wir zusammen im Wohnzimmer und rauchen Camel, genießen zusammen den Augenblick, wie es in der Werbung heißt, und blicken uns dann gegenseitig feierlich an, als Vater heimkommt. Er blickt zornig auf uns, mit verdammt saurem Gesichtsausdruck, Ólafur Friðriksson, geht dann runter, will offensichtlich alleine mit sich sein, schmeißt die Garagentür hinter sich zu und fragt: - Was zum Teufel ist hier eigentlich los?

39. Lieber Gott

Und obwohl ich schon das traditionelle und erzwungene Gewissensrauchen mit meiner Freundin Svana angefangen habe, habe ich überhaupt keine Ruhe, als der zweite Winter in der Schule anfängt. Mir sagt nämlich der Verstand, es könne sein, dass es keinesfalls ausreichend ist, zu rauchen und das schon so heftig, dass das Klischee von dem wie ein Schornstein rauchender Mensch eine beglaubigte und wahre Bedeutung bekommt, als der Herbst seinem Ende zugeht. Die Wahrheit ist leider die, dass ich mich trotz allem selbst nicht verändert habe. Ich bin immer noch so eklig hässlich, dass es nicht zu beschreiben ist. Ich liege Abend für Abend im Bett und kann vor Sorge nicht einschlafen. Weshalb um alles in der Welt sehe ich so aus? Weshalb bin ich nicht genauso schön und wunderbar, wie ich es gerne sein möchte?

So kann es natürlich nicht bleiben, und endlich beschließe ich, Gott um Hilfe zu bitten, ihn zu bitten, mich jetzt einmal anständig und mit ein bisschen Großzügigkeit zu stützen, die Taten sprechen zu lassen und an nichts zu sparen. Ich flehe zum Schöpfer von allem, was ist, bevor ich mich aufs Ohr lege und einschlafe:

Lieber Gott,
ich muss mich verändern, sieh zu,
du musst mich anständig in Ordnung bringen,
ich kann nicht in die Schule gehen, so wie ich aussehe,
ich kann nicht unter den Kindern sein, so wie ich bin,
du verstehst, was ich meine,
du musst mir ein schönes Aussehen geben und die Schüchternheit und Hellsichtigkeit von mir nehmen,
ich muss in Ordnung sein,
das ist einfach so,
und tu jetzt alles, was du kannst,
ich sollte dir wohl irgendetwas bedeuten.

Als ich dann am Morgen erwache, ist meine erste Tat, genau in den Spiegel im Badezimmer zu sehen. Ich stehe mit den Händen vor dem Gesicht dem Spiegel gegenüber, gucke durch die Finger, nehme die

Hände dann weg, sehe natürlich, dass ich mich nicht verändert habe, und heule. Ich heule sowohl über das Spiegelbild als auch über die Erbarmungslosigkeit dessen, der alles hören soll und alles sehen soll. Jener hat offensichtlich an anderes zu denken und anderes mit der Zeit zu tun, als das Unbehagen eines vierzehnjährigen Mädchens in Kópavogur zu verbessern, wie gemein von ihm, außer er ist vielleicht taub. Er wird ja nach allem wohl nicht taub und vielleicht auch noch blind sein. Ich bin auf den Weltenschmied zornig, furchtbar zornig, was für eine Nutzlosigkeit! Ich gehe zum Kirchenhügel, treffe meine Frau, beschwere mich bei ihr, die nichts Besseres tut als zu sagen:

- Hör auf damit, Mädchen, ich höre nicht auf dieses Gejammere. Reiß dich zusammen, das kommt in Ordnung, sei einfach tüchtig.
- Ich werde tüchtig sein, aber ich bin schon ziemlich müde von Gott, finde ihn einfach einen absoluten Betrüger, ich bin ganz genauso hässlich, wie ich war, als ich anfing zu ihm zu beten, genauso schüchtern und habe immer noch genauso ganz andere Augen als andere.

- Du verlangst viel, sagt sie ruhig, und mit diesen Worten von ihr gehe ich wieder in die Schule, fest entschlossen, zu meinen eigenen Mitteln zu greifen. Wenn mir schon Gott nicht helfen will, da tue ich das einfach selbst, er kann sich selbst die Schuld daran geben, er kann mir gestohlen bleiben. Ich will eine Wilde werden, ein Mädchen mit offenem Maul, grausamem Make-up, mit Eyeliner rund um die Augen und dick mit schneeweißem Lippenstift bemalt.

Ich will smart sein, mit Kaugummi und Zigarette, das tun, was verboten ist. Ich kann nämlich denken, und ich weiß mir zu helfen.

40. Verboten ist cool

Und so erscheine ich in der Schule. Ich bin ein neues und cooles Mädchen, das zu allem bereit ist.

- Nein, schaut mal Bíbí Ólafs, die hat sich verändert, sie hat das Blatt gewendet.

Die Lehrer reagieren natürlich, wie sie sollen, wie auch anders, befehlen

mir, den Kaugummi aus dem Mund zu nehmen, aufzuhören, ihn wiederzukäuen! Aber ich denke nicht daran, ich nehme den Kaugummi nämlich nicht aus dem Mund, ich nehme überhaupt nichts aus mir heraus, das ist mein eigener Kaugummi, dürfen sie wissen, ich kaue einfach genauso, wie es mir gefällt.
Einer von ihnen greift mich und fragt, ob das Mädchen nicht höre, reißt mir den gewaltigen Klumpen aus dem Mund heraus und steckt mich kopfüber in den Mülleimer im Klassenzimmer. Gute Maßnahme von ihm, das Mädchen oben in den Eimer zu stecken, der genau dafür passt, aber mir ist das ziemlich egal, und ich sage das unumwunden und mit derbster Wortwahl. Bíbí jetzt ein Großmaul? Ja, das kann man wohl sagen.
Aber trotz wiederholter Versuche dieser guten Schulleute tue ich überhaupt nichts, was sie mir empfehlen, geschweige denn drohen. Ich tue das, was ich will, aber nicht das, was andere wollen, weder Lehrer noch Schüler, und da ich tue, wie es mir gefällt, da höre ich nicht auf, zu Hause zu lernen; man darf mich Lehrerschleimerin nennen, wenn ich auffliege, damit muss man sich abfinden, ich höre nicht auf zu lernen, da es mir Spaß macht zu lernen, auch wenn ich nicht damit herumposaune. Man posaunt nicht damit herum, was nicht cool und smart ist, und versucht daher manchmal so zu tun als ob, um seinen Willen durchzusetzen. Wen geht das auch etwas an? Ich gebe zum Beispiel leere Seiten in den Prüfungen ab und tue mein Bestes, um in die Klasse zu Svana versetzt zu werden. Aber denkt euch, ein Lehrer durchschaut mich, hält mir eine gründliche Standpauke, sagt, dass das keinen Zweck hätte, ich käme auf keinen grünen Zweig mit solchem Benehmen, und so eine offensichtliche Schauspielerei ginge nun nicht an dieser Schule. Ich bleibe daher weiter in meiner Klasse, aber Svana unternimmt einen Versuch, gemäß unserer „aufsteigen oder absteigen"-Vereinbarung, in meine Klasse zu kommen. Aber, nein, es gibt keine Bewegungen und Veränderungen im Klassensystem ABCDEFG, egal was Svana und ich versuchen und tun. Einmal in B und E, immer in B und E. Wir Freundinnen müssen dem in die Augen sehen, und wir rauchen weiter und tun das am liebsten auf dem Schulgelände, da, wo man das nicht darf. Verboten ist smart!

Einen Tag hocke ich rauchend auf dem Gelände, als mich ein Lehrer auf frischer Tat erwischt und mich zum Höchstbestimmenden bringt. Der Schulleiter Oddur blickt dunkel drein, raucht allerdings eine Zigarre, während er mit mir spricht und sagt:

- Du weißt, dass Rauchen auf dem Gelände verboten ist. Du hast die Regeln der Schule gebrochen und ich muss bei Dir zu Hause davon wissen lassen. Ich bin gezwungen, bei dir zu Hause anzurufen.

Ich schweige, aber grinse im Stillen vor mich hin, als er den Hörer abhebt und þóra Guðrún anruft, die so tut, als wäre sie völlig erstaunt, und es ist kein Problem, den Wortwechsel zu hören:

- Was sagst du, ich, die ich ihr immer drei Zigaretten mit in die Schule gebe, das ist vielleicht nicht genug, sie hat gesagt, dass es drei lange Pausen gibt, ich kann ihr aber auch mehr mitgeben.
- Verstehst du nicht, was ich sage?
- Ich habe gesagt, dass ich ihr mehr mitgeben kann.
- Ich bin sehr erstaunt über dich, Frau.
- Was willst du, wie viele soll sie dabei haben?

Länger wird das Gespräch nicht, denn Oddur legt auf und sagt dann, dass es ihn nicht überrascht, wie ich sei, bei dem Zuhause.

Ich weise ihn darauf hin – Bíbí ganz schön cool -, dass er nun übrigens selbst am Rauchen sei und wie das sei, ob andere Regeln für ihn und die Lehrer gelten als für uns Kinder, oder ob ich vielleicht lieber Zigarren rauchen solle.

Oddur ist ein guter Mann und hat mehr Verständnis für Kinder als die meisten anderen, er hat auch Humor und schließt mit mir einen Vertrag; wenn ich danach einen Lehrer rauchend erwische, würde er am Rauchen auf dem Gelände vorbeisehen. Ich nehme ihn beim Wort und erwische schnell einen, übrigens den gleichen, der mich erwischte, heimlich rauchend auf dem Klo, den Lehrer selbst, tss.

Oddur wird sofort informiert und schaut zukünftig in die andere Richtung.

Ich gelte als ziemlich schwierig, gelte sogar als sehr schwierig:

- Man lässt sich nämlich nichts gefallen, Svana.

41. Unsinn, Bíbí, Unsinn

Bevor die Schule beginnt, bin ich voller Unruhe, ich bin lebhaft und ruhelos wie ein Steinschmätzer, schwinge Flügel und Sterz in furchterregender Geschwindigkeit, und es ist nicht nur wegen des Aussehens, auch wenn das für sich genommen natürlich schon genug wäre. Tatsache ist, dass ich mein eigener Herr sein möchte, Geld besitzen, etwas für mich selbst tun können, und ich beschließe daher, dass es am besten ist, wenn ich mir für nachmittags nach der Schule Arbeit suche. Das kann keinen etwas angehen, und schließlich brauche ich mit niemandem darüber zu sprechen. Ich habe genug Zeit, und meine Zeit gehört mir, und ich höre gar nicht auf die Ermahnungen von Kolbrún, als ich ihr von meinem Vorhaben erzähle. Ich höre nicht auf sie, als sie sagt, dass ich offensichtlich dabei sei, von der geraden Straße abzuweichen, Bildung sei für ein Mädchen wie mich von äußerster Bedeutung, ich müsse mich konzentrieren, Bildung mache das Leben leichter und reicher.

- Gerader Weg, Unsinn, sage ich, die keine Wege erkennt, weder gerade noch gewundene, als ich hinunter zur Fabrik Ori schlendere, ein Gespräch mit dem Vorarbeiter erreiche und ihn um Arbeit bitte. Er betrachtet mich ausgiebig von allen Seiten.

- Wie alt bist du?
- Vierzehn.
- Gehst du nicht zur Schule?
- Doch, was ist damit?
- Ich werde darüber nachdenken.

Am nächsten Tag komme ich wieder und wiederhole die Bitte.

- Was denkst du, was deine Eltern dazu sagen?
- Sie sagen nichts.
- Denkst du, dass sie wollen, dass du an so einem Ort arbeitest?
- Ihnen ist das völlig egal.
- Hast du sie schon um Erlaubnis gebeten?
- Ich brauche das nicht.
- Aber was ist mit der Schule?
- Ich komme nachmittags, wenn ich mit der Schule fertig bin.

Er schlägt ein, stellt mich, meine Schwester Stella und ihre Freundin ein, denn auch sie sind Menschen, die etwas Geld für Kleinigkeiten haben, selbstständig und von keinem abhängig sein wollen, und sich von nichts auf der Welt dabei stören lassen. Ich will wie sie sein. Ich arbeite daher eine Zeitlang nach der Schule in Ori, setze Dosen mit kleinen Forellen und Ori-Erbsen in Kartons, stecke die Kartons zusammen und klebe sie zu. Ich bin ein vollwertiges und ehrliches Packmädchen. Wir Mädchen sind auf Stundenlohn und ich genieße es zu arbeiten, lasse es jedoch nie an den Hausaufgaben fehlen und verstecke den Wissensdurst so lange wie möglich.
Aber Adam war nicht lange im Paradies, weil der gesegnete Oddur hinter das Geheimnis kommt; er spricht mit dem Vorarbeiter, und ich verliere die Arbeit. Was mischt sich der verdammte Kerl in Dinge ein, die ihn nichts angehen? Weshalb darf ich mein Leben nicht selbst bestimmen? Weshalb gibt der Vorarbeiter vor Oddi klein bei wie ein gestochenes Schwein? Weshalb hält er nicht zu mir?

- Du kannst mich nicht feuern, sage ich bitterböse.
- Die Regeln der Schule bestimmen.
- Das tun sie überhaupt nicht.
- Du bist sehr tüchtig, und du kannst sofort Arbeit bei mir bekommen, wenn die Schule im Frühling fertig ist, komm dann und du wirst schon sehen.
- Behalt deine Arbeit für dich, sage ich und stolziere fort.

Ich suche mir sofort andere Arbeit und komme rein in die Süßwarenfabrik Aladín, ich lerne in den Pausen, arbeite bis spät abends und bin zufrieden mit dem Ergebnis.

Ich hatte Gott gesagt, dass ich zu meinen Mitteln greifen müsste, wenn er schon nichts Sinnvolles für mich täte, und ich hatte mich daran gehalten, aber das wäre mehr, als möglich wäre über ihn zu sagen.

- Dir wurde nie etwas versprochen, sagt Kolbrún.
- Vielleicht nicht direkt.
- Du betrügst dich nur selbst.
- Ja ja, heißt das vielleicht sich selbst betrügen, wenn man ein wenig

Geld haben will, weil man bald konfirmiert wird, findest du das?
- Unsinn, Bíbí, Unsinn.
- Du redest selbst Unsinn.
- Du bist einfach in der Trotzphase.
- So, ist das so?
- Versuche zu überlegen, was für dich am besten ist.
- Ich kann das nicht.
- Du kannst es, wenn du willst.
- Nein, ich kann es überhaupt nicht, wie soll ein Mensch, der in der Trotzphase ist und auf dem falschen Weg unterwegs ist, etwas wissen?
- Wenn du denkst, dass ich verschwinde, wenn du Unsinn redest, dann irrst du dich.
- Nein, natürlich nicht, du kannst ja nirgends hin, nicht wahr?
- Du weißt, dass es gar nichts mit deiner Konfirmation zu tun hat.
- Was dann?
- Es dreht sich alles um falsche Entscheidungen.
- Ja ja.
- Du weigerst dich, Verantwortung für dein eigenes Leben zu übernehmen.
- Das ist einfach so.
- Du weigerst dich, dem in die Augen zu blicken, wie viel du selbst bestimmst.
- Darf man ein paar Öre besitzen für seine Konfirmation?
- Unsinn, Bíbí, Unsinn.

42. Ich sage die Worte der Heiligen Schrift leise auf

Meine Konfirmation rückt näher, ich gehe zur Katechismusprüfung und lerne das, was von mir verlangt wird, antworte korrekt auf das, was gefragt wird, finde das alles zusammen ziemlich festlich und die Existenz Gottes abenteuerlich. Ich nutze die Zeit auch gut, komme am Hügel

Kirkjuholt vorbei und plaudere mit der Meinigen, bevor ich erscheine. Wir müssen natürlich vieles besprechen, und der Hügel ist ein guter Treffpunkt, manchmal sprechen wir allerdings so viel, dass ich mich fast vergesse. Ich komme jedoch nur einmal zu spät, weil wir viel zu lange sprechen, und als ich außer Atem zur Kirchentür komme, steht der Priester dort und empfängt mich:

- Warum kommst du zu spät, Jónína Björk? Alles ist fertig und die Kinder sind schon lange nach Hause gegangen.
- Ich habe mich vergessen.
- Mit wem sprichst du immer auf dem Hügel?
- Ich spreche mit einer Frau.
- Was für eine Frau?
- Einfach eine Frau, die ich nicht kenne.
- Ich habe keine Frau gesehen, ich habe nichts anderes gesehen, als dass du mit dir selbst gesprochen hast, ist das nicht richtig?
- Nein, ich habe mit einer Frau gesprochen.
- Hast du vielleicht mit einer Frau gesprochen, die niemand sieht außer dir?
- Ich weiß es nicht.
- Weißt du das nicht?
- Nein, ich kann nicht wissen, was andere sehen.
- Ich habe dir gesagt, dass ich nichts anderes gesehen habe, als dass du mit dir selbst sprichst, und ich habe dich auch schon vorher gesehen.
- Ist es verboten, mit sich selbst zu sprechen?
- Hast du es dann getan?
- Nein, ich habe mit einer Frau gesprochen.

- Es ist nicht gut, mit jemandem zu sprechen, den niemand sieht, Jónína Björk, du sollst das zukünftig nicht tun. Du musst das von dir schieben, so viel du kannst, denk daran, halte dich an meinen Rat. Ich weiß, was ich sage, wenn du es nicht tust, kann das Leben dir schwer werden und nicht nur schwer, sondern gefährlich. Jesus Christus will nicht, dass das Leben seinen Kindern sowohl schwierig wie gefährlich wird. Bitte Gott darum, dir zu helfen, das verschwinden zu lassen, wenn du innig zu Gott betest, dann erhört er dein Gebet. Gott denkt immer darüber nach, was für seine Kinder am besten ist. Etwas in der Art sagt der Prieser, klopft mir auf die Schultern, der gute Mann, und bittet mich, nicht wieder zu spät zu kommen und jetzt das zu tun, wovon er weiß, dass es zu meinem Besten ist.

- Gott kümmert sich um seine Kinder, Jónína Björk, denk daran.

- Ja ja, tut er das? Ich habe das nun nicht so ganz bemerkt, flüstere ich und laufe davon, den direktesten Weg heim nach Austurgerði, wo Mutter an den Töpfen steht – Fleischklöße und Kohl zum Essen, hmm.

Ich kann ehrlich gesagt nicht sagen, dass ich mich auf die Konfirmation freue, und daher klingt das, was ich zu Kolbrún sage über die Notwendigkeit, ein paar Konfirmations-Öre, die man sich selbst verdient hat, zu haben, wie kindischer Unsinn. Ich weiß das freilich genauso gut wie sie. Ich weiß nämlich, dass es keine Konfirmationsfeier bei mir zu Hause geben wird und ich brauche daher keine Öre, um zu Freude und Frohsinn des Konfirmationstages beizutragen. Aber ehrlich gesagt habe ich mehr Angst, dass meine Eltern sich nicht in der Kirche blicken lassen. Ich fürchte, dass meine Konfirmationskameraden blöde Bemerkungen machen werden und mich mit Fragen überschütten, die ich nicht beantworten kann: - Wa..., hast du keine Familie, sind alle mit dem Auto unterwegs bei dir zu Hause, hat dich deine Familie nicht gern, ist das vielleicht dämlich bei euch, dein Vater fährt dich in die Kirche und geht dann, ist der nicht in Ordnung, hast du keine Mutter, wo ist deine Mutter eigentlich, ist deine Mutter vielleicht irgendwie komisch, wir haben gehört, dass sie äußerst komisch ist und nie aus dem Haus geht, hast du nicht auch jede Menge Geschwister überall verteilt, wo sind die eigentlich, warum kommen sie nicht, hast du keine Oma und keinen Opa, warum lassen die sich nicht blicken, was ist los, was für eine Art Familie ist das, die du hast?
Ich lege den Kindern die Worte natürlich in den Mund, keiner von ihnen sagt etwas, keiner von ihnen fragt mich etwas, keiner von ihnen macht eine Bemerkung in diese Richtung. Alle denken an so einem bedeutenden Tag an sich selbst. Niemand macht sich Gedanken über mich, die ich natürlich auch an nichts anderes denke als an mich selbst, und natürlich sehe ich alles im Schwarzweiß der Jugendjahre.

Ich wurde in der Kirche Kópavogskirkja konfirmiert, und es muss gesagt werden, wie es ist, dass ich den Konfirmationstag nicht besonders fand. Aber die Kirche war schön, und der Hügel um sie herum war in diesen Jahren mein Lieblingsort.

Und ich schäme mich sehr, als meine Schwester Ásta als einzige in der Kirche aufsteht, als der Priester meinen Namen nennt und ich leise die Worte aus der Schrift aufsage, an die ich mich nicht mehr erinnere. Nein, ich schäme mich keinesfalls für Ásta, die mich nie enttäuscht, die immer zu mir steht, die sogar nach hinten kommt und mir in den Kittel hilft, mir hilft, das rote, verpillte Kleid unter dem Kittel zu verstecken.

- Beeilen wir uns, Bíbí. Alle anderen Mädchen haben rosa oder hellblaue Kleider an, puh, dieses hier ist ganz und gar fürchterlich, wo hast du das ausgegraben, schnell in den Kittel, Bíbí, meine liebe Bíbí.

Nein, ich schäme mich nicht für Ásta, ich bin ihr ewig dankbar, denn wäre sie nicht in die Kirche gekommen, wäre niemand aufgestanden, als mein Name genannt wurde, ohne sie wäre ich wie ein Päckchen gewesen, das niemand abholt; ein vierzehn Jahre altes „Mädchen-Päckchen“, eine einzelstehende Person mitten in der Welt, die sich für sich selbst schämt.

43. Endlich erwachsen

Der Frühling liegt in der Luft, der Goldregenpfeifer ist angekommen [Zugvogel, Frühlingsbote], und auf dem Weg nach Hause nach Austurgerði denke ich daran, dass es mir nun doch manchmal gelungen war, Vater und Mutter zu erfreuen, als wir in Múlakampur wohnten. Manchmal habe ich sie dazu bekommen, vor Lachen zu jaulen – man macht sich einfach ganz und gar in die Hose, Bíbí –, besonders wenn ich den Säufer gespielt habe oder die Tanzfeen, oder die Mädchen von gegenüber oder die Weiber auf dem Plumpsklo, und ich habe mir das Haar toupiert und mich in irgendein passendes Kleidungsstück gekleidet, etwas auf die Bühne gebracht und ein Theater kreiert. Aber diese Zeit ist vergangen, und vielleicht antwortete ich Fiddi nicht richtig, als er fragte, ob ich Múló [Múlakampur] vermisse, vielleicht vermisse ich Múló mehr, als ich selbst zugeben will. Ich gehe ganz langsam und sehe einen Abend im Sommer in Múlakampur vor mir, und alle sind zu Hause, und ich höre das Lachen von Ásta und Stella und das Quietschen von Fiddi, und ich freue mich darauf, reinzukommen, denn vielleicht sind alle beim Kaffeetrinken und Vanillekeksessen, was weiß ich? Und denkt euch, als ich reinkomme, sind alle am Kaffeetrinken und essen Vanillekeks und haben Spaß, und ich bekomme ein Glas mit Kaffee und Kekse und tätschele die Katze. Ich denke an Katzen; Katzen sind meine Tiere, freie Katzen und von niemandem abhängig, wäre ich ein Tier, dann wäre ich eine Katze, und dann würde es mir nichts ausmachen, dass Mutter und Vater nicht bei meiner Konfirmation gewesen sind; dann wäre ich einfach wie jetzt allein draußen und würde auf den farbenprächtigen Himmel schauen, in die Luft schnauben, nach Beute suchen, zwischen den Bülten [Grasbuckeln] hin und herschießen, einen Vogel verfolgen und noch einen und darüber nachdenken, was wirklich eine Rolle spielt.

Aber ich bin keine Katze, und ich bin zutiefst verletzt und enttäuscht, als ich die Tür von Austurgerði öffne. Mutter liegt im Bett bei Fiddi, sagt, dass sie irgendwie schlapp gewesen seien, Fiddi sei krank geworden, und sie hätten wieder heimgehen müssen, und Vater sei drinnen.

- Aber wie traurig, sage ich. Es ist kein Kaffee in der Kanne, kein Kuchen, kein Vanillekeks, es wird genau nichts angeboten, wie ich wusste, und ich ziehe das Kleid aus, den verdammten roten Pillfetzen, und gehe im alten Overall hinaus in den Garten, und da treffe ich María Petrína von Foss, die Frau, mit der ich Daunen gesammelt und bei der ich es genossen hatte, sie Lammkeule braten zu sehen. María Petrína reicht mir eine schöne Konfirmationskarte, das freut mich riesig, und sie gratuliert mir innig zum Tag. Ihr Sohn ist bei ihr und gratuliert mir auch und ergänzt, dass ich jetzt endlich erwachsen sei.

- Jetzt bist du endlich erwachsen geworden, Bíbí, sagt er, und ich verstehe gar nicht, was der Mann meint. Erwachsen was? Als ob ich nicht schon lange erwachsen sei. Wie zum Teufel erwachsen? Und es gibt nicht einmal Vanillekekse an meinem Konfirmationstag selbst. Was zum Teufel meint der Mann? Und nicht einmal Kaffee in der Kanne.

- Ich danke dir für die Karte, María Petrína.

44. Ich habe nachgedacht

Sicher, jetzt bin ich konfirmiert und ein Mensch unter Menschen, ganz und gar erwachsen und Gott weiß was; scheiß auf die Feier. Was ist auch eine Konfirmationsfeier im Vergleich zu allem anderen, was auf der Welt zu ähnlicher Zeit und kurz darauf geschieht? Gott, wie man immer lächerlich, egoistisch und dumm sein kann. Was ist eine verdammte Konfirmationsfeier in Austurgerði anderes als kleine Fische im Vergleich zur Kulturrevolution der Chinesen, einer Flut in Italien, isländischem realem Fernsehen oder Luna 10 auf dem Weg zum Mond, ich frage nur? Sie ist nichts, überhaupt nichts, was für mich eine Rolle spielt, zumindest nicht, als der Frühling zu Ende geht. - Scheiß auf den verfluchten Pomp, sage ich sowohl laut als auch leise und arbeite weiter mit den Süßigkeiten in Aladín und bin weiter smart und cool in der Schule.

Der Lehrer für bildende Kunst, Björgvin, der, der mich in meinem ersten Jahr in der Mittelschule die Tafeln verzieren ließ, scheint nicht

zu bemerken, wie cool und smart ich bin und geschminkt und wild und wie ich alles trist und dumm finde.
Er ist immer besonders gut zu mir, er ist zu mir sogar so gut, dass ich geradeheraus nicht verstehe, was mit dem Mann los ist. Was hat er eigentlich im Sinn? Was liegt eigentlich hinter den Liebenswürdigkeiten?

- Ich will, dass du bildende Kunst lernst.
- Nun?
- Und ich möchte dich gerne mit allen möglichen Mitteln unterstüzen.
- So ist das.
- Denk darüber nach, Bíbí, und wenn du nicht die Mittel dazu hast, sind meine Frau und ich dazu bereit, dich finanziell zu unterstützen.
- Nun?

- Ich glaube an dich, sagt er und bittet mich, dies nicht ohne Nachdenken abzulehnen. Er klopft mir auf die Schultern, zeigt mir Wärme und Nähe, die ich nicht leiden kann. Ich will auch nicht, dass die Kinder mich in dieselbe Lehrerschleimertour wie vorher setzen; es soll nie wieder jemand über mich lachen.

V:	In deinem ersten Jahr in der Mittelschule von Kópavogur hast du das Mädchen angelogen, dass du eine Tanzveranstaltung besucht hättest, was du nie getan hattest, schließlich wusste das Mädchen das, und bekamst als verdiente Strafe den Beinamen Engelsmädchen. Das zweite Jahr warst du wahrlich kein Engelsmädchen. Wann hast du das erste Mal eine Tanzveranstaltung besucht?
B:	Ich war fünfzehn Jahre alt und bin mit meiner Freundin Svana gegangen.
V:	Wo war die Tanzveranstaltung?
B:	Beim Jugendrat von Kópavogur.
V:	Hat es Spaß gemacht?
B:	Nein.

V: Warum?
B: Ich wurde rausgeworfen.
V: Nun?
B: Besäufnis war nicht erlaubt.
V: Warst du so besoffen?
B: Ja, zum ersten Mal.
V: Wie war das?
B: Fürchterlich. Mein Bruder Reynir schenkte Svana und mir eine Wodkaflasche. Wir gingen aufs Klo, hielten uns die Nase zu und tranken in langen Zügen, wir wollten die Schüchternheit überwinden, und so kam es, wie es kommen musste.
V: Eine schwierige Erfahrung?
B: Ein Junge hat mich aufgefordert; ich war nicht schüchtern und stand auf, bereit zum Tanz, fiel aber auf den Boden.
V: Du lachst nur.
B: Ja, das ist so grotesk schön in der Erinnerung.

- Der Lehrer Björgvin will, dass ich in die Schule für Bildende Kunst gehe, und er will mich finanziell dabei unterstützen, sage ich zu Mutter, die gerade Staub wischt, putzt und poliert, wie sie es gewohnt ist, wenn sie Zeit übrig hat.
- Was hast du jetzt getan, hast du dich irgendwie beschwert, was zum Teufel hast du zu dem Mann gesagt?
- Nichts.
- Hör dann mit diesem Blödsinn auf.
- Aber ich will eine bildende Künstlerin werden.
- Sei nicht so ein großer Dummkopf, Bíbí, was bildest du dir ein, dass du eine bildende Künstlerin werden könntest?
- Wann ist eine Frau berühmt geworden durch bildende Kunst, ich frage nur, sagt meine Mutter, die offensichtlich Spezialistin für die bildende Kunst der Frauen ist wie in allem anderen, und scheucht mich aus ihrem Gesichtsfeld.

Das nächste Mal, als ich Björgvin auf dem Flur treffe und er fragt, ob ich mir die Sache überlegt hätte, da antworte ich ihm nicht. Ich meide ihn, ich tue, als ob ich ihn nie gesehen hätte. Warum zeigt er mir Aufmerksamkeit? Ich vertraue ihm nicht. Ich habe nichts mit diesem Björgvin zu besprechen. Er braucht kein Theaterstück für mich zu inszenieren. Es ist auch nicht undenkbar, dass ich ihm schon ziemlich erwachsen vorkomme.

Und nun treffe ich die Entscheidung, die ich immer bereuen werde, ich bedauere es auch immer, das Wort des Mannes falsch ausgelegt zu haben, der mir nichts als Gutes tun wollte, der einzige lebende Mensch, der in dieser Zeit glaubt, dass ich etwas kann, ein Mann, der mich nur unterstützen will; ich beschließe, in der Schule aufzuhören. Ich habe keine Prüfungen nötig, ich will keine verdammte Prüfung. Ich muss auch auf meine Mutter hören, und ich will es ihr vor allen Dingen recht machen. Sie ist es, die mich geboren hat, sie, die will, dass ich möglichst bald heirate und von zu Hause ausziehe. Sie findet, dass Ausbildung keine Rolle spielt, sie brauchte auch nichts zu lernen.

- Nichts ist trostloser als eine Jungfer, Bíbí, schau dir die Jungs an und mach dich bereit für die, die dir am besten gefallen, sagt sie, und natürlich muss ich auf meine eigene Mutter hören, auch wenn ich ihre vorzeitigen Heiratspläne ablehne.

Im tiefsten Innern weiß ich nun trotzdem, dass das alles zusammen Täuschung ist. Ich betrachte es jedoch als notwendig, den Anweisungen von Mutter zu gehorchen, wenn es mir passt; besonders wenn das, was sie mir rät, das stützt, wozu ich sowieso entschlossen bin, es zu tun. Tatsache ist einfach die, dass ich förmlich die Flucht vor mir selbst angetreten habe; ich habe die Flucht angetreten vor dem, was das Beste für mich ist, vor dem, was denkbarerweise mein Weltbild hätte ändern können und mich zu einem einigermaßen erfolgreichen Menschen gemacht hätte, und da meine Flucht begonnen hat, kann ich nicht in der Schule sein, die starke Selbstbilder verlangt. Ich bin kein Ausbund an Menschenverstand und will es nicht sein.

Ich höre daher gerade vor den Prüfungen in der Mittelschule von Kópavogur auf und beende nie die zweite Klasse. Ich gehe allerdings immer am Morgen mit meiner Tasche los, aber ich trabe nur hinauf auf den Kirkjuholt und rede mit meiner Frau; ich sage ihr, dass meine Wege nicht eben sind, ich sei ganz anders als andere und könne nichts werden, ich sei ein schüchterner und dummer armer Tropf im Mädchenkörper, der nicht eine bildende Künstlerin werden kann, wie ich es dennoch gerne würde, wie ich es dennoch so fürchterlich gerne würde. Ich könnte nie eine Nína, Barbara, Gerður [isländische Künstlerinnen], oder wie sie nun alle heißen, werden, ich könnte das niemals, ob sie das nicht verstehe und ob sie nicht meiner Meinung wäre?

- Du kannst alles, was du willst, Bíbí, du musst nur nachdenken.
- Ich habe schon nachgedacht.
- Du bist wie der Vogel Strauß.
- Es hat keinen Sinn für mich, es zu wollen.
- Du hättest das Angebot annehmen sollen.
- Ich konnte es nicht.
- Warum?
- Ohnehin ist keine bildende Künstlerin so abscheulich hässlich, sage ich kurz angebunden und schlendere fort. Ich gehe einen langen Weg, gehe auf den Hügel Öskuhlíð und bleibe die Zeit, die vom Tag übrig ist, in den alten Ruinen vom Militär; ich spüre Vögel auf, um mit ihnen zu sprechen, und sage ihnen, dass die Welt voll ist von Lügnern, nörgele ständig darüber, dass die Welt eine elendige Lügnerwelt sei und eine falsche Welt, aber die Vögel zwitschern nur und krächzen und zeigen keine Anteilnahme. Schließlich ist die Heulsuse, die dort bei ihnen stöhnt, nicht besser als die Welt, über die sie ständig und ewig jammert.

45. Erste Liebe

Aber natürlich ist die Welt nicht völlig schlecht, und gerade, bevor ich beschließe, mit der Schule aufzuhören, treffe ich meine erste Liebe im Kino Hafnarbíó, denn dorthin gehen Svana und ich zusammen. Wir machen uns zurecht, schminken uns stark und schlendern los, sind ganz schön herausgeputzt in Jacken und ausgestellten Hosen und ganz schön schick, als wir die Karten am Schalterfenster kaufen.

- Zweimal im Parkett, bitte.

Hafnarbíó ist voll von Kindern, die ihre Freude durch Rufen und Schreien ausdrücken, bevor der Film beginnt; es regnet Popkorn und Papiertüten, und irgendwer hat angefangen Schaupielerbilder zu tauschen, als die Lichter gelöscht werden und die Vorfilme beginnen.

Dann beginnt der Spaß in Wirklichkeit, und die Spannung ist gewaltig.

Ich glaube mich zu erinnern, dass der Film *Der Mann hinter der Gardine* geheißen hat, zumindest ist dort eine furchterweckende menschliche Kreatur mit schrecklicher Absicht, die hinter einer wehenden Gardine steht in geheimnisvoller Dunkelheit, wie es in Horrorfilmen üblich ist, die für Kinder unter zwölf Jahren verboten sind.

Svana fürchtet sich zu Tode und schreit mit aller Kraft, wie die Gesetze es erwarten, aber ich bekomme keinen Ton heraus und sitze wie festgenagelt im Sitz an ihrer Seite, mein Herz pocht heftig und meine Knie zittern stark. Ich weiß nicht, ob die Person, die auf meiner anderen Seite sitzt, den Herzschlag hört oder das Kniezittern spürt, aber plötzlich wird ein Arm über meine Schulter gelegt; ich werde an ein gut riechendes Gesicht gezogen und intensiv geküsst.

Nach jenem unerbetenen und glitschigen Kuss weiß ich nicht, ob ich mehr Angst habe vor meinem Sitznachbarn oder dem Mann hinter der Gardine.

Als der Film zu Ende ist, jagen Svana und ich hinaus – beeil dich, Svana, beeil dich – und auf den Laugavegur, um den Bus nach Kópavogur zu erreichen. Wir schaffen es nicht bis zur Haltestelle, denn plötzlich windet sich mein zungengeschmeidiger Sitznachbar aus dem Kino zu uns. Er baut sich vor mir auf, sperrt mich mit ausgestreckten Armen ab, so dass ich nirgends hinkomme, und sagt:

- Du bist vielleicht süß, willst du mit mir gehen?

- Nein, sage ich zu Tode erschrocken und spüre, wie mir das Blut in den Kopf steigt und ich gleichzeitig überlege, ob der Junge Grünen Star hat; es muss ihn wohl zumindest irgendein Weltuntergangsunsinn plagen – süß, sagt er. Was für ein Esel ist das eigentlich?

- Wow, wie rot du bist, sagt da Svana, und ich werde noch röter, ängstlicher, trostloser.

- Kommt mit mir hinauf auf den Skólavörðustígur, sagt der Junge, und wir gehen ihm nach, und auf dem Weg sprechen er, sein Freund und Svana über die kommende Party. Ich trotte mit ihnen, unruhig wie ein Lamm, das noch nie im Schafspferch gewesen ist. Der zukünftige Partyhalter nimmt entschlossen meine Hand, führt mich hinter sich her, und es scheint ihm egal zu sein, dass ich nichts zur Unterhaltung beitrage; sein Handgriff ist vertrauenerweckend, und ich fühle mich sonderbar.

Wir kommen dann schnell auf Skólavörðustígur 22. Da soll die Party stattfinden, zu Hause bei ihm unter dem Dach, wo er ein Zimmer bei seiner Oma hat. Irgendwie klappt es mit dem Halten der Party nicht so recht

- Lass uns heimgehen, Svana, lass uns heimgehen –, ich will keinesfalls den Mantel ausziehen, nutze ihn als Schild vor neugierigen Händen, und zum Schluss stehen wir Freundinnen auf und bereiten uns zum Abmarsch vor – bin ich vielleicht froh, Svana –, aber es kommt nicht besser, als dass der Freund mich in der Tür umdreht und mich noch heftiger als im Kino küsst. Ich schlage um mich, um freizukommen, denn ehrlich gesagt scheint mir das kein besonders guter Zungenschlag zu sein.

- Hast du noch nie einen Jungen geküsst oder was? fragt er.

- Doch, doch, meinen Bruder.

- Igitt.

- Nicht so, sage ich, und von da an sind wir zusammen.

- Du hast Glück, Bíbí, sagt Svana.

- Ja, sage ich.

- Ich meine, er ist unheimlich süß.

- Ja, sage ich.

Meine erste Liebe heißt Páll Ragnarsson und geht im Fjord Hrútafjörður zur Schule von Reykir, ist aber in den willkommenen Wochenendferien, als ich ihn treffe. Natürlich ist zu sagen, dass Páll einfach wunderbar ist; er spielt auf der Gitarre, singt wie ein Engel und gründet schnell eine Band in der Schule. Was für ein unheimlich toller Typ er ist. Er findet mich schön, und vielleicht ist es nicht zuletzt das, was dafür verantwortlich ist, wie großartig, gutaussehend, witzig und lustig ich ihn finde. Und dann sind da die Briefe, mein guter Gott, die er mir täglich von Reykir schreibt; Briefe, die nicht zuletzt der Grund dafür sind, dass ich mir sehr begehrenswert vorkomme. Es sind feuerheiße Liebesbriefe – ich liebe dich und ersehne dich und vermisse dich und bewundere dich – und hinten drauf schreibt er immer dasselbe: Werde schnell transportiert, Tag und Nacht, über Heide und Wiese, so dass es nicht lange dauert [Reim auf Isländisch].

- Der ist unheimlich begeistert von dir, sagt Svana.
- Das sagt er.
- Hast du vor, ihn zu heiraten?
- Ich denke schon.
- Ich glaube so fest, dass eure Kinder schön werden.
- Glaubst du das wirklich?
- Ja, natürlich glaube ich das wirklich, Bíbí.

46. Mein Liebster und die Nacht

Einmal, als Páll Schulferien hat, treffen wir uns im Buswartehäuschen in der Straße Lækjargata, wie wir es am Telefon vereinbart haben. Ich springe aus dem Bus und direkt in seine Arme. Er empfängt mich freudig, wie es sich für einen verliebten Mann gehört, führt mich sogleich zu sich nach Hause auf die Gasse Skólavörðustígur, nachdem wir am Eckkiosk auf dem Weg vorbeigekommen sind und mit Schwung eingekauft haben, Cola und Gutes und alles Mögliche – was Páll für ein toller Gastgeber ist! Aber er ist müde und will, dass wir uns gleich hinlegen, als wir reinkommen.

- Leg dich hier zu mir, Bíbí, sagt er, und mir kommt nichts anderes in den Sinn als mich an die Seite dieses Schatzes zu legen, der mich so schön und herausragend findet.

- Hast du es getan?
- Was?
- Was wir jetzt tun werden.

- Was?
- Vögeln, weißt du nicht, was das ist, Bíbí?
Schweigen, ich beantworte diese Frage nicht.
- Du brauchst nicht schüchtern zu sein, sei einfach ruhig und lieg ganz still, Schatz, du bist so wundervoll.

Ich tue, was er sagt; ich liege ganz flach, ruhig und schweigend und finde den Geruch von ihm unglaublich gut, ich verliere mich in seinem weißen Licht und finde, dass ich unter den glücklicheren Menschen sein muss. Ich spüre keinen Schmerz, schließlich ist das Jungfernhäutchen lange den Weg aller irdischen Dinge gegangen.

Als wir fertig sind – ich bin fertig, Schatz, Gott, wie gut das war –, steht er froh auf, sagt, dass er mir etwas schenken will, und reicht mir ein Konfirmationsbild von sich und bittet mich, es immer in der Nähe zu haben:

- So dass du mich immer betrachten kannst, Bíbí, wenn ich nicht bei dir bin, dann vermisst du mich nicht so sehr.

Ich verabschiede ihn innig und winke ihm auf dem Weg heim nach Austurgerði vom Rücksitz des Busses zu; ich bin smart und cool und habe einen Freund, der mich sowohl liebt als auch verrückt nach mir ist.

Als ich heimkomme, sitzt Vater am Ende des Wohnzimmertisches, den er in Múlakampur gezimmert hatte, er trinkt Kaffee und isst Weihnachtskuchen, Mutter wäscht ab und werkelt in der Küche herum, meine Schwester Ásta sitzt bei ihr auf der alten Bank, die uns auch aus der Küche von Múlakampur gefolgt ist. Ich finde es so gut heimzukommen und so gut, diese Familie zu haben, die andächtig auf Kai Mortensen und Thomas Jensen hört, die bekannte Märsche im Radio spielen.

- Grüß dich, Liebes, sagt Vater.
- Hi, sage ich.
- Wo warst du?
- Ich war auf Skólavörðustígur 22.
- Was hast du da gemacht?
- Ich hatte Sex.

Die Stille ist unterbrochen, die Märsche werden zu einem leeren Rauschen, meine Schwester Ásta schießt auf die Füße und verschwindet in unser Zimmer und schmeißt die Tür hinter sich zu, Vater verschluckt sich am Weihnachtskuchen und hustet ununterbrochen, er stürzt in die Garage und macht hinter sich zu, Mutter starrt schweigend auf mich und sagt schließlich schwer:

- Ein riesiger Idiot bist du, Menschenskind, sei dankbar dafür, dass du deinen Vater nicht erstickt hast.

- Entschuldigung, sage ich und schleiche mich hinein zu Ásta, die in ihrem Bett liegt. Sie starrt die Decke an, blickt dann mit missmutigem Gesichtsausdruck zu mir und sagt:

- Bíbí, wie ist dir eingefallen, das zu sagen?
- Nun, ich hatte Sex.
- Du hättest nicht davon erzählen sollen.
- Sollte ich lügen?
- Man redet nicht so.
- Warum nicht?
- So etwas soll in Zukunft deine Privatangelegenheit sein, denk daran.
- Er hat mir ein Bild von sich geschenkt, schau mal, findest du ihn nicht unheimlich süß?
- Doch, aber du musst aufpassen, Vater ist sicherlich wahnsinnig wütend vorne in der Garage, ich verstehe dich nicht, Bíbí, so zu reden.

Ich bin in der Klemme, ich habe meinen Vater nicht verletzen wollen und will das nie. Die Gewissenbisse klopfen an mein Herz wie tausend Schlagstöcke auf eine Trommel; ich klopfe bei Vater, er antwortet nicht, ich klopfe wieder:

- Vater, darf ich mal kurz mit dir reden?

Er öffnet und lässt mich rein, blickt mich nicht an, geht zum Arbeitstisch, stöbert in den Werkzeugen, und ich ziehe das Bild hervor und zeige es ihm.

- Schau, Vater, das ist er, das ist der Junge, bei dem ich war.

Er nimmt mir das Bild ab, betrachtet es lange, dreht es zwischen den

Händen, blickt dann kurz auf mich:

- Ja ja, das ist ein Konfirmationsbild von ihm, und wie heißt der Mann und wie alt ist er?
- Páll Ragnarsson, und er ist genauso alt wie ich.
- Ja ja, Schätzchen, das ist ein Bilderbuchjunge, scheint mir, aber du gehst nie wieder zu ihm, verstehst du, du musst einfach aufpassen, solchen Jungs darf man keine Bedeutung beimessen, ich kenne die nur genau und weiß, worauf sie aus sind.

Ich antworte ihm nicht, schließlich bin ich entschlossen, seine Worte nicht zu beachten. Was sagt er noch? Weiß er irgendwie, wie ich mich fühle? Weiß er vielleicht irgendwie, wie es ist, schön und gut genannt zu werden? Weiß er irgendwie, was das ist, geliebt zu werden wie ich? Weiß er das? Mutter hat meines Wissens niemals zu irgendeiner Zeit etwas Derartiges zu ihm gesagt.

Der Arme, der die Liebe nicht kennt und mir daher verbietet, dort zu sein, wo sie ist. Er weiß nicht, was er sagt.

- Aber er hat so ein schönes Licht, Vater.
- Ja ja, ja.
- Es ist weiß und rein.
- Ja ja, ja.
- Und er ist so gut zu mir.
- Ja ja, ja, aber was ich gesagt habe, steht, du gehst nie wieder zu ihm.

47. Konfirmationsbild und Schubladenfutter

Aber ich treffe meine Liebe weiterhin gegen den Willen von Ólafur Friðriksson, und ich komme schnell dahinter, dass mein Palli, dieser Schatz, seine Liebe an mehr Mädchen als mich verteilen muss. Er kann sich nicht beherrschen, so beliebt, wunderbar und gut aussehend wie er ist, und einen Abend, als ich eine Weile in seinem Zimmer gesessen habe und aus dem Gaubenfenster gestarrt habe, werde ich es leid, auf ihn zu warten – warte kurz auf mich, Bíbí, ich muss schnell mal kurz weg. Ich schlendere zur Tür und sehe da den Mann meiner Träume in heftiger Zungengymnastik mit einem Mädchen, das ich kenne, das zur selben Zeit in Múlakampur gewohnt hatte wie ich. Das Mädchen reißt sich aus der Umarmung, starrt mich an und sagt:

- Was ist eigentlich los?

Páll Ragnarsson schweigt und hört zu.

- Was ist eigentlich los? wiederholt sie.

- Du weißt gut, wer ich bin, sage ich.

Páll Ragnarsson, der sich zwischen zwei Feuern befindet, schweigt weiter. Ich renne hinaus und die Augen sind blind vor Tränen. Ich renne die Gassen Skólavörðustígur und Bankastræti hinunter und erreiche den Bus genau in dem Moment, als er aus der Lækjargata herauskommt. Ich höre meinen Frauenschwarm, der schreiend und rufend hinter mir herkommt.

- Entschuldige, Bíbí, ich wollte das nicht tun.

- Entschuldige, Bíbí, das ist aus Versehen passiert.

- Entschuldige, Bíbí, es tut mir ganz furchtbar Leid.

Ich antworte nicht, ich schaue mich nicht um, ich will nie wieder mit ihm reden. Er hatte mich süß und schön genannt, der verdammte Lügner, nein, er kann Frieden vor mir haben, und lieber werde ich mir die Augen ausweinen und das blinde Mädchen mit dem Stab werden, als Páll Ragnarsson weiter zu vögeln und auf den Unsinn zu hören, der aus ihm herausrinnt. Wie ist mir auch in den Sinn gekommen, ihm zu vertrauen und zu glauben?

Ich heule den ganzen Weg nach Hause, es ist mir egal, auch wenn ich angestarrt werde, ich heule auch, als ich Austurgerði hinunterrenne und hinein ins Haus und den direktesten Weg in mein Bett, mein Bett, das meine einzige Sicherheit auf der Welt ist nach dieser plötzlichen Zurückweisung der Liebe.

Mutter steht in der Tür:

- Was ist los?

- Nichts.

- Das ist nur ein dummer kleiner Junge, der keine Rolle spielt, Bíbí, es gibt genug andere Fische im Meer, du wirst schon sehen, sagt sie und hat recht mit den Fischen, auch wenn sie weder meinen

Kummer noch den Verlust des schönsten Jungen des Landes versteht, nach dem lustigsten Jungen des Landes; ein Junge, der in seinem Konfirmationskittel in meiner Schublade ruht und meine Geschichte nicht weiter berührt, bis ich mich eines Abends wenige Jahre später gewaltig an ihm räche. Das kommt mir zumindest so vor, als es geschieht.
Wie unheimlich süß Rache nun manchmal sein kann und besonders, wenn man dahinterkommt, dass der Geliebte nur lügt, wenn er einen schön nennt, aber in Wirklichkeit findet, dass man sowohl hässlich wie andersartig ist; was man natürlich ist.

- Deine Augen sind so schön, Bíbí.
- Findest du das?
- Ich habe noch nie so schöne Augen gesehen.
- Wirklich nicht?
- Sie sind auch so seltsam.
- Findest du das?
- Siehst du etwas mehr mit ihnen als ich mit meinen? hatte er mich gefragt, bevor er seine Zunge drinnen in dem anderen Mädchen nicht mehr beherrschen konnte. Das soll ihm noch Leid tun, denke ich und verschließe die Schublade fest. Ich dieser Schublade soll Páll Ragnarsson, jener elende Betrüger, zwischen all seinen Briefen liegen bleiben und ich werde ihn nicht herauslassen, auch wenn er mich unter Tränen bitten würde; aufgehoben ist er, aber keineswegs vergessen.

48. Schwanenspiegel

Die ersten Blutungen sind gründlich in mein Gedächtnis genagelt, und da sitzen sie ganz fest und viel tiefer als die Todesstunde des Präsidenten Kennedy, wovon die meisten in meiner Altersgruppe sagen, dass sie sich daran erinnern. Die ersten Blutungen sind auch der Wendepunkt im Leben jedes Mädchens; da kommen die Startlöcher in Position, und das Ziel wird ein anderes. Man erinnert sich, wo man sich befindet, als sie beginnen, was man gerade tut oder vorhat zu tun, was man denkt, wie es einem scheint, dass sich das ganze Leben verändert und sowohl

eigentümlich als auch seltsam wird. Um die Blutungen herum schärfen sich alle Rechenkünste, das Leben verwandelt sich in eine Art Periodenleben, woran sich alles andere misst, zumindest eine Zeitlang, und alle neuen Ideen werden an der brodelnden Blutzeit gemessen.
Ich bin gerade fünfzehn Jahre geworden, als ich meine Periode bekomme, und ich entdecke die Ungeheuerlichkeit drinnen auf dem Klo in Austurgerði – was für eine höllische Blutflut. Es ist ein Uhr nachts, es ist der 8. März 1967, und ich bin gerade fünfzehn Jahre geworden. In dieser Nacht werden unvergessliche Gedanken geboren, und von da an arbeitet mein Körper wie eine Uhr, die ein eingebautes Gedächtnis hat für den achten Tag jeden Monats. Es ist daher leicht zu sagen, dass ich ganz klar eine Achter-Tag-Frau bin.
Aber diese Sache aller Sachen geschieht so:
Ich war draußen beim Vergnügen im Nachtleben mit meiner Schwester Stella, die gerade eingeschlafen ist, und als ich die Toilette so sorgfältig geputzt habe, dass keine Blutspuren mehr zu sehen sind, gehe ich rein in unser Zimmer und blicke auf meine Schwester Ásta, die Stellas Freund vom Fenster vertreibt – sie schläft wie ein Stein, Mann, verstehst du das nicht? Der Freund verschwindet, und ich erzähle Ásta von der Periode, und sie ruft Jesus an und malt mir aus, dass mich sowohl spannende als auch etwas gefährliche Zeiten erwarten.

- Bíbí, jetzt musst du nämlich aufpassen, verstehst du?

- Natürlich passe ich auf, bist du nicht in Ordnung? sage ich und messe dem keine weitere Bedeutung bei, aber verstehe erst viel später, weshalb ich nicht die Augen abwenden kann von meiner Kostbarkeit, die mir einige Wochen, nachdem wir nach Kópavogur gezogen sind, zuteil geworden ist. Ich schaue auf sie, als hätte ich sie nie zuvor gesehen, und um sie herum strahlt es in unglaublich unruhigen und flakkernden Regenbogenfarben. Meine Kostbarkeit ist ein kleiner, runder Schwanenspiegel, und auf dem Rahmen sitzt die Schwanenmutter mit zwei Schwanenbabys. Ich bewahre den Spiegel auf dem Nachttisch neben meinem Bett auf, und wenn ich ihn aufnehme und auf das Menschenkind blicke, dem sowohl ein spannendes als auch gefährliches Leben bevorsteht, kann ich ehrlich gesagt nicht anders, als über die Erinnerung zu lächeln.

Mutter fehlen dringend Zigaretten, und sie bittet mich, schnell für sie zum Kiosk auf Kársnesbraut zu eilen und nun einmal schnell zu sein und nicht zu trödeln auf dem Weg.
Es ist ein Buskiosk mit Innenfenster und ich fahre mit Vaters Rad, um so schnell wie möglich dorthin zu kommen, ich weiß, dass Mutter sehr unruhig wird, wenn sie zigarettenlos ist. Im Kiosk ist ein Gedränge von Leuten, aber ich schaffe es trotzdem, Nummer fünf zu werden. Die Schlange ist lang, und es sind viele hinter mir. Ich nenne mich glücklich, bis ein Mädchen hereinkommt, das den Beinamen Dicke hat. Ach, es gab so viele hässliche Beinamen in diesen Jahren. Sie schiebt mich und befiehlt mir, aus der Reihe zu gehen. Ich rühre mich nicht. Sie zögert nicht und reißt an meinen Haaren und schleudert mich weg. Aber damit soll sie nicht durchkommen, ich greife sie an, es gelingt mir, sie niederzunageln, und ich kratze sie im Gesicht – wer von uns ist jetzt stärker? Wir werden schnell in der Schlägerei gestoppt, und ich bekomme wieder meinen Platz in der Schlange, die Dicke wird ganz nach hinten verwiesen, dahin, wo ihr Platz ist. Ich kaufe die Zigaretten und bin gerade dabei loszugehen, als sich ein Jugendlicher zu mir dreht und mir den Spiegel reicht.

- Du kannst das behalten, sagt er, und obwohl mir vielmals verboten wurde, irgendetwas von Fremden anzunehmen, kann ich der Versuchung nicht widerstehen und nehme das Geschenk an. Ich radele dann davon, aber vergesse den Jungen, langhaarig und mit seiner hellen Mähne, der mir einen Schwanenspiegel geschenkt hat, nicht.

- Du hast vielleicht lange gebraucht, sagt Mutter und bezichtigt mich der Lüge, als ich ihr den Spiegel zeige, sagt, dass ich ihn gestohlen habe, und befiehlt mir, ihn zurückzubringen. Aber ich bleibe dieses Mal fest bei meiner Meinung. Dieser Spiegel gehört mir und ich habe vor, ihn zu behalten; ich platziere ihn auf meinem Nachttisch und muss sagen, dass ich ein wenig die neidischen Augen meiner Schwestern genieße, die völlig von der Kostbarkeit hingerissen sind.

- Wie heißt der, der dir den Spiegel geschenkt hat? fragt Mutter.

- Ich weiß es nicht, antworte ich wahrheitsgemäß.

- Es wäre nun vielleicht besser gewesen, du wüsstest das.

- Das geht mich nichts an.

- Man weiß nie, was einen noch etwas angehen wird.
- Das ist wahr.
- Du hättest den Spiegel nicht annehmen sollen, ich bleibe dabei.

Ich weiß jetzt, warum mir der Spiegel in der Nacht, als ich meine Tage bekomme, so intensiv im Gedächtnis ist und weshalb er in diesen unglaublichen Regenbogenfarben leuchtet und flackert zu ähnlicher Zeit, als Ásta den Freund von Stella vom Fenster unseres Zimmers in Austurgerði vertreibt. Ich wusste es da nicht, und keine Stimme warnte mich; manchmal ist sie auch weit weg und oft, wenn sie es am wenigsten sollte – nimm dich nun in Acht, Bíbí – , und es gibt niemanden, der dieselbe Erinnerung hat wie ich, die zu dieser Zeit keine Reife hat, um ihr Zeichen zu verstehen, auch wenn ich gerade mit meiner Periode angefangen habe und daher nicht länger als eine kleine Göre gelte.

- Du wirst das alles später noch verstehen.
- Was verstehen?
- Weshalb dir der Spiegel genau jetzt so sehr im Kopf herumgeht.
- Konnte ja nicht anders sein.
- Willst du es mir nicht einfach sagen, Kolbrún?
- Das ist nicht meine Sache.

49. Was für eine Freundin

Mein Vater hat, ehrlich gesagt, genug damit zu tun, Jungen vom Haus in Austurgerði zu verjagen, der Besitzer dieser drei heiratsfähigen Mädchen, jung, lebhaft und zu allem bereit. Es ist seine Pflicht, seine Familie zu verteidigen. Er läuft oft pustend und keuchend Austurgerði hinauf hinter diesen und jenen Jungs her, völlig unschuldigen natürlich, und droht ihnen alles Schlechte, wenn sie uns nicht in Frieden lassen:

- Euch soll es noch schlecht ergehen, wenn ihr meine Mädchen nicht in Frieden lasst, ihr verdammten Bengel!

Ich weiß nicht, ob das der Grund ist, dass Vater dem Freund von Stella hinterherrennt, dass sie ihn schnell austauscht und sich einen anderen nimmt, oder ob sie einfach genug von dem Freund hat, der sie ständig zur Nachtzeit am Fenster vergöttert. Ich will ja nichts sagen, aber sie nimmt sich, wie gesagt, einen anderen und besseren. Und ich, die den Betrüger Páll Ragnarsson so heiß liebte, dass ich allein davon, ihn zu sehen, die Farben in Sekundenbruchteilen wechselte, habe lange aufgehört an ihn zu denken, und habe einen anderen getroffen, mit dem ich anfange. Der heißt Sigurhans Valgeir Hlynsson, immer Hansi genannt. Sigurhans findet sich damit ab, dass seine Bíbí, seine eigenbrötlerische Freundin, nichts als Freundschaft will, so zuerst zumindest:

- Das ändert sich, meine Bíbí, das ändert sich.

Hansi ist ein äußerst gutaussehender Junge, der sagt, dass er mich ganz heiß liebt, und es in schönen Worten ausmalt, so dass ich schließlich nachgebe. Ich widerstehe den schönen Worten genau so wenig wie zuvor und krieche einmal mit ihm ins Bett, aber danach ist es damit vorbei und dann nichts mehr. Ich habe einfach überhaupt kein Interesse an Sex, ich habe offenbar nicht die Natur für solches elende Geschaukel, ich finde es weder Vogel noch Fisch, und ehrlich gesagt, eine ziemlich blöde Zeitverschwendung.

Ich will mich viel lieber mit meinen Freundinnen vergnügen, Svana und Gerður, oder mit meinen Schwestern Stella und Ásta, bei ihnen bin ich sicher und frei und muss nicht wie ein Rochen liegen und darauf warten, dass die Zeit langsam verrinnt. Hansi ist nicht zufrieden damit.

- Was für eine Freudin du bist, Bíbí, sagt er, will aber trotzdem jeden freien Moment in meiner Nähe sein und bei all meinen Unternehmungen dabei sein. Ich darf zum Beispiel nach Möglichkeit nirgends ohne ihn hingehen oder etwas ohne ihn tun.

- Du bist mit mir zusammen, und da sollten wir zusammen sein, sagt er, und er will bei weitem nicht – er will es ganz und gar nicht -, dass ich mich allein mit den Mädchen auf den Tanzveranstaltungen herumtreibe.

An einem wundervollen Augustabend schlagen Svana und Gerður vor, dass wir ins Café þórskaffi gehen. Es ist eine heilige Nacht der Blutungen bei mir, und ich habe eigentlich beschlossen, es mit Hansi zu Hause ruhig angehen zu lassen und mit ihm das Fernsehtheaterstück *Der alte Jón* von Matthías Johannessen anzuschauen. Aber ich ergreife die Gelegenheit doch, es ist verlockend, mit den Mädchen zu den alten Tänzen zu gehen und Sigga Maggý singen zu hören. Ich lasse das Hansi wissen, denn ein Betrüger will ich nicht sein und es gefällt mir nicht, ihn zu belügen und möchte das überhaupt nicht zu tun brauchen. Er nimmt es nicht gut auf, und wieder einmal stelle ich mich taub für die warnende Stimme meiner Freundin, genauso wie für die Worte von Hansi:

- Du gehst nicht einen Schritt allein mit den Mädchen, ich komme mit, immer werden Mädchen angegriffen, und ich lasse gar niemanden dich angreifen, Bíbí.
- Ich will mit den Mädchen gehen, stell dich nicht so an.
- Ich komme mit dir, sage ich, hörst du!
- Hör zu, Guter, hiermit ist es zu Ende, ich mache Schluss mit dir.

- Ich glaube wohl kaum, sagt Sigurhans, während ich den Hörer aufknalle. Was ist eigentlich los mit dem Mann? Darf man nicht einmal Freudinnen haben? Darf man nicht manchmal alleine mit sich selbst sein? Darf man einfach nie seine Ruhe haben oder was?

Ich treffe die Mädchen, und wir trinken ein Glas Schnaps, bevor wir zur Tanzveranstaltung gehen, und machen mit den Türstehern aus, Hansi nicht in den Raum hineinzulassen. Die gehen auf unser Anliegen ein und weisen den Freund ab, egal, wie er tobt und versucht sie umzustimmen. Ich verfolge die Hansi-Angelegenheit gespannt aus der Entfernung, gieße den Schnaps in rauen Mengen in mich hinein und werde schnell so betrunken beim Gesang von Sigga Maggý, dass ich mir auf dem Klo die Seele aus dem Leib kotze und gleichzeitig spüre, wie alles grau und hässlich und trostlos wird und ohne die Stimmung, die ich so wahrlich erhofft hatte.

Ich taumele rein auf die Tanzfläche, sehe die Säule und hänge mich wie eine Kletterpflanze um sie herum. Ich spüre, wie die Säule schwankt, spüre, wie alles schaukelt, ich erblicke die Mädchen nirgends. Ich hänge weiter an der Säule, und plötzlich sehe ich den langhaarigen Jungen, der mir damals den Schwanenspiegel geschenkt hatte. Er geht zu mir und sagt freundlich:

- Suchst du die Mädchen?

- Ja.
- Fühlst du dich irgendwie schlecht?
- Ja.
- Komm mit mir.
- Wohin?
- Es sind alle auf der Party zu Hause bei mir, sagt er dann und stützt mich von der Tanzfläche in die Garderobe, von der Garderobe raus auf die Straße, von der Straße hinein ins Taxi. Der Partymann hat eine Schnapsflasche im Taxi und trotz des schlechten Geschmackes im Mund und einem schwankenden Verstand trinke ich mehr. Ich trinke aus der Flasche, trinke in langen Zügen aus der Flasche, vergesse Zeit und Ort, und als ich aufwache, weiß ich nicht, wo auf der Welt ich bin, nicht, in was für einem Nachthemd ich bin, nicht, in was für einem Bett ich bin. Ich weiß auch nicht, wem diese Beine gehören, die ständig an dem Fenster oberhalb des Bettes vorbeistampfen, da, wo ich liege; es klappert auf dem Gehweg. Ich richte mich auf und blicke aus dem Fenster und sehe, dass dort Tote unterwegs sind, ich habe angefangen gut zwischen Lebenden und Toten zu unterscheiden, ich erschrecke nicht gerade darüber, bis ich einen ganz Blutigen sehe, der den grinsenden Kopf unter dem Arm zu haben scheint. Ich bekomme brennende Angst, ich bin wohl dabei, verrückt zu werden. Ich bin es nicht gewohnt, so eine böse Gestalt zu sehen, schieße auf die Beine, finde meine Kleider auf einem Stuhl, kleide mich an, gehe hinaus nach vorne und sehe, dass dort eine alte Frau im Wohnzimmer sitzt mit Männern, die noch älter erscheinen als sie. Ich sage ganz laut:
- Mein guter Gott, Vater wird wahnsinnig, ich muss hier raus.

Aber da gellt es in der Alten:
- Nein, nein, mach dir keine Sorgen, ich habe denen schon gesagt, wo du bist, ich weiß, wer du bist.

Ich sehe zu, dass ich auf die Straße komme, sehe, dass ich in einem kleinen, gelben Haus in der Oststadt von Kópavogur bin. Ich nehme die Beine in die Hand und renne dann sofort zu mir nach Hause, komme ungesehen in mein Zimmer und unter die Bettdecke. – Du hast Bewusstsein und Vernunft weggetrunken, Bíbí, sagt Kolbrún, ich habe dir gesagt, dass du dich in Acht nehmen sollst.

Das ist das erste und einzige Mal, dass ich das versuche, was „blackout“ genannt wird, und mir geht es, gelinde gesagt, fürchterlich. Es ist der 9. August 1968, und aus irgendwelchen Gründen ist der heilige Tag der Blutungen zum ersten Mal vorbeigegangen, der Schnaps ist das Übel, meine Schwester Stella hat heute Geburtstag, und hier liege ich wie eine Säuferschlampe, die sich an nichts erinnert, und ich schäme mich riesig. Fragen der Scham ohne irgendwelche Antworten türmen sich in meinem Kopf:
Was für eine Schlampenschwester hat Stella eigentlich?
Was für eine Schlampe ist die Schwester des Geburtstagskindes an diesem schönen Augusttag?
Weshalb um alles in der Welt habe ich diesen verdammten Schnaps in mich geschüttet?
Was ist eigentlich aus meinen Freundinnen geworden, Svana und Gerður, diesen wunderbaren Menschen, die sich nie wie ein riesiger Narr benehmen?
Wie geht es Hansi, und was ist wohl aus ihm geworden?
Meine Schwester Stella kommt zu mir herein, setzt sich auf mein Bett und ich gratuliere ihr - herzlichen Glückwunsch, meine liebe Stella –, und sie besteht auf einem Geburtstagsgeschenk, will, dass ich mit ihr heute Abend in den Tanzsaal von Glaumbær komme.

- Auf den Geburtstagstanz, Bíbí, ich werde schließlich nur einmal achtzehn.
- Ich schaffe es einfach nicht, ich bekomme meine Tage.
- Das kannst du mir nicht antun, sagt sie, und natürlich kann ich das nicht, so dass ich mich mit ihr ins Glaumbær aufmache, zwänge mich an den Türstehern vorbei und hinein, manchmal ist es gut, klein und schmal zu sein, und der Abend vergeht langsam, als ob über ihm ein unglaublich schweres Ungeheuer läge, ja, das Gewissensbiss-Ungeheuer vom Abend zuvor lässt mich nicht in Frieden.

Ich fahre heim, bevor der Tanz zu Ende ist, kann nicht länger bleiben, vergnüge mich überhaupt nicht. Ich beschließe, Hansi zu treffen, der sehr zornig ist, er hat ein gebrochenes Bein im Gips, hatte es sich gebrochen, als er am Abend zuvor durch das

Toilettenfenster im Café þórskaffi gekrochen und hinuntergestürzt war und das Bein unter ihm wegknickte.

- Ach, wie schlimm das ist, mein Hansi.
- Alles wegen dir, Bíbí, alles deswegen, weil du nicht wolltest, dass ich mit dir komme, sagt er, und es beruhigt nicht gerade mein

Gewissensungeheuer, aber ich will trotzdem nicht, dass wir wieder zusammen anfangen. Ich kann nicht mit einem Mann zusammen sein, der mich mit Haut und Haar besitzen will, obwohl er süß ist und ein gebrochenes Bein hat; ich will nur, dass wir Freunde bleiben, und nach ein bisschen Funkenflug stimmt er zu.

- Das ist besser als nichts, Bíbí, wir waren sowieso nie mehr als Freunde bis auf einmal.

Und nach und nach verschwindet Sigurhans Hlynsson aus meinem Leben in Austurgerði. Er kommt schnell wieder auf die Beine und stolziert jung und schön in die Zukunft, die ihn mit allen möglichen unvorhergesehenen Ereignissen erwartet.

50. Jungfrau Maria

Ich kann nicht sagen, dass ich Hansi vermisse, außer vielleicht manchmal ein klein wenig, ich vermisse ihn zumindest nicht so sehr, wie ich die Perioden-Uhr vermisse, denn sie scheint aufgehört zu haben, am Achten jeden Monats zu schlagen, scheint völlig aufgehört zu haben, genauso plötzlich und vollständig, wie sie den regelmäßigen und wallenden Schlag begann, der immer am selben Tag anschlug.

Wie entsetzlich die Saufgelage der Jugendlichen sind und wie ungeheuerlich es ist, sie bis spät in die Sommernacht hinein auf den Beinen zu sehen, und manchmal sogar im Nordsturm und tosenden Schneesturm, das sagen die Zeitungen und posaunen die schrecklichen Zustände heraus wie die Leser, von denen die meisten die eigenen Verfehlungen und Ausschweifungen vergessen haben. Das Bankfeiertagswochenende ist gerade vorbei, und das Saufen der Teenager und das Schnapstrinken

sind ständige Themen, schließlich wurden gerade zwei junge Seeleute auf dem Schiff Vatnajökull erwischt, die nicht viel Federlesens machen und zweiundachtzig Flaschen Schnaps ins Land schmuggeln wollten.
„Hoher und ständiger Schnapskonsum kann und verändert oft den Zyklus von jungen Mädchen und stoppt sogar ihre Blutungen“, lese ich in einem gewichtigen Buch, und zu den Gewissensbissen kommt ein heftiger Furchtschauder hinzu. Es kann doch wohl nicht sein, dass mein ständiges Saufen am 8. August etwas anderes und mehr zerstört hat als den Schlag der Perioden-Uhr? Kann es sein, dass ich zum Beispiel nie dazu komme, Kinder zu bekommen, dass ich nie einen kleinen Bengel bekommen werde wie meine Schwester Ásta im November vergangenes Jahr? Werde ich nie einen kleinen Knirps haben, der Mama zu mir sagt und sich in der Nacht an mich kuschelt? Vielleicht werde ich so eine Frau, die nie wieder ihre Tage bekommt, und werde als gerechte Strafe langbärtig und männlich. Vielleicht habe ich Krebs vom Schnapstrinken, und anstelle der Tage ist dieses furchtbare Jucken innen drin gekommen, das ich ständig spüre und das zweifelsohne auch vom Schnaps herrührt.
All dies fragt der, der nicht weiß und keinen anderen Rat hat, als mit seiner Schwester Ásta zu sprechen. Sie ist mit ihrem Knirps zu Besuch in Austurgerði und hat immer einen Rat für alles und hat immer eine Antwort für alle möglichen aufkommenden Probleme – eine großartige Person mit reichem Erfahrungsschatz ist Ásta.

- Ásta, etwas ist nicht ganz in Ordnung mit mir, ich bekomme meine Tage nicht, die Monate vergehen einfach, und nichts passiert, überhaupt nichts, was denkst du, was los ist?

- Wir gehen sofort zum Arzt und warten keinen Tag länger, sagt Ásta, und wir los auf Klapparstígur, und der Arzt macht keine lange Sache. Er treibt mich aus den Unterhosen, positioniert mich schnell im Untersuchungsstuhl und verkündet dann kurz darauf das Urteil:

- Du bist schwanger und hast Filzläuse, meine Gute.
- Das kann nicht sein, sage ich.
- So ist das nun trotzdem.
- Das kann nicht sein.
- Mit wem bist du zusammen gewesen?

- Keinem, sage ich und bin entschieden.
- Frauen werden so nicht schwanger.
- Aber ich bin mit keinem zusammen gewesen.
- Das kann nicht sein, meine Gute, denk mal drüber nach.

Auf dem Heimweg sind Ásta und ich beide schweigsam. Was hat dieser dahergelaufene Arzt ansonsten zu sagen? Was für einen Unsinn redet er? Filzläuse, igitt. Aber kann es sein, kann es sein, dass auf mir Läuse kriechen, und ist es daher, dass es mich innen so juckt? Aber schwanger, ich kann nicht schwanger sein, das kommt nicht in Betracht. Ich hätte das gewusst. Ich hätte es an meinem Licht gesehen, so wie ich es am Licht von Mutter gesehen habe, als Fiddi in ihr drin war, und wie ich es am Licht von Ásta gesehen habe. Ich hätte mein Licht sich verändern sehen, so wie ihres. Ich hätte neue Farben kommen sehen, aber das ist nicht passiert. Ich bin auch nicht älter als sechzehn Jahre und habe nur einmal mit Hansi geschlafen und einige Male mit Páll – aber das ist so lange her. Was für ein schreckliches Missverständnis ist das? Was für eine furchtbare Lüge ist das?

- Es werden wohl mehr sein müssen als die zwei, sagt Ásta.
- Nein, das kann ich beantworten.
- Du bist vielleicht kindisch, Bíbí, du bist nicht die Jungfrau Maria.
- Das behaupte ich nicht.
- Glaubst du, dass ich vielleicht allein und für mich hätte schwanger werden können?
- Das behaupte ich auch nicht.
- Hast du dann nicht irgendwo anders geschlafen?
- Nein.
- Aber warum erinnere ich mich dann an so etwas?
- Doch, ich bin bei Garðar eingeschlafen, weil ich am Tag vor Stellas Geburtstag so betrunken war, aber ich bin in einem Nachthemd und in Unterhosen aufgewacht, und wir haben gar nichts gemacht. Ich bin nie mit ihm zusammen gewesen. Ich könnte nie mit ihm zusammen sein, er ist achtzehn Jahre.
- Kannst du dich an irgendwas erinnern?
- Nein, ich erinnere mich eigentlich an gar nichts.

- Wir müssen ihn anrufen, sagt Ásta entschlossen, und das tue ich, als wir heimkommen. Wir suchen uns einen ruhigen Platz, sie steht an meiner Seite, sie hält meine Schultern, sie gibt mir Stütze und Kraft und Stimme, um das Anliegen hervorzustöhnen.

- Grüß dich, hier ist Bíbí, ich komme gerade vom Arzt, der sagt, dass ich schwanger sei, kann es sein, dass du was mit mir gemacht hast da in der Nacht, ich meine, kann es sein, dass du mich gevögelt hast, kann es sein, dass du es getan hast, ohne dass ich mich daran erinnere?
- Ja, das kann sehr gut sein.
- In Ordnung, danke, sage ich und lege den Hörer auf.
- Ich schaue auf Ásta, die mich in den Arm nimmt.
- So, so, nicht weinen, meine Bíbí, es kommt alles in Ordnung, die Welt geht nicht unter, du kommst da durch.

Nein, Ásta, meine gute Schwester, die Welt geht nicht unter, da kannst du Recht haben, aber deine Schwester geht unter, ihre private Welt geht unter.

Was für ein Mensch bin ich eigentlich?

Was habe ich getan?

Was für eine Nutte bin ich?

Nutte? Ja, Nutte, aber kein Mädchen.

Das ist genau das, was ich bin.

Kein Mädchen schläft mit einem Jungen, ohne es zu wissen.

So benimmt sich niemand außer einer Nutte. Ich bin eine Nutte. Ich bin die Nutte Bíbí Ólafsdóttir.

All das denke ich, aber bringe kein Wort hervor.

Ásta streicht mir über das Haar.

- Sch, Bíbí, sch, sch.

Sie kann gerade so viel sch sagen, wie sie will, sie, die neunzehn Jahre alt ist und alles auf der Reihe hat, es wächst kein Kind innen in ihr, das irgendein unanständiger Kerl dahingestopft hat. Ach, entschuldige, wie ich denke, Ásta, entschuldige, wie ich über dich denke, liebe Schwester.

51. Abschiedsbrief und Hundemaul

- Du musst nochmal besser mit ihm sprechen, sagt Ásta, aber ich will nicht mit ihm reden. Er ist es dann auch, der zu mir kommt und die Sache besprechen will. Er sagt, dass er stolz sei, sagt, dass er immer Vater werden wollte, sagt, dass er die Verantwortung für sein Kind übernehmen werde, sagt, dass ich keine Angst haben solle, so etwas sei mehr Mädchen passiert als mir. Schweige, du verdammter Sack, was weißt du schon darüber, was gibst du vor zu wissen, Dreckskerl, der du bist, und zwängst dich in einen hinein, wenn man schläft und massierst dann noch obendrein Filzläuse in einen! Ich sage das natürlich nicht, so sehr es mir liegt, im Stillen zu fluchen, ich bekomme kein Wort heraus. Ich spreche trotzdem ununterbrochen in Gedanken mit mir selbst und schimpfe und streite und drehe durch und weine, und mitten im Aufruhr höre ich die Stimme meiner Freundin:

- Ich habe versucht, dich zu warnen, Schatz, aber du hast nicht auf mich gehört, du musst auf mich hören, du darfst meine Worte nicht missachten.

Ich sage ihr, dass sie schweigen soll, sie könne doch einfach ihre Meinung für sich behalten – scher dich zum Teufel und halt das Maul, du mausetotes Gespenst –, sie könne sich einfach an jemand anderen hängen, sich um ihr eigenes Mädchen kümmern, im Hügel Kirkjuholtið herumhängen und dort zwischen den Gesteinsbrocken umherziehen, sie könne mich zum Teufel einfach in Frieden lassen, sie könne mir jetzt sowieso nicht helfen, genauso wenig wie andere, genauso wenig wie irgendein lebendiger Mensch.

- Komm mit mir zum Tanz nach Sandgerði im Süden, Bíbí, sagt Garðar, und ich gehe mit ihm zum Tanz nach Sandgerði. Ich schaue auf diesen fremden, jungen Mann, der mir den Spiegel geschenkt hatte, als er ein Junge war, der mir einmal eine wunderbare Kostbarkeit geschenkt hatte. Ich starre auf diesen langhaarigen Mähnenmann und hänge wie ein Depp an seiner Seite auf der Tanzveranstaltung, bis er betrunken ist und mich leid ist und sich eine andere sucht, irgendeine andere, bessere als die Nutte Bíbí Ólafsdóttir.

Es ist auch am besten, dass ich allein bin, es ist am allerbesten, dass ich

alleine bin, in meinem Zustand, und ich kann nicht mit Mutter und Vater sprechen, ich kann ihnen nicht diese schrecklichen Neuigkeiten erzählen. Was soll ich auch sagen: Einen wunderschönen Tag, liebe Eltern, ich bin schwanger, findet ihr das nicht genial und schön und wunderbar? Nein, ich kann ihnen solche Nachrichten nicht mitteilen; solche Katastrophenmeldungen sind nichts für meine Eltern, wahrhaftig nicht. Ich kenne nur einen Rat in meiner völlig aussichtslosen Lage, und der ist so: Es ist am besten, wenn ich verschwinde, von der Oberfläche dieser Erdkugel verschwinde, einfach ins Meer gehe und mich in ein verrottetes Gerippe verwandele, wertloses Fischfutter werde. Ja, das ist das einzig Richtige, und es ist am besten, es sofort anzugehen.
Ich schreibe meinen Eltern einen Brief und schiebe ihn unter Mutters Zigarettenpackung auf der Küchenbank. Ich will sicher sein, dass sie den Brief findet, wenn das Fernsehen beginnt, will, dass sie ihn liest, wenn sie eine Zigarette vor dem Fernseher raucht: „Liebe Mutter und Vater, ich bin unmöglich und kann daher nicht länger leben, ich danke euch für alles, war ihr für mich getan habt, aber jetzt muss ich einfach gehen, das ist das Einzige, was ich tun kann. Tschüß, Eure Tochter, Bíbí."
Ich springe los an den Strand und sehe plötzlich im Laufen, dass es mein Bruder Fiddi ist – ach, wie ich ihn vermissen werde, wenn ich sterbe –, der in die Küche geht, um eine Zigarette für Mutter zu holen, die offensichtlich keine Lust hat, sich aus dem Stuhl zu bewegen. Aber mein lieber Fiddi, ich will keinesfalls, dass du den Brief findest, denke ich und renne weiter und sehe, dass er den Brief liest und ihn weinend Mutter reicht. Ich renne schneller und schneller, renne, bis ich nichts mehr sehe, auch nichts höre, renne nur und renne. Ich erreiche schließlich die Mole und springe hinaus ins Meer – wie eiskalt das Meer ist, uff. Ich höre Hundebellen, spüre ein Hundemaul im Anorak und werde an Land gezogen.
Da steht Vater auf der Mole an der Seite des roten Opels und Fiddi bei ihm, sie halten sich an der Hand, Vater und Sohn, und Fiddi heult mit dem Wind um die Wette. Armer Fiddi, eine Schwester zu haben, die sich nicht einmal umbringen kann, armer Vater, der dort hilflos bei seinem roten Opel steht.

- Was zum Teufel hast du getan? sagt Ólafur Friðriksson und wirft mich klatschnass ins Auto und rast nach Austurgerði. Er rast fluchend nach Austurgerði und ruft dann einen Arzt an, der ins Zimmer zu mir hereinschaut und fragt:

- Ist jemand zu Hause schlecht zu dir, kleines Mädchen?
- Nein.
- Weshalb hast du das getan?
- Ich weiß es nicht, ich bitte um Verzeihung für mein Benehmen, sage ich.

Ich wähle die Worte, die ich benutze, bedächtig, achte darauf, höflich zu sein, während ich gleichzeitig über meine misslungene Flucht vor dem Leben nachdenke. Ich hätte es machen sollen wie das Mädchen, das sich im Baum aufhängte, als sie wusste, dass sie schwanger war, ich hätte mir eine genügend starke Schnur besorgen sollen wie das Mädchen, das genauso alt war wie ich. Aber das hätte keinen Zweck gehabt, es gibt keinen ausreichend großen Baum in Austurgerði, um darin zu baumeln, kaum einen ausreichend großen Baum in Austurgerði, um ein sechzehnjähriges Mädchen zu retten, das nicht weiß, was zum Teufel es tun soll.

- Kommt Zeit, kommt Rat, flüstert Kolbrún warm.
- Habe ich dir nicht gesagt, das Maul zu halten?

52. Mit Stoppschild im Gehirn

Vater lässt sich auf den ärztlichen Rat ein, und das ist ganz gut so. Er hält es für gut, dass ich den Ort wechsle und mir einen neuen Ort suche, andere Welten bei anderen Leuten erforsche, mir selbst helfe und sehe, wie alles gehen würde und wie das Leben sich bei mir umwälzen würde. Mutter sagt nichts, ihr Schweigen ist natürlich das gleiche wie eine Zustimmung, und vielleicht ist die Idee nicht so dumm. Es kann vielleicht Spaß machen, an einem neuen Ort zu sein, es kann sogar sein, dass ich gute Möglichkeiten habe, an etwas anderes zu denken als meinen verdammten Schwangerenbauch. Es geschieht ja auch viel anderes in der Welt, vieles und Bedeutsames, was so viel bemerkenswerter ist als meine Schwangerschaft, ich sollte mich auf irgendetwas anderes konzentrieren können. Mir erscheint es zum Beispiel viel bedeutender, dass Kristján Eldjárn - wir zu Hause sind eifrige Unterstützer von ihm - im Juni zum Präsidenten gewählt worden ist. Und was ist eine Schwangerschaft im Vergleich zu allen anderen großen Ereignissen, die gerade überall geschehen und geschehen sind; ungeheuerlich, dass Martin Luther King und Robert Kennedy beide in den Vereinigten Staaten ermordet worden sind und dass die verdammten Russen in die Tschechoslowakei eingefallen sind und der Mord am Taxifahrer Gunnar und der Krieg in Vietnam und die ganzen unschuldigen Leute, die dort umgebracht wurden, und die Erdbeben im Norden und die Schreinerwerkstatt, die hier in Kópavogur brannte, und das Gefrierhaus, das in Raufarhöfn brannte. Ja, ich kann zum Beispiel an all das denken oder einfach etwas anderes, und dann kann es nicht so ein großes Problem sein, schwanger zu sein, ich sollte damit klarkommen können.

- Wir helfen einfach mit, wir tun das, und ich werde mit dir hinaus aufs Land kommen, und wir nehmen Stella mit, das kann ein Riesenspaß bei uns werden, sagt Svana.

Da hat sie natürlich recht, aber meine Gedanken machen kaum bei etwas anderem Halt als dem Bauch; wie ich auch versuche, die Gedanken schweifen zu lassen, es passiert einfach nicht. Trotzdem ist es nicht so, als ob ich stillstehen wollte. Ich will auf dem Laufenden bleiben, ich will mich informieren, heute mehr wissen als gestern und alles das, aber die Sache ist die, dass ich einfach auf Stopp stehe. Es ist ein glühendes Stoppschild in meinem Gehirn, und mit ihm als einziger Waffe und nichts anderem melde ich mich zur „Arbeit im Hering" in Raufarhöfn.

Stella und Svana kommen mit, und es soll Stimmung sein bei uns Mädchen im Hering, von dem es nun ehrlich gesagt nicht viel gibt. Wir salzen trotzdem in Fässer ein und leben jenes berühmte Leben in den Quartieren für die Saisonarbeiter, wir schlafen in Stockbetten, vergnügen uns so gut es eben geht, drehen die Musik ganz auf, trinken Schnaps, gehen zum Tanz nach Kópasker und halten uns für knapp vier Monate dort im kalten Schluderloch auf.

In Raufarhöfn hole ich mir Tatspuren von einem Kerl, der mich im

Stockbett festhält und mich zum Beischlaf mit sich zwingt -, der verfluchte Kerl. Der Empfang bei der Polizei des Ortes ist nicht gerade herzlich, als ich den Halunken anzeige, obwohl die Tatspuren deutlich sind. Oh nein, der Hüter des Gesetzes, ein strenger Mann mittleren Alters, schaut auf Svana und mich und sagt mit finsterer Miene und ernst:

- Was haben solche jungen Mädchen aus dem Süden hier zu suchen?
- Kannst du nicht etwas in der Sache tun?
- Die Sache ist erledigt, sagt er, und wir machen uns davon, bitter zornig über den Empfang und böse auf jene seltsame Gerechtigkeit. Auf dem Weg nach draußen flüstere ich mit Svana und ich kann nicht verstehen, warum mir diese Dummheit in den Sinn kommt, schließlich antwortet meine Freundin mir nicht:
- Ach, das war immerhin besser, dass ich darin gelandet bin und nicht du, ich bin ja sowieso schwanger.

Aber Raufarhöfn macht seinem Namen trotzdem alle Ehre, obwohl dort zwei schlimme Typen sind, zwei schlimme zuviel, weil dort viel mehr gute und wunderbare Männer umherziehen. Einer von ihnen ist Sölvi Sigurðsson, mein Freund, den ich im Hering kennen gelernt habe. Sölvi ist ein unheimlich tüchtiger Junge, der nach Hveragerði im Süden zieht, und als Stella und Svana nach knapp viermonatigem Durchhalten beschließen, zurück nach Kópavogur zu gehen, kann ich mir nicht vorstellen, auch dorthin zurückzukehren, sondern ich nehme das Land unter die Füße und gehe mit Sölvi nach Hveragerði. Er ist gut zu mir und macht sich nichts aus der Schwangerschaft, findet mich deshalb nicht einmal schlechter.

Ich werde daher Sölvis Freundin, der auch nichts dagegen hat, dass wir heiraten und das Leben zusammen verbringen. Wir schieben Ringe auf die Finger und fangen an, im Gewächshaus zu arbeiten, und später geht er als Seemann zur Saisonarbeit nach Grindavík. Ich bin natürlich schon hochschwanger, als das geschieht, und wohne bei Sölvis Eltern, sehr guten Menschen. Kontakt nach Hause habe ich allerdings keinen und vermisse nichts von dort. Ich lebe ein bauchreiches Balzleben mit meinem Freund und habe in der Tat aufgehört, mich selbst zu bedauern, als Vater plötzlich erscheint, um mich zu begrüßen. Er bittet mich nun, unbedingt wieder nach Hause zu kommen, ich könne in meinem Zustand nicht voll arbeiten, bei fremden Leuten wohnen und Sölvi bei der Saisonarbeit.

- Ich habe vor, Schuhe für dich in Grindavík zu kaufen, Bíbí, und mit ihnen zu dir zu kommen, wenn ich nächstes Mal heimkomme, hatte Sölvi gesagt, und ich bin ihm dankbar für die Aufmerksamkeit, aber ich befolge den Rat meines Vaters und fahre mit einem Verlobungsring glücklich mit ihm im Esso-Auto über die Hochebene Hellisheiði und nach Hause nach Kópavogur. Zu Hause ist es immer am besten, was auch passiert.

53. Ich bin ein Meister im Sorgenmachen

Es ist Frühling geworden, und alles erwacht zum Leben auf dem Hügel Kirkjuholtið und in Mutters Garten in Austurgerði, und als ich über die Schwelle steige, da kommt sie mir entgegen und sagt ziemlich herzlich:

- Wie ungeheuerlich dick du schon bist, Mädchen.

- Ja, ich bin im achteinhalbten Monat.

- Aber es kann nun eher kommen, sagt sie und starrt ständig auf mich. Sie lässt mich in der Tat nicht aus den Augen, verfolgt mich ständig durch die Wohnung, bittet mich, die Jacke zu heben, so dass sie den Bauch anschauen könnte, ihn streicheln und untersuchen. Sie kennt sich aus mit Schwangeren, ich brauche nicht daran zu zweifeln, was ich auch gar nicht tue. Ich erlaube ihr daher, mich zu betrachten, mich zu streicheln und mich ganz zu untersuchen, und bemerke nicht, wie sorgenvoll sie wird, das sagt sie mir später, aber ich finde ihre ewigen Fragen seltsam:

- Wie fühlst du dich?

- Spürst du etwas Ungewöhnliches?

- Wie geht's dir?

- Doch, mir geht es einfach recht gut, Mutter, antworte ich, die ich es nicht gewohnt bin, dass sie mir so viel Fürsorge zeigt. Ich denke auch nicht mehr viel über die Schwangerschaft nach; ich finde in all meiner Naivität ehrlich gesagt, dass unten aus mir eher ein Frosch fallen wird als ein Kind, und wenn kein Frosch, dann ein kleiner Seehund oder ein Lamm oder Fohlen, nur keinesfalls ein Kind, ein Kind kann ich mir nicht vorstellen. Ich kann nicht ein Kind mit zwei Händen und zwei Füßen und ständigem Heulen in der Nacht und Brustsaugen und Kackpopo vor mir sehen. Ich verstehe ganz einfach nicht die Lage und will sie nicht verstehen, bevor ich es tun muss.

Und trotz allem bin ich glücklich und zufrieden, und ich habe einen Freund, der gut zu mir ist und bald kommt und mir Schuhe bringt und mich küsst und mit mir über die Zukunft im Leben plaudert, die wir zusammen haben wollen.

Ich rufe Sölvi an, der sagt, dass er jetzt eine andere Freundin habe und dass unsere Beziehung zu Ende sei. Ach, ich kann nun nicht sagen, dass die Welt zerfallen wäre. Ich kann nicht sagen, dass ich ihn vermisse und dass in meinem Herzen Liebeskummer wie ein Kochlöffel auf einem Topf hämmert, mir ist es egal. Sölvi ist kein dummer Mann und hat den Verstand, sich zur rechten Zeit in Sicherheit zu bringen, ich hege nie irgendeinen Groll gegen ihn. Er war zu mir gut, als ich das brauchte, und ich nahm auf meiner ständigen Flucht vor der Realität alle seine Geschenke an, ich hatte alles angenommen auf meiner hastigen Flucht vor meiner eigenen Verantwortung.

Aber natürlich verändert sich mein Leben trotzdem dadurch, neue Sorgen kommen, wenn andere verschwinden, ich bin ein großer Meister im Sorgenmachen.

Wo soll ich eigentlich sein? Wo soll ich eigentlich wohnen?

- So, Schätzchen, du brauchst nirgends hinzugehen, ein kleines Kind ist in Ordnung, mach dir keine Sorgen deswegen, wir sind sowieso nur drei, seit Stella und Ásta einen Haushalt gegründet haben, es ist genug Platz für euch in deinem Zimmer, deine Mutter und ich und Fiddi werden zufrieden damit, nicht wahr, meine þóra, sagt Vater, aber Mutter sagt kein Wort, sie ist mit allen Gedanken im Fernsehen bei einem amerikanischen Musikfilm mit Doris Day.

Ich sehe trotzdem nicht besser, als dass ihr Licht plötzlich aufflackert, aber es kann auch deshalb sein, weil sie sich so in den Film hineinlebt; Mutter ist eine begeisterte Bewunderin von Tanzfilmen. Ich denke zumindest nicht weiter über ihr Licht nach, weil ich große Erleichterung spüre. Ich bin in der Tat überglücklich, wackele im Sicherheitsrausch durch die Wohnung, wackele dort vor und zurück, ein kleiner fetter Entenbauch, der einen Frosch erwartet, ein Lamm oder Fohlen und weiter bei seinem Vater und seiner Mutter in Austurgerði 3 wohnen darf.

Wenn ich zurückdenke, dann kommt es mir vor, als ob meine Entwicklungsuhr völlig angehalten hätte, als ich schwanger wurde; ich empfinde wie ein Kind und denke wie ein Kind. Ich drehe mich im Kreis in meiner eigenen kleinen Welt, Todesangst vor der Verantwortung und Reife eines siebzehnjährigen Mädchens. Ich mache mir nie Gedanken über Ursachen und Folgen, sondern treibe weiter in Todesangst vor meinem Alleinsein, meiner Einsamkeit und Machtlosigkeit.
Ich bin nicht mehr länger cool und smart, nicht länger das dick geschminkte Mädchen, das sich rechtfertigt, eine große Klappe hat und damit steht und fällt, was es sich vornimmt. Nein, jenes Mädchen kann ich nicht länger spielen. Ich bin schwach und machtlos und fett und komme mir vor, als ob ich wieder die Hässlichste und Verdrießlichste in der Stadt geworden bin, und weiß auch keinen Rat, das zu ändern. Jetzt genügt keine Kulisse und auch kein Theaterstück. Mein Selbstbild im Schwanenspiegel ist völlig abgestürzt, und ich glaube, dass es sich wenig verändert hat bis lange, lange später, so lange später, dass ich es schrecklich finde, daran zu denken.

54. Ich will zuerst rauchen

- Weshalb hockst du hier und rauchst wie ein Schornstein in der Küche? fragt Mutter, die immer hinter mir her ist, mich jeden Schritt verfolgt. Ich habe ein Scheißstechen, mir ist schlecht, ich bin ganz aufgedunsen, ich bin fast am Platzen.

- Mir ist so schlecht im Magen.
- Ist dir schon lange so?
- Ja, die ganze Nacht.
- Ganz und gar ständig?
- Ja.

Mutter berührt den Bauch und misst die Zeit zwischen den Wehen, einige Minuten dazwischen, was das auch immer bedeutet. Sie sagt mir, dass ich völlig ruhig sein soll, rät mir, grabesruhig zu sein, stürzt dann ans Telefon, wählt eine Nummer und redet ohne Punkt und Komma und furchtbar hart und entschlossen – mir kommt es vor, als ob sie Angst hat, sie atmet hektisch, ganz, als ob sie gleich platzt.

- Ich brauche sofort einen Platz für meine Tochter, sie bekommt jetzt gleich ihr Kind, es sind nur noch wenige Minuten, sie ist an der Zeit.
- Es geht jetzt nicht los, Mutter.
- Sei still, Bíbí.

Sie telefoniert wieder und sagt das gleiche:

- Aber es geht jetzt nicht los.
- Überlass es mir, das zu wissen.
- Mir ist nur schlecht im Magen.
- Genau.
- Ich mache mir nur in die Hose.
- Genau.

Es ist überall voll in Reykjavík, überall gepackt voll, aber wir bekommen einen Platz in Sólvangur in Hafnarfjörður und rasen dorthin.

- Mir kommt es vor, als ob nicht alles so ist, wie es sein soll, sagt Mutter, beeil dich, Ólafur, tritt das Gaspedal ganz durch, Mann, wir dürfen keine Zeit verlieren.

Vater stoppt vor Sólvangur. Ich gehe rein und sie fahren im spuckenden Opel davon. Ich schaue auf den roten Punkt, der kleiner wird, bis er verschwindet, und ich bin allein und habe Angst, ich habe Angst und bin allein und sterbe fast vor Magenschmerzen, als ein Arzt zusammen mit einer Hebamme vorbeikommt. Sie reicht mir die Hand, und plötzlich wird alles unwirklich und seltsam, was geschieht eigentlich gerade?

- Ab ins Bett mit dir, sagt die Hebamme.
- Ich ziehe die Kleider nicht aus.
- Tu, was dir gesagt wird, und das sofort.
- Nein.
- Willst du, dass ich dich ausziehe?
- Nein.
- Ja ja, so, das ist besser.
- Ich sterbe nur vor Magenschmerzen.
- Natürlich, stell dich nicht so an, Mädchen.
- Entschuldigung.
- Press jetzt, wie du kannst.
- Soll ich mich vollscheißen oder was?
- Presse, sage ich, presse, hörst du.

Ich presse mit aller Seelenkraft.

- Das ist ordentlich, press mehr.

Ich presse mehr, schaue auf die Uhr an der Wand, konzentriere mich auf die Zeiger, versuche in die Uhr hinein zu verschwinden. Ich verschwinde hinein in die Uhr, ich lasse nichts von mir hören, presse und presse, kann nicht anders. Ich bin todschüchtern, so zu pressen, habe Angst, mich vollzuscheißen, was passiert eigentlich, wenn ich mich vollscheiße? Ich presse und presse, halte in mir die Laute zurück, unterdrücke die Laute ganz genau. Niemand soll mich hören, ich werde mein Maul zulassen, ich werde mir auf die Lippe beißen, auf die Zunge. Ich werde alles andere tun als zu schreien. Und ich presse wie ein verrücktes Wesen, schweigend wie ein Grab und tonlos.

- Jetzt bist du tüchtig.
- Isss.
- Jetzt bist du sehr tüchtig.
- Isss.

Ich presse immer noch.

- Nein, nein, es ist ein bildschönes Mädchen, herzlichen Glückwunsch.
- Ist es ein Kind?
- Ja, ein kleines schönes Mädchen, und leg dich nun nochmal zurück.

- Nochmal?
- Ja, jetzt kommt die Nachgeburt.
- Die Nachgeburt?
- Ja, die Nachgeburt, nein, nein, nein, warten wir mal, hier ist noch ein Kopf, au weia, hier ist ein zweiter kleiner Kopf.
- Was für ein Kopf?
- Ein zweiter kleiner Kopf.
- Ist ein Kopf auf der Nachgeburt?
- Nein, nein, es kommt ein zweites Kind.
- Es darf kein zweites Kind kommen.
- Es ist nun trotzdem auf dem Weg.
- Vater sagte, dass ich zu Hause bleiben darf mit einem Kind.
- Gib Ruhe.
- Ich will kein zweites Kind.
- Das ist keine Frage, was du willst.
- Doch.
- Hier ist ein zweites kleines Mädchen gekommen.
- Ein zweites?
- Ja, und jetzt musst du noch mehr pressen.
- Sind es noch mehr?
- Nein, das ist die Nachgeburt.
- Das hast du vorher auch gesagt.
- Ja, aber jetzt ist es die Nachgeburt.

Ich presse die Nachgeburt aus mir heraus.

- Darf ich vorgehen, um zu rauchen?
- Willst du nicht zuerst deine Mädchen im Arm halten?
- Nein, ich will zuerst rauchen.
- Dann geh.

55. Welche von beiden soll ich wählen?

Ich nehme im Aufenthaltsraum Platz und rauche eine Zigarette; ich sitze da auf dem Stuhl wie ein Huhn auf der Stange, ziehe den Rauch ein und es fällt mir schwer, meine Gedanken zu kontrollieren, die wie völlig verirrte Flüchtlinge umeinander herumtreiben und keinen Aufenthaltsort finden. Mir gegenüber sitzen zwei alte Frauen in Morgenmänteln und unterhalten sich, sie wechseln sich ab mit Erfahrungsberichten über furchtbare Krankheiten, meine ich zu hören, aber ich kann mich nicht auf ihr Gespräch konzentrieren, genauso wenig wie auf anderes.

Die eine richtet plötzlich eine Frage an mich. Sie scheint mir offensichtlich sowohl neugierig als auch fürsorglich, was zusammen prächtige Stärken sind und weit verbreitet bei Lehrern, wahrscheinlich ist sie Lehrerin. Die Pupillen sind weit, und ihr dunkelgrünes Licht ist ungleichmäßig, die Neugier ist stärker als alles andere, als sie sich vorlehnt und fragt:

- Weißt du etwas über das Mädchen, das heute Morgen allein hierher gekommen ist?
- Nein, ich bin gerade erst gekommen.
- Weißt du dann nichts über sie?
- Nein, ich habe sie nicht gesehen.
- Bekommst du vielleicht ein Kind?
- Nein.
- Was tust du dann hier?
- Die Hebamme kommt in diesem Moment in die Tür.
- Weißt du etwas über das Mädchen, das heute Morgen gekommen ist? fragt das Weib.
- Nun, sie sitzt euch dort gegenüber.
- Hast du denn ein Kind bekommen?

Ich antworte nicht.

- Was hast du bekommen?
- Sie hat eineiige Zwillinge bekommen, sagt die Hebamme.

Was fällt der Frau ein, davon zu erzählen?

- Ich bin schon sehr verwundert, sagt das Weib.
- Ich gehe rein, sage ich, um weitere Fragen zu vermeiden.

Ich vermeide die Fragen, und ich vermeide meine Mädchen.
Mir kommt es vor, als ob sie mich nichts angehen.
Was soll ich auch mit zwei Mädchen tun?
Ich bin selbst nur ein Mädchen.

Ich kann nicht zwei Mädchen haben.
Ich darf auch nur eins behalten.
Was soll ich eigentlich tun?
Muss ich vielleicht eine wählen und die andere weggeben?
Welche soll ich dann wählen?
Muss ich sie vielleicht beide weggeben, weil sie aus einem Ei gekommen sind?
Aus was für einem Ei sind sie wohl herausgekommen?
Ich kann die Mädchen nicht anschauen, ich habe solche Angst, dass sie spüren, was ich denke, ich will nicht, dass sie durch mich hindurchsehen. Ich will nicht, dass meine Mädchen glauben, dass ihre Mutter so erbärmliche Probleme hat, ich will nicht, dass sie glauben, dass sie so ein großer Dummkopf ist, man kann nie wissen, was Kleinkinder wahrnehmen.

Mutter und Vater kommen zu Besuch. Ich ziehe die Bettdecke über den Kopf, ich will nicht, dass sie mich sehen, ich schäme mich, ich habe Angst. Vater stößt mich an, sagt mir, dass ich mich nicht so anstellen soll. Wie kommt es, dass er das sagt? Er sollte tief traurig sein, nicht weniger als ich. Und was ist mit Mutter? Ich wage nicht einmal zu überlegen, wie es ihr geht und was sie denkt.

- Was ist los? fragt Vater.
- Ich bin nicht schuld, sage ich unter der Bettdecke.
- Woran bist du nicht schuld?
- Ich kann nichts daran ändern, es kamen einfach zwei.
- Es ist alles in Ordnung, sagt Mutter.

Ich luge unter der Bettdecke hervor.

- Darf ich dir ins Gesicht schauen, meine Bíbí, sagt Vater, beugt sich zu mir und küsst mich auf die Wange, herzlichen Glückwunsch, Schatz.
- Danke.
- Du weißt, dass dein Großvater heute Geburtstag hat?
- Nein, das wusste ich nicht.
- Aber so ist es, mein Vater hat heute Geburtstag.
- Was für ein Tag ist heute?

- Freitag.
- Welches Datum?
- Der 8. Mai, und dein Großvater bekommt zwei kleine Mädchen als Geburtstagsgeschenk, das ist nun nicht so schlecht, findest du?
- Nein, Vater, aber es ist am schlimmsten, dass ich „The Saint", die Fernsehserie aus England, verpasse.
- Stell dich nicht so an, sagt Mutter.
- Sie sind auch meine ersten Enkelkinder, Bíbí, ich finde es eindrucksvoll, Großvater geworden zu sein, sehr eindrucksvoll.
- Ja.
- Aber wir müssen das kleinere Mädchen im Krankenhaus zurücklassen.
- Was?
- Sie ist so klein, die Arme, die, die später kam, nur sechseinhalb Mörk.
- Wirklich?
- Du musst einfach zweimal am Tag hierherkommen und ihr die Brust geben, das ist in Ordnung, ich fahre dich, mach dir keine Sorgen, das geht alles in Ordnung, sagt Vater, streichelt mir über die Wange, und sie verabschieden sich und gehen.

Ich sehe ihnen nach, und im gleichen Moment kommen andere Gäste wackelnd ins Zimmer hinein und zu meinem Bett. Sie haben den Arm voll mit Blumen, Rosen, glaube ich mich zu erinnern. An meinem Bett stehen also der Vater meiner Kinder und seine Großmutter, jene, die ich damals in der Nacht in der Oststadt gesehen hatte, seine Mutter wohnt in Amerika, sie kommt daher nicht, sendet aber Glückwünsche. Aber das betrifft mich nicht, mich betreffen keine anderen Erdteile und mich betreffen auch nicht diese Leute.

- Einfach zwei Mädchen, sagt der Kindesvater.
  Ich antworte nicht.
- Herzlichen Glückwunsch, sagt die Großmutter.
- Danke.
- Wenn es schon zwei sind, kannst du sie Hansína und Lútína taufen, sagt die Großmutter, sie heißt Hansína, immer Sína genannt. Sie macht ein sehr frohes Gesicht und ist offensichtlich völlig

begeistert von dem Namensvorschlag.

- Ich kann sie genauso gut Mandarina und Apfelsina taufen, antworte ich und habe keine Ahnung, dass ich die Urgroßmutter meiner Mädchen beleidige, die nur zwei Fliegen mit einer Klappe schlagen will, den Namen ihres ersten Mannes, Lúther, und auch den eigenen Namen erhalten will.
Hansína und Lútína. Mein guter Gott. Das wird nie geschehen. Nur über meine Leiche.

56. Þóra Birgitta und Sigríður Barbara

Vater fährt mich zum Stillen nach Sólvangur, wie er es versprochen hat. Die Kleinere gedeiht gut, und bald kommt sie auch zu uns nach Hause nach Austurgerði und dort bin ich mit meinen beiden Mädchen in dem Zimmer, das wir drei Schwestern vorher teilten. Wieder sind wir drei, eine große und zwei winzig kleine Mädchen, und allmählich bekomme ich eine Verbindung zu meinen Kleinen. Ich wache auch Tag und Nacht über ihnen und gebe ihnen drei Monate die Brust – manchmal beiden gleichzeitig, wenn sie beide wach sind, manchmal der einen, wenn die andere schläft –, sie bekommen auch zu essen, weil ich nicht genug Milch habe. Die Jüngere ist unglaublich klein, und ich habe Todesangst, sie zu berühren, ich habe Angst, dass sie zerbricht, und sie hat keinen Hunger, will am liebsten nichts als die Brust, aber das ist nicht genug, sie muss essen. Ich finde allerdings einen recht guten Weg, stecke den Fläschchenbrei mit einem Löffel in sie und blase, bis sie den Brei schluckt, so kommt es, dass der Brei einmal in das Kind hineinrutscht.

- Bist du verrückt, Bíbí, hast du vor, das Mädchen umzubringen, sagt Mutter, und es gelingt ihr, den Brei aus der Kleinen herauszusaugen, ihr Leben zu retten, die Handgriffe geschehen ohne Zögern und entschlossen. Meine Mutter ist die Lebensretterin meiner kleinen Tochter, und ich bin ihr äußerst dankbar dafür – danke, meine liebe Mutter –, aber ansonsten mache ich das meiste selbst und gehe so wenig wie möglich aus dem Zimmer, schließlich habe ich dazu keinen

Grund. Ich habe mich selbst in diese Situation gebracht und muss mir natürlich selbst helfen, ich mache mir das zunutze, was mir gereicht wird, aber ich spüre, dass ich eine Last bin, etwas anderes wäre auch Täuschung gewesen. Das ganze Leben zu Hause ändert sich natürlich mit unserem Kommen, uns folgt alles mögliche verdrießliche Gestampfe und Lärm – dieses holen, jenes holen und alle möglichen sch, sch und so, so, meine armen Kleinen. Mutter gefallen die Veränderungen nicht, und das nächtliche Weinen der Mädchen nervt sie sehr, nehme ihr das übel, wer will.

- Was zum Teufel machst du eigentlich mit den Mädchen in der Nacht, Frau, weshalb schreien sie so, zwickst du sie, oder was?
- Wenn die eine schläft, dann ist die andere wach.
- Phh.
- Wenn die eine schweigt, dann weint die andere.
- Phh.
- Ich versuche mein Bestes, Mutter.

Der Vater der Kinder geht ständig in Austurgerði ein und aus und sitzt flüsternd bei þóra Guðrún vorne in der Küche, wann immer er die Gelegenheit hat; sie scheinen sehr gut miteinander klarzukommen, sie kommen sehr gut miteinander klar.

- Er ist nun einmal der Vater der Mädchen und hat sein Recht, Bíbí, und er darf sehr wohl bei mir zum Kaffee sein, auch wenn es dir nicht gefällt, mit ihm zu sprechen, und nichts bist als üble Laune. Du solltest sehen, was für ein stolzer Vater er ist und was seine Mutter für eine gute Großmutter ist, schickt den Mädchen ständig etwas aus Amerika, es haben nun nicht alle Kinder so schöne Kleidung. Was ist es eigentlich, was du willst? Was glaubst du eigentlich, wer du bist?

Ich antworte ihr nicht, es gibt keinen Grund, dass sie dahinterkommt, was für ein Mann der stolze und kaffeedurstige Vater in Wirklichkeit ist.

- Stell dich nicht so an, sagt er, und versucht mit aller Macht mit mir zu sprechen, aber ich gehe immer schweigend an ihm vorbei und tue so, als ob ich ihn nicht sähe. Bis ich ihm eines Tages antworte, ich finde, dass ich nicht länger daran vorbeikomme:

- Sprich mit mir, tu es, Bíbí.
- Was?
- Du brauchst doch nicht so zornig zu sein.
- Was willst du eigentlich?
- Du brauchst nicht hier zu sein, wir können genausogut zusammenziehen, warte ab, wir können uns eine Wohnung mieten und zusammen sein mit unseren Mädchen, wir haben sie nun zusammen, sie gehören mir genauso wie dir.
- Wenn du schon Kinder mit ihm bekommen hast, dann kannst du genauso gut mit ihm zusammen wohnen, sagt Mutter, und

ich weiß, dass sie froh sein wird über die Freiheit, wenn ich gehe, und ich verstehe sie gut. Sie hat das Ihre geleistet, hat viel geleistet, mehr als viele andere, mehr als die meisten anderen und meine Mutter ist müde nach einem langen Arbeitstag am Ende eines schweren Lebens.

- Sie ist so abgespannt, deine Mutter, Bíbí, sagt Vater, und ich weiß es und ich verstehe sie und ich wollte, ich könnte es ändern.

- Dann finde einfach eine Wohnung, antworte ich, und er zieht los und findet schnell eine kleine Dachgeschosswohnung auf Þingholtsbraut, und seine Mutter und Großmutter helfen uns, die Miete zu zahlen, weil unsere Mittel doch recht gering sind, wie sich von selbst versteht. Er arbeitet gelegentlich auf See, und ich bekomme einfaches Kindergeld.

- Aber meine Mädchen sind zwei, sollte ich dann nicht zweifaches Kindergeld bekommen? frage ich die Frau in der Sozialversicherungsbehörde.
- Das ist eine Geburt, meine Gute.
- Nein, es waren zehn Minuten zwischen ihnen.
- Sie sind in derselben Stunde und am gleichen Tag geboren, das ist es, was die Hauptsache ausmacht, darüber gibt es Regeln.

Ach was, bevor wir zusammenziehen, taufen wir unsere Mädchen. Die Kleine, der Mutter den Lebensatem einblies, bekommt ihren Namen. Aber während ich auf Sólvangur liege, sucht mich eine Frau im Schlaf auf und bittet darum, dass ich sie unbedingt Birgitta taufe, daher bekommt meine Þóra auch noch den Namen Birgitta. Die Größere

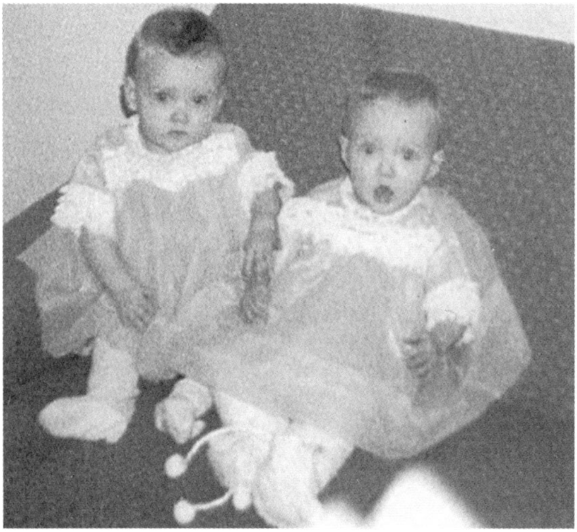

Sigga (links) und þóra in der þingholtsbraut. Sie haben schöne Kleider an, die Sigríður, ihre Großmutter väterlicherseits, ihnen aus Amerika geschickt hatte; sie war ihnen alle Zeit sehr gut.

bekommt den Namen der Großmutter väterlicherseits, die in Amerika lebt und sich meinen Mädchen alle Zeit mehr als gut erweist, sie ist Sigríður getauft, und um alles im Stil zu haben, sagt Vater, bekommt meine Sigga auch noch den Namen Barbara.

þóra Birgitta und Sigríður Barbara sind wundervolle, kleine Wesen, und sie sind beide intelligent, besonders und schön, und gekleidet in feinstem Putz, kleine, süße Tüllkleider aus Amerika, ziehen sie mit ihrer Mutter und ihrem Vater nach þingholtsbraut, aber dort erwartet uns ein sehr kurzes Märchen und eine unglaubliche Lebenserfahrung.

Der Schwanenspiegel, den Garðar mir schenkte, als ich dreizehn Jahre war und er fünfzehn, hat nun eine neue Bedeutung gewonnen, und als ich ihn in meinem neuen Zuhause betrachte, denke ich zum ersten Mal ernst, dass meine Hügelfrau wahrscheinlich irgendwie Recht hat, wenn sie sagt, dass unser Schicksal vorbestimmt ist und jeder unserer Schritte gekennzeichnet ist, lange, lange bevor wir den Fuß auf die Erde setzen.

- Denk trotzdem daran, Bíbí, dass du eine ganze Menge über dein Leben selbst zu sagen hast, manches kannst du vermeiden, aber anderes nicht, aber du sollst dich nie hinter der Verantwortung verstecken, die du für dein eigenes Leben hast.

- Wie um alles in der Welt soll ich dazwischen unterscheiden?
- Das musst du selbst herausfinden.
- Ist das irgendein Rätsel?
- Du musst den rechten Weg selbst finden.
- Du bist nun ein rechter Schutzgeist.
- Und du bist nun eine rechte Gehörlose.
- Es rauscht einfach nur in meinen Ohren diese Tage.
- Geh gut damit um, was dir geschenkt ist.
- Gott, was das nun ermüdend ist.
- Tue es einfach.
- Und was ist mir geschenkt worden?
- Zwei gesunde Kinder und Augen, die sehen.
- Das sind nun rechte Geschenke.
- Danke dafür, du bist reicher, als du gerne zugeben willst.

57. Sanfte Träume und Albträume

Das Märchen in þingholtsbraut hält nicht länger als drei Monate und wird nie das, was ich vielleicht im tiefsten Innern und trotz allem gehofft habe, dass es würde – dass ich lerne, den Vater meiner Mädchen zu lieben, dass auch er lernt, mich, ihre Mutter, zu lieben, dass es mir gelingt, ihn zu achten, dass es ihm gelingt, mich zu achten, dass unsere Mädchen mit beiden Eltern aufwachsen, die Tag und Nacht über ihr Wohlergehen wachen und denen ihr Wohlergehen am Herzen liegt, ihnen beim Großwerden zuschauen, beim Krabbeln, Laufen, Sprechen, ihnen zuschauen, wie sie gedeihen und sich entwickeln unter der Liebe und Fürsorge der Eltern, die sich mit der Zeit eine eigene Wohnung schaffen, vielleicht in einem ansehnlichen Einfamilienhaus in Kópavogur mit schönem Garten, Blumen auf dem Hügel, Brennnesseln und Butterblumen und Löwenzahn, zumindest einen kleinen Garten mit Blumen. Nun, nun, und wenn die Eltern sich nicht ein Haus schaffen können, dann schaffen sie sich zumindest eine Eigentumswohnung, mit blauen, roten und gelben Topfpflanzen auf dem Balkon; eine Wohnung, wo die Mädchen, Sigga und Þóra, ein Zimmer für sich allein mit ihren Spielsachen bekommen; eine Wohnung, da, wo wir alles tun, was in unserer Macht steht, damit unsere Mädchen glücklich werden; ein Zuhause, in dem wir abends zusammen sitzen, wenn sie eingeschlafen sind und uns unterhalten und vielleicht fernsehen oder Musik hören und vielleicht manchmal das Donnerstags-Theaterstück im Radio oder unsere Freunde zu Besuch empfangen, Kaffee aufsetzen und Kuchen backen.

Aber die drei Märchenmonate nehmen schnell einen ganz anderen Hauch an und in diesem Hauch, es ist nicht gerade ein sanfter Hauch aus dem Süden, geht kein romantischer Traum in Erfüllung; es sind in Wirklichkeit nasskalte Nordwind-Albträume, an die ich nicht viele Worte verschwenden will. Für mich sind diese Erinnerungen nicht nur schwierig, sondern ich will ihnen auch nicht viel Platz schenken; ich finde, dass es keinem Zweck dient, außer dem einen, mich zu dem elenden Opferlamm zu machen, das ich nicht bin und nicht sein will. Nein, ich weiche vor gar nichts aus, aber manches liegt besser im Vergessen als anderes, auch wenn es nicht verschwindet.

Der Plan von Garðar und mir, zusammen in Zufriedenheit und Harmonie zu wohnen, kann nämlich nie, außer auf eine Art enden; mit blitzschnellem Zerreißen des Zusammenlebens und endgültigem Abschied. Uns gelingt nämlich gar nichts von dem, was ein Zusammenleben im Alltag verlangt, nicht einmal das. Wir können nicht zusammen sprechen, zusammen lachen, zusammen weinen, geschweige denn zusammen sein; wir haben keine gemeinsamen Interessen und in Wahrheit überhaupt nichts gemeinsam außer unseren Mädchen. Und meine Þóra und Sigga verbinden uns nicht, sie werden nie die verbindende Kraft, die sie werden sollten, schließlich ist das keinesfalls die Aufgabe unschuldiger Kinder, auch wenn sie viel zu oft dazu benutzt werden.

Weshalb es nicht geht? Doch, die Wahrheit ist die, dass ich furchtbare Angst vor dem Vater meiner Kinder habe. Ich fürchte mich in der Tat jeden einzelnen Tag entsetzlich, den er an Land ist, schließlich endet unser Haushalt damit, dass Vater mich holt – schwer geschlagen und dunkelblau –, und als er versucht unsere Sachen zu holen, sind sie alle zerschnitten in einen Bettbezug gestopft, jedes einzelne noch so kleine Teil und Kleidungsstück, und daher gehen wir wieder völlig ohne alles nach Hause nach Austurgerði.

- Welcher andere glaubst du, wird dich auch nur anschauen mit zwei Kindern? sagt Mutter, als wir zur Tür hereinkommen.
- Ich weiß es nicht.
- Es schaut dich keiner an.
- Nein, wohl nicht.
- Du solltest auch nicht darüber jammern, auch wenn er dich etwas prügelt, das kommt wieder in Ordnung und ist egal, so etwas können Frauen ertragen.
- Das kann sein.
- Du solltest dich besser konzentrieren.
- Wahrscheinlich.
- Du solltest ihm mehr Geduld zeigen.
- Vielleicht.
- Ich glaube, dass du zum Teufel nichts von deiner Lage verstehst.
- Nein, Mutter.
- Ich glaube, dass du einfach nichts über das Leben weißt.
- Entschuldige, Mutter.
- Es ist nicht meine Sache zu vergeben, du musst dir schon selbst vergeben.
- Vergib mir trotzdem, Mutter.

58. Leidensgestalt

Der zweite Aufenthalt von mir und meinen Mädchen in Austurgerði wird nicht lang und ist auch kein besonderer Rosentanz. Þóra Guðrún ist nicht guter Dinge mit mir und will zum Beispiel keinesfalls, dass ich Besuche bekomme oder dass ich Zeit und Geld für Telefonate ausgebe - wozu soll ich eigentlich anrufen und am Telefon quatschen? Sie sagt zu meinen Freudinnen, Svana und Gerður, dass ich keine Zeit habe für Spielereien mit Freundinnen, ich hätte anderes zu tun und an anderes zu denken, wie sie beide verstehen sollten.

Aber meine Freundinnen verstehen diesen Ton nicht, er kommt ihnen falsch vor, blöd und grundlos, sie finden keinen Grund, sich lebendig zu begraben, auch wenn man Kinder hat und nie aus dem Haus geht, sie sehen zumindest weder gesunden Menschenverstand noch irgendeinen Sinn darin.

Svana lässt sich zum Beispiel überhaupt nichts sagen, sie versucht weiter Verbindung zu mir zu bekommen, ruft oft an und kommt endlich; sie will mich sehen, hat mich viel zu lange nicht gesehen, sie hört auch irgendwo, dass ich mittlerweile ziemlich dünn sei, und das scheint ihr nicht gut, auch wenn dazugesagt wird, dass so etwas nur normal sei, das Mädchen mit zwei Kindern und alles auf einmal. Aber Svana hört auf kein Gerede, sie gibt auch nicht auf, auch wenn ihr der Zutritt verweigert wird – die Türen nur bis zu Hälfte geöffnet und die Nase von Mutter im Türspalt –, als ob Svana das nicht egal sei. Sie will ihre Freundin treffen, den Fuß hineinsetzen, sie hat auch irgendwie den richtigen Einfluss auf Mutter, den ich nie gehabt habe. Es ist so, als ob sie auf ihr spielen kann, sie umspielen kann, mit ihr spielen. Sie nimmt sie zumindest nicht ernst – es ist nun nicht so, als ob Gott durch deine Mutter spräche –, und dann kann sie auch schmeicheln:

- Darf ich sie nicht einen kleinen Moment sehen, meine þóra? Du erlaubst mir das doch, sagt sie und tritt zur Tür herein. Mutter gibt nach und Svana streichelt ihr über die Schultern.

- Sie hat zwei Kinder, verstehst du das nicht?

- Ich bleibe nicht lange, sagt Svana und macht sich den Weg gangbar, düst ins Zimmer herein zu mir, da wo ich jammernd mit den Mädchen im Arm sitze.

- Gott, was ich froh bin, dass du durchgekommen bist.

- Schrecklich, dich zu sehen, Mensch, sagt sie, schließlich sehe ich aus wie eine Leidensgestalt, und ich weiß das, denn der Spiegel verbirgt nichts, auch wenn ich manchmal versuche einen Kompromiss mit ihm zu machen mit Make-up, Lidschatten, Lippenstift und mehr.

- Was ist eigentlich los hier, Bíbí, gibt die Frau dir nichts zu essen oder was, bekommst du nichts zu essen hier?

- Doch, doch.

- Das ist nun nicht viel, was du bekommst, scheint mir.

- Ich bekomme absolut genug, sage ich und genieße es, Svana in meiner Nähe zu haben; ihr blaues Licht umwebt mich mit Fürsorge und Sicherheit. Sie hat auch einen guten Einfluss auf Þóra Birgitta und Sigríður Barbara.

- Wie schön die Namen sind, Bíbí –, sie krähen und lächeln. Vielleicht hören sie uns zu, während wir zusammen auf meinem Bett sitzen, die zwei Freundinnen, und sorgenfreiere Tage Revue passieren lassen und uns nicht an alle Mühen und Dummheiten erinnern. Wir vergessen zum Beisiel nie, wie wir in *Summer Holiday* mit Cliff Richard im Kino Tónabíó sind und ich die ganze Zeit vor Langeweile vergehe – Gott, ich sterbe einfach vor Sentimentalität, Svana –, was nun etwas anders ist, als wenn sie mit ihrem Kassettenrekorder zu mir kommt und wir voll aufdrehen, alle Fenster in Austurgerði öffnen, um Aufmerksamkeit zu erregen – jippie, wie cool wir sind –, und *Creedence Clearwater* für alle Bewohner von Kópavogur spielen, glauben wir zumindest, bis Vater hereingewatet kommt und den Stecker rausreißt– was für ein verteufelter Lärm ist das!

Ja, wir haben auf einmal einfach angefangen zu lachen und haben genau so viel Spaß wie in alten Zeiten, als wir uns vor ihrer Mutter herumtreiben und Faschingsruten und Blumen und Osterschmuck und Weihnachtsdekoration basteln, um die Finanzen zu retten, wir häkeln auch Kapuzenpullover und verkaufen sie zu unseren Gunsten, um selbst etwas Geld zu haben, liegen auf meinem Bett und häkeln, essen Äpfel und rauchen.

Und wir vergessen auch nie, wie das war, als Svana fünfzehn Jahre ist und nach Alabama geht, um auf irgendwelche Kinder aufzupassen; und wie ich sie wahnsinnig vermisse und wie leer alles wird; trotzdem schreibe ich ihr nicht oft, weil ich schreibfaul bin, und sie schimpft mich dafür. Wir erinnern uns auch immer daran, als sie auf das Volksfest auf den Westmännerinseln geht und Guttormur trifft und mich bittet, ihre Mutter wissen zu lassen, dass sie zukünftig bei ihm auf dem Hof Dyhóll kurz außerhalb von Höfn í Hornafirði wohnen würde.

Wir können auch kaum aufhören zu lachen, als wir den Tag Revue passieren lassen, als Gerður, unsere Freundin –, die so tüchtig ist zu Hause, dass sie nie mit uns ausgeht, ohne zuerst für ihre Mutter aufzuräumen,

Svana und ich hatten viele gute Stunden zusammen, die wir gern Revue passieren ließen, nachdem die Mädchen geboren waren; hier liegen wir sorglos in meinem Bett in Austurgerði, rauchen und essen Äpfel. Auf dem kleineren Bild bin ich mit meiner Freundin Gerður, die mich bat, ihr das Kind zu schenken, das ich trug. Ich antwortete ahnungslos, dass sie das eine bekommen könne, wenn ich zwei bekäme. Gerður erinnerte mich an das Versprechen, als sie mich in Sólvangur besuchte.

abzuwaschen oder zu putzen, gewissenhaft und tüchtig und gut, wie sie es immer ist, die Gerður – sich in ihren Steini verliebt, den sie vom ersten Moment liebt und die nie jemand anderen sieht als ihn -, und als sie weiß, dass ich schwanger bin, sagt:

- Darf ich das Kind haben, das du in dir trägst, Bíbí, und ich sage, dass ich ihr eins schenken würde, wenn es zwei würden, und dann erscheint sie in Sólvangur und fordert mein Versprechen ein.

- Welche von beiden darf ich haben?

- Und nicht vergessen, Bíbí, dass Gerður und ich immer gewusst haben, dass du hellseherisch veranlagt bist, und es immer in guter Ordnung fanden, sagt Svana, diese meine wunderbare Freundin, und rahmt diese fröhliche Erinnerungsstunde mit diesen Worten des Vertrauens ein. Sie will mich daran erinnern, dass ich nicht alleine auf der Welt bin, während ich gute Freunde habe, Freunde, die keine Weiber bestimmen lassen, ob sie mich treffen oder nicht, Freunde, denen es nicht egal ist, dass ich mittlerweile so dünn und schwächlich bin.

- Ich mache einen Termin bei einem Arzt, sagt Svana, als sie geht, kommt dann am nächsten Tag wieder und schleppt mich mit sich in den Warteraum bei Ragnar Arinbjörn, der wahrscheinlich der beste Arzt der Welt ist, selbst wenn er auch der Hausarzt von Mutter ist, nur dass das gerade eine ganze Menge mit der Qualität zu tun hat.

59. Unhaltbarer Zustand

Ragnar empfängt mich freundlich, er untersucht mich komplett und ganz genau und wiegt mich dann. Ich wiege 37 Kilo, und er sagt ernst:

- Du bist in einem unhaltbaren Zustand, Mädchen.
- Wirklich?
- Du ernährst dich offensichtlich nicht genug.
- Doch, doch.
- Nein, das tust du nicht.
- Ich habe zwei Kinder, und es ist so viel zu tun.
- Das ist völlig egal, du bist viel zu leicht.
- Ich bekomme trotzdem absolut genug zu essen.
- Es ist nicht zu sehen, dass du genug isst, du musst das ändern.
- Ich werde es tun.
- Wachst du viel?
- Ich bin meistens die ganze Nacht wach, weil die Mädchen nicht zur selben Zeit schlafen.
- Bekommst du keine Unterstützung?
- Ich komme selbst damit zurecht.
- Gibt es niemanden, der dir helfen könnte?
- Es ist besser, sich selbst um seine Kinder zu kümmern.
- Wo sind die Mädchen jetzt?
- Bei Mutter, wir haben versprochen, nicht lange zu bleiben.

Meine Freundin Svana findet mich ziemlich dünn und treibt mich zum Arzt; jener Besuch war außerordentlich folgenschwer.

- Du bist ziemlich blass.
- Findest du?
- Gehst du wenig nach draußen?
- Ich bin meistens drinnen mit den Mädchen.
- Hast du keinen Wagen oder eine Karre?
- Doch.
- Du musst dich bewegen mit den Mädchen, Spaziergänge machen.
- Mutter findet es besser, dass ich möglichst viel drinnen bin.
- Was für ein Unsinn ist das.
- Ich werde mit ihr darüber sprechen.
- Wo wohnst du?
- In Austurgerði.
- Wer ist deine Mutter?

Ich sage es ihm, und ohne zu überlegen sagt er, dass ich keinen Moment länger bei ihr bleiben könnte, jene Frau sei nicht recht bei Trost. Ich mache keine Bemerkung zu seinen Worten, obwohl ich Lust dazu hätte, sie sei nicht recht bei Trost! Was meint der Mann?

Und er zögert nicht und handelt schnell, und während ich bei ihm bin, ruft er im Sozialamt von Kópavogur an und sagt, dass er eine Bleibe für zwei Kinder brauche und Hilfe für ein junges Mädchen, das bei ihm sitze.

- Nicht später als sofort. Das kann keinen Moment länger warten, sagt er, und als ich heimkomme, sage ich Mutter, dass ich arbeiten gehen soll und die Mädchen in Pflege kämen, bis ich mein Leben wieder auf der Reihe hätte und sie bei mir haben könnte.

- Was hast du eigentlich zu dem Arzt gesagt, hast du dich irgendwie bei ihm beschwert, Bíbí?
- Nein, nein, das ist einfach etwas, was ich tun muss.
- Ja ja, sagt sie und dann nicht ein zusätzliches Wort mehr, und ich weiß, dass sie traurig und schweigsam ist und an sich selbst und alle Kinder denkt, die sie von sich geben musste, weil sie sich bewähren musste oder nichts zwischen den Zähnen gehabt hätte.
- Du hättest ruhig bei Garðar bleiben sollen, weil du die Möglichkeit dazu hattest, Bíbí. Du hättest es tun sollen, du Esel, es hätte alles in Ordnung kommen können bei euch.
- Entschuldige, Mutter.
- Manchmal muss man das nehmen, was man bekommt.
- Das geht alles in Ordnung.
- Manchmal muss man seiner Überheblichkeit den Stachel brechen, Bíbí.

60. Zwei Kleine verabschieden

So geschieht es dann, dass meine Mädchen bei sehr guten Leuten in Kópavogur in Pflege untergebracht werden. Die sind verständnisvolle und liebenswürdige Menschen, die alles für uns, für Mutter und Töchter tun wollen.

Meine þóra und Sigga sind neun Monate, wunderbar schöne Mädchen und sehr hingezogen zu der Mutter, der es doch so schwerfiel, sich ihnen zu nähern, als sie neu geboren waren. Aber das hat sich geändert, manchmal passieren die besten Dinge, ohne dass man großen Aufwand dafür betreiben muss, und die Mutter hat so wahrhaftig vor, sich zu bewähren – seht nur zu, ihr Lieben, ihr werdet noch riesig erstaunt und überglücklich sein. Sie hat vor, viel zu arbeiten und sich nirgends zu schonen, so dass sie sie so bald wie möglich zu sich nehmen kann – darauf muss nicht lange gewartet werden –, und wenn sie genügend Geld gespart hat, kommt sie und holt ihre Mädchen, dankt den gutwilligen Leuten für die Hilfe, und bereitet ihnen ein schönes Zuhause und kauft für sie eine Menge von unglaublich tollen Spielsachen.

- Ihr habt nur das Beste verdient, nichts wird zu gut und zu fein für euch sein.

Ich erledige unsere Angelegenheiten in Austurgerði, und unterdessen wartet Vater mit den Mädchen draußen im Auto. Er hat vor, mich zu dem Ehepaar zu fahren, auch wenn ihm das gegen den Strich geht, er versteht nicht, weshalb ich gehen will, weshalb ich mir nicht mein altes Zuhause zunutze mache, weshalb ich seine Hilfe nicht annehmen will. Vater ist traurig, aber ich kann nichts sagen und nichts erklären. So ist das einfach, und so muss es sein. Ich bin unruhig, als ich mich von Mutter verabschiede, es ist schwierig, und ich weiche ihrem schweren Blick aus und den brausenden roten Farben um sie herum, als sie sehr steif sagt:

- Ich bin vielleicht froh, dass du gehst. Ich habe dich gehasst von dem Tag an, als du geboren wurdest, ich habe dich immer gehasst.

Ich kann ihr nicht antworten. Was soll ich auch sagen? Was soll ich antworten? Ich kann nicht einmal sagen, dass man so etwas nicht zu seinen Kindern sagt, nicht einmal, wenn ihnen auch Fehler im Leben unterlaufen sind, nicht einmal, wenn sie missraten sind.

Ich schweige nur, trotte hinaus ins Auto zu Vater, setze mich hinten hin zu den Mädchen, umarme sie und weine zum Fenster hingewandt. Ich weine in Wahrheit mehr über die Worte von Mutter als darüber, dass ich auf dem Weg bin auf einer der schwersten Reisen, die ich gemacht habe, einer Reise, von der ich trotz aller heißen Vorsätze und mit starkem Willen überhaupt nicht weiß, wo sie endet oder ob sie jemals endet.

- Weine nicht, Bíbí, du bist es, die dies entscheidet, du bist es, die gehen will, es hat dich keiner gebeten, diese Entscheidung zu treffen, sagt Vater, und dann fährt er mich zu dem guten Ehepaar. Er trägt die Mädchen mit mir hinein, ich sehe, dass ihm die Schritte schwer sind, und verabschiedet sich dann und fährt, und ich bleibe alleine mit den Leuten zurück.

Die Frau sagt mir, dass ich mir keine Sorgen machen soll, ich könnte ganz ruhig sein, sie werde sich gut um meine Mädchen kümmern, ich dürfe sie besuchen kommen, wann immer ich wolle, sie als Ehepaar würden dem nie im Weg stehen, aber wenn es sich als zu schwierig für mich herausstellen würde, dann könnte ich die Mädchen auch in endgültiger Pflege unterbringen. Es gebe jede Menge guter Leute, die keine Kinder bekommen könnten und überglücklich sein würden, so schöne, kleine Mädchen zu bekommen, sie würden sich darum kümmern, ein Zuhause für sie zu finden, wenn es mir zu schwierig würde, ich sollte mir darüber keine Sorgen machen.

- Das geschieht niemals, sage ich und verabschiede mich dann von den Mädchen und dem Ehepaar.

Ich bin völlig leer, als ich davongehe und das Weinen von Þóra und Sigga höre.

- Ich komme bald wieder, ich komme wieder, so schnell, wie ich kann, und dann haben wir Spaß, ich komme bald wieder, ich komme bald wieder, sch, sch und sch, sch.

Ja, ich bin entschlossen, mich zu bewähren, und dieses Mal freue ich mich unheimlich, als ich Kolbrún mir entgegenkommen sehe – manchmal kann es doch gut sein, die bei sich zu haben, die man nicht sieht –, und sie nimmt mich in den Arm und bestätigt mir, was ich weiß und mir vorgenommen habe, dass ich mich bewähren könnte wie jeder andere in meiner Situation, dass ich stark sei und nichts zu fürchten bräuchte, dass die Mädchen zu mir kommen würden, wenn ich ihnen ein menschenwürdiges Zuhause bereiten könne.

- Und das wirst du auch noch tun, Bíbí.

- Natürlich, sage ich und verstehe noch heute nicht vollkommen, weshalb ich plötzlich anfange, an meine erste Liebe zu denken, damals als Kolbrún und ich zusammen hinüber zum Kirkjuholtið gehen.

- Nichts ist normaler als das, Bíbí.

- Normaler?

- Ja, normaler.
- Aber ich verstehe nicht, weshalb ich jetzt daran denke, das ist zum Teufel noch mal egal, das ist einfach völlig unsinnig.
- Ja ja, Gute.
- Sag nicht, dass ich das später verstehe.
- Nein, nein.
- Das hat keinen Sinn.
- Nein, nein.
- Weshalb denke ich dann jetzt daran?
- Das verstehst du später.

61. Honigsüße Rache und viel zu viele Aspirin-Tabletten

Ich war entschlossen gewesen, mich an Páll Ragnarsson dafür zu rächen, dass er das Mädchen aus Múlakampur geküsst hatte; ich war dazu wild entschlossen gewesen und ich tat es auch; und als Kolbrún und ich am Hügel sitzen, lasse ich Revue passieren, wie mir das gelang, was ich mir vorgenommen hatte. Ich lasse es mit wildem Eifer Revue passieren. Und so geschah das damals:

Als ich nach der Reise nach Raufarhöfn und dem Aufenthalt in Hveragerði wieder nach Hause in Austurgerði komme, sagt Mutter mir, dass der verdammte Junge, der mir damals das Konfirmationsbild von sich geschenkt hatte, ständig angerufen und nach mir gefragt hätte.

- Und was wollte er?
- Dich treffen, natürlich.
- Und was hast du gesagt?
- Ich habe ihm einfach gesagt, dass er dich in Ruhe lassen soll.
- Gut.
- Ich hab ihm gesagt, dass du nichts von ihm wissen willst.
- Gut.
- Ich hab ihm gesagt, dass du ihn nicht sehen willst.

- Gut, Mutter, sage ich; aber Páll Ragnarsson, das ist der, dem meine Rachepläne gelten, ruft weiter an, auch nachdem meine Mädchen geboren sind und ich zum ersten Mal in Austurgerði bei Mutter und Vater bin.
þóra Guðrún sagt Páll immer, dass er mich zum Teufel noch mal in Frieden lassen solle, aber erwähnt nicht, dass ich eine Frau mit Verantwortung bin und Kinder habe, zum Glück tut sie das nicht, denn hätte sie das getan, wäre kaum etwas aus der Rache geworden.
Die Zeit vergeht und als der ehemalige Freund einmal anruft, beschließe ich, dass jetzt der Zeitpunkt ist, meine erste Liebe zu besuchen und ihm das Kuckucksei heimzuzahlen. Ich erzähle Mutter von meinem Plan, sie findet ihn gut und gibt mir auch die Erlaubnis kurz wegzugehen, sofern ich nicht lange bleibe.

- Du wirst wohl nicht so lange dazu brauchen.

- Ich beeile mich, so schnell ich kann.

Ich glaube in der Tat, dass das eine von ganz wenigen Gelegenheiten gewesen ist, die ich meine Mädchen allein bei Mutter zurückließ, ein Mal von wenigen, dass ich irgendwohin ohne sie hinging, und jetzt habe ich ein tolles Gefühl im Bauch; nicht zuletzt, weil Mutter mein Plan so unheimlich gut gefällt, es ist nicht so oft, dass ihr meine Ideen gefallen.

- Er hat das verdient, der Sack, sagt sie.

Aber jetzt geht es los, herausgeputzt und fein nehme ich ein Taxi zum Laufásvegur, dahin, wo Páll jetzt mit seiner Großmutter an einem neuen Platz wohnt, so ein großer Omajunge, wie er ist. Ich sage ihm, dass er mich empfangen und den Wagen für mich bezahlen soll, wenn er schon überhaupt so begierig sei, mich zu treffen. Er tut das, einmal Kavalier, immer Kavalier, und ich gehe hinein in ein schickes Wohnzimmer. Er bietet mir einen Platz an und fragt, ob ich Wodka wolle, das sei leider das einzige, was er da habe und mir anbieten könne.

- Danke, sage ich.

- Willst du vielleicht vorher etwas zu essen?

- Birnen und Sahne, sage ich.

Er springt auf die Beine, hinaus in den Laden, kommt sofort mit Birnen und Sahne wieder und Cola für den Wodka und Viceroy.

- Hast du früher nicht Viceroy geraucht? sagt er und ergänzt, dass ich mich nicht verändert hätte, ich sei immer noch genauso schön und süß und wunderbar, wie ich es immer gewesen sei – ach wie groß sind deine Lügen, Páll Ragnarsson, aber jetzt sind andere Zeiten, und dieses Mal falle ich nicht auf deine schönen Worte herein.
Ich setze mich in Positur und frage, was es seit unserem letzten Treffen Neues bei ihm gebe. Er sagt, dass er im Westen des Landes gewesen sei und mich niemals habe vergessen können, wie sei es auch möglich, ein Mädchen wie mich zu vergessen? Er setzt sich auf die Armlehne meines Stuhles und legt die Hände über meine Schultern – pass auf, dass du den Stuhl nicht zerbrichst, du Tölpel. Ich spüre, dass alles verändert ist, ich erröte nicht und bekomme keine große Hitze in der Brust, jetzt ist er es, der schüchtern ist, aber nicht ich, jetzt ist er es, der nicht ganz weiß, wo er mich hat. Aber die Schüchternheit verlässt ihn schnell, er weiß sich - wie in alten Zeiten – zu helfen, schreitet direkt zur Tat und sagt:

- Lass uns jetzt in mein Zimmer gehen und zusammen sein, es ist so lange her, dass wir zusammen gewesen sind, ich habe dich so vermisst, Bíbí, ich vermisse dich so sehr, ich fand es so schlimm, dich zu verlieren, aber ich weiß, dass du dir das einfach nicht vorstellen kannst.
- Beeil dich nicht so sehr, wir haben genug Zeit.

- Stell dich nun nicht so an, komm, sagt er und kümmert sich nicht um meine Worte, sondern reißt sich die Kleider vom Leib, bis er zum Schluss völlig nackt vor mir steht.
Und jetzt ist meine Rache an der Reihe, jetzt ist das dran, worauf ich lange gewartet habe. Ich schaue ihn aufmerksam an, betrachte ihn von Kopf bis Fuß, meine Augen sind stechend scharf, und schließlich sage ich boshaft – ich bin eine Schlange, eine hinterhältige Wanze –, während er an seine Hoden greift und die gesamte Herrlichkeit mit den Händen verbirgt.

- Mein großer Gott, du hast doch nicht vor, mir das anzubieten, mein Palli? Das reicht einfach nicht, ich will dich nur wissen lassen, dass ich heute zwei Kinder habe, und ich lasse mir nicht so einen kleinen Stängel anbieten wie deinen.

Páll Ragnarsson liegt niedergeschlagen im Bett, mit seiner Bettdecke vielmals um sich herum geschlungen, als ich hinausstolziere und den Bus nach Kópavogur nehme, den direktesten Weg heim nach Austurgerði.
Ich weiß in Wirklichkeit nicht, weshalb die Rache so unheimlich süß ist, so unheimlich honigsüß. Ich weiß auch nicht, weshalb ich mich niemals besser gefühlt habe, seit ich meine Mädchen bekommen habe, als genau jetzt, als ich alles mit Kolbrún Revue passieren lasse. Aber ich glaube, dass mir die Erinnerung Kraft gibt, dass ich nun verschiedene Möglichkeiten habe, wenn ich will, kann und mich ganz anstrenge.

Ich bin fest entschlossen, meine Mädchen wieder zurückzubekommen, und auch wenn die Erinnerung an meine erste Liebe, ganz nackt und mit Gänsehaut am ganzen Körper vor Scham und Erniedrigung, meine einzige Erinnerung daran ist, dass ich bewusst einen anderen Menschen erniedrigt habe, dann scheine ich sie jetzt aus irgendwelchen Gründen zu brauchen.
Von meiner ersten Liebe, dem Páll, ist zu sagen, dass er nicht wieder anruft und Bíbí Ólafsdóttir darum bittet, mit ihm einen Moment zu verweilen und alte Zeiten und alte Liebe Revue passieren zu lassen. Er verschwindet aus meinem Leben und bald auch aus seinem eigenen und ich sehe ihn nie wieder. Gesegnet sei sein Andenken und gesegnet sei sein prachtvolles Licht, zu dem ich mich damals hingezogen fühlte. Mit der Zeit bin ich ihm auch dafür dankbar, meinen Stolz verletzt und der Grund dafür gewesen zu sein, dass mein erster und wenn nicht einziger tiefer Liebeskummer mir auf schwierigem Weg zur Hilfe in der Not wird.
Und vielleicht hilft mir auch die Erinnerung nicht weniger, um richtig auf die Anzeige meines Kindsvaters zu reagieren. Jene Anzeige erreicht mich, nachdem ich wieder nach Hause in Austurgerði gezogen bin. Er will die Mädchen zu sich nehmen, weil ich, nach seiner Aussage, mit seinen Töchtern auf ständiger Sauftour gewesen sei und wie eine Wilde auf Tanzveranstaltungen getobt hätte und meinen Kindern Abend für Abend große Mengen von Aspirin gegeben hätte, um mich meinen endlosen Vergnügungen hingeben zu können, während er, der Vater der

kleinen Mädchen, sich draußen auf dem Meer wie ein Sklave abmühe, um die Familie zu ernähren.

Ich werde vor den Kinderschutzausschuss gerufen, der fragt, was an den Anschuldigungen des Vaters dran sei. Ich sage, dass sie ganz und gar unwahr seien, ich wäre nur einmal mit meiner Freundin Gerður auf einer Autotour gewesen, während ich in Þingholtsbraut wohnte; ich wäre nur einmal ohne die Mädchen abends weggegangen, und da hätte währenddessen ein junges Mädchen für mich aufgepasst, das seine Dienste im „Morgunblaðið" annonciert hätte. Sowohl Gerður wie auch das Kindermädchen seien Zeugen dafür und ich könne, wenn man es wünsche, weitere Zeugen nennen, die dem Ausschuss mit Leichtigkeit viel besser als ich sagen könnten, wie viel Interesse mein Kindsvater seinen Töchtern gezeigt hätte, als er über sie zu bestimmen hatte, und wie unser Zusammenleben in allem anderen als Glück und Freundschaftsrausch geendet habe. Mir wäre es sogar lieb, dass diese Zeugen gehört würden, damit die ganze Sache klarer würde, weil ich es als das beste für meine beiden Mädchen betrachte; und dann widerstehe ich nicht der Versuchung:

- Und wie denkt ihr, dass Kinder, die Abend für Abend und Nacht für Nacht so viele Aspirintabletten bekommen, das überleben?

Die Anzeige wird sofort über Bord geworfen, Gott sei Dank. Vielleicht holte ich meine Stärke aus dem prachtvollen Licht und der seltsamen Erinnerung an die Rache, die mir einmal Glück ins Herz gab. Ich will das nicht ganz ausschließen, nach so langer Zeit.

62. Sich bewähren oder andernfalls verrecken

Nun, um eine lange Geschichte kurz zu erzählen, ich suche mir schnell Arbeit in Lækjarbotnar, einem Kinderheim, das kurz oberhalb der Krater Rauðhólar untergebracht ist.

In Lækjarbótnar habe ich einen festen Aufenthaltsort, viel Arbeit, leidlichen Lohn und gelegentlich auch frei, die Zeit nutze ich, um meine Mädchen zu treffen. Aber es ist immer gleich schmerzlich, sie zu sehen

und mich nach einem kurzem Zusammensein wieder von ihnen verabschieden zu müssen. Ich befürchte, dass sie mich vergessen werden, ich fürchte, dass ich niemals unseren gemeinsamen Weg ebnen kann, fürchte, dass, wenn ich uns nun endlich eine Wohnung besorgen kann, sie nicht mit mir kommen wollen, dass sie nur schreien und heulen und nirgends hingehen wollen.
Wegen dieser Furcht werde ich schnell wortkarg und verschlossen gegenüber meinen Arbeitskollegen in Lækjarbotnar, aber ich versuche trotzdem, höflich zu bleiben, antworte, wenn ich angesprochen werde, und nehme alle Anordnungen gut an. Ich habe natürlich nicht vor, meine Weltuntergangsgedanken und das Selbstmitleid auffallen zu lassen. Es ist auch ein Schadensersatz, trotz allem zu sehen, wie gut für meine Sigga und þóra gesorgt wird und wie gut sie gedeihen und große Fortschritte zeigen. Das ist mir jedes Mal klar, wenn ich sie sehe, und dafür bin ich dem Ehepaar in Kópavogur dankbar. So ist es vielleicht auch nicht schlecht, sich um die anderen Kinder kümmern zu müssen, die zum Aufenthalt nach Lækjarbotnar kommen, für sie in der schönen Natur zu sorgen, da wo die Lichter hell sind und die Erdenergie stark von Gras und Erde.

Kinder haben in mir immer das Beste hervorgerufen, und ich stelle mir vor, dass die Kinder, auf die ich aufpasse, meine eigenen sind; dass sie meine Mädchen sind, mit denen ich am Tag Spaziergänge an der Laufleine mache, ihnen Hafergrütze am Morgen gebe, am Abend vorlese, helfe sie anzuziehen und schlafen zu legen, und tröste, wenn sie Heimweh haben und den Bus nach Hause zu Mutter und Vater nehmen wollen.
Mir stehen diese Kinder sehr nahe, und abends, wenn ich in mein Zimmer gehe, setze ich mich mit dem Bild von Sigga und þóra hin und starre darauf, bis ich uns drei im Meerestiermuseum in Hafnarfjörður vor mir sehe, wo wir zusammen stehen und dem jungen Seehund Kobbi zuschauen, wie er Hering frisst und im Wasser spielt, und wir gehen dann in die Lavamulden östlich vom Museum und trinken Milch und picknicken – was das Spaß macht, Mama –, und ich zeige ihnen die Sonne und sage, dass sie auf alle Menschen gleich scheint, sowohl auf

die guten wie die schlechten, und jetzt wollen wir auf den Spielplatz gehen und schaukeln und wippen und auf der Rutschbahn rutschen, und dann gehen wir schwimmen.
Und dann schlafe ich mit dem Bild von ihnen auf dem Kopfkissen ein und habe vielleicht nicht ganz so viel Angst, dass ich uns Dreien niemals ein schönes Zuhause schaffen kann, wenn ich aufwache. Nein, das ist ganz und gar keine Gedankengymnastik und auch keine Täuschung, das ist mein Weg zu überleben und dabei nicht den Blick auf die Zukunft zu verlieren, mit der ich klarkommen will, dazu bin ich entschlossen. Ich verliere jedoch nicht die Wünsche aus dem Blick, die ich verwirklichen will.

Ja, ich tue alles, was ich kann, um Elend und Kummer von mir zu schieben, und eines Tages gegen Ende des Sommers bekomme ich einen Brief. Es ist ein Brief von meiner Schwester Anna Maren, sie ist in meinen Augen der freieste, fröhlichste und beste Mensch aller Zeiten. Anna Maren hat sich nicht verändert und wahrscheinlich fühlt sie sich ihrer Familie verpflichtet, sie kennt ihre kleine Schwester so gut, die es so sehr eilig hatte, die Welt zu sehen in Friðheimar am Breiðholtvegur vor langer Zeit. Sie war es, die mein Leben damals gerettet hat, und jetzt will sie mich wieder retten. Sie schickt mir einen Brief, voller Wärme, Fürsorge und Freundlichkeit:
„Meine liebe kleine Schwester, komme nach Kópasker und bleibe bei mir und Hrafnkell, du bist uns mit deinen Mädchen willkommmen, wir können einander helfen, und Rannveig und Kári, unsere Kinder, werden glücklich sein, zwei kleine Mädchen ins Haus zu bekommen, komm zu uns, meine Bíbí, wir werden einfach Spaß haben, und mach dir keine Sorgen wegen des Geldes, das bekommen wir schon hin."
Ich bin überglücklich, was für eine gute Schwester, was für ein Glück ich habe, so eine gute Schwester zu haben, und in meiner Freude beschließe ich Mutter anzurufen und ihr die Neuigkeiten zu sagen, ihr zu sagen, dass sich die Lebensbedingungen von Bibba jetzt verbessert haben, dass jetzt alles besser Aussieht.

- Wie findest du das, Mutter?

- Das ist nur Unsinn, deine Schwester will von dir die Unterhalts-

Dort bin ich mit Sigga und Þóra während eines Besuches bei ihnen, während ich in Lækjarbotnar arbeitete. Sie waren bei sehr guten Leuten in Kópavogur, aber ich war immer fest entschlossen, sie wieder zu mir zu holen.

zahlungen haben und dich als Arbeitskraft nutzen, glaube mir. Ich verstehe nicht, wie es Mutter einfällt, so zu reden. Sie, die Anna Maren am meisten von uns allen liebt, Fiddi ausgenommen, sie, die viele Wochen weint, nachdem Anna Maren mit Hrafnkell aus Múlakampur weggeht, um ihr eigenes Leben zu leben. Was hat sie im Sinn?
Ich weiß allerdings, dass Þóra Guðrún nicht Recht hat. Ich weiß, dass Anna Maren mir aus Gutmütigkeit, Liebe und Verständnis anbietet, nach Osten zu kommen. Aber aus irgendwelchen Gründen, wahrscheinlich wegen meiner ständigen Sehnsucht nach dem Wohlwollen von Mutter und einer außerordentlichen Angst davor, Entscheidungen selbst zu treffen, lasse ich mir die Gelegenheit aus den Händen gleiten.

- Ich bedauere es immer noch, meine gute Schwester.

Ich arbeite bis zum Sommerende auf Lækjarbotnar und treffe meine Mädchen weiterhin einige Male in der Woche; ich versuche mir mit viel Fantasie frohe Tage und Nächte zu schaffen, und ich schäme mich, dass

sie manchmal nicht alle von meinen beiden Mädchen handeln, denn manchmal schleichen sich andere Wünsche und Sehnsüchte zu mir, über die ich schweige wie über die größte Sünde. Ich möchte nämlich schrecklich gerne ins Las Vegas, um die Band Stofnthel zu hören und zu tanzen oder ins Röðull, wo Anna Vilhjálms, die Sängerin, bis spät in die Nacht singt und die Leute vergnügt. Dann will ich den gewagten Film *Venus im Pelz* im Alten Kino sehen oder *Drakulas Braut* mit Peter Cushing im Kino Hafnarbíó. Ich möchte Svana und Gerður treffen und mich bis spät in die tiefe Nacht vergnügen und singen und trällern, lange und spannende Wanderungen unternehmen und mich vielleicht besaufen und alle Sorgen vergessen, vielleicht einen Jungen treffen und Händchen halten und ihn küssen und ihm dann zuflüstern, dass ich zwei kleine Mädchen habe, und ihn sagen hören, dass das nun wirklich schön sei, und dann gehen wir meine Mädchen holen und fahren mit ihnen im Pedigree-Wagen überall herum, den Sína, ihre Großmutter, ihnen geschenkt hatte, halten an und holen uns Eis, und die Sonne scheint natürlich, und es ist irgendwie genau so, als ob dem unbekannten Jungen und mir die Mädchen gemeinsam gehören.
Ja, ich schäme mich für die unangemessenen Gedanken. Ich schiebe sie von mir wie vergiftete Äpfel. Was ist eigentlich los mit mir? Was für ein Höhlenweib bin ich eigentlich? Ich orientiere mich neu und zwinge mich, die Dinge in die richtige Reihenfolge zu bringen mit Geduld als Waffe – jene offensichtlichen Bilder der Verantwortungslosigkeit haben die Wurzeln in meinem Herzen. Ich muss mir mehr Liebe angewöhnen und weniger Egoismus, muss aufhören zu denken wie ein unbändiges Wesen, ein Frechling und Dummkopf.

Ich bin kein Teenager mehr mit kindischen Träumen von Theaterbesuchen, Tanzveranstaltungen und Kino. Seit März bin ich achtzehn Jahre alt.
Ich bin eine verantwortliche und selbstständige Person.
Ich bin eine junge Frau mit einem Ziel und Träumen, die ich verwirklichen will.
Ich bin Mutter von zwei Kindern und muss mich wie eine solche benehmen.

Ich bin Bíbí, die Mutter von Sigga und Þóra, alles andere ist Nebensache.
Jetzt gilt es auch, sich zu bewähren oder andernfalls zu verrecken.
Ich habe vor, mich zu bewähren.

63. Ein Mann mit schwarzem Hut

Was geschieht, das soll geschehen, das ist meine felsenfeste Überzeugung, und an dem Tag, als ich nach Kópavogur fahre, um meine Zwillinge zu holen, scheint die Sonne, keine Wolke am Himmel und nichts überschattet meine Freude, und wehe mir, wenn die Vögel nicht in den Lüften singen.
Ich bin zumindest himmelhochjauchzend, schließlich habe ich endlich mein Ziel erreicht. Ich bin achtzehn Jahre alt und sie sind im zweiten Jahr. Wir sind das stärkste Dreieck der Welt, nichts und niemand wird das ändern, nichts und niemand wird jemals jene Ganzheit entzweien, die wir sind und werden.

Mir ist endlich das gelungen, was ich mir selbst verspreche, als ich aufhöre, in Lækjarbotnar zu arbeiten. Aber seitdem sind auch andere Ereignisse geschehen, die eine ganze Menge mit meinem zukünftigen Glück zu tun haben. Welche? Als ich in Lækjarbotnar aufhöre, miete ich mir ein Zimmer auf Skipholt 48 und suche mir gleichzeitig Arbeit im Restaurant Neðribær, das zu der Zeit an der Ecke von Síðumúli und Fellsmúli ist. Ich bin glücklich mit diesem Arrangement. Die Miete ist erschwinglich, weil ich morgens auf ein kleines Mädchen aufpasse anstelle seiner Oma. Diese Arbeit wird von der Miete abgezogen, und dann arbeite ich zwei Schichten, von Mittag bis Mitternacht, in Neðribær. Der Arbeitstag ist daher lang, und meistens bin ich nicht früher zu Hause als um nach eins in der Nacht. Aber das ist für mich eine Kleinigkeit, ich bin jung, stark und konzentriert, und ich sehe das Ziel in Reichweite rücken.
Auf dem Sekretär in meinem Zimmer stehen die Bilder von Sigga und

þóra, die ich anschaue, bevor ich einschlafe; bald werden sie bei mir sein, bald hole ich sie, bald schlafe ich ein, nachdem ich ihnen vorgelesen und sie zum Einschlafen gebracht habe, und bald schlafen wir zusammen ein und wachen zusammen auf.

Es haben nun nicht alle um so viel zu kämpfen wie ich, aber ich bin nicht nur zuversichtlich, denn selbstverständlich bin ich auch ein bisschen gedankenlos. Ich lasse zumindest die offensichtlichen Gedanken, wie ich alleine für sie sorgen und sie alleine beaufsichtigen soll bei zweifacher Arbeit in einem winzigen Mietzimmer keinen Schatten werfen auf den Traum der liebevollen Vereinigung von uns Dreien.

Doch, es kann gut sein, dass ich ein bisschen wie die Vögel des Himmels bin, die sich fröhlich jeden Tag abmühen, als ob er der einzige sei, aber für mich ist das lebensnotwendig, und sei es auch nur, um in der Nacht schlafen zu können.

Morgens, wenn ich bei dem kleinen Mädchen sitze, das ein besonders verständnisvolles und lustiges siebenjähriges Menschenkind ist, und versuche ihm vorzulesen, schlafe ich manchmal über dem Buch ein und erinnere mich weder an diese Welt noch eine andere, bevor es mich anstößt und flüstert:

- Lies, Bíbí, lies.

- Oh, bin ich eingeschlafen? murmele ich und lese weiter, und es wird knapp, als ihre Oma von der Arbeit nach Hause kommt, so dass ich davonstürze zu meiner Arbeit. Ich renne Skipholt hinunter und Ármúli entlang, vorbei an allen meinen Erinnerungen an Múlakampur – Lachen, Freude, Spiel und Kummer –, ich renne vorbei an meiner Jugend, die ich vermisse, und zur Arbeit, um zu braten, putzen, bedienen und Hamburger und Pommes zu servieren.

Ich habe immer den *Psalm über die Blume* von þórbergur þórðarson gerne gehabt. Dieses Gespräch ist so wunderbar echt:

„So ist es mit verstorbenen Leuten, meine Hegga! Wir sehen sie nicht, weil wir in unserer äußeren Hülle sind, aber sie haben ihre äußere Hülle, ihren Körper, verloren. Doch es kann vorkommen, dass ein Mensch, der noch in der äußeren Hülle ist, so starke Augen hat, dass er

einen verstorbenen Menschen ganz kurz sieht. Und was glaubst du, was die Leute dann sagen, was der Mensch mit den Augen gesehen habe?" Und jetzt schaut Opa Sobbeggi besonders fragend auf die kleine Hegga. „Einen Geist", antwortet das kleine Menschenkind forsch. „Ja, genau. Sie sagen: Er hat einen Geist gesehen. Aber war es ein Geist, den er gesehen hat?"
„Nein, es war nur ein verstorbener Mensch", antwortet das kleine Menschenkind.

Eines Abends drängen junge Leute, die sich vergnügen wollen, herein, sie sind froh und ausgelassen und wollen gut bedient werden, und das sofort. Ich starre einen aus der Gruppe an, es kommt mir vor, als ob ich den Mann kenne, er trägt einen schwarzen Umhang mit schwarzem Hut und bittet weltmännisch und mit Bravour um Hamburger.

- Nein, Bíbí, das bist doch nicht etwa du? sagt er dann und will mich umarmen.

- Ich bin bei der Arbeit, und mach keinen Unsinn.

- Jetzt, wo ich dich wiedergefunden habe, da kannst du sicher sein, dass ich komme, um dich zu holen und dich nie loszulassen, sagt er lachend, immer gleich entschlossen, immer gleich schick, immer gleich kokett. Die Sache ist nur nicht so einfach, wie er glaubt. Ich will keinen Mann, ich will keinesfalls einen Mann sehen. Ich muss allein sein und mir selbst helfen, ich muss mich um mein eigenes Leben kümmern, und da ist kein Platz für einen Mann. Und so fest entschlossen, wie ich bin, beschließe ich, mich davonzumachen, und zwar schnell und sicher, und alle Spuren zu verwischen, so dass er mich nicht findet. Es gelingt mir, und als die Arbeit zu Ende ist, schleiche ich zur Hintertür hinaus, hänge jenen eifrigen Schwarzhut ab, der in freudiger Erwartung im Auto vor dem Restaurant auf mich wartet.
Aber in diesem Leben sind einige entschlossener als ich, und er lässt sich nichts sagen. Vielleicht ist es auch kein Zufall, dass wir uns wieder treffen, irgendetwas müssen wir wohl unbeendet gelassen haben, irgendein Grund muss wohl dahinterstecken, dass ich ihn nur einen Augenblick gesehen habe am Tag, nachdem er sich so denkwürdig das

Bein gebrochen hatte damals, als er durch das Klofenster vom þórscafé geklettert war, in der verlorenen Nacht, als meine Sigga und meine þóra entstanden sind.
Aber was, der Schwarzhut findet schnell heraus, wo ich wohne, und er beginnt damit, seinen neuen Fang festzumachen. Er schickt mir Blumen, gräbt meine Telefonnummer aus, ruft oft an und kommt noch öfter. Ich sage ihm, was bei mir geschehen ist, verheimliche nichts. Ich erzähle ihm von den Mädchen und dem Traum, den ich verwirklichen will, und denkt euch, es stört ihn überhaupt nicht, dass ich sie habe, alles, was zu mir gehört, ist wunderbar, und dann ist es so, dass er selbst ein Mädchen hat, das Sigga heißt und genau im selben Jahr geboren ist wie die Zwillinge – ist das nicht komisch, Bíbí, dass ich auch ein Mädchen habe, das Sigga heißt? Und allmählich kommen wir zusammen. Wir werden wieder ein Paar trotz all meiner früheren Schwüre, männerlos in Kälte und Zugluft zu leben; wahrscheinlich ist es nicht mein Schicksal, alleine zu bleiben.
Ich ziehe also weg aus dem kleinen Zimmer in Skipholt 48 zu den Eltern von Sigurhans Valgeirs, meines alten und neuen Freundes, in den Keller in Bugðulækur 7. Hansi und ich sind willkommen bei seinen Eltern, Hlynur und Magnea Ingibjörg; und obwohl wenig Platz ist, ist da genug Herzenswärme.

Es ist genau in Bugðulækur 7, wohin ich mit meinen Mädchen an dem Tag komme, als ich sie in Kópavogur abhole, an jenem sonnenreichen Tag, als die Vögel singen. Und ich glaube, dass keine Worte beschreiben können, wie glücklich ich bin, als ich in der Nacht schlafen gehe und ich ihre Augen betrachte, wie sie sich unter den Augenlidern bewegen. Morgen werden sie bei mir aufwachen, zwei runde kleine Mädchen, wieder bei ihrer Mutter.
Ich spüre auch zum ersten Mal seit langer Zeit Sicherheit, Hansi ist ein guter Mann, und ich kann nicht anders als lächeln, als ich die Stimme meiner Freundin aus dem Kirkjuholt höre:

- Ich habe gesagt, dass es dir gelingen würde, Bíbí.
- Danke dir dafür, an mich zu glauben.
- Sie sind es wert, die Mädchen.

- Was meinst du?
- Du weißt, was ich meine.
- Das ist kein Opfer für mich, wenn du das glaubst.

64. Wir sind im Freudentaumel

Die Zeit vergeht, und natürlich wollen Hansi und ich nicht auf Dauer bei seinen Eltern in Bugðulækur bleiben, auch wenn wir willkommen sind zu bleiben; uns ist es allerdings wichtig, im eigenen Zuhause zusammen zu sein, aber Mietwohnraum ist zu dieser Zeit teuer in Reykjavík– die Koalitionsregierung ist noch nicht zusammengebrochen –, und es gibt sehr viele Interessenten für jede einzelne Wohnung. Es gelingt uns nun letztendlich trotzdem, eine Wohnung zu finden und die Vorauszahlung für sechs Monate zusammenzukratzen.

Die Veränderungen in der Restaurantkultur von Reykjavík sind riesig in einer Zeitspanne, die gerade einmal bis zum heutigen Tag reicht. In den Jahren 1970-71, als ich in Neðribær arbeite, kann man solche Restaurants an den Fingern einer Hand abzählen, aber heute gibt es sie an fast jeder Ecke und sie sind völlig unzählbar. Manchmal überlege ich mir wohl, wie es nach dreißig Jahren auf den Straßen von Reykjavík aussehen wird, werden dann vielleicht Restaurants, Spielhöllen, Kneipen und andere ähnliche Phänomene in speziell angelegten Bahngleisen über der Stadt sein? Es ist nämlich kaum Platz für weitere unten auf der Erde.

Wir sind in der Tat im Freudentaumel, als wir in Bólstaðarhlíð 44 zu der Vermieterin Klara umziehen, mit all unserem Hab und Gut, das nun nicht viel ist – ein weißes Schaffell für den Boden, ein Kofferradio, ein alter Fernseher, ein grünes ausziehbares Schlafsofa, ein Sekretär, zwei Kinderbetten, ein Druck von drei weißen Pferden auf rotem Hintergrund und die Bilder von meinen Mädchen.

Klara ist eine kleine flinke Frau, die wir zur Miete dazubekommen wie jedes andere Nebenerwerbseinkommen vom Land. Sie wohnt selbst in einem Zimmer, muss vermieten, um die Wohnung nicht zu verlieren und die Raten leisten zu können, aber wir haben trotzdem zwei Zimmer für uns, schlafen im einen und die Mädchen im anderen, die Küche und das Badezimmer benutzen wir dann gemeinsam mit Klara. Der Haushalt geht gut, denn Klara ist eine liebe Person. Sie ist viel für sich und will den jungen Leuten in keiner Hinsicht auf die Zehen treten, aber sie ist uns dennoch hilfreich, wäscht zum Beispiel unsere Wäsche und faltet sie stillschweigend und völlig ungebeten zusammen. Sie hilft also, dass das Leben es gut mit uns meint, denn wir sind beide in voller Arbeit. Hansi arbeitet als Arbeiter im Stahlbetrieb Sindri, und ich bin Nähstubenmädchen in Bolholt, und es gefällt mir recht gut.
Es läuft in der Tat alles wie im Märchen bei uns, während die Kindermädchen kommen, um auf Sigga und Þóra aufzupassen. Aber ehrlich gesagt, fällt es ihnen schwer, und sie bleiben nicht lange, weil meine Gören ungehorsam sind und nicht auf ihren Rat hören; sie sprechen untereinander eine eigene Sprache, die kein Mensch versteht, und lassen nicht jedermann nahe an sich heran.
Sie wollen ihre Mutter und jeden Moment bei ihr sein. Natürlich sind sie von Trennungsangst befallen; Kinder, die von ihren Eltern getrennt werden, haben oft einen Schock erlitten und versuchen alles Mögliche, um dieses Elend zu besiegen. Zum Schluss geht es nicht länger, ich höre auf zu arbeiten und bin am Tag bei ihnen zu Hause. Hansi nimmt mehr Arbeit an, die praktisch dem entspricht, was ich zum Unterhalt beitrug, schließlich ist er immer selbstlos und ein äußerst tüchtiger Arbeiter; er will gut für alle seine Lieben sorgen.

- Was anderes, meine Bíbí?

Ich bin daher am Tag viel allein mit den Mädchen, und auf diese Art geht der Traum in Erfüllung. Wir spielen zusammen, schaukeln, wippen, schaufeln, bauen Sandburgen, backen, malen aus, schneiden aus, malen, kneten und sind jenes Dreieck, das nur wir alleine sein können. Es macht Spaß, und ich vermisse nicht eine Minute meine Arbeit. Mir kommt es auch nicht in den Sinn, missmutig zu sein, auch wenn Hansi nicht eine Hand bei sich zu Hause rührt, wenn er frei hat, der Mann arbeitet trotzdem genug, und ich finde, dass Frauenrecht sich um offensichtliche Arbeitsteilung dreht, ich arbeite zu Hause und er draußen. Aber seine Oma, Valgerður Gísladóttir, die der Kopf der Familie ist und ein interessanter und guter Mensch, steckt oft die Nase herein, um uns zu beobachten, und es gefällt ihr nicht alles, was sie sieht.

Die Koalitionsregierung der konservativen Unabhängigkeitspartei und der Sozialdemokratischen Partei stürzte im Juni 1971 nach zwölf Jahren Regierungszeit. Große Rezession herrschte in dieser Zeitspanne, und auch wenn hellere Zeiten zu erwarten waren, genügte das der Regierung nicht. Es folgte die linke Regierung von Fortschrittspartei, Volksallianz und dem Bündnis der Liberalen und der Linken, das Anfang Mai 1974 mit Tumult platzte. Es war ihm nämlich nicht gelungen, die wirtschaftlichen Probleme zu lösen oder die Inflation im Zaum zu halten. Natürlich war es für arme Leute in diesen Jahren mit Schwierigkeiten verbunden, ein Zuhause zu gründen und einen Haushalt zu führen, Hansi und ich waren da keine Ausnahme.

Finden die jungen Leute keinen Grund, an die Gleichberechtigung zu denken? Denkt Sigurhans vielleicht, dass er in einem Hotel wohnt, oder was? Weshalb sollte seine Frau jedes Mal herbeilaufen, wenn er einen Mucks macht?
Valgerður ist also viel an Gleichberechtigungsangelegenheiten gelegen, und sie spornt mich an, einen Versuch zu machen: allen Abwasch einfach nicht zu machen, bis alles dreckig in der Küche läge, und dann abzuwarten, ob Sigurhans sich nicht bessere und etwa ein Glas für sich selbst abwasche. Aber mein Hansi rührt keine Hand, obwohl die dreckigen Gläser sich türmen, und ich habe wie Þóra Guðrún Friðriksdóttir eine unheilbare Reinigungswut. Alles soll bei mir vor Sauberkeit glänzen wie bei Mutter, und ich gebe daher schnell den Versuch auf. Schließlich ist mir nichts zu gut, um mein Zuhause sauber zu halten, weil ich dafür die Gelegenheit habe, das Zusammensein mit meinen

Hansi und ich heirateten am Weltgebetstag der Frauen und an meinem Geburtstag, 5. März 1971; wir tanzten bis in die Nacht, und ich vergaß alle Sorgen.

Mädchen zu genießen. Alles andere ist eine Kleinigkeit, über die ich kaum Lust habe mir Gedanken zu machen. Nein, vielleicht nicht alles, das ist zuviel gesagt.

Es ist keine Kleinigkeit für mich, als Hansi und ich in der Kirche Laugarneskirkja bei Garðar Svavarsson an meinem neunzehnten Geburtstag am 5. März 1971 heiraten. Das ist eine regelrechte große Sache, und ich habe Angst davor. Ich fürchte, dass ich Hansi nicht genug liebe. Eigentlich liebe ich ihn nicht einmal, sondern mag ihn nur gerne. Und ehrlich gesagt, bin ich auch ebenso überzeugt davon wie er, dass es völlig genug sei, dass er mich liebe, wie er sagt, als ich ihm dieses Sorgenthema unterbreite, bevor wir heiraten.

- Du fängst das Leben gerade an, mach dir keine Sorgen, sagt eine vertraute Stimme, aber sie gefällt mir nicht. Ich vermisse es, dass ich nicht voller Freude und Dankbarkeit bin, wie ich es an diesem Tag sein sollte.

65. Ich fühle mich wie ein altes Kind

Und obwohl es der Weltgebetstag der Frauen ist, der den Titel trägt: „Sieh, ich mache alle Dinge neu“, ist mir im Innern nicht danach. Ich will wahrhaftig, dass es mir so geht, als ob alles neu würde jeden Tag, aber ich fühle mich viel eher wie eine alte Frau, die sich immer wieder in der Sehnsucht darüber verliert, was nicht war und nicht werden wird. Ich bin nämlich auf die eine oder andere Weise damit beschäftigt, dass meine Eltern weder in die Kirche kommen noch zur Feier, genauso wenig, wie sie sich in der Lage sahen, damals bei meiner Konfirmation anwesend zu sein. Ich schäme mich gegenüber den Leuten von Hansi, die zahlreich erscheinen und Geschenke machen und mit uns feiern und fröhlich sind, treu und lustig. Ich schäme mich gegenüber den Leuten, die zwar keine Bemerkungen deswegen machen, dass meine Eltern nicht da sind, genauso wenig wie es meine Konfirmationskameraden damals taten, aber gleichzeitig bin ich meiner Schwester Stella sehr dankbar dafür, dass sie gekommen ist; ich bin ihr dankbar auf dieselbe Weise, wie ich Ásta dankbar dafür war, dass sie kam, als ich konfirmiert wurde.

Ach, wann werde ich mir die Bedeutung der Dinge klarmachen?

Wann werde ich aufhören, mich völlig von gedankenlosen Ablehnungen besitzen zu lassen? Wann werde ich das schätzen, was ich habe, aber nicht das vermissen, was ich nicht habe? Weshalb ersehnt man Liebe von dem, der keine erwidern kann? Wann werde ich lernen, ohne kindische Erwartungen nach vorne auf den Weg zu sehen?

Es wird gewiss noch viel Wasser ins Meer laufen, bis das geschieht.

Ich bin zumindest irgendwie unerhört gefühllos und erschöpft, als ich am Altar vor Garðar Svavarsson stehe, dem Schatz, den ich schlug, als er Stella und mich mit langen und gewaltigen Namen taufte. Vielleicht denkt Stella auch daran, ich kann es nicht wissen, denke ich und streiche die Finger über den Brautstrauß, den Leifur, Hansis Cousin, uns geschenkt hat.

Am selben Abend, an dem wir heiraten, ist Jahresfest bei Sindri, und unsere Hochzeitsfeier fällt damit zusammen, und langsam werde ich glücklich und erinnere mich, dass ich heute Geburtstag habe. Ich erinnere mich, dass ich jung bin, frisch verheiratet und glücklich mit meinen zwei Mädchen, und ich tanze mit Hansi, der mich über den Boden schwingt wie eine winzige Puppe aus süßem Teig mit Kleina-Füßen, [Kleina: ein isländisches Gebäck aus Krapfenteig in Zipfelmützenform], und ich kann nicht anders als lächeln, als ich an meinen freien, ungezwungenen und nicht schüchternen Mann denke, der manchmal die verrücktesten Dinge tut, auf dem Autodach tanzt, auf dem Autodach singt, die Arme schwingt und runter auf die Straße springt; er kann das Leben und die Gefühle genießen. Und ich sehe ihn auch vor mir im Stadtbus, wir sind auf dem Weg ins Hollywood, und meine Schwester Ásta ist bei uns, und er ist überglücklich, steht jubelnd auf und richtet sich an die Fahrgäste mit folgenden Worten:

- Seht meine Frau, findet ihr sie nicht unglaublich schön?

Ich werde rot bei der Vorstellung und tanze weiter mit ihm, während die Nacht verstreicht.

66. Nein, ich bin gar nicht hellsichtig

Leifur, der Cousin von Hansi, jener, der uns den Brautstrauß geschenkt hat, kommt manchmal und sitzt bei den Mädchen, wenn Hansi und ich uns ins Leben draußen stürzen. Hansi arbeitet wie ein Tier und beschwert sich nie; er findet aber, dass er es auch verdient hat, sich zu vergnügen, er will jung sein und frei und „feucht" an den Wochenenden. Es muss gesagt werden, wie es ist, dass ich ihn meistens auf die Kneipentour begleite, weil er will, dass ich das tue, aber nicht, weil ich es gerne will. Ich bin zumindest meistens in dem Moment am frohesten, wenn wir wieder nach Hause zu den Mädchen kommen, denn auch wenn ich Leifur mit seinem besonderen Licht vertraue, da ist mein Platz bei den Mädchen, und ich finde es gut, zu Hause zu sein. Manchmal kommt es vor, dass Hansi schon so müde ist, wenn wir zur Tür hereinkommen, dass er bei den Mädchen einschläft, aber anstatt auch einzuschlafen, setze ich mich gerne ins Wohnzimmer und unterhalte mich mit Leifur.

Einmal wird es innig zwischen uns.

- Du bist sehr schüchtern, Bíbí.

- Ja.

- Aber ich mag dich trotzdem sehr gerne.

- Ich mag dich auch gerne, sage ich und danach kann ich mich an nichts erinnern. Ich scheine auszufallen und vergesse Stunde und Ort und verstehe nicht, was geschehen ist, als ich plötzlich von Leifurs Weinen erwache. Er weint heftig wegen irgendetwas, was ich über sein Unglück gesagt habe, wegen der Freundin, die er verloren hatte, wegen der Gärtnerlehre, die er gemacht hatte, aber nie beendet, wegen der Jugend, die ihm schwer gewesen war, wegen allem, was ich gesagt habe, obwohl ich keinerlei Grund gehabt hatte, etwas darüber zu wissen.

- Du bist hellsichtig, nicht wahr?
- Rede nicht so einen Unsinn.
- Antworte mir.
- Nein, ich bin nicht hellsichtig.
- Manche Leute sind so, und das ist nichts, wofür man sich schämen muss.
- Ich bin nur betrunken gewesen, ich kann mich zumindest an nichts erinnern.
- Du warst nicht betrunken, und du weißt das.
- Nein, ich weiß es nicht.
- Du bist in Trance gefallen.
- Vielleicht.
- Du musst dich nicht schämen deswegen.
- Ich will nicht, dass du darüber sprichst.
- Alles, was du über mich gesagt hast, war richtig.
- Ich will nicht, dass du darüber sprichst, verstehst du?
- Ich werde es nicht tun.
- Du musst es versprechen, Leifur.
- Ich verspreche es.
- Ich will nicht, dass die Leute das wissen.
- Weiß Hansi es nicht?
- Ich habe es ihm zumindest noch nicht gesagt.
- Glaubst du, das sei ein Verbrechen, Bíbí?

- Ich weiß nichts darüber.
- Ich kann dir sagen, dass das kein Verbrechen ist, du bist einfach so, und je länger du dich dagegen wehrst, desto schwieriger wird das Leben für dich. Findest du irgendeinen Grund, das Leben schwieriger zu machen, als es ist? Weshalb dankst du nicht einfach für die Begabung, die Gott dir geschenkt hat? sagt Leifur, und ich habe keine Lust, länger auf ihn zu hören, danke ihm für die Unterhaltung, bitte ihn zu gehen, ich müsse schlafen, die Mädchen würden bald aufwachen, ich sei müde, ich könne mich nicht auf den Beinen halten und mit ihm über irgendeinen völligen Quatsch schwatzen, ich streite all so etwas ab.
- Täusche dich nicht selbst, Bíbí, sagt er.
- Ich tue es nicht.

67. Eine Nachtragende auf dem Weg nach Norden

Leifur verabschiedet sich von mir und geht, und ich weiß, dass er unglücklich und suchend ist, schwermütig und voller Kummer, und als wir hören, dass er seinem Leben ein Ende gemacht hat, bereue ich meine Worte, auch wenn sie nur mir selbst zur Warnung gesagt waren, und ich weiß, dass er das besser verstanden hat als jeder andere. Ich bedauere, nicht mit ihm gesprochen zu haben und ihn zu dem Vertrauten gemacht zu haben, der er gerne gewesen wäre, wie ich weiß.

Manchmal ist das Leben für die Menschen unerträglich, und sie sehen keinen anderen Weg als sich das Leben zu verkürzen. Ich verurteile nicht den, der zu solch einem letzten Ausweg greift, es ist auch nicht meine Sache oder die anderer, jemanden zu verurteilen, aber es gibt immer einen Weg zu helfen, und es ist unsere Aufgabe, ihn zu finden, auch wenn es Zeit braucht; ich wurde mir später im Leben mit der Zeit selbst darüber klar. Helen Keller hat irgendwann einmal gesagt:

„Wenn das Glück eine Tür schließt, öffnet sich immer eine andere.

Aber oft schauen wir so lange auf die verschlossene Tür, dass wir die offene nicht sehen."

Ich denke, dass das ein guter Stoff zum Nachdenken für alle ist.

Nach dem Tod von Leifur bete ich oft für ihn. Ich weiß, dass er versuchte mich anzuspornen, ich selbst zu sein und das, was er Gottes Gabe nannte, nicht zu verstecken. Ob es wegen Leifur ist oder jemand anderem, ich scheine danach offener zu werden für andere Energiespuren und schaffe es, so zu werden, wie ich als Mädchen in Múlakampur war. Der Bildschirm erwacht erneut zum Leben, und es fällt mir manchmal schwer, mich zurückzuhalten. Ich vergesse sogar mein eigenes Geheimnis, als ich zum Beispiel Valgerður, Hansis Großmutter, frage, ob sie nicht Gedichte schreibe? Sie ist peinlich berührt, als hätte ich sie auf dem Klo überrascht, streitet das ab, sie hätte sich nämlich schließlich um anderes zu kümmern als um solches Gewinsel.

- Gedichte, ich verstehe nicht, wie dir dieser Unsinn einfallen kann.

- Entschuldige, ich wollte dich nicht beleidigen.

Lange später ruft sie mich zu sich, schließt hinter sich zu und zieht eine Mappe unter dem Bett hervor, eine randvolle Mappe mit schönen Dichtungen. Sie liest mir vor und schärft mir dann ein, darüber wie über einen Mord zu schweigen, gerade so, als ob sie glaubte, dass es ein Verbrechen sei, Gedichte zu schreiben, gerade so, als ob sie glaubte, dass sie die Schönheit verstecken müsse. Aber der Mensch strengt sich immer an, das zu finden, wofür er meint sich schämen zu müssen, sogar wenn es klein und geringfügig in den Augen des Nächsten ist.

- Aber das sind schöne Gedichte.

- Du bekommst es mit mir zu tun, wenn du es jemandem sagst.

- Ich will es doch nicht mit dir zu tun bekommen, Valgerður.

Ja, ich bin nun nicht gerade die einzige auf der Welt, die angefüllt ist mit nichtswürdigen Geheimnissen und Versteckereien, nicht die einzige Person auf der Welt, die irgendeine Kleinigkeit im Schrank aufbewahrt, die sie für so sündig hält, dass es ganz und gar notwendig ist, sie vor den Anderen und auch vor sich selbst zu verstecken.

Klara hat auch ein Geheimnis, und ehrlich gesagt bin ich nicht so sonderlich überrascht, als sie uns ruft und sagt, dass sie die Wohnung nicht länger halten kann und keine Öre hat, uns etwas zu erstatten – es tut mir Leid, meine lieben Kinder.

Valgerður, Hansis Großmutter, war eine sehr ehrbare Frau, die ich immer sehr gerne gehabt habe. Sie war zuerst nicht besonders begeistert von der Braut des Jungen, fand, dass er eine bessere Wahl hätte treffen können als ein Mädchen mit zwei Kindern, aber sie wurde mir trotzdem schnell eine große Freundin und war uns eine unermessliche Unterstützung und riesige Hilfe. Ich glaube, dass Valgerður der einzige Mensch ist, der mich in ein Verhör dritten Grades genommen hat, und der einzige Mensch zu dieser Zeit, dem ich so geantwortet habe, dass ich es selbst als barsch empfand, schließlich hat sie mich an meiner schwachen Stelle erwischt; einen Menschen, der nie gut in Familienkunde war.

V: Wer bist du?
B: Ich heiße Bíbí.
V: Niemand heißt Bíbí, schließlich war das auch nicht die Frage. Aber wenn du es schon so haben willst, dann fangen wir von vorne an: Ich heiße Valgerður Gísladóttir und wie heißt du?
B: Ich heiße Jónína Björk und bin die Tochter von Ólafur.
V: Von welchem Ólafur und wer ist deine Mutter?
B: Von Ólafur Friðriksson und Mutter heißt þóra Guðrún Friðriksdóttir.
V: Sind sie beide Kinder von Friðrik?
B: Ja.
V: Was für ein Friðrik ist der Vater deiner Mutter?
B: Friðrik Sigurjónsson, wenn ich mich recht erinnere.
V: Sind das Leute aus dem Norden?
B: Ja.
V: Aber wer ist dieser Friðrik, der Vater deines Vaters?
B: Er heißt Friðrik Kristófersson.
V: Wo wohnt er?

B: Er wohnt auf dem Hof „Mörk á Síðu".
V: Redest du von Frissi (Koseform von Friðrik) auf Mörk?
B: Ja, wahrscheinlich.
V: Dein Großvater Friðrik auf Mörk und ich selbst sind Kinder von Geschwistern [Cousin und Cousine], und wir haben uns immer gerne gemocht. Er ist immer ein sehr guter Mann gewesen.
B: Wirklich?
V: Ich heiße dich herzlich in der Familie willkommen.
B: Das ist unnötig, weil ich schon immer in ihr gewesen bin.
V: Du verteidigst dich, das ist gut.

Ich mag Klara gerne, obwohl ich sie nicht gut kennen lerne, ihr Licht ist blau und schön, und ich nehme Einsamkeit bei ihr wahr und Kummer, den ich nicht eher verstehe, als bis sie uns die Neuigkeiten mitteilt. Es ist mehr als schlimm, eine Frau zu sehen, die ihr ganzes Leben in guten wie in schlechten Zeiten gearbeitet hat und dann am Lebensabend dasteht und keine Öre hat, um eine kleine Sozialwohnung abzubezahlen. Aber sie braucht sich keine Sorgen um uns zu machen, wir sind jung und kommen über die Runden, wir nehmen die Sache in die Hand und lassen uns nicht unterkriegen, es kommt alles in Ordnung. Als Klara wieder in ihr Zimmer geht, gehe ich ihr nach, ich halte bei einer Statue, von der ich spüre, dass sie ihr lieb ist und ihren verstorbenen Mann darstellt, ich streiche mit den Fingern über die Statue und bitte Klara, sie zu hüten, bitte sie, darauf zu achten, dass das Portrait ihres Mannes ihr folge und nicht zu ihrer beider Tochter komme, er wolle das nicht, er wolle ihr helfen, einen neuen Aufenthaltsort zu suchen, er beschütze sie und wolle bei ihr sein, wie er es immer gewesen ist, er bitte sie, Standhaftigkeit zu zeigen, er vertraue darauf.

- Deine Tochter soll sie nicht bekommen, sage ich.
- Aber sie hat um sie gebeten.
- Sie soll sie nicht bekommen.
- Ich werde darauf achten.

- Das ist ein schöner Mann, Klara.

- Ich habe immer gewusst, dass du sehend bist, sagt sie leise, ich gehe hinaus, und sie folgt mir hinterher. Ich glaube mich zu erinnern, dass es derselbe Morgen gewesen ist, an dem ich eine Wohnung in Mogga annonciert gesehen habe. Ich rufe sofort an und hoffe, dass ich nicht im hinteren Teil der langen Schlange bin, dass ich die erste bin, die nach dieser Wohnung fragt. Ach, es ist dann eine Wohnung in Akureyri, aber weshalb sollten wir uns denn daran stören? Akureyri ist kein schlechterer Ort als jeder andere, die Miete ist auch viel niedriger im Norden, und so kommt es, dass wir zugreifen. Wir mieten die Wohnung, ohne sie anzusehen, und zahlen ein halbes Jahr im Voraus. Alles ist klipp und klar, und hätte nicht kurz darauf ein unschönes Ereignis stattgefunden, wäre ich überglücklich mit einem Lächeln auf den Lippen und Gesang in der Seele nach Norden gefahren. Aber das Ereignis fand statt, und es ist meine Aufgabe, mich da herauszuarbeiten, auch wenn ich zugeben muss, dass mir das nicht besonders gut gelungen ist.

Es ist Wochenende, und Hansi und ich sind gerade von der Partytour heimgekommen, er ist bei den Mädchen eingeschlafen. Ich bin müde, aber es ist genug zu tun mit Packen, Schrubben und Aufräumen, und die Nacht ist jung, ich sollte natürlich anpacken, aber beschließe dann, es drauf ankommen zu lassen und schlafen zu gehen.

Ich lege mich neben Hansi und sehe dann, wie ein alter Kauz an unserem Bett steht. Er beugt sich zu mir und sagt, dass er überhaupt nicht begeistert davon ist, was sein Enkel tut, dass er überhaupt nicht begeistert davon ist, dass er damit spiele, sich mit einer anderen Dame zu beschäftigen, ich solle den Jungen wissen lassen, dass sein Großvater ihn beobachte und er genug habe.

Ich überbringe Hansi die Nachricht am nächsten Tag, er zuckt zusammen, aber er gesteht, was geschehen ist, und bittet um Entschuldigung.

- Das kommt nie wieder vor, Bíbí, ich verspreche es, das hat nichts bedeutet, du bist es, die ich liebe, sagt er, aber der Zorn flammt in mir auf und ich werde von einem widerlichen und altbekannten Gefühl erfüllt.

Der soll es noch zu spüren bekommen, auch wenn es später sein wird. Er heiratet mich, gibt vor, mich zu lieben, und geht dann mit einer anderen ins Bett. Was ist eigentlich los mit diesen Männern, von denen ich angezogen werde? Was entschuldigen?
Es kann sein, dass ich ja und kein Problem sage.
Aber warte nur, mein Guter, das werde ich dir nicht so leicht vergeben, auch wenn du das glaubst, auch wenn du glaubst, dass du damit durchkommst, mich zu verletzen, auch wenn du als Entschuldigung angibst, dass ich kein Interesse an Sex habe, auch wenn du weinst und mir die Schuld gibst, auch wenn du und auch wenn du und auch wenn du.

Es ist also in Begleitung der Rache, jener missmutigen Begleiterin, dass ich einen schönen Augusttag im Jahre 1971 nach Akureyri ziehe. Der Herbst lässt sich nicht blicken, die Blätter an den Bäumen sind noch grün, und ich gehe nicht davon aus, dass die Leute damit angefangen haben, Krähenbeeren zu sammeln.

68. Ein Augustmädchen aus dem Jahre 1940

Ich betäube den Rachegedanken, ich werfe ihn nicht zur Tür hinaus, wiege ihn nur in den Schlaf und fliege mit meinen Mädchen nach Akureyri, während Hansi im Umzugswagen mit unseren Sachen nur langsam vorwärtskommt. Gut, dass es den Arsch des Meinigen etwas durchrüttelt, denkt die, die vorgibt, die Rache in den Schlaf gewiegt zu haben. Ich bin stolz auf meine Mädchen, zweijährige Schönheitsköniginnen in Kleidern von der Großmutter in Amerika. Sie sind auch fröhlich und glänzend fein in karierten Jacken, Röcken und mit Bommelmützen, sie flüstern miteinander und lachen über etwas, das niemand außer ihnen versteht, lachen und halten die Hände der Mutter fest, die ihnen alleine gehört und die ihnen Sicherheit bietet, was sie nicht weniger freut als die Mädchen.
Auf dem Flughafen kommt uns eine schöne, schlanke Frau mit hochgesteckten Haaren und Schillerlocken entgegen. Ich kenne sie nicht,

aber glaube zu wissen, wer sie ist, sie bewundert die Mädchen und heißt mich willkommen.

- Sie sind sehr schön und sei willkommen, kleine Schwester.

Da ist dann meine Schwester Svanhildur Sumarrós gekommen, eins von den sechs Kindern, die Mutter zurückließ, als sie mit Anna Maren umhervagabundierte.

Ich bin schüchtern meiner Schwester gegenüber, die zwölf Jahre älter ist als ich, sie ist ein Augustmädchen aus dem Jahre 1940, aber während ich mich über ihren Jubel und ihre Freude wundere, ihre kleine Schwester und deren Mädchen zu sehen, bewundere ich ihr Licht, rosenrotes Schöpfungslicht, und ich erinnere mich daran, wie ich sie das erste Mal in der Straße Hafnarstræti in Akureyri sah, wo sie mit Mann und Kindern wohnte. Die Erinnerung ist wie ein Bild, das erwacht.

Ich bin zehn Jahre alt, als Mutter, Vater, Kinder und das Auto bei Svanhildur Sumarrós vorbeikommen, die immer Rósa genannt wird und so ein Glück hatte, gute Pflegeeltern zu bekommen. Wir sind auf dem Weg nach Vopnafjörður zum Besuch bei Anna Maren und meinen Schwestern Ásta und Stella, die sich bei ihr auf dem Land aufhalten. Rósa ist also knapp zweiundzwanzig Jahre alt, als ich mich das erste Mal an sie erinnere, und sie hat gerade ihr zweites Kind bekommen, die kleine Laufey, vorher bekam sie den Sohn Guðmundur, zwei Jahre alt. Und in der Erinnerung steht sie dort bei ihrem Haus mit diesem schönen, kleinen Mädchen im gelben Kleid auf dem Arm, und sie ist schwarzhaarig und lächelt uns an, und ich wundere mich, eine so unglaublich schöne und helle Frau zur Schwester zu haben. Ich betrachte sie mit großen Augen, kann kaum aufhören zu starren, und dann blicke ich zufällig zu Mutter, die gar nicht selbstbewusst ist, als sie mit Rósa spricht; ich sehe, dass meine Mutter beißende Gewissensbisse gegenüber ihrem erwachsenen Kind hat, auch wenn sie es nicht sagt.

Später sagt Rósa mir, dass sie Mutter immer wieder bedrängt hat und sie direkt gefragt hat, was der Grund dafür gewesen sei, dass sie sich davongeschlichen habe und sie schlafend in Mýrarlón zurückgelassen habe. Meine Schwester Rósa ist von Natur aus offen und lässt sich kein leeres Gerede bieten. Aber wie es ihr ergangen ist, mit Mutter ganz offen zu sprechen, ist eine andere Geschichte, und in ihr gibt es die Erinnerungen von anderen, deren Geschichte und deren Erinnerungen, und es ist nicht meine Sache, über sie zu sprechen.

Aber dort auf den Flughafen ist also meine Schwester Rósa gekommen, einunddreißig und Mutter von drei Kindern, der Sohn Ingvar ist zur Gruppe dazugekommen, und sie ist immer noch genauso schön wie früher und fröhlich und frisch und glücklich, und ich brauche ihr gegenüber nicht schüchtern zu sein. Sie lädt mich zu einer Autotour in ihrem „Leichtfuß" ein, wie sie ihren grün-roten Chevrolet nennt, und wir fahren vor und zurück durch die Straßen von Akureyri, und sie zeigt mir unter anderem das Schiöthshaus, im Keller davon ist die Wohnung, die Hansi und ich gemietet haben. Später lädt sie mich zu sich nach Hause ein und stellt mich ihren Kindern vor und Kristján, ihrem Mann, und wir übernachten bei ihr unter ordentlichen Bedingungen. Es ist gut, mit den Mädchen in der Hafnarstræti bei Rósa zu kuscheln, und am Morgen gehen wir wieder auf Tour. Rósa dreht die Musik voll auf, und als wir Hansi vor dem Schiöthshaus sehen, tönt das Lied aller Hausfrauen, *Jón ist nach Hause gekommen*, in voller Lautstärke, wie es es auch den Tag zuvor getan hat, als wir Schwestern unsere Runden durch den Ort gedreht haben.
Aber trotz des Liedes und der Schwesternfreude von Rósa und mir ist mein Hansi nicht genauso fröhlich. Er ist nicht einmal locker, er ist sogar bitterböse, der Mann, als er am Schiöthshaus steht und beginnt, Möbel hineinzutragen. Er lässt seine Laune an toten Gegenständen aus und ist sehr unsanft zu den Stühlen und dem Tisch, den uns seine Eltern zur Hochzeit geschenkt haben.

- Was ist los? sage ich.
- Du bist offensichtlich froh, dass ich angekommen bin.
- Was meinst du?
- Bist den ganzen gestrigen Tag mit einem Jungen auf Tour gewesen.
- Wer hat das gesagt?
- Ich habe alte Freunde an der Tankstelle getroffen.
- Lass dir eins sagen, Sigurhans Hlynsson, dass ich kein Junge bin, und ich bin zu Tode beleidigt darüber, dass du und deine Freunde

Das Schiöthshaus ist nach Margarethe Schiöth benannt, die als Anführerin der Frauen im Jahre 1911 den Botanischen Garten von Akureyri gründete. Als Hansi und ich 1971 in den Keller des Hauses ziehen, sind hundert Jahre seit ihrer Geburt vergangen.

das behaupten, sagt da meine Schwester lachend. Aber Hansi lässt sich nichts sagen, der Zorn verfliegt an diesem Tag nicht, und ich sehe, dass er brennend eifersüchtig ist. Trifft den Schlechten gut, denke ich, betrachte das Schiöthshaus und beschließe zu tun, als ob nichts sei.

- Hier ist unser neues Zuhause, Mädchen, flüstere ich, und in mir quietscht irgendeine seltsame Mischung aus Glück und Sorge, wie so oft, wenn ich weiß, dass das Leben mich noch überraschen wird. Und als wir hineingehen, ist nicht zu übersehen, dass ich dafür dankbar bin, meine Schwester Rósa wiedergewonnen zu haben, zu der ich seitdem immer eine gesunde Beziehung gehabt habe. Wir streiten und schimpfen, wie es sich für normale Leute gehört, aber wir können uns auch versöhnen und vergeben.

Wir vertrauen einander, und als Rósa zur Herzoperation nach Süden kommt, lange, lange Zeit später, da ruft sie nach ihrer kleinen Schwester, von der sie glaubt, dass sie die Begabung hat zu heilen, eine Begabung, an der sie nie zweifelt. Ihr Glaube hat mir immer Vertrauen gegeben. Und manchmal, wenn ich traurig bin, lege ich ihre Platte auf den Plattenspieler und höre sie singen. Meine Schwester Rósa hat diese Stimme, an die ich mich erinnere, wie sie immer so schön klang, wenn alles gut war in dem Zuhause, das sie nie mit unserer Mutter in Múlakampur bekam. Rósa hat die Stimme von Mutter.

69. Nachrichtenjagd in der Türöffnung

Das Schiöthshaus hat ein Erdgeschoss, eine Etage und ein Dachgeschoss und dort sind viele Leute. Hansi und ich ziehen mit den Mädchen ein, und unser Teil vom Haus ist das halbe Erdgeschoss, das sich als winzige Wohnung herausstellt, um einiges kleiner als der Platz, den wir in Bólstaðarhlíd bei Klara hatten; aber eng können die einigermaßen Zufriedenen sitzen.
Wir gehen hinein in ein quietschegelbes Vorzimmer, direkt von dort hinein in die Küche, und da thront der neu gekaufte Ignis-Kühlschrank, ein alter Rafha-Herd und ein Camping-Klapptisch, der sich mit einem Handgriff in einen Küchentisch verwandelt; weiter innen von der Küche aus ist ein kleines Wohnzimmer, das genau für die Möbel passt, die wir aus dem Süden mitgebracht haben, und immer noch dient das giftgrüne Sofa gut im Schlafzimmer.
Das Wohnzimmer hat ein großes Fenster, und weiter hinten gibt es ein Zimmer, wo wir Stockbetten für die Mädchen aufstellen – es macht Spaß, Stockbetten zu haben, Mama. Von dort geht man dann auf einen kleinen Flur, wo eine Toilette zur einen Hand ist und ein Gemeinschaftsraum zur anderen für die Slátur-Fässer [Fässer mit sauer eingelegten Innereien, Blut- und Leberwurst]. Dazu kommen Waschkessel und Waschmaschinen. Wir besitzen eine Waschmaschine, die Klara uns zu ausgezeichneten Bedingungen besorgt hat, Klara ist immer die Gleiche. Im sogenannten Gemeinschaftsraum gibt es eine gemeinsame Dusche

mit Vorhang, und dort ist eine Tür, die ständig offen steht, schließlich spielt die Frau, die dahinter wohnt, die Rolle des Reporters, während sie gleichzeitig darauf aufpasst, dass sich nun niemand eine saure Blut- oder Leberwurst aus ihren wertwollen Slátur- Fässern angelt.

Die Frau in der Türöffnung fragt mich ständig über alles und nichts und ist außerordentlich wissbegierig: Sie fragt nach mir und Mutter, nach den Eltern von Hansi, nach dem Benehmen der Mädchen, ob Hansi nicht die Mädchen gehören, ob Mutter in Akureyri gewohnt habe, wem eigentlich die Mädchen gehören, wenn nicht Hansi, ob Hansi vielleicht andere Kinder hat, wie viele Geschwister ich habe, ob sie Kinder haben, wo sie wohnen, warum wir nach Akureyri gezogen sind, ob es blöd in Reykjavík sei, ob wir pleite seien, ob wir vielleicht völlig pleite seien, ob ich mehr sähe als andere sehen, ob ich vielleicht aus Tassen lese...
Die lange Nase, die stets unruhigen Augen und der Fragemund zittern wie ein Entensterz in der Türöffnung, und sie ersehnt Antworten, aber ich antworte nichts, was später möglicherweise gegen mich oder die Meinen benutzt werden könnte, ich bin folglich außerordentlich wachsam.
Und obwohl ich ständig das Thema wechsle, wenn die Fragen auf mich niederprasseln, verringert das nicht die Neugier der Frau, die nie aufgibt, und bald mache ich mir die beißende Einsamkeit der Frau klar, die sich mit der Zeit in einen unerträglichen Nachrichtenhunger verwandelt hat. Wegen ihrer Einsamkeit bin ich daher nie unfreundlich zu ihr, und spotte auch nicht, sogar wenn ich dazu Lust habe, sogar obwohl ich gerne sagen will:

- Was mischst du dich in Dinge ein, die dich nichts angehen, kleine Schreckgestalt?

Aber ich habe auch an anderes zu denken. Ich bin ehrlich gesagt etwas beschäftigt damit, dass jene vermeintliche Hellsichtigkeit, vor der ich ständig auf der Flucht bin, mich überhaupt nicht in Frieden lässt. Wahrscheinlich ist es auch zuerst im Schiöthshaus gewesen, dass ich mir klar mache, dass meine Hellsichtigkeit mir kaum Nutzen und Annehmlichkeiten für mich selbst einbringen wird, dass ich mir selbst kaum aus Schwierigkeiten werde helfen können. Ich sehe zum Beispiel

Meine Sigga und Þóra fühlen sich wohl in Akureyri und bekommen alle Aufmerksamkeit von der Mutter, die sie brauchen; wir Mutter und Töchter waren viel zusammen, manchmal gingen wir in die Gemeindebücherei und suchten Bücher zum Lesen; dort haben wir es gut auf den Treppen der Bücherei nach solch einer Reise.

nicht voraus, dass der Rachegedanke, jener elende Brocken an Missmut, von dem ich vorgab, ihn eingedämmt zu haben, bevor ich nach Norden zog, wieder mit Albträumen erwachen wird und auf kräftige und folgenschwere Weise zu spüren sein wird.

Nun, ich bekomme schnell Arbeit beim Gerben, eine Arbeit, die mir ehrlich gesagt ziemlich schwerfällt, und zwar hauptsächlich in zweierlei Hinsicht; die Schaffelle sind sehr schwer, und ich bin überhaupt kein Kraftprotz, und dann bin ich gezwungen, tagsüber auf meine Mädchen zu verzichten, und obwohl sie bei einer Frau in der oberen Etage in guten Händen sind, wir wechseln uns damit ab, gegenseitig aufzupassen, da will ich am liebsten selbst ihr Aufpasser sein, wenn ich irgend möglich kann.
Aber egal, es ändert sich alles, als Hansi, der auf der Werft arbeitet, beschließt, eine Lehre für Elektroschweißen in der Berufsschule zu beginnen, zu meiner großen Zufriedenheit, schließlich sporne ich ihn dazu an – du wirst es nämlich nicht bereuen. Er fängt in der Schule an, ist dort nachmittags und ist vormittags auf der Werft, tüchtig wie

gewohnt, und hat sich vorgenommen, es mit Bravour zu schaffen. Ich wechsle über zu den Nachtschichten bei Gefjun; dort ist die Arbeit leichter, und ich kann tagsüber bei Sigga und þóra sein. Wir haben jeden einzelnen Moment Spaß, und obwohl oft viele Freundinnen da sind, möchte ich sie am liebsten nicht aus den Augen lassen. Hansi übernimmt sie dann abends, und sie sind sicher und gut bei ihm aufgehoben, weil er gut zu ihnen ist.
Wir arrangieren also alles zweckmäßig. Wir sind junge Leute auf dem Weg nach oben, und unsere Zusammenarbeit klappt gut, schließlich wollen wir uns alle nach bestem Vermögen anstrengen und wollen uns bewähren, auch wenn die zur Verfügung stehenden Gelder verständlicherweise sehr knapp sind.

70. Eins, eins, Schach und Matt

Ich bin auch wieder schwanger, und trotz einer seltsamen bangen Ahnung, die mich ab und zu von innen heraus befällt, habe ich angefangen, an uns Fünf anstelle von Vieren zu denken. Ich weiß, dass ich einen Jungen in mir trage, spüre es am Brausen des Bauches, der nun allerdings nicht groß ist, und ich sehe es am Licht um ihn herum.

Aber dann kommt etwas dazwischen, immer kommt bei mir etwas dazwischen, wie früher bei Mutter. Mein Hansi kommt eines Abends nicht aus der Schule nach Hause, und wie ich auch nach ihm frage und wo ich anrufe, sogar bei der Polizei, es kommt nichts dabei heraus. Ich bekomme furchtbare Angst und versuche die Katastrophengedanken von mir zu schieben – was, wenn er jetzt schwer verletzt irgendwo liegt –, die sich trotzdem in keinen Freudentumult verwandeln, als der Freund um einiges nach Mitternacht mit einer ganzen Schiffsbesatzung durch die Tür hereinrollt und eine Party abhalten will. Ich verwehre der Besatzung den Zutritt - geht weg, Jungs, meine Kinder schlafen – und bringe meinen Mann ins Bett, wo er sich schnell vergisst und den Träumen entgegenschwebt; es verbirgt sich nicht, dass er schön ist auf dem Kissen. Aber ich, die ich meinen Ehemann wiedergewonnen habe aus jenem Gefahrenpfuhl, von dem ich annahm, dass er hineingestürzt sei, sitze nicht jubelnd am Klapptisch in der Küche, nein, weit davon entfernt. Ich bin donnerzornig und sinne auf Rache; es rauscht in den Ohren und wird dunkel vor den Augen, und ich bringe die Gefühle in keiner Vernunftmappe unter, obwohl es mir gelingt, die honigsüße Rache zu planen: Ich beschließe, genauso lange Zeit zu verschwinden, wie er weg war, beschließe, seiner Sicht für zwölf ganze Stunden zu entschwinden, so dass er die Furcht versteht und die dröhnende Verzweiflung auf genau dieselbe Weise spürt wie ich. Er hat das verdient, dieser Schuft.

Und als er am folgenden Freitag heimkommt, empfange ich ihn sanft, bin gut gekleidet, geschminkt und fein in einem knallkurzen Kleid und sage, dass ich nur mal kurz weg muss – mein Hansi, nur ganz kurz, Schatz. Ich gebe Sigurhans Hlynsson keine Gelegenheit zu protestieren, der soll eine Zurechtweisung bekommen, und ich haue ab an die Bar von KEA, dem Hotel der Konsumgenossenschaft Akureyris; ungemütlich und spiegelglatt ist es draußen, aber was nimmt man nicht alles in Kauf?

Ich bestelle mir einen zweifachen Esel an der Bar, was ich selbst für ein Esel bin, und das mehr als ein zweifacher, und sitze dort allein im donnernden Zorn, bis ich mich hinüberbegebe zu einigen Männern, die mich unbedingt zu sich einladen wollen, da wo sie sitzen und die Zeit mit einem ziemlich mürrischen Gesellschaftsspiel totschlagen. Es fehlt offensichtlich ein interessierter und lächelnder Zuhörer, und ich nehme die Rolle an. Ich bestelle mir einen anderen Esel, und noch einen, um durchzuhalten und die Zeit totzuschlagen, aber schnell beginne ich die Männer leid zu sein und ihr ganzes Traumgerede über einen schwimmenden freien Radiosender vor der Bucht von Faxaflói, von dem der Staat nie zurückverfolgen könnte, wer ihn besäße und steuere. Wie soll ich mich auch auf diese sich langsam dahinschleppende Männerangeberei konzentrieren? Aber es ist noch nicht spät genug, um heimzugehen, und ich fühle mich fest an mein Racheversprechen gebunden wie das Schneehuhn an den Pfosten. Aber ich kann nicht länger bei diesen

Schick und zurechtgemacht auf dem Weg hinaus; das Schafsfell an der Wand begleitet Hansi und mich eine lange Zeit und galt als schick.

Weihnachtsmännern sitzen, stehe daher ziemlich angetrunken auf und bedanke mich für die Belehrung, sage, dass ich hoffe, dass ihnen das Projekt gut gelingt, auch wenn ich es ganz und gar genug finde, ein staatliches Radio zu haben, meine Jungs. Ich gehe hinaus, gehe runter zum Gästehaus, wanke zum Nachtportier, der dort in seiner Unschuld sitzt, und sage, dass meine Wege nicht eben sind:

- Mein Mann ist ein Idiot, verstehst du, und ich bin schwanger und besaufe mich blindwütig, ich will mich nämlich an ihm rächen, der nie etwas anderes versteht als seinen eigenen Arsch, verstehst du das, oder bist du vielleicht wie er, hä?

Der Nachtportier gibt nicht viel darauf, sondern lässt mich in Frieden mit dem Geheule. Die Zeit vergeht, die Uhr tickt, das Herz schlägt, und jetzt bin ich endlich lange genug weggewesen, um mich nach Hause aufzumachen. Eins, eins, Schach und Matt. Ich stürme hinaus, und es sind spiegelglatte Glatteisflecken auf der Straße, und ich stürze. Ich liege eine Weile still und denke darüber nach, dass ich bald aufstehen muss, schaue dann auf und sehe blinzelnd im dünnen Nebel, wie

Hansi über mir steht, und natürlich wird alle andere Aussicht überschattet. Ich lächele still in mich hinein, als ich sehe, dass er wie ein wahnsinniges Tier im Käfig ist.

- Wo bist du gewesen, Frau, und was ist eigentlich los mit dir?

Los mit mir? Ja, es ist zu erwarten, dass er das sagt, jetzt versteht er vielleicht, wie es ist, sich zu fühlen wie ich, versteht es vielleicht jetzt, der Schuft.

Aber der Schuft, mein Hansi, versteht nicht, wie seine schwangere Frau sich benimmt, und ihr kommt es nicht in den Sinn, den Gleichstand zwischen uns zu erklären. Es vergehen auch Tage, bis zwischen uns wieder jene Einheit herrscht, die nötig ist, um es mit dem Leben aufzunehmen, dem gesegneten Leben, das uns bald etwas anderes und mehr zum Nachdenken schenkt als unbedeutende Kleinlichkeit und Rache.

71. Das Leben ist am besten in seinem gewohnten Gang

Þóra Guðrún sah sich nie in der Lage, zu uns nach Bólstaðarhlíd zu Besuch zu kommen, und auch mit Telefonaten vertrödelte sie ihre Zeit nicht, aber jetzt fängt die Kurze mit einem neuen Brauch an, sie ruft oft an und immer mit demselben Ziel:

- Bist du nicht bereit, (diesem oder jenem) Licht zu senden, Bíbí?

Zuerst verstehe ich einfach nicht, worauf die Frau hinauswill, welches Licht senden und wohin, aber sie erklärt es mir.

- Leere die Gedanken und sende weißes, beschützendes Licht, du kannst das, Bíbí, ich weiß, dass du das kannst, ich weiß, was du kannst, ich weiß, welche Kraft du hast, tu es einfach.
- Ich werde es versuchen, Mutter.

Mir bedeutet es immer gleich viel, dass sie an mich glaubt, und kraft dessen versuche ich das zu tun, worum sie mich bittet, aber es gelingt mir nicht gleich, nicht bevor sie anruft und sagt, dass ich meinem Bruder Fiddi helfen muss, er habe es schwer, ich müsse ihm Kraft senden, seine Schwere müsse verschwinden, er sei nicht mehr als ein halber

Mein Bruder Fiddi kam und hielt sich bei uns in Akureyri auf. Er war ein großer Freudenmensch, und es leuchtete um ihn herum, wenn er sich wohlfühlte. Dort ist er im Hotel KEA mit einer Cola.

Mann, und es gehe ihm furchtbar schlecht.

Ich tue, was ich kann, setze mich im Wohnzimmer nieder, leere die Gedanken, und da geschieht es zum ersten Mal, dass ich ein kräftiges und weißes Licht spüre, das mich ganz durchfährt und dann von mir ausströmt. Mir wird es gegeben, es zu verfolgen, und ich sehe, wie es meinen Bruder erreicht und ihn umwebt, da wo er sich in tiefer Niedergeschlagenheit in Austurgerði bei Mutter befindet. Ich fühle eine unerklärliche Dankbarkeit, und ich bin nicht überrascht, als Fiddi einige Tage später klopft. Er sagt, dass er dort sein will, wo das Licht ist.

- Da, wo du bist, Bíbí, da ist immer Freude, bei dir bin ich immer so sicher, sagt er und zieht zu uns ins Wohnzimmer. Mein Bruder, der Feuergeist, gewinnt schnell jene Kraft zurück, die er eigentlich hat, und wir beschließen, alles zu streichen. Wir streichen prachtvoll und bunt, drehen seine Anlage voll auf, Johnny Cash, hantieren herum und machen Unfug, das Mikrofon vor die Katze, die zu gleicher Zeit einzieht wie Fiddi, und die versteht den Ton aus der eigenen Kehle nicht, dreht sich vor Verwunderung wie ein Kreisel. Es macht Spaß, zusammen zu sein, und wir sind wieder wie die Kinder, die wir einmal waren, und es schadet nicht, dass Hansi an der Freude teilnimmt und die Mädchen im Kreis um uns herumtanzen.

- Es macht solchen Spaß, Spaß, Mama.

Bald beginnt der Freudenspender Fiddi mit Hansi auf der Werft zu arbeiten, Hansi bleibt zudem bei seiner Lehre, und alles geht seinen gewohnten Gang, das Leben ist auch lange am besten so. Jónína, meine

Freundin, die zuoberst im Haus wohnt, und ich fahren nachts im selben Auto gemeinsam zur Arbeit – unnötig, mit zweien herumzukurven und mehr Fenster zu kratzen als nötig ist -, und es ist gut, sie zur Freundin zu haben, und wir kommen gut miteinander klar, heißen sogar beide Jónína B. und machen Unsinn damit wie mit anderem, wenn wir gut gelaunt sind, und wir sind freilich immer gut gelaunt, während das Leben gewöhnlich ist, normal und einfach.

72. Ich bin fern von wirklichen Gefühlen

Aber trotz aller guten Schutzgeister, eines normalen und einfachen Lebens kommt es mir vor, als ob nicht alles ist, wie es sein soll mit meinem Jungen. Es ist, als ob das Licht um die Kugel verblasst ist und das Brausen abnimmt.

In der Schwangerschaftsuntersuchung scheint ihnen irgendwie, dass das Kind nicht genug wächst, und ich werde nach Reykjavík zur Röntgenaufnahme geschickt; alles scheint in Ordnung zu sein, mir wird zumindest gesagt, dass das Kind einfach so klein und zierlich sei und ich ganz ruhig sein könne. Ich bin erleichtert, habe aber trotzdem immer jenen hinterhältigen Verdacht, dass nicht alles in Ordnung ist. Das kommt auch zutage, und schon weit im neunten Monat bekomme ich unkontrollierbare Schmerzen. Das sind brennende Schmerzen, die den Wehenschmerzen, die ich kenne, völlig unähnlich sind.

Ohne zu Zögern werde ich in Eile ins Bezirkskrankenhaus eingewiesen. Die Hebamme ist allein im Dienst und rettet in der Tat mein Leben, aber das Kind kommt tot zur Welt, und diese Geburt ist sowohl schwer als auch schlecht. Mein Junge hatte nie irgendeine Möglichkeit in diesem Leben, er war schon einige Zeit tot, schließlich habe ich eine Schwangerschaftsvergiftung; mein Verdacht hat sich durch diese erbärmliche Tatsache bestätigt.

Genau wie damals, als ich die Zwillinge bekam, sage ich wenig, wie sehr ich den wirklichen Gefühlen fern bin, aber ich bekomme die Erlaubnis, nach vorne zu gehen und zu rauchen. Ich will allein sein, über den Sinn

nachdenken, über die eigene Verantwortung nachdenken. Ich denke auch an Hansi, der sich gefreut hatte, ein Kind mit mir zu bekommen, denke an den Tod und die Enttäuschung; ich will allein und in Frieden gelassen werden und nachdenken.
Aber ich bekomme keine Gelegenheit dazu, denn vorne draußen sitzen Mutter und Schwiegermutter und erinnern mich an die zwei alten Weiber im Aufenthaltsraum in Sólvangur, schließlich treiben meine Gedanken umher, die Ereignisse vermischen sich und über ihnen liegt irgendein seltsamer Unwirklichkeitsnebel.

- Du hier, meine Mutter?
- Ich wusste, dass du in Gefahr bist, ich wusste es die ganze Zeit.
- Hansi hat mir Bescheid gegeben, sagt die Schwiegermutter.
- Es ist alles in Ordnung mit mir, aber der Junge ist gestorben, sage ich.
- Du stehst dich nur besser damit, sagt Mutter.
- Was muss man da hören? sagt Schwiegermutter.
- Wo sind die Mädchen? frage ich.
- Mach dir keine Sorgen um sie, sagen die Großmütter.

Plötzlich betritt die Frau, die auf der mittleren Etage im Schiöthshaus wohnt, den Aufenthaltsraum, und wie gewöhnlich folgt ihr Vater ihr in einiger Entfernung, und obwohl er von hier verschwunden ist, nimmt er den Hut ab und grüßt, wie es sich für jemand Höflichen gehört, doch, auch die Verschwundenen können höflich sein. Sie grüßt die Großmütter, küsst mich und streicht mir mit jener Wärme über die Haare, die sie mir so oft zuvor gezeigt hat, obwohl ich sie wenig kenne. Sie sagt leise:

- Ich bin so glücklich darüber, dass du lebst, meine Bíbí.
- Vielen Dank.
- Schwangerschaftsvergiftung ist lebensgefährlich.
- Das ist sicher.
- Es ist ein großer Segen.
- Was?
- Dass du lebst, meine Bíbí.
- Ja, hab' vielen Dank.

Sie hat kaum diese Worte gesagt, als Hansi in der Tür erscheint, blass und unglücklich und sehr kränklich in einem weißen Krankenkittel. Ich schaue ihn an und habe Mitleid mit ihm, weiß aber nicht, was ich sagen soll. Ich finde es so schmerzlich, seinen Traum von einem Sohn nicht Wirklichkeit werden lassen zu können, aber es fällt mir schwer, jetzt darüber nachzudenken, finde es besser, es von mir zu schieben.

- Du hier, sage ich.
- Ich liege hier unten, sagt er.
- Liegst du hier im Krankenhaus?
- Ja, ich wurde eingewiesen.
- Bist du so schwer krank? frage ich.
- Ich bekam so unkontrollierbare Magenschmerzen.
- Du Armer.
- Das kommt in Ordnung.
- Du weißt, dass unser Kind gestorben ist.
- Ich weiß es, Bíbí.
- Mir tut das so Leid.
- Sei nur ruhig.
- Du darfst dafür danken, dass deine Frau am Leben ist, sagt die Frau von der mittleren Etage.
- Die Schafe tragen oft tote Lämmer, sagt Hansi.
- Kinder sind nun ein bisschen anders als Lämmer, sagt sie.
- Ach, ich habe das nur so gesagt, ich weiß es, sagt Hansi.
- Ich konnte nie Kinder bekommen, sagt sie.
- Hast du nie Kinder gehabt? fragt Mutter.
- Nein, ich konnte es nicht.
- Was muss man hören.
- Aber ich habe Pflegekinder bekommen, sie waren wundervoll.
- Warst du vielleicht hier im Norden in den vierziger Jahren? fragt Mutter.
- Ja, ich war damals hier.
- Das hätte ich damals wissen müssen.
- Weshalb?
- Ich hatte eine Menge Kinder, die ich loswerden musste.
- Ich verstehe.
- Wo sind die Mädchen? frage ich plötzlich.

- Es ist alles in Ordnung mit ihnen, sagt die Schwiegermutter.
- Es ist alles gut mit den Mädchen, sagt Mutter.

Ich bin froh darüber, antworte nichts, höre auch nichts mehr. Mir kommt es vor, als ob ich mich an einem seltsamen Ort befinde, und ich verstehe diese Leute nicht, die um mich herum sitzen und stehen. Ich bin auch unglaublich müde, verdreht und unruhig.

Ich verabschiede mich und gehe, schlafe ein und erinnere mich nicht daran, etwas geträumt zu haben, ich erinnere mich in der Tat an nichts, bevor ich wieder nach Hause komme und sehe, dass die eine Großmutter meine Mädchen an ein Gitter gebunden hat und sagt, dass es in guter Ordnung sei, kleine Kinder an ein Gitter zu binden, dass sie Ruhe geben und spielen könnten.

- Ich glaube nun nicht, dass es in Ordnung ist, Kinder festzubinden, und du solltest das wissen, du solltest es besser wissen, ich will nicht, dass meine Mädchen angebunden werden wie Tiere, es sind Menschen, meine Mädchen sind Menschen, Menschen, verstehst du?
- Stell dich nicht so an.
- Es sind Menschen, sage ich ein ums andere Mal.

73. Manches im Nebel, aber anderes nicht

Ich erinnere mich an all das ziemlich unklar, und auch als ich die Großmütter verabschiede und Hansi hektisch sagen höre, dass wir die Wohnung verloren haben und auf der Straße sind und dass Anna Maren uns zu Hilfe gekommen ist und Þóra zu sich nach Kópasker genommen hat und sie nehmen will, während wir aufräumen und packen und... und... und...

- Das kommt alles in Ordnung, meine Bíbí, sagt er, und dann sehe ich, dass Friðrik, mein Bruder aus Höfn auf Svalbarðsströnd, zu Besuch gekommen ist, und als ich ihn sehe, ist es, als ob ein Schleier von meinen Augen genommen wäre, und ich erkenne, wo ich mich befinde: Ich befinde mich mitten in meinem eigenen Leben und habe meine kleine Sigga auf meinem Arm.

- Ihr bleibt bei mir, bis ihr in die Wohnung im Süden kommt, sagt mein Bruder.

- Welche Wohnung? frage ich und kann mich nicht daran erinnern, was mir doch vielmals gesagt worden war, dass Valgerður, Hansis Großmutter, auf eigene Initiative und mit der Kraft ihres Gerechtigkeitssinnes dafür gekämpft hat, dass wir eine Sozialwohnung in Breiðholt bekommen; für uns gekämpft, diese Liebe, und ihren Plan durchgesetzt. Uns erwartet daher eine Wohnung in Torfufell 29 in der obersten Etage, und es ist eine schwere Last von mir genommen, während ich mir langsam die Ereignisse der letzten Wochen klar mache; wie schnell das Leben sich wandelt und die Farben verändert und keine Zeit bleibt zum Vermissen von kleinen Füßen, die nie tippeln.

- Wir bekommen einfach später ein anderes Kind, meine Bíbí.

- Später?

- Ja, irgendwann später.

- Glaubst du das?

- Ja, ich bin mir da sicher.

- In Breiðholt?

- Vielleicht.

- Kann sein, sage ich und will nicht mehr darüber sprechen, ich will gewiss auch nicht darüber nachdenken, und ehrlich gesagt freut es mich, einige Zeit bei meinem Bruder Friðrik in Höfn sein zu dürfen, bevor wir uns auf den Weg nach Süden machen zu aller Turbulenz, von der ich ahne, dass sie uns dort erwartet; natürlich kein bemerkenswerter Verdacht, sondern viel eher meine realistische Überlegung in den ganzen Umwälzungen, die in meinem Leben geschehen.

Ich habe über die Jahre von vielen Leuten Dankbarkeit erfahren, Leuten, die glauben, dass ich ihnen bei Krankheiten geholfen habe oder irgendwelchen anderen Schwierigkeiten; trotzdem helfe ich niemandem allein, sondern mit Unterstützung jener, die die Kraft haben und mit mir arbeiten. Mir selbst konnte ich trotzdem nie helfen, bin schließlich nicht dazu vorgesehen, auch wenn das seltsam scheinen kann.

V: Zweifelst du nie an deinen Begabungen?
B: Doch, doch, oft.
V: Wie äußert sich das?
B: Ich mache mir immer Sorgen, dass ich nie weiß, ob eine Verbindung zustande kommt.
V: Verbindung?
B: Ob jemand kommt und mich steuert.
V: Steuert?
B: Ich habe lange Zeit Leute von einer unsichtbaren Energie mit mir gehabt, die steuern, was ich sage und tue; welche Botschaften ich an den Mann bringe.
V: Was für Leute sind das?
B: Ärzte und weitere.
V: Bist du dann ein sogenanntes Verbindungsmedium?
B: Mir missfallen alle Gruppierungstheorien.
V: Aber was ist gemeint, wenn über Trance-Medien gesprochen wird?
B: Das sind jene, die sich selbst nicht mehr wahrnehmen, während sie mitteln.
V: Tust du das?
B: Mir wird das nachgesagt.
V: Was meinst du damit?
B: Ich kann mich in solch einem Zustand an nichts erinnern und kann daher nichts beschreiben.
V: Ist das nicht sonderbar?
B: Nein, das ist ein Segen; es geht mich nichts an, was für Botschaften die Leute bekommen, sie sind nicht für mich, und ich habe daher nichts mit der Erinnerung zu tun.
V: Erwartest du, dass die Leute das glauben?
B: Ich erwarte gar nichts in diesen Angelegenheiten. Ich kümmere mich so gut um meine Aufgaben, wie ich nur irgend kann. Ich habe es seinerzeit versprochen und ich habe es gehalten.
V: Aber ist es wahr, hast du dir nie selbst helfen können?
B: Doch, doch, bist du nicht bei Trost, aber nicht auf diese Weise, niemals auf diese Weise.

Ich weiß, dass ich Akureyri nicht vermissen werde, wenn ich gehe, der Weg von Hansi und mir wird zu anderer Zeit unter anderen Umständen nochmals hierhin führen. Hier werde ich später noch Blumen aus dem Botanischen Garten von Margarethe Schiöth mausen und in meinen eigenen Garten pflanzen; aber bis dahin sind noch viele Schritte ungegangen.

- Du wirst dich bei Dísa und mir erholen, kleine Schwester, sagt Friðrik.
- Danke dir dafür.
- Es ist notwendig, dass du dich nach den Anstrengungen ausruhst.
- Ich bin sicher krank gewesen.
- Es schmerzt zu verlieren, sagt mein verständnisvoller und hilfsbereiter Bruder, der immer sein Versprechen hält, und ich sehe ihn vor mir, als er Mutter und Vater in Múlakampur besucht hat, die Frisur glatt zurückgekämmt und elegant gekleidet, mit geputzten Schuhen, sie gingen zu einer Tanzveranstaltung, schließlich war er bereits ein erwachsener Mann, und es kam mir vor, als ob ich nie ein so schimmerndes Dreiergespann gesehen hatte, als sie sich losschwangen, als ob ihnen die Welt gehört; mein schöner Bruder, das älteste Kind von Mutter, dem sie immer eine Weihnachtskarte schickte, solange sie lebte, wovon ich weiß, weil ich die Karten für sie schrieb; mein umsichtiger Bruder, der mir sagt, als wir ihn in Höfn auf dem Weg nach Vopnarfjörður besuchen, auf der gleichen Reise, als ich meine Schwester Rósa das erste Mal gesehen habe, dass ich keine Wiedergänger in Seemannsanzügen zu fürchten brauche oder in irgendeiner anderen Kleidung, weil ich so furchtbare Angst vor einem habe, der sich bei ihm im Wohnzimmer niedergelassen hat und dort vor aller Augen umhergeht; mein arbeitssamer Bruder, der Kühe und Schafe hat und für das Essen jagt, er hat eine hübsche, tüchtige Frau und fünf vielversprechende Kinder, aber er tut trotzdem unverdrossen alles, was in seiner Macht steht, damit es Hansi und mir bei ihm so gut wie möglich geht, bevor wir nach Süden fahren.

Er fährt mich freudig hinein nach Akureyri zur Nachuntersuchung wegen der Fehlgeburt, repariert den Skoda, den Hansi für fünftausend Kronen gekauft hat und der ein kaputtes Schaltgetriebe hatte, setzt ihn für die Reise nach Süden in Stand und bringt mir bei, versengte Schafsfüße zu essen, bevor ich gehe – das müssen alle anständigen Menschen können, Bíbí. Mein guter Bruder, den ich viel zu wenig gekannt habe, aber wie Mutter immer respektiert habe, auch wenn ich nicht auf seiner Beerdigung gewesen bin, nachdem er im Mai 1995 gestorben war. Aber ich sehe häufig sein grünes, erdverbundenes Licht und weiß, dass ich es nicht zu fürchten brauche, genauso wenig wie die Geister auf Höfn, als ich ein zu Tode verängstigtes Mädchen war.

Aber als ich mich von meinem Bruder Friðrik verabschiedet habe und Hansi und ich mit all unserem Hab und Gut nach Süden fahren, erinnere ich mich an ihn: Er auf dem Vorplatz mit seiner Pfeife und dem humorvollen Blick in den Augen, um uns eine gute Reise nach Süden zu wünschen.

- Und fahrt nicht zu schnell, Kinder, man weiß nie, wie lange die Reparatur des Skoda hält.

74. Eingerahmte Wohnung und zwei Engel

Ich sage nun nicht, dass ich Panik vor der Weite bekomme, als ich in der Wohnung von Hansi und mir in Torfufell 29 stehe, im vierten Stockwerk, aber es liegt nahe. Alles ist neu, und wir sind die ersten Bewohner, die Wände weiß gestrichen, eine geräumige Küche und der Kühlschrank passt wie angegossen, ein mit Laminat ausgelegter Boden, Schränke, große Fenster, besonders im Wohnzimmer – ist das nur möglich –, und Aussicht in alle Richtungen, auch wenn man nirgends grüne Natur sehen kann. Die Natursicht ist völlig verloren gegangen in der durchdachten Planung des Außenbezirkes. Unsere Wohnung ist so, als ob sie in die Fenster des Wohnblockes gegenüber eingerahmt wäre, und die Einwohner sind wie Bienen im Bienenstock, die ständig summen. Das ist ein Gefühl, das mir immer nahe ist, jedes Mal, wenn ich an die Zeit in Breiðholt denke.
Aber was für eine Rolle spielt es, auch wenn die Umgebung ein biss-

chen schrecklich ist und gelinde gesagt nicht kinderfreundlich, mit einem Parkplatz, der voll ist mit verrosteten, alten Autos, dazwischen steht unser blauer Skoda, und das Betreten des Grasstreifens ist absolut nicht erwünscht, das gilt für kleine wie für große Füße. Aber man kann nicht alles haben, und ich beschwere mich nicht, es ist, trotz der organisierten Naturlosigkeit, unsere eigene Wohnung, und hier wollen wir ein neues und schönes Leben beginnen.

Es fehlt uns also an nichts, und wir richten uns schnell ein und beginnen das tägliche Leben im Treppenhaus, das voll ist mit jungen Leuten, die alle möglichen Zukunftspläne haben.

Hansi und ich bekommen beide Arbeit bei Breiðholt hf., der Firma, die alle Wohnblocks in Breiðholt in Rekordgeschwindigkeit baut; er im Rohrschweißen, schließlich hatte er die Lehre in Akureyri abgeschlossen, und ich in der Küche mit Abwasch und Bedienung.

Unsere Engel, Sigga und Þóra, bringen wir im Kindergarten in der Nachbarschaft unter. Sie sind im vierten Jahr, kleine Miniaturdamen, nicht immer übermäßig zivilisiert und eher kleiner gewachsen als ihre Gleichaltrigen, aber sie sind trotzdem zäh und geben nicht nach, auch wenn sie besonders „speziell" sind; sprechen immer noch ihre eigene Sprache, senden sich gegenseitig Zeichen, tun in der Tat alles, damit ich nicht von ihnen gehe. Ihre Mutter gehört nämlich ihnen allein, und sie machen gleich Lärm, wenn sie nicht sofort zu ihr können. Sie lassen sich auch nichts sagen, obwohl unsere Mitbewohner im Treppenhaus sie versuchen zu überzeugen, mit ihnen schimpfen, sie schön bitten und ihnen befehlen, das Treppengeländer auf dem Weg nach oben nicht zu berühren – heulende Urinbündel, die sie sein können, mit dazugehörigem Pipigeruch und Fingern, die alles verdrecken. Sie lassen alles Nörgeln wie Wind in den Ohren brausen. Ihnen ist auch egal, was gesagt wird, denn der Weg nach oben führt zu der Mutter, die wohl trotz allem ihre Kinder mit Maul und Klauen verteidigen wird. Zur Mutter, die weiß, dass ihre Mädchen immer noch unter Trennungsangst leiden, es immer noch schwer haben, nach den vielen Umzügen Wurzeln zu schlagen. Aber ich versuche nach bestem Vermögen zu tun, was ich kann, und bemühe mich; ich glaube daran, dass die Liebe ein Heilmittel ist, glaube daran, dass alles in Ordnung kommt und wir bald auf ruhiger See segeln, wenn die Mädchen sich an das neue Zuhause gewöhnen, die neue Umgebung und den Kindergarten.

- Lass uns einfach ruhig sein, mein Hansi.
- Das hat wohl anders keinen Sinn.
- Es hat zumindest keinen Sinn für uns, laut zu werden.

75. Gutes Benehmen und diverse Aufgaben

Aber der Traum geht nicht sofort in Erfüllung, meine Königinnen sind schwierig im Kindergarten. Sie gehorchen nicht, halten sich nicht an Regeln, sitzen nicht am Tisch, geben einander Zeichen, stehen auf den Tischen, pempeln, trampeln und heulen, und zu guter Letzt gelingt ihnen das, was sie wollen und beabsichtigen: Sie werden verwiesen – sie sind einfach nicht tauglich, in Häusern zu sein –, und Hansi und ich gehen auf die wiederholten Ratschläge von Schwiegermutter ein und beschließen, psychologische Hilfe in der Kinderabteilung des Landesspitals zu suchen.

- Das geht einfach nicht so weiter mit den Mädchen.
- Das kommt in Ordnung.
- Ihr müsst einfach Hilfe bekommen, Bíbí.
- Wir tun das.
- Das geht ansonsten schlimm aus.
- Keine üble Vorhersage.
- Ich sage das, was ich finde.
- Wir suchen uns Hilfe.
- Besser früher als später.
- Wir tun es.

In der Kinderabteilung zeigen die Mädchen, was in ihnen steckt, klein, aber oho, und lösen mit Bravour diverse Aufgaben, die ihnen vorgelegt werden, aber natürlich auf ihre eigene und einzigartige Weise.

Eine Aufgabe ist beachtenswert und bringt schnell nennenswerten Erfolg. Der Psychologe zeigt den Mädchen ein Modell einer ziemlich geräumigen Wohnung, danach gibt er ihnen alle möglichen Möbel in die Hände, Kücheneinrichtung, Toilette und einfach alles, was man in einem gewöhnlichen Zuhause braucht. Es ist dann die Aufgabe der Mädchen, das gewöhnliche und traditionelle Zuhause herzustellen, und Hansi und ich befürchten nicht viel. Sie wohnen doch an solch einem Ort und sollten die Aufgabe ohne Schwierigkeiten lösen.

Die Zeit vergeht, sie babbeln miteinander, senden einander Zeichen und beginnen dann konzentriert die Möbel anzuordnen. Als die Aufgabe beendet ist und sie selbstzufrieden mit Glanz in den Augen vor uns stehen, hat das gewöhnliche Zuhause einen ziemlich ungewöhnlichen Schnitt bekommen; die Toilette im Wohnzimmer, die Kücheneinrichtung auf der Toilette, die Stühle und die Tische in einem Haufen in der Küche, alles ist auf den Kopf gestellt, beinahe revolutionär, und meine Damen wie zu erwarten überglücklich mit dem Erfolg.

- Es ist nichts mit den Mädchen, sie sind völlig gesund, sie sind nur frech und rücksichtslos, sagt der Psychologe.
- Nun, wirklich? fragen wir.
- Das sind natürlich sehr energiegeladene Mädchen.
- Das sind sie.
- Und energiegeladene Kinder brauchen viel Disziplin.
- Natürlich.
- Und klare Regeln.
- Genau.
- Und ihr müsst euch anstrengen.
- Natürlich.
- Sie müssen wissen, dass ihr es seid, die die Macht haben.
- Ja.
- Und dann müsst ihr sie einfach beim Schopfe nehmen und ihnen zeigen, dass ihr es seid, die bestimmen, ihr müsst sie auch verhauen, wenn es darauf ankommt, nicht zuletzt, wenn sie sich in die Hose machen, sie sollten vor langem aufgehört haben, sich in die Hose zu machen.

Damit sind die Mädchen mit Bravour ausgeschrieben, und zu Hause fängt die seltsamste Zeitspanne an; das ist die Zeitspanne des Verhauens, die ich so nenne, und ihr folgt der dazugehörige Lärm, Tumult und Schimpfen, was die Eltern nicht weniger anstrengt als die Kinder. Aber es nützt alles nichts, genauso wie wir uns in der Tat erstaunlich schnell klar gemacht hatten. Meine þóra und Sigga halten ihren Kurs und wir geben auf und übernehmen die alten Sitten aufs Neue. Wir versuchen sie zu überzeugen, ihnen im Guten zu zeigen, wie die Welt sich dreht, und nach einigen traurigen Ereignissen werden meine Engel genauso sanft wie die Lämmer, die sie bei dem Mädchen sind, das auf sie aufpasst, während ich arbeite. Sie hat gewiss einen einzigartigen Einfluss auf sie, und sie fühlen sich wohl bei ihr, auch wenn sie am liebsten wollen, dass ich nie die Wohnung verlasse.

- Du darfst nicht gehen, Mama, jammern sie und wollen nicht, dass sie wiederkommt.

- Wir wollen nicht bei ihr sein, du sollst bei uns sein.

Aber das ist Nebensache, und ich weiß, dass die Dinge in Ordnung kommen werden. Ich schaffe es trotzdem noch lange nicht, meine Zwillinge so bilderbuchmäßig zu packen wie das Kindermädchen, trotz wiederholter und wohl überlegter Versuche, aber ich gebe nicht auf, auch wenn eine Zeitlang Gegenwind bläst. Ich bin entschlossen, dass meine Mädchen irgendwann einmal den Benimm-Orden bekommen sollen, auch wenn sie schwierig und eigensinnig sind.

Ich beschließe, sie zu trainieren, fahre zum Beispiel mit ihnen auf eine Übungsreise im Kópavogur-Bus. Der Weg führt nach Austurgerði zu Mutter, ich träume davon, ihnen beizubringen, unter anderen Leuten zu sitzen und sich gut zu benehmen, sie sind höflich und ganz die Unschuld selbst, als ich mit ihnen ganz hinten im Wagen sitze. Eine Frau setzt sich zu uns und sagt:

- Das sind vielleicht schöne Mädchen.

- Danke dir dafür, sage ich.

- Sie sind einfach genau gleich.

- Ja, sie sind eineiig.

- Das muss Spaß machen, so süße Mädchen zu haben.

- Es macht großen Spaß.

Dann sagt Sigga:

- Schweig und geh, du bist hässlich.

- Was muss man da hören? sagt die Frau.

- Du sollst nicht mit Mama sprechen, sie gehört uns, sagt þóra.

- Das ist die Höhe, sagt die Frau.

- Seid höflich zu der Frau, sage ich.

- Geh einfach, sagt Sigga.

- Geh sofort, sagt þóra.

- Ja, was für eine Erziehung, sagt die Frau.

- Es ist schwierig bei uns gewesen, und sie sind müde, sage ich und sehe vielen Busfahrten mit den Prinzessinnen entgegen, bis ihnen klar wird, dass sich Freundlichkeit auszahlt und Höflichkeit trainiert werden muss. Das geht allerdings auf, erfordert aber seine Zeit und Geduld. Wer sagt ansonsten, dass es leicht sein sollte, zwei Mädchen wie die meinen zu haben? denke ich und kann nicht anders als lächeln, als ich an das geschockte Gesicht der Frau denke.

Aber ich kann gar nicht über mein eigenes Gesicht lächeln, als ich ein ganzes Wochenende dazu verwendet habe, ihr Zimmer zu streichen, dort neue Regale anzubringen, Spielsachen in die Regale zu ordnen, wunderbare Gardinen zu nähen, auf neue Stangen zu hängen.

- Jetzt werden sie sich nämlich freuen, Hansi, das werden sie zu schätzen wissen, das sollte ein voller Erfolg werden, sage ich und öffne dann das nagelneue Zimmer und bitte sie einzutreten. Sie rufen ununterbrochen Oh und Ah vor Freude, und ich beschließe, die Tür zu schließen; ich will ihnen erlauben, eine Weile allein zu sein und zu genießen, während ich die Wäsche in die Maschine fülle - großartig, dass ich ins Schwarze getroffen habe.

Ich weiß nicht, wie lange ich die Waschmaschine befülle, aber als ich vorkomme, höre ich, dass etwas im Zimmer der Mädchen im Gange ist, womit ich nicht gerechnet habe. Ich öffne, und mir steht der Sinn so gar nicht nach Lachen, als ich sie sich in den Gardinen schwingen sehe über jener Ruine, die das Zimmer jetzt ist.

- Wie konntet ihr das tun?

- Es macht Spaß, Mama.

- Aber so soll man nicht spielen.

- Warum weinst du, Mama?

So geht es natürlich nicht weiter, ich behalte die Geduld, auch wenn ich mich in regelmäßigen Abständen in Schreien und Schimpfen verliere.

Ich versuche zu erklären und sie zu überzeugen. Ich versuche ihnen vor Augen zu führen, dass man nicht Mehl, Eier, Tomatensoße und Zucker auf den Küchenfußboden gießt und sich nicht in allem zusammen herumwälzt, man schreit nicht Glatze-Glatze zu einem Mann mit Glatze, der mit schwacher Kraft versucht, sie zu überdecken; man pinkelt nicht auf den Schoß seiner Tante Stella, während sie auf einen aufpasst, nur um ihr das neue, weiße Kostüm kaputt zu machen, ausgerechnet Stella, die alles für sie tun will, man kritzelt nicht auf die Küchenstühle und den Boden und die Wände, so dass die Mutter fast verrückt wird, wenn das noch lange so weitergeht, mehr sauber machen muss als notwendig ist, genug ist es nun trotzdem, man muss gut zu den Leuten sein, allen Leuten, auch zu Hansi und der Mutter, die ein Kind im Bauch hat, das auch ihnen gehört; zu Mutter, die ein Kind im Bauch hat, und sie muss die Mädchen bitten, ihr zu helfen, damit das Kind genauso schön wird wie sie, man muss gut sein, meine lieben Ungeheuer, versteht ihr das nicht?

- Doch, Mama, sagen diese wunderbaren Menschenkinder und beginnen dann zu versuchen, der Mutter alles recht zu machen, aber nur ihr allein, und sie betonen das ihr gegenüber auch, so dass nun darüber kein Zweifel besteht, auch wenn zu erwarten ist, dass bald ein Kind aus ihrem Bauch gerutscht kommt,

– du gehörst uns doch ganz allein, nicht wahr, Mama?

76. Wahrsagerin, Arzt und Fortsetzungsträume

Nein, es kommt mir nicht in den Sinn abzutreiben, der Gedanke an so etwas kommt mir gar nicht. Abtreibungen sind zu dieser Zeit sowieso illegal, und auch wenn es nicht so gewesen wäre, so etwas wäre für mich gar nicht in Frage gekommen. Dieses Kind ist also willkommen und wird auch herzlich erwartet in der Familie. Ich spüre früh, dass ich einen Jungen trage, vielleicht ist er willkommener wegen des anderen, den ich verlor, ich kann es nicht sagen, aber ich nehme es an.
Es ist verständlicherweise eine bange Ahnung in mir während der

Meine Sigga und Þóra in guter Form im Garten von Mutter in Austurgerði. Meine kleinen Bärchen waren nun nicht immer wie Lämmer im Umgang. Heute ist Þóra Mutter von drei Kindern und Sigga hat vier Kinder; sie sind die glücklichsten Menschen.

Schwangerschaft, aber sie ist von ganz anderem Ursprung als zuvor; das ist kein nagender, schwer zu bekämpfender Verdacht, sondern die Furcht vor einer Wiederholung, ein Gefühl, das alle Frauen kennen, die ein Kind verloren haben, eine Unruhe, die einem folgt, bis das Kind das Licht das Tages erblickt.

- Wir brauchen das nicht zu fürchten, meine Bíbí, es wird alles in Ordnung, sagt Hansi. Aber wir fürchten nun trotzdem, und natürlich kommt es daher, dass wir uns zu einem Medium aufmachen, auch wenn ich zugeben muss, dass solche Leute nicht angesehen bei mir sind, ja, bei mir vor allem, aber so ist das einfach. Es schadet trotzdem nicht, es zu versuchen, es macht Spaß, etwas Neues zu probieren, von allen Vorurteilen abzulassen und zu sehen, was geschieht.

Wir schlendern daher zum Medium Magnea in der Siedlung Smáíbúðahverfið, und ehrlich gesagt erinnere ich mich an nichts außer an zwei Sachen, die sie gesagt hat, leider. Sie sagt, dass ich hellsichtig sei, es bestehe kein Zweifel, dass ich verbunden sei, ich würde später noch in die gleichen Fußspuren treten wie sie – was mir nun ziemlich unglaublich vorkommt –, und dann sagt sie, dass ich schwanger sei, was ich nun als recht kleine Entdeckung empfinde, da man es mir schon ansieht –, und ich müsste dafür sorgen, dass das Kind einen halben Monat vor der Zeit geholt würde.

Die Worte von Magnea fachen meine Angst weiter an, auch wenn ich sie nicht das Leben von mir und Hansi lähmen lasse, aber ich frage trotzdem einen Arzt im Gesundheitszentrum, ob es irgendeine erdenkliche Möglichkeit gebe, dass das Kind einen halben Monat vor der Zeit geholt werde, weil ich fürchtete, dass es ansonsten sterben würde.

Der Arzt sagt, dass alles normal sei, ich bräuchte keine Angst zu haben, ich sei gesund und könnte das Kind gut die ganze Zeit austragen, es spräche nichts dagegen. Seine Worte erfreuen mich unsagbar, und als die Schwangerschaft fortgeschritten ist, ist alles bereit für einen kleinen Jungen in Torfufell 29; die blauen Kleider, Hemden und Nachtkleider und Jacken und Hosen, die Wiege an der Seite von Hansis und meinem Bett, die Windeln, die Handtücher, die Waschlappen, das Kinderspielzeug, er soll es gut haben und willkommen bei uns sein. Und ich spreche mit meinen Mädchen über ihre Rolle im Leben des Bruders, es werde nämlich jetzt einen Unterschied für mich machen, sie zu haben, sie könnten mir nun die Arbeit erleichtern, was ich für ein Glück habe, sie zu haben, und sie sind fröhlich und munter und werden ständig umgänglicher, zwei fünfjährige Menschenkinder mit einer Rolle im Leben, wenn man so sagen darf.

Sie sind trotzdem keinesfalls wie geschmolzene Butter, und ich muss natürlich alle Kräfte aufbieten, um sie im Zaum zu halten, aber das ist in Ordnung, und ehrlich gesagt freut mich das sehr, wie gut meine kleinen Beuteltiere sich benehmen können, wenn man es am wenigsten erwartet.

V: Was schätzt du am meisten im Charakter von anderen?
B: Aufrichtigkeit.
V: Was ist dein größte Stärke?

B: Treue.
V: Was ist deine größte Schwäche?
B: Gefühlsschwankungen und Trotz.
V: Bist du begeistert von Astrologie?
B: Nicht besonders. Ich bin mehr begeistert von Jahreszeiten-Gruppierungen.
V: Was bedeutet das?
B: Die Energie der Erde ist unterschiedlich nach den Jahreszeiten; die Menschen sind Winter, Sommer, Frühling oder Herbst und haben die Haupt-Eigenschaften der Zeiten, in denen sie geboren sind.
V: Sind das jetzt keine Klischees?
B: Ich habe eigentlich nie darüber nachgedacht, ich nutze es als eine gute Kraft, um mich den Menschen zu nähern und ihr Licht zu lesen.
V: Glaubst du an Gott?
B: Ja, als Energie.
V: Was meinst du damit?
B: Der Schöpfer ist der Hauptenergiespender von allem, was lebt.
V: Wie dann?
B: Wenn das Licht existiert, dann sind wir ein Teil des Lichtes Gottes, der auch Licht ist. Es ist nicht möglich, die Energie auszuradieren.
V: Bist du begeistert von der Kirche?
B: Nein, sie ist das Steuergerät auf der Erde, welchen Glaubensrichtungen sie auch angehört, das die meisten umgebracht hat.

Es ist Ostern, und ihr Vater will sie mit zu einer Ostereinladung zu seiner Großmutter in Kópavogur nehmen. Ich sehe nichts, was dem entgegensteht, es ist doch gut für die Mädchen, den Vater kennenzulernen, der sagt, dass er gut zu ihnen und ein Helfer in der Not sein will, es sei nie zu spät.
Ich putze sie heraus in leuchtend gelbe Osterkleider, die ihre Großmutter ihnen aus Amerika geschickt hat, in gleichfarbigen gelben Socken und Lackschuhen und ich knüpfe gelbe Schleifen in ihr wunderbares Haar. Sie sind einfach einmalig schön.

Es ist auch ein stolzer Vater, der sich in der Tür von mir verabschiedet und mit seinen Zierpuppen zur Familieneinladung weggeht. Ich beschließe, es ruhig angehen zu lassen, während die Mädchen weg sind, finde es gut, Zeit für mich zu haben, vielleicht die Füße hochzulegen und nichts zu tun. Aber es dauert nicht lange, bis die Klingel läutet und der Vater mit entsetztem Gesicht vor der Tür steht und seine Töchter zurückbringt.

Was für eine Mutter ich eigentlich sei? Die Mädchen hätten keine Erziehung. Keine fünfjährigen Kinder benähmen sich so, und es käme ihm nicht auch nur eine Sekunde in den Sinn, öfter auf sie aufzupassen. Schön und gut, das war eine einzige Stunde, die er auf sie aufgepasst hat.

- Wir wollten überhaupt nicht dort sein, Mama, es war todlangweilig, wir wollten zu Hause sein, sagen sie und beide quengeln und jammern, dunkelbraun von Schokoladenkleister, triefend nass von Urin und ganz genau so wie aus dem Abwasserkanal herausgezogen.

- Ihr habt wohl völlig vergessen, höflich zu sein.
- Nein, wir wollten es nicht sein.
- Aber ihr müsst höflich sein.
- Wir wollten es nicht.
- Weshalb?
- Wir wollten nicht, dass du alleine bist.

Ich sage nichts zu ihrem Vater, aber ich kann nicht anders als lächeln, als ich die Tür schließe und mit ihnen zum Saubermachen ins Bad gehe, und in meiner hinterhältigen Gemeinheit lache ich leise, als ich mir vorstelle, wie der geschmähte Vater zu seinem Auto geht und davonfährt.

Ich denke nicht viel über dieses Ereignis nach. Ich habe an anderes zu denken, bin hochschwanger und habe aufgehört, bei Breiðholt hf. zu arbeiten. Wie allerdings auch Hansi, der jetzt hart auf See im Boot Mummi von Sandgerði arbeitet. Ich vermisse ihn, wenn er nicht an Land ist, ich habe Angst um ihn und denke ständig an alle Leute, die mit der „Sjöstjarnan" im Jahr zuvor ertrunken sind. Ich finde es gar nicht begehrenswert, eine Seemannsfrau zu sein, finde es einfach schlecht, allein mit

Es macht Spaß, sich auf ein Autodach in Positur zu setzen, wenn das Leben es gut mit einem meint.

den Mädchen zu sein, und wenn ich alleine mit mir bin, kommt die Furcht zu mir, ihn zu verlieren. Ich freue mich daher immer sehr, wenn er nach Hause kommt, fahre los und hole ihn bei jedem Wetter mit dem neuen Auto ab, einem hellblau-weißen Flitzer. Ich stehe am Kai wie eine Frau in einem Schlager oder auf einem Gemälde und werde überglücklich, als ich meinen tüchtigen Jungen mir schlendernd entgegenkommen sehe.

- Ach, ich wünschte, dass du Arbeit an Land hättest.
- Ich werde sie bekommen.
- Ich wollte, es käme bald.

Ich schlafe auch nicht gut, vielleicht ist das nicht zuletzt der Grund dafür, dass ich es schlecht finde, allein zu sein. Ich träume Nacht für Nacht einen Fortsetzungstraum, in dem ich mich in einer ganz anderen Gesellschaft befinde und doch in der gleichen. Alles ist elektrisch angetrieben und technisch betrieben, Türen öffnen sich automatisch, wenn sich ihnen Menschen nähern, manche, indem auf einen Knopf gedrückt wird, Menschen stehen in sehr großen Hallen Schlange und bezahlen alles mit dazu gemachten Magnetkarten, die durch Maschinen gleiten, und währenddessen wird das alles von Deckenbildschirmen beobachtet. Die Menschen sitzen auch an kleineren Bildschirmen bei sich zu Hause und haben Kontakt mit jedermann und überall, und indem man einen Knopf auf irgendeiner Art „Schreibmaschinenbrett" drückt, ist es möglich, Informationen darüber zu bekommen, was in weit entfernten Erdteilen geschieht. Menschen telefonieren auf den Straßen. Alle wissen alles über alle, und meine Schwester Stella und ich, die oft mit mir unterwegs ist, sind auf einer endlosen Flucht vor Kameras, die von jedem Schritt Bilder machen, und niemand ist sicher, und niemand besitzt ein Geheimnis, und die Autos fahren mit hoher Geschwindigkeit über Straßen und Brücken.
Ich schrecke immer aus dem Schlaf hoch, nassgeschwitzt und zu Tode verängstigt vor jener Wirklichkeit des Traumes, die zum Großteil heutzutage tägliches Leben geworden ist und die wenigsten ängstigt. Und ich nehme den Rat an, für meinen Jungen zu stricken. Ich sitze lange Stunden schlaflos und stricke. Die Kleidungsstücke türmen sich auf, Pullover, Hosen, Socken, Handschuhe, Mützen. Ich sitze und stricke und schlafe wenig aus Furcht vor dem Traum, und ich bin heilfroh, als Hansi dann für immer nach Hause kommt. Er hat auf See aufgehört und hat Arbeit bekommen bei der Reparatur der Heißwasserversorgung, die Elektroschweißer-Lehre hat sich so wahrhaftig gelohnt.

Alles wird leichter, fröhlicher und sicherer, nachdem Hansi an Land gekommen ist. Es macht Spaß, zusammen am Küchentisch zu sitzen und zu plaudern oder einfach zusammen die Repräsentanten der politischen Parteien anzuschauen, die für das Parlament am 30. Juni kandidieren und ihre Programme im Fernsehen vorstellen.

Dann wird der Junge auch geboren sein und ich bekomme ein Stechen im Magen vor Vorfreude. Ich habe vor, ihn dir zum Geburtstag zu schenken, Hansi, das ist genauso sicher, wie dass die linke Regierung stürzt, du wirst schon sehen.

77. Verdächtige Versteckspiele und Wahnsinn

Hansi hat am 13. Juni Geburtstag. Es ist heiß an jenem Tag, es regnet ein wenig, und es ist jetzt an der Zeit, und ich habe angefangen, Schmerzen zu bekommen:
Ich habe dir gesagt, dass du ihn zum Geburtstag bekommen wirst, Schatz, und wir eilen hinunter ins Landesspital. Die Hebamme hört mich ab, entfernt sich dann kurz, der Arzt kommt sofort herein, er tastet und horcht und fragt dann, wo mein Mann sei.

- Er ist nur gerade mal kurz weg und kommt sofort.
- Gut.
- Ist nicht alles in Ordnung?
- Du musst tüchtig sein.
- Natürlich.

Ich bekomme eine Spritze und presse. Mein Junge kommt zur Welt, und ich höre sagen, dass er seit einem halben Monat gestorben sei. Gestorben seit einem halben Monat, was ist los mit den Leuten? Ich bekomme ihn nicht zu sehen. Ich will meinen Jungen sofort sehen! Ich glaube ihnen nicht. Ich glaube nichts und niemandem.
Ich bin sicher, dass er mir weggenommen wurde und dass man ihn irgendeiner Frau geschenkt hat, die keine Kinder bekommen kann, wie mir das in den Sinn kommt, kann ich nicht sagen, aber ich bin sicher, es kommt nichts anderes in Frage. Ich lasse sie mich nicht belügen, ich schließe mich auf dem Klo ein, weigere mich herauszukommen, bevor ich nicht den Jungen bekomme. Ich wandere über die Spitalflure und suche, es gelingt ihnen nicht, ihn vor mir zu verstecken, sie sollen nicht denken, dass ich daran glaube, dass das nochmal passiert ist. Ich bin kein Idiot. Es ist nicht möglich, mich zu überzeugen, die Trauer verhindert

es, dass ich jener schmerzhaften Tatsache in die Augen blicke:

Mein Junge existiert nicht,
ich gehe nicht mit ihm heim,
die Mädchen werden keinen Bruder bekommen,
Hansi bekommt nicht sein Geburtstagsgeschenk, und ich bekomme meine Wonne nicht.

Ich schreie und heule und bekomme Valium – sie ist unter Schock und man muss sie beruhigen –, aber ich glaube ihnen nicht, ich glaube zum Teufel keinem und zuallerletzt Hansi, der mir die Pillen dosiert, nachdem ich wieder nach Hause komme.
Wo sind die Mädchen, ist es irgend jemandem gelungen, auch sie zu stehlen? Nein, sie sind bei Magnea Ingibjörg, meiner Schwiegermutter, auf Bugðulækur unter guten Bedingungen und bleiben dort erst einmal, während ich mich erhole, ich muss Zeit bekommen, um mich zu erholen. Mich erholen, wovon mich erholen, zum Teufel, belügt mich nicht länger.
Wo ist Hansi, warum ist er nicht bei mir, warum bin ich alleine zu Hause? Oh, er ist jetzt nicht vor Ort, weil er auf der Arbeit ist. Er arbeitet für die Familie, die bald größer wird, wenn der Junge gefunden wird, und was soll ich in der Zwischenzeit tun? Ich putze nur in der Zwischenzeit, putze und putze, bis meine Hände blutig aufspringen, zum Teufel mit den Händen. Die Frauen im Treppenhaus betrachten mich mit Mitleidsaugen. Die arme Frau, die arme, Mitleid erregende Frau.
Arme was? Sie können nur selbst Jammergestalten sein. Und so geht das einige Tage. Der Wahn ist absolut, und da wird mir gesagt, ich erinnere mich immer noch nicht, wer mir das gesagt hat, dass mein Junge bei einem alten Mann beerdigt werden soll, einem alten Mann, der den letzten Wunsch hatte, ein Kind bei sich im Sarg zu haben. Ein dämlicher letzter Wunsch, denke ich, aber ich kann ja hingehen. Ich bekomme genügend Pillen im Spital und sitze steif in der Kirche Fossvogskirkja und höre ein Rauschen wie aus Wasserrohren, als der Priester sagt, dass bei dem Mann im Sarg der kleine Junge Sigurhansson [Sohn von Sigurhans] ruhe.

Ich sage nichts, aber schreie in Gedanken:

- Ihr lügt, er ist nicht dort. Was ist eigentlich los mit diesen verdammten Leuten? Werden einfach alle verrückt?

- Nein, es wird niemand verrückt, du musst dem in die Augen sehen, Bíbí, sagt meine Schwester Stella, und ich erinnere mich wie im Nebel daran, als sie mich ermutigt. Sie nimmt die Kindersachen runter, faltet sie zusammen und legt sie in Kartons. Sie räumt alles auf, bis nichts mehr übrig ist, was an den Jungen erinnert.

- Das Leben wartet auf dich, meine liebe Bíbí, du musst dich fassen, die Mädchen können nicht endlos von zu Hause weg sein.
- Wo sind die Mädchen?
- Bei Schwägerin Hulda, der Frau unseres Bruders Reynir.
- Bei Hulda?
- Ja.
- Weshalb sind sie dort?
- Es sind alle bereit gewesen, dir zu helfen.

Die Mädchen sind bei Hulda, die sechs andere Kinder hat, und obwohl sie gut ist und alles für mich tun will, ich werde ihr lebenslang dankbar sein, da muss ich mich zusammenreißen. Es ist am besten zu putzen, mehr Pillen zu nehmen und mehr zu putzen, Pillen zu nehmen und putzen, vergessen und putzen und mehr Pillen zu nehmen. Und ich falle in das Putzwasser hinein, und ich kann nicht aufstehen, liege dort auf dem Boden, abhängig geworden von der Betäubung und Gefühllosigkeit.

- Du erholst dich, Bíbí, sagt meine Hügelfrau, mit der Zeit kommt alles in Ordnung, du musst an die Mädchen denken, du darfst die Mädchen und Hansi nicht betrügen.

Und ich stehe auf.

- Gut von dir zu hören. Wo bist du gewesen?

78. Besseres Leben und neue Hoffnungen

Nein, natürlich gebe ich nicht auf, ich höre auf, Pillen zu nehmen, und bald klart es auf in meinem Kopf. Hansi will alles für mich tun, er will alles tun, was in seiner Macht steht, um mir das Leben einfacher zu machen, alles, damit ich vergesse.

- Lass uns rausfahren, Bíbí, herumfahren zur 1100-Jahr-Feier der Besiedlung Islands nach Þingvellir und Luftballons und Fahnen kaufen, ins Kino gehen, zur Tanzveranstaltung, es tut uns gut, die Füße zu bewegen, lass uns Würstchen kaufen, eins mit allem, mit Zwiebeln und verschiedenen Soßen, Musik hören, alte Platten, du hast so viel Spaß an Sonny und Cher, fernsehen, lesen, uns vergnügen, einfach etwas anderes tun als zu trauern, ach, lass es dir wieder besser gehen, meine Bíbí.

Ich befolge alle seine Ratschläge, und langsam geht es mir besser, wenn es möglich ist, so zu sagen, ich schaue zumindest der Realität in die Augen, und die Mädchen kommen nach Hause.

- Ach, es ist gut, euch zu sehen, meine Bündel.
- Wo ist unser Bruder?
- Er ist bei Gott.
- Wo ist das?
- Im Licht.
- Was für ein Licht?
- Dem Himmelslicht.
- Ist das heiß?
- Nein, weich und gut.
- Gehst du etwa dorthin?
- Nein, ich gehe nicht dorthin.
- Recht hast du, Mama.

Meine Zeit des Wahns dauert also knapp zwei Monate, und dann beschließen Hansi und ich, die Wohnung in Torfufell weiter zu vermieten und uns Arbeit in Hróarsholt im Landkreis Villingaholtshreppur zu suchen.

- Das Landleben und Draußensein haben einen guten Einfluss,

Bíbí, Landarbeit ist so gesund, sagt Hansi, der aus Gutmütigkeit einen Wechsel für meinem Bruder Reynir unterschreibt. Aber Reynir, dieser Abenteuerjunge, der er alle Zeit gewesen ist, sitzt in der Patsche und wird seine Schulden nicht los. Der Wechsel fällt auf uns, und indem wir die Wohnung vermieten, bekommen wir sechs Monate im Voraus, um die Schulden abzubezahlen.

- Aber das Draußensein ist trotzdem gesund für dich, Bíbí, und auch für die Mädchen, und du wirst dich noch erholen, und es wird uns allen wieder gut gehen zusammen.

Es kommt nun so, obwohl ich meinem Bruder und dem Bürgen gegenüber sehr genervt bin, dass Hansi Recht behält und wir uns wohlfühlen. Er müht sich mit der Heuernte ab, die ziemlich spät dran ist am Augustende, er bringt das Heu in die Scheune. Ich erledige glücklich die Hausfrauenarbeiten, backe Kuchen, Brot, koche Essen, mache Marmelade und lege Wintervorräte an. Die Mädchen spielen frei draußen in der Natur. Mein Bruder Fiddi kommt, um zu helfen, wir streichen und tapezieren, und schnell haben wir Spaß, und alles wird wieder normal, und mir gelingt es, die Erinnerung an meinen Jungen zu begraben.

Und auch wenn Hansi und ich eigentlich keine Ruhe haben, um uns drinnen um unsere ganzen privaten Angelegenheiten zu kümmern, macht das nichts, denn die Scheune ist dafür gut geeignet und wir können mal schnell dorthin gehen; und früher als erwartet, bin ich wieder schwanger.

- Das ist wunderbar, Bíbí, sagt Hansi.

Aber ich habe Angst, aller guten Dinge oder schlechten Dinge sind drei, und den Gedanken kann ich nicht zu Ende denken. Ich gehe zur Schwangerschaftsuntersuchung und muss unter Beobachtung sein und den größten Teil der Schwangerschaft im Bett liegen.

Die Sicherheit geht vor, schließlich gibt es einen Grund dazu, sagen die Ärzte, und ich liege daher über knapp sieben Monate mit kleinen Pausen im Landesspital, während Hansi allein mit den Mädchen auf dem Land zurückbleibt.

- Warum musst du gehen?
- Ihr bekommt bald ein kleines Geschwisterchen.
- Aber warum musst du gehen?

- Damit das kleine Kind lebt.
- Nicht wie der tote Junge?
- Nein, leben, um mit euch zu spielen.
- Dürfen wir nicht mit dir kommen?
- Nein, ihr müsst eurem Papa in der Zwischenzeit helfen.
- Aber wir wollen lieber dir helfen.
- Ich finde es besser, wenn ihr eurem Papa helft.
- In Ordnung, aber du bleibst nicht lange.
- Nein, ich bleibe nicht lange.
- Und du kommst diesmal mit dem kleinen Kind nach Hause.
- Das tue ich.
- Das wird Spaß, Mama.

79. Ich bin die Mutter und die Mutter bestimmt

Als die Geschichte hier ankommt, hat das Landesspital ein Ultraschall-Gerät bekommen, und ich bin eine der ersten Frauen, wenn nicht die erste, die in den Genuss des neues Gerätes kommt. Ich bin sehr gespannt und auch ängstlich, als ich zur ersten Ultraschall-Untersuchung gehe, werde aber überglücklich, als der Arzt mir sagt, dass ich einen Jungen trage, und er sehe nichts anderes, als dass alles in himmlischer Ordnung sei.
Ich liege außen am Fenster, ich sehe Mutter vor mir, wie sie zu anderer Zeit an einem anderen Fenster liegt und auf ein Kind wartet, wie ich es jetzt tue, und ich fühle mit meiner einsamen Mutter. Ich habe Glück, Hansi zu haben, Glück, Sicherheit zu haben und meine Kinder bei mir haben zu können, ich habe Glück, gemessen mit so vielen anderen Frauen, und dieses Mal werde ich ein lebendes Kind bekommen, das schreit, wenn es auf die Welt gleitet.
Ich liege in einem Sechs-Personen-Zimmer, und den Frauen gelingt es wahrhaftig, an meiner Freude teilzunehmen. Wir behalten einander gut im Auge, und Freudennachrichten der einen sind Freudennachrichten aller und umgekehrt, es ist daher klar, dass das eine von

Schwankungen gezeichnete Zeitspanne von Freude und Trauer ist, weil nicht alle Frauen genauso gute Nachrichten bekommen wie ich.
Und es ist gut, Hansi zu Besuch zu bekommen, er kommt so oft, wie er kann, aber es ist schwierig für ihn, die Mädchen bei sich zu haben und für sie zu sorgen bei aller Arbeit, niemand versteht das besser als ich, und so kommt es, dass Mutter ihre Namensschwester nimmt, was mir sehr viel bedeutet, und Sigga fährt nach Westen zu meiner Schwester Ásta in Selárdalur. Ásta ist richtig gut, und deshalb brauche ich mir auch keine Sorgen um die Mädchen zu machen, das ist eine große Erleichterung, aber ich freue mich immer, Hansi zu sehen, und wir freuen uns sehr darauf, endlich den Sohn zu bekommen, auf den wir beide so lange gewartet haben.

- Jetzt wird alles in Ordnung, Bíbí.
- Ich weiß es.
- Wir brauchen jetzt nichts zu fürchten.
- Nein, nein.
- Bist du nicht ganz sicher darin?
- Doch, ich bin sicher.

Wir werden gut überwacht, und alle kümmern sich in jeder Hinsicht gut um uns. Ich werde wieder zum Ultraschall gerufen, und da kommt heraus, dass der Arzt sich bei der ersten Untersuchung etwas geirrt hat, denn jetzt scheint ihm offensichtlich, dass der Junge missgebildet ist, es ist offensichtlich, dass ich einen Jungen ohne Gliedmaßen trage und daher sei es natürlich notwendig, ihn zu entfernen.

- Weshalb ist das notwendig?
- Das ist ganz offensichtlich, Frau.
- Das finde ich nicht.
- Das muss geschehen.

Aber ich will das nicht, das kommt nicht in Frage, ich bestimme das selbst und kein anderer, und etwas anderes steht nicht zur Diskussion. Dieses Kind ist zu mir gekommen und es ist ihm bestimmt, bei mir zu sein, ohne Gliedmaßen oder mit welchen, es ist willkommen.
Ich bin die Mutter dieses Kindes und die Mutter bestimmt, es wird nicht aus mir herausgerissen, und es ist selbstverständlich, dass ich sofort damit anfange, Beutel für ein armloses und beinloses Kind zu

stricken. Ich stricke eifrig Beutel und habe lange Gespräche mit Gott, der trotz allem mein einziges Halteseil ist.
Ich bitte ihn, das Kind zu segnen, ich bitte ihn, ihm zu erlauben zu leben. Ich werde es lieben und beschützen, nur dass es ihm erlaubt sein soll zu leben, ich bitte mit aller Lebens- und Seelenkraft und ich spüre die Kraft und das Licht und die Hitze von dem Gebet. Ich höre nicht, als der Arzt sagt, dass kein Herzschlag mehr zu finden ist, das Kind sei gestorben und es müsse entfernt werden.

- Kein Herzschlag, das kann nicht sein, sage ich, die ständige Bewegungen spürt, das ist einfach nicht richtig, und dann kommt ein schwedischer Arzt, der dort zu Besuch ist. Er horcht und findet einen starken Herzschlag. Mein Kind ist am Leben, ich wusste es, und es wird nicht entfernt. Aber sie beschließen, es mit einem Kaiserschnitt einen halben Monat vor der Zeit zu holen.

- Es gibt keinen Grund für etwas anderes, gemessen an der früheren Erfahrung.

Ich werde betäubt und als die Narkose anfängt zu wirken, denke ich an meinen Sohn ohne Gliedmaßen, den ich in einen Beutel kleiden werde und in den Schlaf singen werde und zu dem ich gut sein werde, und ich bin sicher, dass wir ihn alle lieben werden, der fröhlich, schön und gut wie sein Vater werden wird.
Ich erwache, als der Arzt sich zu mir beugt.

- Ich gratuliere dir herzlich zu deinem kleinen Mädchen.
- Mädchen?
- Ja, sie wiegt zehn Mörk.
- Hat sie Arme und Beine?
- Ja, ja.
- Bist du sicher?
- Ja, ja.
- Und Finger und Zehen?
- Es ist ein gesundes und schönes Mädchen.
- Du hast gesagt, dass ich einen Jungen trage.
- Ja, das Ultraschall hat uns reingelegt, es ist ein gesundes Mädchen.
- Ich benutze dann die Beutel einfach als Waschlappen.
- Was für Beutel?

- Die Beutel, die ich für meinen Sohn ohne Gliedmaßen gestrickt habe.
- Es können sich alle irren und auch ich.
- Irren, was?
- Sei einfach zufrieden mit deiner Tochter.
- Ich bin zufriedener als du vermutest.
- Ich gratuliere dir nochmals.

Es ist also so, dass Magnea Ósk Sigurhansdóttir am 23. Juni 1975 das Licht der Welt erblickt. Sie besitzt von Anfang an mein Herz, schließlich ist sie eine wirkliche Gottesgabe und Kostbarkeit und ein Wunder und unglaublich schön mit viel und schwarzem Haar. Ich kann sie kaum aus dem Arm lassen, bin zu Tode verängstigt, dieses kleine Menschenwesen zu verlieren, das mir so viel Glück beschert mit jeder einzelnen Bewegung, mit seinem Lächeln und dem Blick seiner Augen.

- Ist das unser Bruder? sagen Þóra und Sigga, als sie sie sehen.
- Nein, das ist eure Schwester.
- Hat sie einen Pimmel?
- Nein, das ist eure Schwester, die alle Glieder hat außer einem Pimmel.

80. Abenteuerscheck und Akureyri

Wir ziehen dann nach Torfufell 29 mit unserer kleinen Königin, die wir immer Maggý nennen, und dorthin kommen ihre immer lebhaften Schwestern und wollen auf sie aufpassen, sie halten, mir helfen, sie besitzen wie ich, sie trösten, sie wecken und in den Schlaf wiegen. Aber auch wenn es gut ist, in Torfufell zu sein, gelingt es uns nicht, die Wohnung länger als zwei Jahre zu halten wegen des Wechsels, der wächst und gedeiht wie der Teufel auf dem Scheunendach und uns schließlich so weit wegführt, dass es unmöglich ist, an Land zu schwimmen.

Aber ich habe eine Erinnerung an meine Maggý, die draußen auf dem Balkon sitzt in roten Jeans, weißer Bluse und roter Weste, und diese

Erinnerung sticht alle Enttäuschungen und verdrießlichen Überlegungen darüber aus, eine verdammte Wohnung unter dem Hintern weggezogen zu bekommen.

- Wie groß bist du? frage ich.

- Ich bin so groß, sagt sie und streckt die Arme hinauf in die Luft. Sie ist zwei Jahre alt und ihre Schwestern werden bald acht, und beide sind schon wie rechte Madamchen und sehr tüchtig, mir zu helfen. Ich komme mir steinreich vor, ich komme mir zumindest vor wie der reichste Mensch im gesamten Südland von Island, als ich bei vollem Bewusstsein einen ungedeckten Scheck unterschreibe und mir damit ein Haus in der Straße Oddagata in Akureyri sichere. Das Haus schaue ich mir vorher bei einem Besuch an und bin davon begeistert. Ich besuche meine Schwester Rósa mit den drei Mädchen und will vor allem, dass sie Maggý sieht – findest du sie nicht wunderbar, Rósa? Aber das reichste Weib des Südlandes kann trotzdem nicht einfach einen „Abenteuerscheck" ausstellen, selbst dann, wenn sie reich ist. Sie wird natürlich in die Bank gerufen, und der Bankleiter in der „Sparkasse der Maschinisten" sagt:

- Du hast einen Achtzigtausend-Kronen-Scheck aus deinem Heft ausgestellt.
- Ich weiß das.
- Was fällt dir ein?
- Ich kann das einfach nicht beantworten.
- Du musst das sofort in Ordnung bringen, ansonsten schließe ich das Heft.
- Du kannst das nicht tun.
- Kann ich das nicht?
- Nein, du kannst das nicht tun.
- Ich muss das tun und die Schulden durch einen Inkassodienst eintreiben lassen.
- Das hat keinen Zweck, es gibt nichts einzukassieren, ich habe kein Geld.
- Du bist unverschämt, scheint mir.
- Es tut mir Leid.
- Du musst das einfach in Ordnung bringen.

- Es ist nur eins, was mir einfällt, was möglich ist in dieser Situation zu tun.
- Und was ist das?
- Willst du nicht so gut sein und mir achtzigtausend Kronen leihen?
- Bist du verrückt, Mensch, wie fällt dir ein, mich zu bitten?
- Ich kann einfach niemand anderen bitten.
- Wie soll ich dir vertrauen können?
- Du kannst es tun, ich verspreche es.
- Dann werde ich das tun.
- Ich danke dir herzlich dafür.
- Du musst deinen Verpflichtungen nachkommen, ich vertraue dir und mache in der Tat das, was nicht erlaubt ist, weil du keinen Bürgen hast, sagt der Bankleiter, ein freundlicher und vortrefflicher Mann, der will, dass es allen im Haus gut geht, wie es im Gedicht heißt, und ich vergesse nie, wie schön ich auf dem Heimweg über die Menschheit denke. Meine schönen Gedanken gelten nicht nur manchen, nicht nur meinen eigenen Leuten, sondern der gesamten Menschheit, und ich denke an Gott und was ich für ein Glück habe und hoffe, dass er mir das Verdrehen der Ehrlichkeit vergibt, das natürlich aus Aussichtslosigkeit entstanden war. Wenn die Not am größten ist, ist die Hilfe am nächsten.

Aber was, noch einmal haben Hansi und ich uns auf eine Reise begeben, und jetzt geht die Reise in eine eigene Wohnung in Oddagata 1, und wir fahren auf direktem Weg mit unseren drei Mädchen nach Norden. Wir fahren froh und glücklich nach Norden mit dem roten Opel, den sowohl Vater wie auch Fiddi vor uns besessen haben, und sind fest entschlossen, in Akureyri triumphierend einzuziehen und unseren Verpflichtungen hinsichtlich des Kredites nachzukommen, und wehe mir, wenn die Sonne nicht den ganzen Frühling hindurch scheint.

Akureyri empfängt uns mehr als gut, der Sommer wird der wärmste seit Menschengedenken, Blumen und Bäume in voller Pracht und ein Lächeln auf allen Lippen. Ich glaube, dass in der Tat nicht viele glücklichere Ehepaare auf der Welt gewesen sein können als Hansi und ich, als das Auto auf den Vorplatz gleitet und vor unserem Haus anhält.

81. Was für ein Unterschied und was für eine Freiheit

Unser Haus an der Oddagata ist schön. Es ist weiß gestrichen mit rotem Dach, und bald muss es wieder gestrichen werden und ich freue mich darauf. Unsere Wohnung liegt im Dachgeschoss, sie ist nicht groß, aber sie ist hell, zwei Zimmer, Wohnzimmer, Küche und Bad, und wir genießen es, hoch zu wohnen und weit zu blicken.
Unsere drei Mädchen, þóra, Sigga und Maggý, sind nicht weniger als wir überglücklich, an einen neuen Ort gekommen zu sein.

- Das wird ein Spaß hier, es ist so schön hier, Mama, sagen sie, und eins ist sicher, dass niemand von uns das Bienengefühl aus Breiðholt vermisst.

Wir sind fest entschlossen, ein neues Kapitel anzufangen, ein reines und fröhliches, wir verweisen alle Trauer, allen Kummer und Zorn wegen des Wechsels aus unserem Zuhause.
Hansi und ich haben auch reinen Tisch zwischen uns gemacht, nach einem gewaltigen Klimbim auf der Hochzeit meines Bruders Fiddi, die mit viel Jubel an meinem alten Arbeitsplatz, Neðribær, gefeiert wurde. Wir haben einander alte, harmlose Sünden vergeben und kleine Seitensprünge, die weder Bedeutung hatten, noch Genuss oder andere Qualitäten. Wir sind zufrieden und wollen nur das Gute aus allem bewahren. Ja, es macht einfach Spaß, mit reinem Tisch und Aufrichtigkeit im Gepäck nach Norden gekommen zu sein, wir versprechen, einander nie mehr zu belügen, und ich glaube, dass meine Schwester Rósa glücklich ist, mich wieder zu treffen, vielleicht genauso glücklich, wie ich es bin, sie zu treffen, und ich habe diesen höllisch großen Glauben an das Leben. Wie dürfte es auch anders sein?

Es wird auch schnell ein wunderbares turbulentes Leben, der Aufbau geht schnell, und die Träume scheinen alle in Erfüllung zu gehen, wir haben nicht vor, hier bettelarm zu sein. Hansi bewirbt sich um Arbeit bei Miðfell hf.. Er will jetzt selbstständig arbeiten, stellt Forderungen über einen höheren Lohn für jedes geschweißte Rohr und setzt einen

Hansi und ich in Oddagata in Akureyri, als das Leben es gut mit uns meinte; man beachte die moderne Lampe und die Tapete. Man kann eigentlich sagen, dass wir im Muster untergehen.

besonderen Zuschlag für das Auto an. Das hat er zuvor nicht getan, aber hier gilt das als selbstverständlich und normal. Seine Forderungen werden auch genehmigt, und er gründet eine eigene Firma, die er „Framtak hf." nennt und die ein Subunternehmen von Miðfell ist. Und in einem Augenblick wird mein Hansi der glücklichste Rohrschweißer nördlich der Hochebene, die Nord- und Südisland trennt, jetzt hängt sein Glück nicht mehr von anderen ab, jetzt ist er endlich sein eigener Herr, der mit Eifer in der brütenden Sommerhitze Stahlrohre für die Heißwasserversorgung schweißt. Ich fahre manchmal mit ihm und helfe ihm, wir arbeiten gut zusammen, und alles klappt gut, und bevor mit der Hand gewunken wird, sind wir so gut situiert, dass es uns gelingt, den südländischen Schuldenschweif loszuwerden, und damit weht der einzige Verdruss weg, der uns nach Norden gefolgt war – was für ein Unterschied und was für eine Freiheit.

Ich kann in der Tat nicht beschreiben, was für eine große Erleichterung das ist, und wie sehr ich es genieße, sorgenfrei mit meinen Mädchen zu sein. Ich beschäftige mich mit ihnen und bin in meinem Element mit ihnen, sowohl draußen wie drinnen, und sie können sorglos bei allem Spiel sein. Die Zwillinge sind glücklich in der Schule, sie kommen gut mit anderen Kindern klar, sie haben auch Freunde, die mit ihnen nach Hause kommen und es gut finden, bei uns zu sein, und im Winter spielen sie in der Schlucht. Maggý und ich gehen manchmal mit ihnen und rutschen auf Schneetellern die Hänge hinab. Ich verwandele mich in ein nordisländisches Hangmädchen wie sie, vielleicht bin ich nicht weniger Kind in meinem Inneren als meine Mädchen, wenn man alles zusammennimmt, ich genieße es zumindest, Schneemänner, Weiber und Engel in den Schneeverwehungen zu bauen. Das waren wundervolle Momente.

Es macht auch Spaß, als ich mich daran mache, das Haus von außen zu streichen. Ich wähle eine hellbeige Farbe, und das Dach wird rot, alles wie neu.

- Das ist unheimlich schick, Mama, und es macht Spaß zu streichen.

Und ich schiebe die Erde im Garten zurecht, grabe um und arbeite hart. Ich bin entschlossen, einen kleinen botanischen Garten an der Oddagata anzulegen, und ich stibitze Blumen aus dem einzig wahren Botanischen Garten von Akureyri, um die Blumen- und Farbenmenge in meinem eigenen Garten zu vermehren.

Meine Schwester Anna Maren kommt aus Kópasker zu Besuch. Sie legt mit mir Hand an, und wir bewundern den Garten. Sie ist ein Blumenmensch wie ich, und wir Schwestern brauchen nicht andächtig über das Gute zu sprechen, das wir von Mutter bekommen haben, das ist so offensichtlich. Mutter hat immer einen grünen Daumen gehabt und immer viel für Pflanzen übrig gehabt. Und Anna Maren ist begeistert von den Mädchen, nicht zuletzt von Maggý, die am Hang sitzt und den Leuten sanft zulächelt, die vorbeigehen, um ins Geschäft im Ortszentrum zu kommen. Sie sitzt dort am Hang, Maggý, mit ihrem langen, lockigen Haar, das man nie kämmen darf, weil sie ein Naturkind ist und zerzaust gut findet, setzt dann ein herzergreifendes Engelsgesicht auf und sagt zu den Vorbeigehenden:

- Weißt du, was ich am besten finde?

Nein, die Leute wissen es nicht.

- Willst du es wissen?

Doch, die Leute wollen es wissen.

- Ich finde Eis am besten, sagt sie und lächelt ganz sanft, und meistens sieht man danach einen kleinen begnadeten Charmeur mit völlig Fremden hinunter in den Eisladen traben und jubelnd mit einem Eis in einer Waffel zurückkommen. Wenn es am besten läuft, schaufelt meine Maggý viele Eis am Tag in sich hinein und kümmert sich nicht darum, als ich ihr sage, dass sie nicht betteln dürfe.

- Es geht nicht, dass du die Leute so anbettelst.

- Das tue ich nicht, Mama, ich sage den Leuten nur, was ich am besten finde, und dann schenken sie mir Eis.

Es spielt so eine große Rolle, im Gleichgewicht zu sein und Zeit zu haben, mit den Mädchen zusammen zu sein, die Veränderungen und Reife zu bemerken, die Zwillinge zu beobachten, die ständig ihr Spiel mit mir treiben, weil da fast nichts ist, was sie unterscheidet, außer einem winzigen Muttermal im Gesicht von Þóra, das man nicht immer Gelegenheit hat zu sehen, besonders nicht, wenn viel zu tun ist, und dann ist der Refrain:

- Das bin nicht ich, das ist sie.

Sie sind alle Zeit so zusammengehörig, dass, wenn Þóra geschlagen wird, Sigga weint und sagt:

- Wir sind geschlagen worden. Und sie helfen mir bei den Arbeiten, meine großen Mädchen, und ich schicke sie in Geschäfte und beobachte früh, dass sie einen starken Gerechtigkeitssinn haben und ein wenig Geschäftssinn auch, Eigenschaften, die vielleicht nicht immer bestens zusammen passen.

Einmal geht Þóra für mich ins Geschäft, um Eier zu kaufen.

- Kaufe für mich sechs Eier und Milch, ich will Eierkuchen zubereiten.

Sie stürzt los und kommt auch gleich mit zwei Sechser-Packungen

Eiern zurück, und ich sage ihr, dass sie die eine sofort zurückgeben soll.

- Ich habe dich nur gebeten, eine zu kaufen und lass' dir das Geld zurückgeben.

Ich gehe kurz weg, und als ich wiederkomme, sitzt die Puppe mit allen Eiern auf dem Schoß im Wohnzimmer.

- Hör auf, mit den Eiern zu spielen, tu, was ich sage.

Sie tut es und sagt dann triumphierend:

- Du hast alle großen Eier aus dem teureren Paket, Mama.
- Was meinst du?
- Ich habe die kleinen Eier in die teure Packung gesteckt und die großen Eier in die billige Packung, und dann habe ich sie zurückgegeben.
- Das darfst du nicht tun, das ist Diebstahl und das weißt du.
- Ja, aber vielleicht hat der Mann mit dem Laden mehr Geld als wir.

Und auch wenn es Spaß macht und gut ist, Zeit zu haben, um mit seinen Mädchen zusammen zu sein und sich selbst in ein kleines Mädchen zu verwandeln, wann immer sich die Gelegenheit bietet, geht das nicht für längere Zeit. Ich muss natürlich arbeiten, mein Scherflein zum Lebensunterhalt beitragen, und da sich die Projekte bei Hansi auftürmen, beginne ich ihm zielstrebig auf Stundenlohnbasis zu helfen, und wir sind auf einer guten Tour. Ich werde ein ehrliches Heißwasserversorgungs-Mädchen mit dem Autogenschweißgerät in der Hand. Die Arbeit besteht darin, hinter meinem Rohrschweißer im Graben herzurennen und die Rohre zu verbinden und zu isolieren, wie es genannt wird, es also fertigzustellen.
Und es dauert auch nicht lange, bis wir zu noch besseren Mitteln kommen, es gibt genug Projekte, und die Scheine strömen in den Geldbeutel, und die Banken bieten uns Kredite an. Was vorher war, ist vorbei, und es macht unglaublichen Spaß, Geld zu besitzen.
Aber mit uns ist das natürlich so wie mit vielen, die plötzlich und unerwartet zu Mitteln kommen, dass wir nicht vorausschauen, nicht fürs Nest sparen, sondern es so betrachten, dass Geld ausgegeben werden soll. Wir wollen die Früchte der Anstrengungen genießen, und die Stimmung ist aufgeheizt, und ob sie es ist!

Þóra, Maggý und Sigga aufgestellt und elegant in Oddagata. Sie liebten Akureyri und wollten nie von dort wegziehen.

Hansi kommt einmal mit dem Arm voll von Geldscheinen nach Hause, die er in seiner Freude in die Luft wirft, so dass sie wie Papierengel umherschweben, und manche landen im Garten, weil ich die Fenster sperrangelweit offen habe, immer am Putzen wie Mutter, und der Durchzug trägt die Scheine mit sich fort, und als wir herbeirennen und sie zusammensammeln, sind es plötzlich viel weniger als am Anfang. Aber was machen uns schon einige Scheine aus, wenn es genug von ihnen gibt? Ganz und gar nichts, überhaupt nicht.

82. Besuche und leichte Vorzeichen

Es ist Leben und Stimmung bei uns in Oddagata. Oft kommen auch viele Gäste und „hierher kommen sowohl Lebende wie Tote“, wie in einem guten Buch gesagt wird. Meine Augen sind offen, und die meisten Wahrnehmungen und Vorzeichen belasten mich nicht, auch wenn ich keinesfalls viele Worte über meine Hellsichtigkeit mache. Ich will sie wie immer so viel wie möglich für mich behalten, will nicht anders sein als andere, aber breche trotzdem einzelne Male aus der Gewohnheit aus und oft mehr zum Spaß als im Ernst.

Irgendwann einmal an einem schönen Spätabend kommen Hansis Schwester und noch mehr Leute zu uns zu Besuch, und wir sitzen uns unterhaltend im Wohnzimmer. Kleine Seitenfenster an der Gaube sind offen, und da sehe ich plötzlich, wie ein Mann schwebend zum Fenster hereinkommt, genau wie in einem lebendigen Gemälde von Chagall, und es folgt ihm ein starker und kalter Windstoß. Da ist dann Leifur gekommen, Hansis Cousin, jener, der mich einmal gebeten hatte, meine Hellsichtigkeit nicht zu verstecken.
Ich begrüße Leifur, der gekommen ist, um in der Nähe seiner Leute zu sein, in Gedanken natürlich, ich sage ihm, dass er in Gottes Namen willkommen sei, bei uns Station zu machen. Die Geschwister spüren die eisige Kälte. Hansi gruselt sich und fragt, was ich jetzt tue, und die Haare auf seinen Armen stehen ab, wie immer, wenn er Angst vor dem Unvorhergesehenen hat. Seine Schwester sagt einen Moment nichts, fängt dann aber an, aus dem Nichts heraus von Leifur zu reden, als ob sie seine Nähe spüre.

- Ich fühle mich, als ob Leifur hier wäre.

- Wer ist hier, Bíbí? fragt Hansi.

- Das ist unheimlich seltsam, sagt sie.

- Wer ist hier, Bíbí? wiederholt Hansi.

- Sprecht gut über Leifur, er ist es, der hier bei uns ist, sage ich lachend, und es entsteht Bewegung, Tumult und Lärm, sie zweifeln keinesfalls an meinen Worten, aber langsam erholen sie sich von dem Entsetzen, und Leifur geht denselben Weg, den er gekommen ist, ohne irgendwelche Nachrichten zu hinterlassen außer denen, dass er ständig nach den Seinen schaut und sie beobachtet.

- Sei vielmals gesegnet, Leifur, und komme, wann immer du willst.

V: Hat jemand irgendwann zu dir gesagt, dass du eine Gottesgabe bist?
B: Ja.
V: Wer?
B: Líney Pálsdóttir, meine Freundin, der ich dieses Buch widme.
V: Hast du ihr geglaubt?
B: Was meinst du?
V: Dass du eine Gabe Gottes bist?
B: Die Leute reden nun einfach so.
V: Aber hast du ihr geglaubt?
B: Ich habe daran geglaubt, dass sie das gefunden hat; es war nicht ihre Angewohnheit zu lügen.
V: Aber was findest du?
B: Ob ich finde, dass ich eine Gabe Gottes bin?
V: Ja.
B: Ich bin ein Teil von Gott, so wie alle anderen.
V: Ist es schwer für dich, Lob anzunehmen?
B: Ich mag es einfach nicht.
V: Weshalb?
B: Ach, das ist unnötig.
V: Was ist nötig?
B: Das Licht leben zu lassen.

Doch, mein Wille, meine Hellsichtigkeit geheim zu halten, ist mit mir, aber oft bin ich über die Vorzeichen froh, auch wenn ich nicht über sie rede, schließlich nimmt meine Sensibilität bei all dem Glück im Norden ständig zu. Einen Tag werde ich zum Beispiel von riesiger Freude erfüllt. Ich bin allein zu Hause, die Mädchen draußen und Hansi auf der Arbeit, und ich kann mich nicht beherrschen. Die Erinnerungen an meinen Bruder Matti auf Foss häufen sich, es hat doch Spaß gemacht auf Foss, wenn man so zurückblickt, trotz des Heimwehs, ich singe vor mich hin und lege eine Platte auf den Plattenspieler und tanze mit dem Reinigungslappen in den Händen durch die Wohnung. Ich bin die einzig wahre Ballerina, und das Leben ist ein Spiel, Gott, wie lustig Matti sein konnte und wie gut sie zusammen waren, Ester und er, und als ich durch die Wohnung schwebe, höre ich von unten gerufen:

- Ist hier vielleicht eine kleine Schwester, darf man vielleicht hereinkommen?

Dort ist dann mein Bruder Matti gekommen, in seinem Baumwollhemd mit hochgekrempelten Ärmeln, er hat ein Anliegen in Akureyri und kündigt sich so gründlich vorher an. Leichte und gute Vorzeichen sind mein täglich Brot, und sie spenden mir Sicherheit. Ich brauche zum Beispiel nie Sorgen um Hansi zu haben, er lässt immer etwas von sich wissen, bevor er nach Hause kommt, und dieselbe Geschichte ist über die Mädchen zu sagen, sie haben jede für sich ihren besonderen Beschützer, die auch nie fehlen, bevor die Mädchen ins Haus stampfen. Man darf sagen, dass die Sensibilität wie eine Uhr ist, und kommen meine Leute nicht, wenn sie erwartet werden, dann kann ich auf Tour gehen und sie suchen. Das geschieht zum Glück nie.

- Geh langsam durch die Tür der Freude, flüstert Kolbrún mir trotzdem zur Zeit und Unzeit zu. Ich, die ich alle Freudenwesen liebe, sehe keinen Grund dazu, wachsamer zu sein als andere. Ich bin jung, und alles läuft gut, und ich darf das Leben genießen.

- Das kann kaum zu viel verlangt sein, oder was?

83. Freundschaft, Unterstützung und Tarnbrille

Dem Wohlergehen folgen Feiern und dem Feiern Sauferei. Es gibt immer irgendeinen Grund zum Feiern, dieses Etappenziel oder jenes, den einen Projektabschluss oder den anderen, Anlässe gibt es so viele wie die Stunden im Sonnenkreis.

- Du wirst das wohl verstehen, Bíbí, sagt Hansi, und natürlich tue ich das, ich verstehe, dass mein Unternehmer nach einem schweren Arbeitstag die Pfoten ausstrecken muss, jedenfalls ist das besser so. Aber ich habe es vielleicht nicht so sehr nötig wie er, und weil es mich zu Tode langweilt, mit Hansi und den Arbeitskollegen immer und ewig über dem Glas zu sitzen, kommt bei mir schnell die Regel auf, nie Alkohol zu trinken außer freitags und dann nicht, bevor ich die Mädchen ins Bett gebracht, aufgeräumt und abgewaschen habe. Die Leute machen sich deshalb ein bisschen über mich lustig, aber mir ist das ganz egal; das ist meine Regel, und sie gilt.

Und als der Abend vergeht, wird ins Sjallinn, eine Bar mit Tanzfläche in Akureyri, gezogen, bei jedem Wetter, und dort wird gesessen, und immer noch wird von der Arbeit geredet, und je länger gesessen wird, desto hochtrabender werden die Unterhaltungen. Es muss auch gesagt werden, wie es ist, dass ich manchmal einfach überhaupt keine Lust habe, bei Rohrschweißunterhaltungen zu sitzen, auch wenn ich ein guter Zuhörer bin, wie es Frauen so oft in Männergruppen werden. Mir macht es mehr Spaß, mich umzusehen und nach anderem Leben zu schauen, aber ich gehe nicht lange weg, komme immer wieder, um meinen unterschiedlich orientierungsfähigen Mann nach Hause zu begleiten.

Manchmal ist es gut, sich von den Rohrschweißunterhaltungen im Sjallinn davonzustehlen, und bei einer solchen Gelegenheit lerne ich Stína kennen, die in der oberen Etage im Schiöthshaus wohnt, da wo ich vorher gewohnt hatte. Das war ein großer Glücksfall. Und ich muss keine langen Worte darüber machen, dass sich zwischen Stína und mir eine Freundschaft entwickelt, die immer noch anhält, und manchmal lachen wir darüber, dass wir die „geschlagenen Frauen" am Platz sind, die einander ermutigen müssen – mit Alkohol werden die Hände lose –, aber wir genießen das Zusammensein also, mit blauen Augen und imposanten Tarnbrillen oder ohne, gehen oft los, um einander zu finden, teilen sowohl Erfahrung wie Humor –, und Stína, die ein Beschützer von Gottes Gnaden ist, lässt es sich nicht nehmen, jemandem, der vielleicht ihre Freundin anmacht, eine kräftige Maulschelle zu geben. Kein Problem für Stína, die völlig furchtlos ist, wenn sie ihre Freundin verteidigen muss.

Dem langweiligen Rohrschweißgelabere folgt viel zu viel Sauferei und der Sauferei Erinnerungslosigkeit und der Erinnerungslosigkeit Kämpfe, die natürlich nichts sind außer die bekannten Begleiterscheinungen von Trunkenheit. Es ist miserabel, wenn liebe und lustige Jungen sich im Handumdrehen und beim kleinsten Anlass in Hitzköpfe mit rot gefleckten Augen verwandeln. Ich finde es allerdings so miserabel, dass ich nicht länger damit leben will. Ich finde es elend, mit einer dunklen Sonnenbrille herumzulaufen und einem ständigen Knoten im Magen. Ich habe keine Lust und will nicht in einem grauen und wertlosen Dasein leben, und meine Mädchen haben es auch nicht verdient, in solcher Glücklosigkeit zu wohnen. Es ändert nichts, auch wenn mein guter Mann immer voll Bedauern ist und Abhilfe und Besserung verspricht und schwört und gelobt, dass das nie wieder vorkommen wird, ich kann ihm nicht glauben. Und auch wenn ich ihn innig gern habe, da zieht es mich keinesfalls zu dem gefährlichen Helden hin, in den er sich im Suff verwandelt, ich weiß, dass er dann einfach nicht selbst am Steuerrad ist, und ich kann mir nicht vorstellen, im selben Boot weiterzusegeln. Es geht nicht mehr länger, ich will nicht so leben.

- Das kommt in Ordnung, ich verspreche es.
- Wie soll ich das glauben?
- Du musst das einfach tun.
- Ich muss mich dazu verdammt anstrengen.
- Du musst mir einfach glauben.

Und als die Arbeit bei der Heißwasserversorgung endet, denn sie nimmt natürlich ein Ende wie anderes auch, und die Firma Miðfell hf. Hansi anbietet, mit zum nächsten Ort zu kommen – den Westmänner-Inseln -, beschließe ich, ihm nicht zu folgen. Unsere Ehe ist zerfranst, das Versprechen von Aufrichtigkeit hinweggeweht in Wetter und Wind, das Vertrauen hat seinen letzten Vers in einem ansonsten oft schönen Lied gesungen, und die Freude ist eine Erinnerung an liebe Momente geworden.

Ich will alleine mit den Mädchen sein, die Akureyri wie ich für ihr Leben lieben und keinesfalls umziehen wollen, und ich unterstütze den Ansporn von Kolbrún und anderen mir Wohlgesonnenen – bleib standhaft, Mädchen, du gehst nirgends hin –, aber natürlich bin ich kein Mädchen. Ich bin eine neunundzwanzig Jahre alte Frau mit zwei zwölfjährigen Mädchen und einem sechsjährigen, und wir wissen alle, was wir wollen.

- Wir ziehen nicht um.
- Nein, meine Schätze.
- Es ist so gut hier zu sein, wir sind hier zu Hause.
- Wir bleiben hier.
- Wir sind auch noch nie auf den Westmänner-Inseln gewesen.
- Wir gehen nicht auf die Westmänner-Inseln, meine Mädchen.

84. Es ist Stimmung auf den Inseln

Hansi fährt daher allein auf die Westmänner-Inseln, und er vermisst mich sehr.

- Komm zu mir.
- Ich habe meine Entscheidung getroffen.
- Ich stehe zu dem, was ich versprochen habe.
- Bist du dir da sicher?
- Es ist auch Stimmung auf den Inseln, und ihr werdet euch in der neuen Wohnung wohlfühlen, und das einzige, was fehlt, damit alles vollkommen wird, ist die Familie, wir sollen zusammen sein,

sagt er, und genauso entschlossen wie ich darin bin, mich von meinem Mann zu trennen und ein eigenes Leben mit den Mädchen zu beginnen, widerstehe ich nicht der Versuchung. Das Familienleben ist verlockend, die statistische Familie und die klassische, bezaubernde Norm hexen all mein Bewusstsein zu sich, und die Täuschung klopft an, natürlich wird uns das gelingen, wenn wir es nur versuchen, und ich begrabe alle Scheidungsgedanken und beschließe, mit den Mädchen zu Hansi zu fahren und ein neues Leben zu beginnen mit der Hoffnung als einziger Waffe, denn natürlich ist mir alle Vernunft weggeweht.

V: Hast du damit zu tun gehabt, verstorbene Leute aus Häusern zu vertreiben?

B: Ja.

V: Wie geschieht das?

B: Man verhandelt mit denen, die die neuen Bewohner stören, und in der Regel geht das, aber manchmal wollen die Verstorbenen einfach in Ruhe gelassen werden, weil sie mit den Bewohnern verbunden sind. Wenn das so ist, lässt man die Bewohner der Häuser wissen, wer sie sind und dass sie nichts zu fürchten brauchen; meistens geht das Zusammenleben danach gut.

V: Kannst du ein Beispiel nennen?

B: Nein, aber ich weise die Leute darauf hin, das Buch *Hilfe aus dem Jenseits - Geschichten von sechs Heiler-Medien* von Svava Jónsdóttir zu lesen, wenn sie sich näher informieren wollen.

Ich höre nicht auf die häufigen Proteste meiner Mädchen und tue auch nicht so, als ob ich die warnende Stimme höre – nimm dich in Acht, Bíbí, nimm dich in Acht, Frau –, sondern buche mir eine Fahrt zu den Inseln mit der Fähre Herjólfur, nachdem ich die Wohnung in Oddagata verkauft habe, weil das süße Leben zu Ende ist und die Scheine für die Miete auf den Inseln nicht geradewegs an den Bäumen hängen.

- Wir sind natürlich herumziehende Handwerker, Bíbí, das ist das, was wir sind, und herumziehende Handwerker müssen sich mit einigem abfinden.

- Ja ja, sage ich, und es dauert nicht lange, bis mir klar wird, dass diese Reise nicht nur meine größte Fiasko-Reise ist, sondern sie wird mir auch gefühlsmäßig gesehen teuer.

Die Sauferei und die Rohrschweißpartys mit den fruchtbaren Rohrschweißunterhaltungen gehen auf den Westmänner-Inseln weiter und werden ständig prächtiger, und dieselbe Geschichte ist über die „automatische Hand“ zu sagen, die zur Zeit und Unzeit in der Luft ist, aber anstatt mit den Füßen zu treten, nehme ich teil an all der Gymnastik, die zu so einem Zustand gehört. Ich gebe vor, mehr zu trinken als ich

es tue, ich schütte Alkohol weg, ich verstecke Alkohol, ich trinke mehr, als ich gerne will, ich lüge, wenn es nötig ist, und ich finde, dass ich das oft muss – nein, er ist gerade eben nur mal schnell zu einem Spaziergang gegangen, leider, er trifft sicher sehr bald ein –, ich wende die Täuschungen genauso fachmännisch an wie ein Schlachter ein Messer und die Selbsttäuschungen mit so viel Geschick, dass mir schwindlig wird beim Gedanken daran.
Ich nähre krankhafte Träume von einem besseren Leben, und ich nähre auch die Lüge, ja, ich nähre sie und sehe überhaupt nichts; ich bin selbst schon krank und krankhaft ängstlich, und die Situation zu Hause ist wie in einem traditionellen Trinker-Zuhause, da wo alles in den Hintergrund tritt und den Gesetzen des unlöschbaren Durstes gehorcht. Das Familienleben ist in der Tat wie das Unwetter, das zu gleicher Zeit über das Land zieht und nichts und niemanden verschont, das Seeleute versenkt, eine Kirche vom Grund fegt, Strompfosten zerbricht und Brücken und Straßen vernichtet. Es herrscht ein ähnliches Unwetter in meiner Seele, und ich weiß nicht, welchen Weg ich zur Rettung finden soll. Meine Mädchen leiden schwer unter der Situation; alles leidet freilich, alles außer der Sauferei, jener Hausherrin mit ihrer harten Hand, die Arbeit leidet sogar darunter, mein schöner Mann erscheint oft betrunken, wenn er überhaupt erscheint, so weit von seinem Verstand entfernt, wie er schon ist.

- Weshalb meckerst du immer an mir herum, Bíbí? sagt er, denn natürlich streite ich und schimpfe und schreie und kreische, bis ich nicht mehr kann, und ich zucke nicht einmal zusammen, als der beste Rohrschweißmann der Erde böse verbrannt und aufgeschürft nach Hause kommt, was natürlich besondere Ehrenpreise sind, die er sich betrunken oben im Graben holt.
Und dann übernimmt das Schweigen im Leben der kleinen Familie auf den Inseln, die nicht weiß, welcher Tanz am nächsten Tag getanzt wird und den Tag danach. Das Schweigen übernimmt, während gleichzeitig alle anderen Verteidigungsmauern fallen.
Nein, nicht wirklich, nicht alle Verteidigungsmauern, überhaupt nicht, weil es eines Tages klopft und draußen vor der Tür ein unbekannter Mann steht. Er sagt, dass er Trausti heißt, und er will mit mir über

Alkoholismus reden und seine Auswirkungen und dass er und seine Kameraden in der AA-Vereinigung Hansi unbedingt helfen wollen, der in Behandlung gehen müsse, er sei von einer schwer zu bekämpfenden Krankheit ergriffen, die ihm das Gedächtnis raube und den Verstand und ihn gewalttätig und gefährlich mache, eine Krankheit, die ihn zum Schluss zum Tode führe. Aber zum Glück gebe es Heilung, einen Weg, um die Krankheit nieder zu halten, und diesen Weg müsse Hansi gehen. Ich will nicht leugnen, dass das, was Trausti sagt, richtig ist, ich kann das nicht; ich weiß mir zumindest keinen Rat mehr, und ich will nicht in den selben ungeheuerlichen Problemen landen wie die Frau in Breiðholt, die zu jenem letzten Ausweg griff, ihren Mann wegen der ständigen Sauferei anzuzünden; so wahnsinnig will ich nie werden. Und eines Tages, als meine þóra ihren Papa schlafend auf dem Küchenfußboden antrifft in seinem neuen Anzug, den ich für ihn gekauft hatte in der Hoffnung, dass er in schöner Kleidung langsamer und besser tränke, da schämt er sich; Hansi ist nicht gewissenslos, und er putzt sich heraus, legt Rasierwasser auf und geht zum AA-Treffen. Er kommt zurück und sagt mir, dass dort Männer und Frauen seien, die alle Besitztümer und auch die Familie weggetrunken hätten.

- Und das will ich nicht, Bíbí, ich will nicht darin landen, ich will euch nicht verlieren, um nichts in der Welt, die Familie ist mir alles, du weißt das.

Ich bin ehrlich gesagt mehr als verwundert. Kann es sein, dass sich dort Hoffnung verbirgt, kann es sein, dass wir ein gutes Leben zusammen haben können, kann es sein, dass alles in Ordnung sein könnte, ohne Schnaps, kann es sein, dass unser Zuhause wie bei normalen und guten Leuten sein könnte, die ihre Angelegenheiten in die richtige Reihenfolge bringen können?

- Wir haben wahrhaftig Möglichkeiten, wir haben Möglichkeiten wie alle anderen, wir müssen einfach daran glauben, sagt er, und wir fangen an, gemeinsam auf offene Treffen zu gehen, und ich sitze auf meinem Stuhl mit dem Gesicht im Schoß und einem Kloß im Hals – mein guter Gott, wie das alles zusammen schrecklich traurig ist –, und die Leute kommen zu mir, trösten mich und sagen, dass es offensicht-

lich ein gemeinsames Problem von uns Eheleuten sei. Ich sähe das einfach nicht, weil ich seltener tränke und weniger als er. Ich sähe es einfach nicht, weil ich es nicht sehen wolle.
Das kann sehr gut sein, natürlich haben die Leute Recht, natürlich bin ich auch Alkoholikerin, auch wenn mir das nie in den Sinn gekommen wäre – das ist so ein hinterhältiger Teufel –, und ehrlich gesagt bin ich nur recht froh, eine Krankheit zu haben, für die es Heilung gibt. Ich fange daher an, das einzige Mittel gegen den Alkoholismus zu schlucken, die Versammlung. Ich betreibe sie mit Eifer, und mir geht es besser mit jedem Tag, der vergeht, und schließlich bestellen die AA-Kameraden einen Platz für Hansi in Silungapollur, einem Entziehungsheim.

- Ein Schritt auf einmal bringt euch auf die richtige Bahn, seid nur sicher.

Ich sehe vor mir silberne, sogar goldene Zeiten, und ich freue mich darauf, meinen Mann wie einen frisch geprägten Taler nach Hause zu bekommen, munter und fröhlich und gut, wie er es von Natur aus ist und wie er hier einmal war. Aber jetzt machen die Dinge eine unerwartete Wendung; ja, es sind nun viele geheime Windungen auf dem geraden Weg. Mein Hansi kommt einfach nicht zur Behandlung wegen der Arbeit.

- Es ist so viel zu tun, dass du dich einfach stattdessen aufmachen solltest, um den Platz zu nutzen, Bíbí, das nützt uns nicht weniger, ich bleibe nüchtern in der Zwischenzeit, da kannst du sicher sein, das wird alles zusammen unheimlich gut für uns alle und ein ganz anderes Leben.

V: Was ist deine Lieblingskarte?
B: Der Einsiedler.
V: Im Tarotspiel?
B: Ja.
V: Was für eine Bedeutung hat die Karte?
B: Der Einsiedler hat große Kenntnis und Weisheit, die er vermitteln sollte, aber manchmal entscheidet er, das nicht zu tun. Und wir haben die Wahl.
V: Legst du Karten?
B: Manchmal.
V: Weshalb?
B: Ich habe immer Spaß an Mathematik gehabt, und das Tarotspiel fordert dieses Vergnügen heraus; ich habe immer Spaß daran gehabt, aus Formeln zu lesen.
V: Benutzt du immer ein Spiel, wenn die Leute zu dir in die Stunde kommen?
B: Ja, meistens, um eine Verbindung herzustellen.
V: Zwischen wem?
B: Mir und dem, der mir gegenüber sitzt.
V: Bist du dann eine Art Verbindungskabel?
B: Nein, ich bin eher wie eine Steckdose.
V: Musst du das Spiel benutzen?
B: Nein, aber das Spiel ist zum Anfassen und spendet dem Sicherheit, der nicht sieht. Das ist wichtig, damit eine Verbindung erreicht wird.
V: Verbindung womit?
B: Anderer Energie.
V: Siehst du Todesnähe an den Leuten?
B: Ja.
V: Wie ist das?
B: Es verursacht mir Schmerzen, besonders wenn der Betreffende mir sagt, was er von der Zukunft erhofft, und ich weiß, dass über keine Zukunft zu reden ist.
V: Siehst du die Todesnähe um die Leute herum?
B: Ich sehe sie am Licht, es kommt ein Grauschimmer ins Licht. Und

Ich habe Spaß an Tarot-Kartenspielen, ein guter Kartenleser muss die Rechenkunst beherrschen und jedes Symbol des Kartenspiels gut kennen und wie sie zusammenarbeiten. Ich brauche das Kartenspiel nicht und benutze es nicht zu sogenannten Vorhersagen, aber ich benutze es oft als Verbindungsglied zwischen mir und dem, der mich aufsucht. Es ist ein alter Glaube, dass niemand das Kartenspiel eines anderen handhaben oder aus ihm lesen soll. Ich habe mich daran gehalten.

dann wird es mir auch zugeflüstert.

V: Kannst du den Menschen sagen, wie lange sie leben werden?

B: Das kommt vor, aber ich will solche Fragen am liebsten nicht beantworten.

V: Wenn du Menschen zusammen siehst, kannst du dann sehen, ob die Beziehung hält oder nicht?

B: Ja, ich sehe Regenbogenfarben über den Leuten, die zusammen bleiben.

V: Was für eine Art Leute kommt zu dir?

B: Gewöhnliche, lebendige und interessierte Menschen aus allen Richtungen und allen Schichten, Männer und Frauen, inländische und ausländische, Kreaturen aller Völker.

V: Du sprichst nicht alle Sprachen.

B: Die ausländischen bringen einen Dolmetscher mit.

V: Hättest du irgendwann einmal gerne mit der Tätigkeit als Medium aufgehört?

B: Ja, natürlich hätte ich oft gerne aufhören wollen, aber ich muss zu meinem Versprechen stehen, und wegen dieses Versprechens erlaube ich dir, das Buch zu schreiben, so dass das völlig klar ist.

V: Ja, dieses Versprechen ist in meinem Sinn.

85. Ich bin ein großes Unschuldslamm

Es kommt also dazu, dass ich zur Behandlung in Silungapollur gehe, die AA-Kameraden passen auf die Mädchen auf, Hansi müht sich auf der Arbeit ab, und ich fühle mich gut. Ich nehme das Leben leicht, bekomme auch immer gute Nachrichten von zu Hause und bin daher ohne alle nagenden Gewissensbisse, die zu haben ich erwartet habe. Ich genieße den Aufenthalt in Silungapollur in der Tat ganz und gar, bin voll von Leben und Freude und ich bin das erste Mal allein, seit meine Zwillinge vor zwölf Jahren geboren wurden, wie schnell die Zeit vergeht, und ich erhebe wahrhaftig nicht die Hände dagegen, zur Nachbehandlung nach Sogn zu gehen, wo es mir nicht weniger gut geht, und dort stimme ich gerne zu, dass ich wahrscheinlich von Geburt an Alk gewesen bin, auch wenn es keine Geschichten in meiner Vergangenheit gibt, die dem Vergleich mit den abenteuerlichen, sogar unglaublichen Geschichten der meisten anderen standhalten. Verglichen mit dem Gesaufe vieler Kameraden kommt mir meine Sauferei in Wirklichkeit wie eine Art Flaschenkindsnuckeln vor und ich mir selbst daher wie das größte Unschuldslamm.
Mein Unterweiser ist sehr zufrieden mit mir und sagt, dass er sich aufhängen würde dafür, dass ich eine Person sei, die nie mehr trinken würde. Aber er hat es noch nicht getan, der Gesegnete, und tut es hoffentlich nie. Es ist selbstverständlich, dass mir die Behandlung natürlich nichts nützt. Wem nützt es auch, für jemand anderen in Behandlung zu gehen und ständig zu spüren, dass er selbst am wenigsten mit dem zu kämpfen hat, was unter die Behandlung fällt. Ich bin trotzdem zufrieden mit meiner Lage, fühle mich in der Behandlung wohl, habe also einen willkommenen Urlaub vom anstrengenden Lebenskampf.
Aber die Zeit vergeht schnell, der unerwartete Hausfrauenurlaub ist bald zu Ende, und Hansi holt seine Frau ab. Er hat sich in der Zwischenzeit gut gehalten, während ich weg war, völlig nüchtern, mein Engel, die ganze Zeit, und ich werde frisch und fröhlich und völlig gesund entlassen, und wir machen uns auf nach Hause, wo mich die Mädchen freudig empfangen.

- Wir sind so froh, dass du endlich wiedergekommen bist, Mama.

- Ich bin auch froh.
- Aber es ist trotzdem alles in guter Ordnung gewesen.
- Und euer Vater?
- Echt gut.
- Die Schule?
- Es läuft alles gut.
- Aber hätte ich vielleicht länger bleiben sollen?
- Nein, Mama, wir haben dich vermisst.

86. Die Täuschung spielt mit jedem ihrer Finger

Kurz nach der Heimkehr, als ich meinem Mann eine Menge von diversen guten Ratschlägen gegen den Fluch des Schnapses gegeben habe, die ich in Sogn gelernt habe - Ratschläge geben ist seliger als sie anzunehmen –, vertraut er mir an, dass die Dinge jetzt so ständen, dass er diesen Weg nicht zu gehen brauche. Er fühle sich gut, er könne sich selbst helfen und er fände in Wirklichkeit, dass die ganzen AA-Leute unter Selbstmitleid, Jammerei und unter Aufmerksamkeitssucht litten und dann einfach ständig Unsinn redeten.

- Lass uns einfach weiterhin wir sein. Wir sind Leute, die es mit den Problemen aufnehmen können, und das haben wir immer getan. Wir sollten andere nicht ständig an uns herumfummeln und sich in unser Leben einmischen lassen, und jetzt lass uns einfach das tun, wozu wir Lust haben und tüchtig feiern, dass du nach Hause gekommen bist, bald ist auch Ostern und ein guter Grund, sich vernünftig zu freuen.

Ich weiß nicht, warum ich nicht protestiere, natürlich bin ich in einiger Hinsicht seiner Meinung, natürlich gefallen mir seine Worte ganz gut, vielleicht ist es auch ungefährlich für uns, ein wenig Osterfeier nach der Trennung zu halten, so etwas soll schon vergekommen sein, unserem Versprechen zu vertrauen und eine fröhliche Zeit mit der Familie zu haben.

- Wir werden einfach Spaß haben, sagt er.
- Wir nehmen uns einfach in Acht.
- Natürlich.
- Wir haben das verdient, Bíbí.
- Wir müssen einfach vorsichtig sein.
- Natürlich, Schatz.

V: Im Kapitel über die Westmänner-Inseln fehlen alle Bilder, und so ist es mit weiteren Kapiteln des Buches. Weshalb ist das so?

B: Ich wohnte in Reyðarfjörður, und unser Haus brannte im Jahre 1999 mit dem ganzen Inventar ab, und darunter waren alle Bilder und Karten und Briefe, die mir wichtig waren.

V: Wie sind dann diese Bilder zustande gekommen, die im Buch sind?

B: Es gab einige, die mir geholfen haben, sowohl Freunde wie Verwandte, und die spätere Frau meines ersten Mannes, Erla Bára Jónsdóttir, sie kam einen Tag unerwartet mit vollen Händen.

V: Weshalb wolltest du nicht, dass ich Kontakt aufnehme zu Leuten, die dich als Medium aufgesucht haben?

B: Alles, was zwischen mir und ihnen geschieht, ist eine vertrauliche Angelegenheit, und wie ich dir zuvor gesagt habe, kann ich mich an nichts erinnern, was auf meinen Versammlungen geschieht. Diese Antwort steht.

V: Bist du Betrüger-Medium genannt worden?

B: Nicht soviel ich weiß.

V: Würdest du das traurig finden?

B: Nein, nein, ich würde das nicht traurig finden, weil ich kein Betrüger-Medium bin. Viele sagen, dass alle Medien insgesamt Betrüger und Schlawiner (ich bin das gewiss manchmal, aber in ganz anderer Bedeutung) seien, die versuchten, Geld von ihrem Nächsten zu bekommen oder ihn zum Narren zu halten. So etwas trifft auf mich nicht zu, ich versuche den Leuten zu zeigen, dass der heutige Tag kostbar ist, der einzige, der von Bedeutung ist, und

dass sie Möglichkeiten haben, sich einen Weg zu einem neuen Leben zu wählen, dass alle die Wahl in ihren Händen haben, dass es ein Leben nach diesem Leben gibt, dass Vergebung Bedingung eines glücklichen Lebens ist, dass die Vergangenheit vergangen ist und die Zukunft in Sichtweite. Wir sind es, die die Wahl am Morgen haben, wenn wir aufwachen. Die Gefühle sollen die Möglichkeit bekommen zu fließen, denn wenn wir uns nicht erlauben, da zu sein und uns selbst und anderen in die Augen zu blicken, dann schaffen wir eine Wolke in unserem Licht, und das Licht wird schwächer; je öfter wir unsere Gefühle verschließen, desto schwächer wird das Licht, und dann sind körperliche Erkrankungen nicht mehr weit entfernt. Die Medien, die mit Heilen arbeiten, sind keine Phänomene, aber ihre Tätigkeit, und darunter die meine, wird nicht in meinem Erdendasein erklärt werden können, genausowenig, wie es möglich sein wird, die Funktion aller Regionen des Gehirns zu klären, während ich hier bin. Daher muss ich betonen, dass ich auf keine Weise beweisen kann, dass ich ein Medium bin, an mich werden Informationen herangetragen, weil sie notwendig sind, aber sie werden nicht auf Bestellung an mich herangetragen; jeder Beweis für meinen Beruf ist sehr unrealistisch und zwecklos.
Mein Beruf ist auch kein wissenschaftlicher Beruf, es ist ein imaginärer Hilfsberuf, und ich gebe mich ganz da hinein, weil ich es kann. Ein guter Vers wird nie zu oft aufgesagt.

Doch, die Täuschung spielt mit jedem ihrer Finger, und alle Stimmen der Vernunft sind völlig erstorben, als wir los in den Laden schlendern und Osterspeisen kaufen, Alkohol, Lamm und Ostereier für die Mädchen. Und man muss nicht nach den Schuldigen fragen, dass die Feierei entsetzlich endet und ich mit einem Schädelbruch ins Krankenhaus auf den Inseln transportiert werde, wo mir nahegelegt wird, nachdem meine Wunden behandelt worden sind und ich zu Bewusstsein gekommen bin, meinen Mann wegen eines Mordversuchs anzuzeigen.

- Ich zeige meinen Mann nicht an.

- Du musst das tun.

- Das kommt nicht in Frage.

- Du bist verpflichtet, das zu tun.

- Ich bin nicht weniger schuld als er.

- Das ist egal.

- Ich bin nicht besser als er, wenn nicht schlechter.

- Das ist auch egal.

- Ich hätte es besser wissen sollen.

- Du musst den Mann anzeigen.

- Das kommt nicht in Frage, ich werde ihn nie anzeigen.

Nun, in einer schlechteren Lage kann man kaum sein. Welch ein Treibsand an Täuschung und Erniedrigung, und uns wird beiden befohlen, eine Entziehungskur zu machen, dem könnten wir uns unter keinen Umständen entziehen, und ich müsse auch gehen, wenn ich schon nicht Anzeige erstatten wolle. Aber man zeigt seinen Mann nicht an, nicht ich, die weiß, dass er nicht wusste, was er tat. Ich weigere mich auch entschieden, wie entschlossen ich sein konnte, mich irgendeinem Entziehungsurteil zu beugen, bevor ich meine Mädchen nicht in einem sicheren Hafen untergebracht habe. Das ist nun auch das Mindeste, was ich tun kann, und das Mindeste, wozu ich wohl Erlaubnis bekommen werde, es zu tun, auch wenn die Lage grausam ist.

- Du kannst das tun, aber du beeilst dich.

- Ich werde mich beeilen, sage ich und denke gleichzeitig an meine Lage; das sind keine gewichtigen Gedanken, eher Gedanken im Nebelschleier, die sowohl von Verzweiflung wie Selbstmitleid gefärbt sind, wo ich selbst die Hauptsache bin. Was für eine Mutter bin ich? Wie bin ich eigentlich zu dem wasserdurchlässigen Treibgut geworden, dass ich nicht einmal meinen Kindern den Halt geben kann, der mir immer so im Sinn gewesen ist? Ich muss an meine eigene Mutter denken, und ihre Geschichte drängt sich mir ständig mehr auf, auch wenn in ihr nie Schnaps vorgekommen ist.

Aber es taugt kein Gejammer, denn so stehen die Dinge: Bíbí Ólafsdóttir ist jetzt eine unglaublich vom Unglück verfolgte Frau. Ich werde dem wohl in die Augen sehen müssen, dass nur eine vom Unglück verfolgte Frau ihre Kinder wegschicken muss wegen des trostlosen Lebens, das sie ihnen angeboten hat.

- Vergebt mir, meine Mädchen, vergebt eurer Mutter, das wird nie wieder vorkommen, sage ich und bringe sie unter. Þóra geht in den Skagafjörður, Sigga nach Króksfjarðarnes und die kleine Maggý aufs Land zu einer Frau, bei der Hansi war, als er ein Junge war.

- Ich komme und hole euch so schnell, wie ich kann.

87. Eine furchtbar zornige Trauerfigur mit Schweinskopf

Es schwebt eine schwere Wolke über uns allen, eine Unwetterwolke, die Hansi und ich selbst an den Himmel geblasen haben. Aber ich habe nicht vor aufzugeben, ich werde auf irgendeine Weise einen unbewölkten Fleck finden, und eins ist sicher, ich habe nicht vor, mehr Zeit mit Sigurhans Hlynsson zu verschwenden, unsere Wege werden in Zukunft nicht mehr zusammen liegen, er geht seinen Weg, es geht mich nichts an, wohin er führt, und ich gehe meinen Weg, wohin er auch führen mag.

- Pack deine Angelegenheiten jetzt richtig an, Bíbí, ändere nicht deine Meinung, flüstert meine sehr treue Freundin, und wenn ich einen gesunden Gedanken besitze, dann ist es zumindest meine Absicht, das zu tun.

Die geschwollene Trauerfigur mit doppeltem Kopf wird ins Flugzeug begleitet, ich biete nun keinen erbaulichen Anblick, und auf dem Weg zum Flughafen denkt sie darüber nach abzuhauen, aber sie kommt nicht weit, denn eine stattliche Frau empfängt sie, die sie nach Vífilsstaðir begleitet, wo sie ein Zimmer für sich alleine bekommt, sie soll allein sein und ganz für sich. Und als sie sich in ihrem Zimmer hinsetzt, wird sie von so ungeheurem Zorn erfüllt wie nie zuvor, sie spürt, dass es sie buchstäblich entzweireißt vor Zorn auf sich selbst und den Mann, der sie nicht länger etwas angeht.

Die Gedanken überschlagen sich;

Ich bin eine unfähige Frau und Mutter
und alle meine Visionen und all mein Stimmengewirr sind nichts anderes als Geisteskrankheit,
und ich bin ein Jammerlappen und ein Esel und absolut unverbesserlich,
und Gott ist mir genauso fern wie die Liebe und das Verständnis und die Zärtlichkeit,
und ich, die sich abgemüht hat, anderen Licht zu senden,
was für ein Leben habe ich eigentlich,
was für ein beschissenes Leben ist das?

V: Hast du irgendwann das Gefühl gehabt, wirklich geisteskrank zu sein?
B: Ja, oft.
V: Wann am meisten?
B: Wenn ich die Sicht auf die Werte des Lebens verloren habe.
V: Was meinst du?
B: Wenn ich die Prüfungen nicht bestanden habe, die mir auferlegt wurden.
V: Was für Prüfungen?
B: Nicht wie ein Schwächling zu zerbrechen, wenn etwas Unvorhergesehenes dazwischenkommt.
V: Ist das Leben dann eine Schule?
B: Und ob es das ist, da braucht es nun kaum mich, um das zu erkennen.
V: Stellst du nicht zu hohe Forderungen an dich selbst?
B: Nein, das habe ich nie getan.

Und ich gehe in den Speisesaal. Ich möchte natürlich unsichtbar sein mit meinem wahrhaftigen Schweinskopf, aber ich strecke mich trotzdem nach der Kanne, ich will Kaffee und eine Zigarette. Ich nehme mir Kaffee und sehe aus dem Augenwinkel einen Mann mit Pfeife, und ihm fehlt ein Finger. Der Mann ist höflich und grüßt mich.

- Guten Tag, ich heiße Hugi.

Guten Tag, was? Was zum Teufel grüßt mich dieser Männersatan und wünscht mir guten Tag, und was zum Teufel geht mich das an, wie er heißt, Hugi was? Ich mache nicht viel Federlesens und schmeiße ihm meine Kaffeetasse entgegen, sie landet auf der Wand über ihm und zerbricht in tausend Stücke. Nicht gerade mir zu verdanken, dass der völlig unschuldige Mann schnell genug ist und sich wegduckt und nichts von der Geisteskrankheit des Weibsbildes versteht.

- Ich habe ihr nur guten Tag gewünscht.

Und das zornige Weib stürzt hinauf in sein Zimmer und schmeißt die Tür hinter sich zu.

- Guten Tag, was zum Teufel meint dieser fingerlose Mannshund?

Aber ich muss mich zusammenreißen und gehe in die Gruppe. Das Unwesen muss Pflichten gehorchen, und eine davon ist, die Gruppenversammlungen zu besuchen. Um die Gruppe kümmert sich eine sehr schmale Frau in chinesischen Schuhen, die wie ein riesiger Hecktrawler raucht. Ich versuche mich zu beherrschen, muss gehorchen, um hier rauszukommen, muss richtig spielen, um von hier fortzukommen. Ich wähle mir einen Sitz in der Ecke, schaue mich um, die Narren kommen einer nach dem anderen herein, und die Frau in den chinesischen Schuhen nennt mich ihre Blume, ihr Licht, ihr schüchternes Licht. Sie versucht mit mir übertrieben liebenswürdig zu sprechen, versucht mich dazu zu bekommen, die Botschaft anzunehmen. Aber ich kann nichts antworten und nichts reden. Der Zorn verhindert, dass die Erfahrung und Hilfsbereitschaft anderer mir nutzen. Ich schweige und denke Böses, will nur weggehen, Reißaus nehmen; komme dann auf die Idee, Mutter anzurufen, die natürlich glaubt, dass ich mich um die Arbeit und den Haushalt auf den Inseln kümmere.

- Ich bin in Vífilsstaðir, Mutter.
- Was machst du dort?
- Ich bin jetzt in einem Heim für Säufer.
- Was sagst du?
- Du hörst recht, ich bin jetzt in einem Heim für Säufer.

- Schäm dich und mach dich da fort, du bist nie eine Säuferin gewesen.

- Ich wollte nur von mir hören lassen.

- Lass nicht zu, dass deine Familie sich für dich schämen muss, sagt þóra Guðrún, und ich lege auf. Ich brauche nicht länger mit ihr zu sprechen, sie hat das gesagt, was ich natürlich im tiefsten Innern hören wollte, ich bin und bin immer ein hoffnungsloser Fall gewesen.

Aber allmählich werden meine Gedanken klarer, ich weise dem Zorn den Weg aller irdischen Dinge, und es befällt mich eine tiefe und schwere Hoffnungslosigkeit, die sehr gut genährt wird, obwohl Jóhannes Bergsveinsson, der gute Mann, zu mir sagt, dass ich keine Alkoholikerin sei. Meine Probleme seien von anderer Art und sicherlich mit Sexualität verbunden, aber sie könne man auch auf andere Art lösen. Nach seiner Einschätzung sei ich vollkommen in der Lage, mich um mich selbst zu kümmern, und ich solle mir nur so schnell wie möglich eine Wohnung suchen und mich um meine Kinder kümmern.

Anstatt erfreut auf die guten Nachrichten zu reagieren und sofort loszugehen auf die Suche nach einem besseren Leben, lasse ich die Hoffnungslosigkeit bestimmen. Ich gehe trotzdem hinaus unter einem positiven Vorwand, rufe meinen alten Arzt in Kópavogur an und sage ihm, dass meine Wege nicht eben sind, ich bräuchte Pillen, um schlafen zu können, und etwas zur Beruhigung, um wachen zu können. Und wegen seiner Güte und dem Vertrauen, das er dieser vom Unglück verfolgten Frau entgegenbringt, schreibt er das für mich auf, worum ich bitte. Er schickt die Medikamente in die Kópavogur-Apotheke, wo ich sie abhole und danach wieder nach Vífilsstaðir rase. Ich gehe den direktesten Weg in mein Zimmer, verbarrikadiere die Tür mit einem Stuhl, lese einige beruhigende Worte aus der Bibel, schreibe dann einen Brief und bitte die Leute um Entschuldigung für mein nichtswürdiges Leben. Ich nehme eine Hand voll Pillen, führe sie hinauf zum Mund, aber da geschieht etwas, und dieses etwas spielt wahrhaftig eine Rolle. Ich gefriere und kann mich nicht bewegen, genauso wenig wie eine Skulptur auf der Wiese. Ich spüre eine gewaltige Kraft, und ein weißer Schein ergießt sich über mich, und ich sehe mein Leben auf einer Lein-

wand vorbeiziehen, und ich schaue zu.
Ich sehe eine Frau, die in diesem Moment dabei ist, ihre Zukunft zu vernichten, nur um der Verantwortung zu entfliehen.
Ich sehe das Leben im Zusammenhang, Mutter und ihr Leben, meine Mädchen und ihr Leben.
Ich sehe ein riesiges Zahnrad und ein zweites kleineres außen herum. Und noch eins und noch eins. Ich sehe, dass jeder einzelne Zahn aller dieser Räder einen Zweck und eine Bedeutung hat.

Ich sitze im weißen Schein und sehe das alles.
Und komme zu mir mit der Hand voller Pillen
Und ich weine über mich selbst
Und die Hoffnungslosigkeit,
Und langsam werde ich leicht und voll von Freude
Und Dankbarkeit.

Mir ist es möglich gemacht worden zu sehen, dass jedes einzelne Sandkorn von Bedeutung ist, jedes Samenkorn, jedes kleinste Körnchen. Ich bedeute etwas, und es ist meine Aufgabe, meinen Sinn zu finden, es ist nicht meine Aufgabe, den Gang der Natur zu zerreißen. Jeder Tag ist von Bedeutung, jeder Gedanke, jeder Atemzug, alle sind gleichviel wert, und die Gesamtheit bedeutet alles.

88. Ich weiß genau, was ich will

Es ist eine Zeitenwende in meinem Leben eingetreten. Meine Augen haben sich geöffnet, und ich bin entschlossen, sie offen zu halten, keine Blindheit länger, danke. Ich spüle die Pillen in der Toilette hinunter, trinke Wasser und spüre seine reinigende Wirkung. Ich spüre wahrhaftigen Frieden, und ich schaue zum Fenster hinaus, sehe in der Ferne Storchenschnabel, beschließe Storchenschnabel zu pflücken, in eine Vase zu stellen und bei mir im Zimmer zu haben. Ich lächele, ich bin glücklich, es kommt mir vor, als ob ich alles kann. Es ist gewissermaßen,

als ob ich wiedergeboren wäre dort, ja, mir kommt es ein wenig so vor, als ob ich zu neuen Taten wiedergeboren sei, wie es irgendwo steht.
Ich bin jetzt auch entschlossen. Ich habe vor, mich von meinem Mann scheiden zu lassen – gehe in Frieden, mein Hansi – und meinen Mädchen die Mutter zu sein, die ich sein will, gut, verständnisvoll und voller Liebe und Wärme.

Das Leben ist eine Gelegenheit, ergreife sie.
Das Leben ist Schönheit, bewundere sie.
Das Leben ist ein Geschenk, genieße es.
Das Leben ist ein Traum, lass ihn Wirklichkeit werden.
Das Leben ist eine Herausforderung, nimm sie an.
Das Leben ist eine Pflicht, erfülle sie.
Das Leben ist ein Spiel, spiele es.
Das Leben ist kostbar, beschütze es.
Das Leben ist ein Reichtum, bewahre ihn.
Das Leben ist Liebe, gib dich in ihre Gewalt.
Das Leben ist ein Versprechen, lass es in Erfüllung gehen.
Das Leben ist Trauer, besiege sie.
Das Leben ist Gesang, singe ihn.
Die Gaben des Lebens - Mutter Theresa

Ich habe immer gefunden, dass diese Worte von Mutter Theresa mehr sagen als lange Bücher, die detailiert von Seelenhilfe und Selbsthilfe handeln. Nachdem ich mir den Wahrheitsgehalt dieser Sätze bewusst gemacht hatte, kam mir das Leben viel einfacher und fröhlicher vor; manchmal finde ich, dass ich mir die Dinge ziemlich spät klargemacht habe, aber dann tröste ich mich damit, dass spät besser ist als nie.
Das ist keine kleine Entscheidung, alles ist verändert, und ich gehe singend vor Freude die Treppe hinunter zur Gruppe, und die erste Person, die ich sehe, ist Margrét Blöndal, die Wohlwollende in den chinesischen Schuhen. Sie fragt verwundert, ob mir etwas passiert sei, ich sei völlig verändert.

- Mir geht es einfach gut, sage ich und schaue mich in der Gruppe um. Plötzlich sind die Narren verschwunden, und ich sehe wunderbare Menschen, die mit ihren Problemen kämpfen. Ich höre zu, lerne, spreche selbst, und ich erzähle von meinem Leben, gemäß meiner Erfahrung. Es ist, als ob alle Schüchternheit von mir genommen sei, die Machtlosigkeit scheint völlig verschwunden, und Margrét fragt:

- Hast du keinen Mann, Bíbí, du hast ihn nicht erwähnt?
- Ich habe einen Mann.
- Willst du uns nicht von ihm erzählen?
- Doch, ich habe einen Mann dem Namen nach, er ist in Staðarfell, um seine Probleme anzugehen, und ich wünsche ihm alles Gute, aber unsere Ehe ist zu Ende, wir haben keinen gemeinsamen Weg mehr, antworte ich und bin froh, meine Ansicht und Überzeugung zu sagen.

Ich weiß, was ich will, und ich habe es lange gewusst.

Die Tage vergehen und eine Woche nach der anderen, und schließlich befolge ich den Rat von Jóhannes Bergsveinsson, der meinen Zustand und meine Fortschritte ständig verfolgt. Er hat wirkliches Interesse an meinem Zustand, schließlich liegt ihm das Wohlergehen seiner Patienten am Herzen, und ich werde ihm immer dankbar sein. Ich erzähle ihm auch sofort davon, als ich eine Heimstätte finde, von der ich fest entschlossen bin, sie zu der meinen zu machen. Ich finde das Haus Elliði an der Straße Nesvegur auf der Halbinsel Seltjarnarnes. Es ist ein großes Haus, das renoviert werden muss, die Umgebung unten am Meer ist wunderbar. Ich spreche mit dem Besitzer und erzähle ihm von meinem Vorhaben. Er ist ein liebenswürdiger Mann, der nichts dagegen hat, dass ich das Haus bekomme, sofern ich es renoviere, so dass es der Umgebung nicht zur Schande gerate, und ich mich auf die Bedingungen einlasse, die er setzt.

Mir sind alle Wege gangbar, und ich bin fest entschlossen, das zu tun, was ich kann. Ich bin entschlossen, in diesem Haus am Meer das zu nutzen, was mir gewährt wurde, und anderen Menschen bei der Selbsthilfe zu helfen. Mir ist geholfen worden. Es ist jetzt an mir, etwas zurückzugeben.

Ich sehe meine Mädchen vor mir auf der Wiese spielen, und ich höre sie rufen:

- Das ist genau hier, wo wir zu Hause sein wollen, Mama, hier wird alles gut.

Und mir wird gezeigt, dass ich den Nagel auf den Kopf getroffen habe, den Nagel, der mich eine Spanne näher an den Sinn meines Lebens bringen wird.

Ich bin also überglücklich. Aber als ich nach Vífilsstaðir komme, um reinen Tisch zu machen und von meinem Vorhaben zu erzählen, sehe ich da nicht, wie Sigurhans Hlynsson bei Margrét sitzt und leise mit ihr spricht. Sie hat ihn zu einem Treffen bestellt, um unsere Angelegenheiten zu klären. Ich erschrecke, aber da der Tagesplan vorgibt, dass wir zusammen sprechen, weiche ich nicht aus und trotz früherer Schwüre spüre ich in mir ein Verlangen, zu retten, was zu retten ist, was ich doch immer noch für eine Träumerin sein kann!

Mein Hansi ist auch schön, fein und völlig trocken nach einer strengen Behandlung. Er ist in der Tat ein ganz anderer Mensch und ähnelt dem frohen und guten Helden, den ich vor langem kennen gelernt hatte. Er beschreibt in vielen schönen Worten, dass er mich immer geliebt habe und er sein Tun bedauere, er sähe jetzt alles in einem neuen Licht, sähe sich selbst in einem neuen und anderen Licht, sich selbst und mich auch, er wolle alles tun, um ein zweites Leben mit mir und den Mädchen zu bekommen.

Und um eine lange Geschichte kurz zu machen, es kommt dazu, dass wir uns noch einmal zusammentun. Aber jetzt stelle ich eine Bedingung, die steht: Er bleibt trocken, und Alkohol wird nie und unter keinen Umständen zur Hand sein in Elliði, das nicht nur unser Zuhause werden wird, sondern auch das derer, die bei uns wohnen wollen, während sie ihr Leben auf die Reihe bringen nach ähnlichen Schwierigkeiten wie denen, mit denen wir selbst zu kämpfen hatten.

Mein Mann lässt sich darauf ein, und wir versprechen einander Vertrauen und beschließen, dass unsere Beziehung in Zukunft aufrichtig und wunderbar werden soll. Keiner von uns zweifelt daran, dass wir das Richtige tun. Wir sind beide froh und bereit, es mit einer neuen Zukunft an einem neuen Ort aufzunehmen.

89. Ich bin offen, demütig und glücklich

Unter diesen Voraussetzungen entsteht das Therapieheim Elliði und in der Tat läuft alles wie im Märchen. Wir renovieren das Haus, streichen, säubern, tauschen das Dach aus und machen Elliði zu einem kleinen Palast, das finden wir zumindest. Meine Mädchen kommen in den Palast und jede hat ein eigenes Zimmer – das ist unheimlich toll, Mama. Hansi bekommt Arbeit als Lastwagenfahrer, zuerst einmal, aber später fängt er bei der Heißwasserversorgung an. Er arbeitet viel und erwirtschaftet auch viel Geld und dieses Mal wird es gut aufbewahrt. Ich fange an, Leute zu empfangen, die mir Margrét Blöndal von Vífilsstaðir schickt.

Die Hausregeln werden in jeder Hinsicht geachtet – kein Alkohol, keine Drogen –, und die Leute kommen zu uns, um sich auf ein selbständiges Leben vorzubereiten und melden Elliði als ihren festen Wohnsitz. Bei uns wohnen alle möglichen Leute, und es sind nie weniger als sieben auf einmal im Haus. Die Leute gehen zur Arbeit oder zur Schule und kämpfen weiter damit, sich auf die richtige Bahn zu bringen. Ich wasche für die Mannschaft, die für sich selbst in einer gemeinsamen Küche in der oberen Etage kocht. Ich spreche auch mit den Leuten, sowohl allein als in Gruppen, und besorge denen, die es brauchen, in Absprache mit dem Sozialamt Arbeit. Alle haben ihre eigenen Schlüssel und kommen und gehen, wie sie wollen, nüchtern natürlich und bei klarem Bewusstsein.

Wir sind wie eine große Familie mit gemeinsamen Interessen und Zielen. Was kann auch besser im Leben sein als jeden einzelnen Tag nüchtern zu sein mit guten Leuten, die die gleichen Ansichten über das Leben haben wie man selbst, ein ehrliches und schönes Leben zu leben?

- Das ist genau so, wie das Leben sein soll, Bíbí, sagt Kolbrún, und sicher ist, dass meine Sensibilität auf Elliði stark zunimmt. Ich sehe und höre, und jetzt dient das einem Zweck, ich bekomme Ratschläge, meine Leute betreffend, darüber, wie es am besten sei, ihnen zu helfen, und oft ist Margrét erstaunt darüber, wie ich dieses und jenes über diesen und jenen Menschen wissen kann, etwas wissen, auch wenn ich keine Voraussetzung habe, es zu wissen. Ich sage, dass ich ihr das nicht sagen kann, aber dass sie mir vertrauen könne und dem, wovon ich Kenntnis bekomme. Mir sei das gegeben, und ich würde vorsichtig damit umgehen, was mir anvertraut werde. Sie tut das, und das ist gut. Und es ist nicht weniger wichtig, dass ich mich immer mehr mit der Sensibilität und der Hellsichtigkeit zufrieden gebe. Ich schäme mich nicht länger, obwohl ich nicht darüber rede und nie öffentlich damit herumposaune. Ich genieße es einfach, mit beidem auf positive Art arbeiten zu können, und ich weiß, dass mir das bestimmt ist – eine Zeitlang zumindest.

Es ist in der Tat so, als ob alle zuvor geschlossenen Fenster geöffnet wären, und der Grund ist ganz einfach. Ich bin selbst offen und demütig, und ich bin glücklich und froh und lasse Hansi wahrlich davon wissen.

- Der Regen ist wunderbar, mein Hansi, und das Leben ist schön und wir haben unseren Anteil daran, du wirst schon sehen.

Tatsächlich habe ich das Gefühl, dass ich alles könne. Ich gehe in die Schule, lerne technisches Zeichnen und nehme Übungsstunden im Fahren, denn ich war lange nicht gefahren, und Reykjavík hatte sich während meiner Abwesenheit gewaltig vergrößert. Ich spüre vermehrte Freiheit dadurch, selbst zu fahren, und will die Mädchen in die Schule bringen können und dorthin, wo sie jedesmal hin müssen. Ich lege auch einen Garten rund um Elliði herum an, einen Garten mit Blumen und Bäumen, der meinem Garten in der Oddagata in Akureyri ähnelt. Ja, ich bin einfach stolz, habe eine gute Bildung, gute Arbeit, habe ein sinnreiches Leben, gute Mädchen und einen lieben Mann, und ich genieße es, am Strand zu stehen und die Meeresluft einzuatmen. Ich stehe dort manchmal allein, aber öfter mit Þóra, Sigga und Maggý, die mir alle drei hilfreich sind, es macht nämlich einen Unterschied, drei Mädchen zu haben, und sie sind lustig, und ich glaube, dass ich Maggý nie vergesse, immer so erfinderisch, die Maggý, wie sie in der Bushaltestelle auf einem Karton steht und eine Rede hält, steht dort, das kleine Weiblein, auf dem Karton, und sie macht einen imponierenden Eindruck.

Es ist Frühling, und die Wahlen zum Gemeindeparlament stehen bevor, und man lässt mich von dem Mädchen auf dem Karton wissen, das eine Spardose vor sich hat und die Leute bittet, Geld zu spenden; gebt unbedingt Geld. Ja, dort steht meine Tochter im siebten Jahr, schmutzig im Gesicht mit zerzausten Haaren, und versucht Geld von den Leuten zu kassieren. Das gefällt mir nicht.

- Was tust du, komm sofort nach Hause!
- Ich habe keine Zeit dazu, Mama.
- Du darfst nicht um Geld betteln, hörst du!
- Das tue ich nicht.
- Was tust du dann?
- Ich sammle Geld für die alten Leute, weil niemand an sie denkt, und ich habe Erlaubnis vom Rocker-Sæmur - [der ein sehr beliebter Polizist in Rekyjavík war und als Rock-Tänzer auftrat] – bekommen, und er ist die Polizei, und er ist es, der bestimmt, so dass du mir nicht verbieten kannst, was ich tun darf, du bist keine Polizei, Mama.

Nein, ich kann ihr das nicht verbieten und auch nicht, als sie zusammenpackt und mit der Spardose ins Altersheim Grund schlendert.

- Weil sich die alten Leute dann vielleicht eine Kleinigkeit kaufen können, Mama.

Meine Maggý ist durch und durch gut und ist es immer gewesen und es ist mir völlig unmöglich, sie zu schimpfen, aber natürlich versuche ich, ihr zuzureden.

- Du darfst nicht weit vom Haus weggehen, meine Maggý, und dich keinesfalls am Strand herumtreiben, ich will immer wissen, wo du bist, und wenn ich nicht zu Hause bin, dann musst du deinen Schwestern gehorchen, sie wissen, was sie sagen, und ich vertraue ihnen, sage ich.

- Mach dir keine Sorgen um mich, meine Mama, sagt Maggý, die ihre eigenen Wege geht, sich in der Umgebung wie in ihrer eigenen Handfläche auskennt, und einmal bei einer Frau auf der Halbinsel klopft und diese bittet, ihr alle Haare abzuschneiden, was die Frau tut, und das Mädchen, das dieses schöne Haar hat, kommt mit einem Bubenkopf nach Hause.

- Ich musste das tun, Mama, weil du mir die Haare nicht schneiden wolltest, weil du dich nicht überwinden konntest, es selbst zu tun.

Ja, meine Maggý weiß sich selbst zu helfen, und eines Tages verschwindet sie, und wir finden sie nicht, wie wir auch suchen, aber das Herz wird leichter, als ihre Großmutter und Namensschwester von Bugðulækur anruft und sagt, dass ein Mädchen zu ihr gekommen ist, alleine mit dem Bus.

- Weil ich so gerne mal zu dir schauen wollte, meine Oma.

90. Glaubst du vielleicht, dass du Jesus Christus bist?

Die Zeit vergeht mit Spiel und Arbeit und Glück, aber plötzlich spüre ich, dass meine Brüste ungewöhnlich geschwollen sind, wahrscheinlich habe ich mich bei der Gartenarbeit überanstrengt. Aber es schadet nicht, zum Arzt zu schauen und nachzusehen, ob sich in ihnen Krebs versteckt, und wenn es so ist, dann müssen sie abgenommen werden, eine verantwortungsvolle Person denkt an ihren Körper, und die verantwortungsvolle Person eilt zum Arzt, und ich werde dann noch einmal als schwanger diagnostiziert, trotz der gewissenhaften Einnahme der Pille.

Ja, ich bin schwanger und im sechsten Monat – wie kann einem so etwas nur entgehen –, und Anfang August werde ich zur Bestätigung zum Ultraschall geschickt, und jetzt beherrschen die Leute alle Geräte besser als damals, als meine Maggý als arm- und beinloser Junge diagnostiziert wurde. Es bestätigt sich also hier und jetzt, dass jene Verantwortungsbewusste einen Jungen trägt, der im Oktober zu erwarten ist; ich wundere mich ehrlich gesagt, weder Licht noch Brausen im Bauch wahrgenommen zu haben, aber die Tatsachen sprechen ihre Sprache.

Und als der Arzt sagt, dass er die Schwangerschaft überwachen will, halte ich das für unnötig. Ich sehe, dass dieses Mal alles in Ordnung sein wird, weiß, dass dieser Junge zu mir kommen wird, um zu bleiben, und ich bin froh und fange an, eine Wiege aus weißem Nylongarn zu knüpfen. Ich bereite das Kommen eines Jungen vor, der Stellvertreter zweier anderer wird, und fertige für ihn eine Königswiege an, jetzt soll alles vorbildlich sein, genug Platz in Haus und Herz und helle Zeiten voraus für ein kleines Kind.

- Jetzt wird alles in Ordnung, sagen þóra und Sigga, die sich an andere Zeiten erinnern.

- Ich babysitte, sagt Maggý, und davon bin ich natürlich überzeugt, und ich kann gefahrlos sagen, dass es fröhlich zugeht im Therapieheim Elliði an jenem Augusttag, als ich mit den Nachrichten nach Hause komme:

- Wir bekommen im Oktober einen neuen Heimbewohner ins Haus.

Zur selben Zeit, als ich die Schwangerschaftsnachrichten bekomme, besuche ich Mutter, die zu diesem Zeitpunkt kaum noch aus dem Haus geht. Sie ist sehr krank in den Beinen und hat es schwer mit dem Gehen, aber lässt sich auf kleine Bewegungen ein, auch wenn sie langsam vorwärtskommt, aber jetzt sagt sie, dass sie völlig damit aufgehört hat, schließlich habe sie einen Grund dazu. Denn kürzlich hätte sie beschlossen, von Austurgerði hinaus auf die Straße Kársnesbraut zu gehen, um sich Garn zu kaufen, Mutter ist immer interessiert am Häkeln.
Sie erzählt mir, dass sie dabei auf dem Heimweg Krämpfe in den Beinen bekam und sich nicht mehr rühren konnte und genötigt war, an der Straße zu sitzen und auf die Autos zu starren, die vorbeibrausten. Wendet sich da nicht ein Polizist zu ihr, stellt sie barsch zur Rede und denkt, dass sie, þóra Guðrún Friðriksdóttir, die nie Alkohol trinkt, besoffen in der Öffentlichkeit sei.
Es ist nicht nötig, zu erwähnen, dass sie nach solch einer Erniedrigung beschließt, dass es für sie am besten ist, auf dem eigenen Grund zu bleiben und sich nicht von ihm weg zu bewegen, außer wenn es ums nackte Leben ginge.
Der Garten ist ihr Aufenthaltsort, und dort verbringt sie alle Zeit.

Mir ist dieser Besuch bei Mutter so im Gedächtnis geblieben, weil es da zum ersten Mal passiert, dass ich ihr auf dem Kopf herumtanze, sofern man das bei einer dreißigjährigen Frau so ausdrücken kann. Sie ist also ziemlich übellaunig an jenem Tag und hält recht wenig von meiner Tätigkeit, und sie findet die Leute im Haus eine Schande. Sie sagt, dass es ihr nämlich zu Ohren gekommen sei, dass bei mir ein schlechter Mann wohne, ein völlig verteufelter Jammerlappen.

- Und was tust du, Bíbí, du ziehst dieses Gelump aus der Gosse und lässt es mit deinen Kindern verkehren.
- Misch dich nicht in das ein, was dich nichts angeht.
- Wie sprichst du mit deiner eigenen Mutter?
- Wenn du solch eine Meinung von den Leuten hast, dann behalte sie für dich.
- Ja, hier.
- In meinem Haus sind alle gut und alle gleich, und für dich wäre es am besten, nach der eigenen Erfahrung zu urteilen und nicht wie ein Hund dem Getratsche nachzurennen.

- Du bist offensichtlich schwanger, sagt da Mutter, die immer der Schwangerschaft die Schuld an allem geben will, was ihr nicht gefällt, gerade als ob eine schwangere Frau krank sei und nicht gesund.

- Du glaubst das, antworte ich, und da schlägt sie mich mit der flachen Hand auf die Wange, und ich biete ihr gleichzeitig die andere Wange.

- Glaubst du, dass du jetzt Jesus Christus bist, oder was? sagt sie.

- Du kannst mich nennen, wie du willst, antworte ich und verabschiede mich, und in der Tat treffen wir uns den Rest der Schwangerschaft nicht, und das ist gut so. Ich beschließe, ihr den nächsten Schritt zu überlassen. Ich bin durchaus imstande, darauf zu warten, dass sie von aller Beleidigtheit ablässt und Kontakt aufnimmt, wenn ihr das gefällt, ich habe nicht vor, ihr den kalten Schauder der Vorurteile wegzuschmeicheln.

Und dann geschieht es zum ersten Mal, dass ich im Landesspital am 18. Oktober 1982 einen gesunden, kleinen Jungen bekomme, und es ist strahlende Sonne; was ich für eine Glücksperson bin, und ich bitte um Rückenmarksnarkose, so dass ich zuschauen darf, wenn er das Licht erblickt. Der Junge wird mit einem Kaiserschnitt geholt, und als der

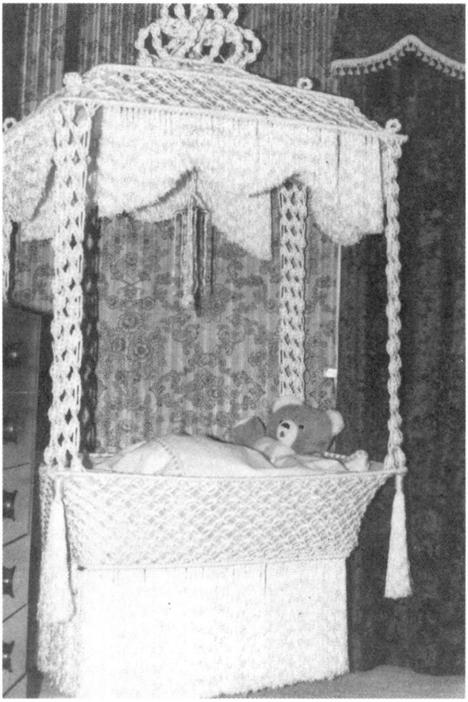

Ich knüpfe eine Wiege, die die Ankunft eines kleinen Jungen erwartet, eine Königswiege soll er bekommen.

Arzt ihn hochhebt, ist der Kurze kräftig und pisst aus Dankbarkeit direkt ins Gesicht seines Lebensspenders. Ich weine einfach vor Glück, als ich diesen goldschönen Jungen in die Arme bekomme, und es freut mich nicht weniger zu sehen, wie glücklich Hansi ist.

- Komm hier zu Papa, mein Junge.

Und wir gehen heim nach Elliði, und es dauert nicht lange, bis ich spüre, dass der kleine Prinz besonders aufgeweckt und aufmerksam ist und sich zu guten Leuten hingezogen fühlt, nicht zuletzt zu dem schrecklichen Mann, wegen dem meine Mutter mir Vorwürfe machte, weil ich ihn beherbergte.

Es herrscht schönes Wetter, mein Sohn ist schon drei Monate alt, da läutet die Türglocke, und draußen steht meine Mutter, in einem roten Mantel mit ihrer schwarzen Geldbörse in den Händen, verlegen, klein und schmal, und schaut schweigend auf mich.

- Willkommen, sage ich.
- Darf ich das Taxi wegfahren lassen?
- Natürlich.

- Ich möchte gerne das Kind sehen, Bíbí, sagt sie, geht hinaus und bezahlt den Wagen, klopft dann an die Tür, eine höfliche Frau klopft immer an die Tür, und ich bitte sie hereinzukommen, ich sei drinnen ganz hinten mit dem Jungen, um ihm die Windeln zu wechseln. Sie tut, wie ich ihr sage, und geht zur Wiege, macht sogar viele Worte über ihre Schönheit und die Kunstfertigkeit, blickt dann den Jungen intensiv an, schaut lange und sagt dann:

- Ja, ich wusste es, jetzt weißt du, was du hast.
- Was meinst du?
- Dieser Junge hat deine Augen.
- Ist das nicht in Ordnung?
- Jetzt musst du durch dasselbe gehen, wie ich es musste.
- Ja ja, ja.
- Und das ist nämlich kein Spaß, Bíbí.
- Was ist so furchtbar daran?
- Es ist einfach nicht gut, für nichts und niemanden.
- Ich sehe keinen Grund, mir darüber Sorgen zu machen, für mich hat es sich am besten erwiesen, einfach ich selbst zu sein und damit zufrieden zu sein.
- Ja ja, Gute.
- Und auch wenn mich manche für seltsam halten, macht das nichts, das einzige, was eine Rolle spielt, ist, zufrieden zu leben, Mutter, und sich so zu geben, wie man ist.

- Das ist dann eben so, sagt meine Mutter, und gleichzeitig, als sie anfängt, die Gardinen zu bewundern, die ich gerade genäht habe, es ist seltsam, all dieses Lob zu hören, kommt ein Bewohner des Hauses herein, grüßt sie liebevoll und mit Handschlag, stellt sich vor und fragt, ob er die Waschmaschine beladen darf.

- Natürlich, antworte ich und lächle, als ich Mutter ihn anstarren

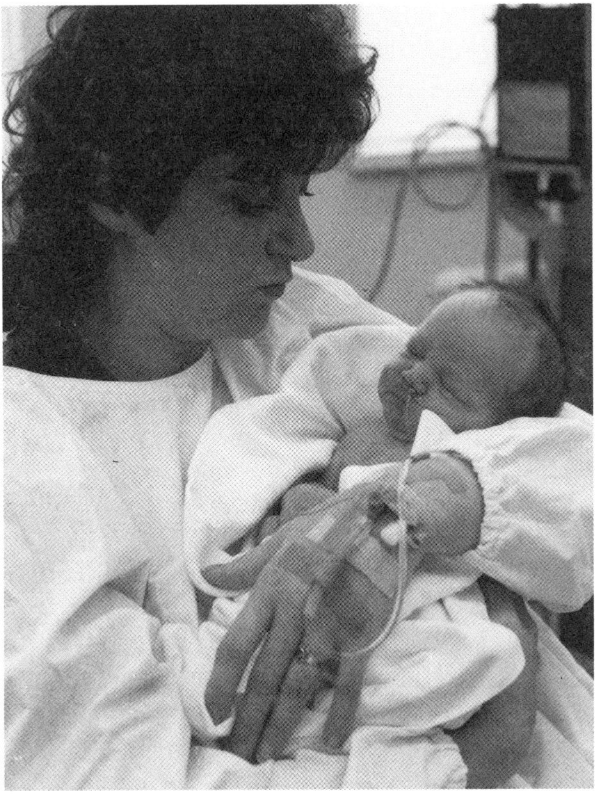

Ich halte meinen neugeborenen Sohn, der gerade eben den Arzt vollgepinkelt hat.

sehe, wie er Babysachen aus einem Beutel zieht und in die Maschine steckt.

- Hast du ein Kleinkind hier?
- Ja, meine Frau liegt krank im Krankenhaus.
- Du bist sehr tüchtig.
- Nein, das ist kein Problem, Männer sind nämlich nicht hilflos.
- Was sagst du, mein Freund, bist du alleine mit dem Kind?
- Ich habe noch ein Mädchen, das auch bei mir ist, wir wohnen oben, und es geht uns gut, sagt der Mann und verabschiedet sich,

nachdem er sich die bunte Lobesrede von þóra Guðrún angehört hat.

- Was fehlt der armen Frau des Mannes, Bíbí?
- Sie hat MS, sage ich und erkläre ihr die Krankheit.
- Die armen Leute.
- Du brauchst sie nicht zu bedauern, sie tun ihr Bestes.
- Was ist das ansonsten für ein guter Mann, er trägt das einfach mit sich.
- Das ist der Bösewicht selbst, den du so bezeichnet hast, sage ich, weil ich mich nicht beherrschen kann.
- Was sagst du?
- Ja, das ist der Mann, von dem du es so entsetzlich fandest, dass ich ihm erlaubte, in der Nähe meiner Kinder zu sein.
- Ach, ich kann hart urteilen, sagt sie, und als sie geht, wie klein meine Mutter ist, da umarmt sie mich und küsst mich auf die Wange.

- Wie unheimlich tüchtig du bist, meine Bíbí, sagt sie, und ich kann kaum die Freude beschreiben, die mich durchfährt, als sie das sagt und mich auf die Wange küsst, die sie nie zuvor geküsst hat. Ich schließe die Tür hinter ihr – ich bin ein kleines Mädchen und höre sie in Gedanken vor mir in Múlakampur auf der Mundharmonika spielen und lachen und Spaß machen mit meinen Brüdern aus dem Norden, die mit ihren Akkordeons bei ihr sitzen, und sie schwingt das lange, schwarze Haar, diese Schauspielerin, die sie ist, und Vater betrachtet sie verliebt – und ich glaube, dass ich weiß, warum ich weine.

91. Sich ohne Mühen und Leiden verabschieden

Aber schnell ändert sich das schöne Wetter, kurz darauf geschieht es, dass meine Mutter in der Küche in Austurgerði hinfällt, als sie am Backen ist, immer eine große Hausfrau und das immer mit unverminderter Energie.

Mir kommt es vor, als ob die Zeit still stände, ich befürchte, zu spät zu ihr zu kommen, als sie im Krankenhaus liegt und nach mir gerufen hat. Aber ich erreiche sie rechtzeitig, mit dem Jungen in der Baby-Tragetasche, und finde sie halbseitig gelähmt im Gesicht vor.

- Und so bekomme ich die verdammte Hand nicht dazu, zu funktionieren, Bíbí.

Ja, sie ist immer die Gleiche, aber sie ist zäh. Es gelingt ihr selbst, von sich wissen zu lassen, vom Backofen zum Telefon zu kriechen und von dort zur Haustür, es gelingt ihr, das Drehschloss zu öffnen, schleift sich dann wieder in die Küche zurück, um zu versuchen, den frisch gebackenen Kuchen in den Ofen zu schieben, findet es nämlich am schlimmsten, wenn die Sanitäterjungs sie in den Wagen tragen würden, bevor ihr das gelingt. Sie will das Zuhause genauso ordentlich verlassen wie sonst.

Sie bekommt noch einen zweiten Schlaganfall in Landakot, meine Schwestern kommen und kümmern sich fürsorglich um Mutter, die fest entschlossen ist, zu genesen.

- Es ist natürlich am schlimmsten mit dem verdammten Maul, Mädchen, man weiß nie, ob es nochmal in die richtige Stellung kommt.

Sie kann auch nicht gehen und will, dass ich komme.

- Du musst zu mir kommen, meine Bíbí, und mich im Rollstuhl herumfahren, und komm mit dem Jungen, komm unbedingt mit deinem Jungen.

Ich tue, worum sie mich bittet, und beobachte schweigend meine Mutter, die unter unbekannten Leuten die unterhaltsamste Person ist, Witze erzählt und gemeinschaftsliebend ist, ihre Camel-Zigaretten raucht, aus dem schiefen Mund vor sich hin singt und den Jungen bei sich am Tisch haben will.

- Das ist meine Tochter, sagt sie, und es schwingt Stolz in der Stimme, sie betreibt ein Heim für Alkoholiker und Menschen, die es schwer im Leben gehabt haben, und dieses Bündel hier ist ihr Sohn, ist er nicht schön?

Die Leute bejahen es, und so seltsam, wie es scheinen mag, da will sie nicht, dass jemand sie im Stuhl herumfährt außer mir, und niemanden will sie lieber in ihrer Nähe haben als mich.

- Alle anderen sind so furchtbar ungeschickt, sagt sie, und ich genieße es, das für sie zu tun, was ich kann, und danke Gott für die veränderte Einstellung, ich danke für die Sanftheit, die sie mir zeigt, und ihr Bedürfnis, über vergangene Zeiten zu sprechen.

- Wie ich zu dir in der Kindheit war, Bíbí.
- Das spielt keine Rolle mehr, meine Mutter.

Aber es spielt eine Rolle für sie, dass ich weiß, dass sofort, als ich sie mit diesen großen, grünen Augen anstarrte, wie sie sagt, ihr klar gewesen sei, dass diese Augen etwas sahen, was sie überhaupt nicht sehen sollten; dass sie selbst unter der eigenen Sensibilität gelitten hätte, als sie ein Mädchen war und alle Zeit das gefürchtet hätte, was ich zu ihr sagen könnte, alle Zeit meine Erscheinungen und Vorzeichen gefürchtet hätte und daher immer entsetzliche Angst vor mir gehabt hätte, dass ihre eigenen Schmerzen es verursacht hätten, wieviel Härte sie mir zeigte, dass sie einfach am Aufgeben gewesen sei in Friðheimar, nicht leben wollte, das Leben völlig unerträglich gefunden hätte.

- Mir wurde auch keine Liebe gezeigt, als ich ein Kind war, und ich konnte sie selbst nicht zeigen. Aber eines sollst du wissen, Bíbí, ich will, dass du weißt, dass ich trotzdem nichts ändern würde, auch wenn ich die Möglichkeit dazu hätte, nichts, überhaupt nichts, auch wenn ich eine nagelneue Gelegenheit bekäme.
- Weshalb?
- Deshalb, weil ich glaube, dass mir das in diesem Leben bestimmt war, ob es mir gut oder schlecht gefiel. Und ich will, dass du noch etwas weißt, und das ist, dass ich dir immer geglaubt habe, ich hätte das vielleicht besser nicht getan, aber ich hatte selbst meine sieben Sinne beisammen, und ich habe immer noch meine sieben Sinne beisammen, wenn es mir auch ausgenommen gut gelungen ist, das zu verbergen.

- Wir wollen uns nicht an Fehler erinnern, meine Mutter, sage ich und gebe nichts auf ihre Erklärungen. Ich spüre, dass ihr selbst leichter wird, das zu sagen, und das ist mir genug, und es freut mich innig, dass wir endlich die Beziehung erreichen, die ich immer ersehnt habe.

Mutter und ich haben über vieles gesprochen, als sie krank war; das nachfolgende Gespräch ist für mich bis zum heutigen Tag immer noch von sehr großer Bedeutung.

B: Wir sollen die Wahrheit sagen.

M: Wenn das alle täten, würde die Welt untergehen; alle benutzen weiße Lügen. Würdest du mir zum Beispiel sagen, dass ich am Sterben wäre, wenn ich dich fragen würde und du es wüsstest?

B: Ja, ich würde es dir sagen.

M: Kann ich dir vertrauen?

B: Du kannst mir vertrauen.

M: Ich möchte dich um Vergebung bitten dafür, dass ich immer versucht habe, dich über deine Erscheinungen schweigen zu lassen, als du ein Mädchen warst.

B: Ja, ich verstehe dich, meine Mutter, sie haben uns nicht gerade Freude bereitet. Ansonsten lasse ich mich durch sie nicht stören; ich versuche nur, wie ein Mensch zu sein, wie du mir immer geraten hast zu sein. Erinnerst du dich, dass du Ásta und Stella immer mit den Worten verabschiedet hast „nehmt euch in Acht vor den Autos", aber zu mir sagtest du „und versuche dann, wie ein Mensch zu sein". Mir ist das immer seltsam vorgekommen, aber ich habe trotzdem immer versucht, mich wie ein Mensch zu verhalten.

M: Sei einfach du selbst, meine Bíbí. So bist du am besten.

B: Das ist das Schönste, was du zu mir gesagt hast.

Irgendwann einmal, als ich zu ihr komme, sagt sie mir, dass die Ärzte ihr keine Hoffnung machen würden, dass sie in Ordnung käme, aber das fände sie sehr schlimm, weil sie so vieles nicht beendet hätte.

- Sag mir die Wahrheit, Bíbí, bin ich schon auf dem Weg fort von hier?

- Nein, du hast immer noch Zeit.

- Ich werde dich daran erinnern, denk daran, sagt sie schelmisch und hat ein Lächeln in den Augen, und langsam erholt sich diese kleine Frau und kommt auf die Beine, geht wieder nach Hause nach Austurgerði

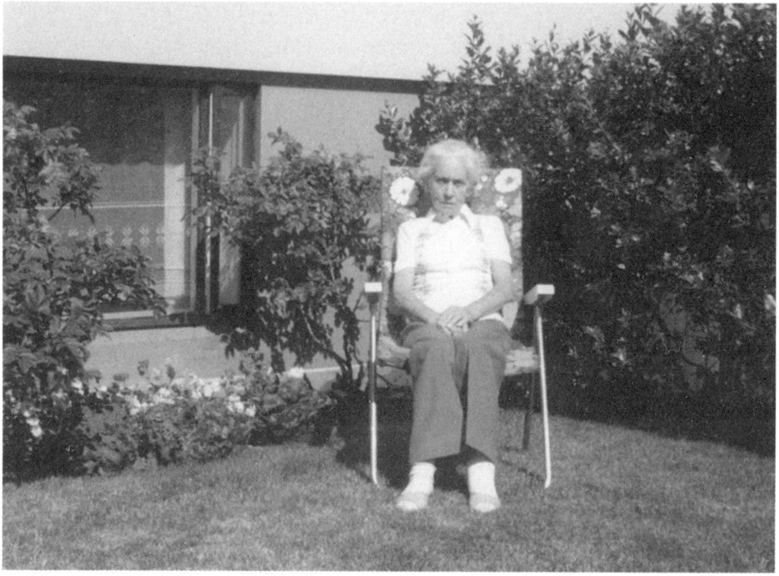

Mutter im Garten in Austurgerði. Die letzten Jahre war sie sehr schwächlich und fühlte sich nirgends wohler als im schönen Garten, den sie selbst anlegte und wo sie sich um jede Pflanze kümmerte.

zu Vater, wird aufs Neue eitel und will ständig, dass ich zu ihr zu Besuch komme.

- Ich bin überzeugt, dass es ein Leben nach diesem Leben gibt, Bíbí, sagt sie, und ich weiß, dass sie an ihre zwei Jungen denkt, an Pétur und Reynir, die sie kurz hintereinander verloren hat. Sie redet nicht über sie und ich kann nicht in ihre Gedanken hineinsehen und lebendige Bilder von der Trauer sehen, aber ich weiß, wie groß die Trauer ist, als sie von Reynirs Tod Ende Dezember 1982 hört, nur 45 Jahre alt.

- Ja ja, da hat mein Reynir dann seine Ruhe erhalten.

Über den Tod von Pétur, der im Alter von 37 Jahren im Jahr davor stirbt, teilt sich Mutter nicht mit, was vielleicht schwerer wiegt als Tränen. Was wird wohl hinter diesem Schweigen liegen, das herrscht, wenn man seine Kinder verliert, außer vielleicht jener stillen Tatsache, dass man sie enttäuscht hat?

Ich erinnere mich an Pétur, als er uns nach seiner Konfirmation in Múlakampur besucht, und ich starre auf diesen schönen Jungen mit blauschwarzem Haar und dunkelbraunen, glühenden Augen. Pétur ist immer zornig auf Mutter und spricht alle Zeit mit harten Worten über sie, aber Reynir ist ihr sehr zugetan. In seiner Vorstellung ist sie eine Königin, er will alles für sie tun und begehrt ständig nach ihrer Liebe. Ich weiß nicht, ob er jemals das von ihr bekommen hat, was er ersehnt hat, als er sich nach einem harten Kampf mit Krebs verabschiedet, immer daran glaubend, mein bunter, kindlicher und heldenhafter Bruder, dass es ihm letztendlich gelingen würde, die Krankheit zu besiegen. Aber er endet machtlos im Rollstuhl und stirbt in Akureyri, nachdem er die Fürsorge und Liebe von Erla, seiner zweiten Frau, genossen hatte.

Ich denke in der Tat oft an diese meine Brüder, sehe ihr Licht auftauchen, besonders den Lichtschein von Reynir, und ich bin immer dankbar dafür, dass wir Frieden geschlossen hatten und dass alles zwischen uns in Ordnung gekommen war, bevor er sich auf die lange Reise macht und die Treppe zu Gott hinaufsteigt, wie er selbst geträumt hatte, kurz bevor er von uns ging.
Die Lebensgeschichte meiner zwei Brüder ist in vielerlei Hinsicht von jenem Unglück gefärbt, das sie ständig verfolgte, wie sehr sie auch versuchten, dagegen zu kämpfen, von klein an, als sie Jungen waren und von der Mutter getrennt wurden. Keiner von beiden verstand die Mutter, auch wenn der eine die Gabe hatte, zu vergeben, aber nicht der andere.

Meinen Bruder Gestur Kristján sehe ich das erste Mal, als er siebzehn oder achtzehn Jahre alt ist, denn da kam er zu Besuch zu uns in Múlakampur mit unseren Brüdern, Reynir und Matti. Ich erinnere mich, dass ich meine schicken, großen Brüder anstarrte, die alle ihre Haare cool nach vorne auf die Stirn kämmten und die exotischsten Prinzen waren. Gestur war ein ruhiger Mann, gutmütig und schüchtern. Er spielte auf dem Akkordeon und vergaß sich so dabei, wenn er spielte, dass er in den Ton hinein zu verschwinden schien, und auf diese

Weise verschwand alle Schüchternheit von ihm. Er liebte Mutter alle Zeit und vermisste sie sein ganzes Leben stark.
Er wurde an einem schlimmen Ort untergebracht, wo er keine glücklichen sieben Tage hatte, und Mutter war immer sehr betrübt darüber. Eines Tages, sagte sie, habe sie sich zusammengerissen, sich zurechtgemacht und beschlossen, den Jungen zu holen, aber die Frau auf dem Hof habe ihn dann nicht hergeben wollen. Sie hätten dann auf der Hofwiese gestanden und um ihn gezerrt, bis Mutter aufgab und sich davon machte.
Gestur glaubte immer, dass Mutter ihn zur Adoption weggegeben hätte, aber so war dem nicht; sie unterschrieb nie Adoptionspapiere, aber das kam erst bei ihrem Tod zu Tage, als Guðrún, die Frau von Gestur, Dokumente dieses Inhalts fand. Diese Tatsache erfreute Gestur unbeschreiblich, und Mutter zu Ehren hörte er auf zu trinken, er war in einen tiefen Pfuhl gefallen und hatte eine ganz enge Beziehung zu Bachus. Er gewann gleichzeitig seine Familie wieder, eine Frau und drei Kinder, die er verloren hatte, erwarb ein prachtvolles Haus in Grindavík und starb als zufriedener Mensch im Februar 2004.

- Ich glaube an ein Leben nach diesem Leben, Bíbí, wiederholt Mutter.

- Das ist gut, meine Liebe, sage ich, und noch während sie am Leben ist, sind wir Freunde. Ich drehe mich um sie, hole Garn, weil sie ständig häkelt, höre ihre Geschichten an, lausche ihrer Stimme und bin über jeden Moment froh.

- Ich mag dich so gerne, meine Mutter.

Eines Tages ruft Vater an und sagt, dass ich kommen müsse, da Mutter etwas komisch sei, nicht auf die Beine kommen wolle und sich weigere, aufzustehen. Als ich komme, sehe ich, dass das Licht an ihren Füßen verschwunden ist, ich hebe die Bettdecke an und greife um eiskalte, kleine Füße. Ich wasche sie von oben bis unten, trage Lippenstift auf und parfümiere sie mit dem Lieblingsparfüm, rufe den Arzt an, der ein

Grippemittel verschreibt, aber ich weiß, dass sie überhaupt keine Grippe hat. Ich bitte ihn, die Füße anzufassen, was er tut, und er ruft sofort einen Krankenwagen.

Eine meiner ersten Erinnerungen stammt aus Múlakampur; ich bin winzig und tue mich sehr schwer damit, in der Nacht zu schlafen, mir kommt es vor, als ob mein ganzes Bett vor Regenwürmern wimmelt. Ich weine, und Mutter spürt, dass ich Angst vor etwas im Bett habe; ich zeige und schreie und will auf ihren Arm. Sie sagt, dass nichts los sei, lüftet die Bettdecke, um es mir zu zeigen, scheint aber selbst nicht die wimmelnden Würmer zu sehen, denn schließlich legt sie mich wieder zu ihnen hin. Später sagte Mutter mir, dass sie alle Zeit am meisten gefürchtet habe, ganz und gar von da an, als sie ein kleines Mädchen war, lebendig begraben zu werden und zu spüren, wie sich die Würmer nähern, zu spüren, wie sie sich ins Fleisch graben, und zum Schluss ihre Nahrung zu werden. Diese ihre Furcht war gewaltig.
Ich überlege mir daher oft, ob es sein kann, dass ich als noch nicht dieser Sprache mächtiges Kind diese Furcht gespürt habe; ob die Geschichte der Eltern in den Nachkommen niedergeschrieben sei, ob das Gedächtnis zu einem gewissen Anteil gemeinsam sei. Darauf bekomme ich wohl kaum eine Antwort.

Ich sitze bei ihr und halte ihre Hände, und sie sagt:

- Ja ja, Bíbí, glaubst du, dass ich wieder in dieser Form nach Hause komme?
- Nein, Mutter.

Þóra Guðrún wird nun in ein Bett gelegt, sie ist klein und zierlich auf dem Kopfkissen mit langem weißem Haar und schön wie ein Engel, und Ásta und Fiddi und Stella kommen, und wir sind bei ihr, als sie am 4. Juni 1983 stirbt, und bevor das Licht die müde Frau verlässt, flüstere ich ihr zu:

- Du bist eine unheimlich tüchtige Frau, meine Mutter.
- Ich spüre, dass sie meine Hand presst.

- Das wird alles in Ordnung, du kannst getrost gehen, wir sind alle schon erwachsen.

Und plötzlich sehe ich ihr Licht bei uns. Sie hat den Körper verlassen, und ich bin froh für sie, froh, dass sie ohne Mühen und Leiden ist.

92. Vertrauen gewinnen

In Wahrheit ist meine Mutter für mich nie verschwunden. Ich spreche immer mit ihr, wenn Kleinigkeiten anstehen, und ich weiß immer, dass sie da ist. Eine Frau wie sie verschwindet nicht so schnell, die Erinnerungen an sie klopfen ständig an die Tür, man bleibt immer das Kind seiner Mutter, und ich sehe mich aus der Schule Laugarnesskóli nach Hause nach Björk kommen. Es ist Winter und kalt und viel Schnee, und ich erblicke ein großes und gewaltiges Steinrohr, bedeckt mit Schnee, ich spüre, dass ich anhalten soll und den Schnee vom Rohr wischen, ich tue es und dort liegen dann zwei Kartons mit Camel, zwei ganze Kartons mit Camel für Mutter, die wird sich freuen, wenn ich sie ihr bringe.

- Das ist für dich, meine Mutter.

Ich glaube, es ist nicht übertrieben, zu sagen, dass wir Kinder – neun sind noch am Leben – über Mutters Tod sehr, sehr getrauert haben, und alle haben wir eigene Erinnerungen an sie. Aber ich glaube, dass wenige meiner Geschwister, wenn überhaupt jemand, in den Genuss jener Freude kamen, ihr Vertrauen zu gewinnen, wie ich es zum Schluss tat.

- Ich habe alle meine Kinder gerne gehabt, Bíbí.
- Ich weiß das, Mutter.
- Ich tat mich nur so schwer damit, es ihnen zu zeigen.
- Ich weiß auch das.
- Vielleicht war ich auch manchmal schlecht zu manchen von ihnen.
- Das kann sein.

Der Leichenschmaus Mutter zu Ehren wurde in Austurgerði gehalten, dort kamen wir, ihre Kinder, die am Leben waren, zusammen, Reynir und Pétur waren schon gestorben. Untere Reihe von links: Ich, Stella, Anna Maren, Ásta und Rósa. Obere Reihe von links: Matti, Friðrik aus Höfn, Gestur und Fiddi. Heute sind alle meine Brüder verstorben, aber wir Mädchen leben.

- Aber glaubst du nicht trotzdem, dass sie gewusst haben, dass ich sie gerne hatte?
- Doch, da bin ich sicher.
- Trotz allem?
- Ja, trotz allem.
- Das ist gut.

Ich mache mir allerdings überaus gut bewusst, dass zukünftig nichts sein wird, wie es zuvor war, und dass ein wichtiges Kapitel im Leben geschlossen ist, ein wichtiger Strang zerrissen und der Gesang nicht derselbe danach. Schlimm ist es, Liebe zu dem zu haben, der keine erwidern kann, heißt es in einem Gedicht und das Leiden, das dem folgt, ist beinahe unerträglich. Ich habe daher Glück, Eintracht mit meiner Mutter erreicht zu haben, die so unglaublich notwendig ist und eine große Kraftspenderin, und ich weiß, dass nach dem Tod von Mutter mein Leben wohl eine neue und unerwartete Richtung nehmen wird.

Als wir Geschwister zusammen in Austurgerði sitzen und unserer Mutter zu Ehren den Leichenschmaus halten, haben wir nicht zuletzt Mitleid mit Vater, der es so schwer damit hat, sich klar zu machen, dass sie gegangen ist. Er will zum Beispiel nicht hinauf ins Spital kommen, bevor sie stirbt, weil er nicht glaubt, dass sie sterben wird, sagt, dass er alles streichen will, bevor sie wieder heimkommt, und Liebesknödel, ein isländisches Gebäck, für sie backen will.

- Und hör auf, mich zu stören, Bíbí.

Die Trauer meines Vaters ist am schwersten, und die Geschichte von ihm und Mutter sicher schwerer als die Geschichte von ihr allein und jedem von uns anderen zusammengenommen. Die Geschichte von Vater und Mutter ist allerdings eine Geschichte, die kein Aufsehen erregt, wie die Geschichte von so vielen armen Menschen, und sie ist schon lange in das tiefe Tal des Schweigens gefallen, auch wenn man sie fast an jedem Tag spürt, weil sie die Wurzeln birgt.

- Hast du dich jemals für mich geschämt?
- Nein, das habe ich nie getan, ich bin immer stolz auf dich gewesen.
- Sagst du die Wahrheit, Bíbí?
- Die reine Wahrheit.
- Glaubst du, dass deine Geschwister sich für mich geschämt haben?
- Nein, ich bin sicher, dass sie das nicht getan haben.
- Das ist gut, Bíbí, das ist gut.

93. Diese Leute und solche Leute

Aber das Leben geht weiter, und wenn einer sich verabschiedet, bekommt ein anderer einen Namen. Hansi und ich geben unserem Jungen den Namen eines guten Mannes, taufen ihn auf den Namen von Hansis Vater und die Schwester von Hansi hält ihn bei der Taufe.

- Hlynur Freyr soll er heißen.

Und wir halten eine Feier mit vielen Leuten auf Elliði, mit den Verwandten von Hansi, meinen Töchtern und anderen Bewohnern des Hauses. Wir essen Brottorten und Kuchen und trinken Kaffee und lachen und erzählen Geschichten. Wir sind so eine echte, gesunde Familie, und es geht fröhlich zu an einem guten Tag.

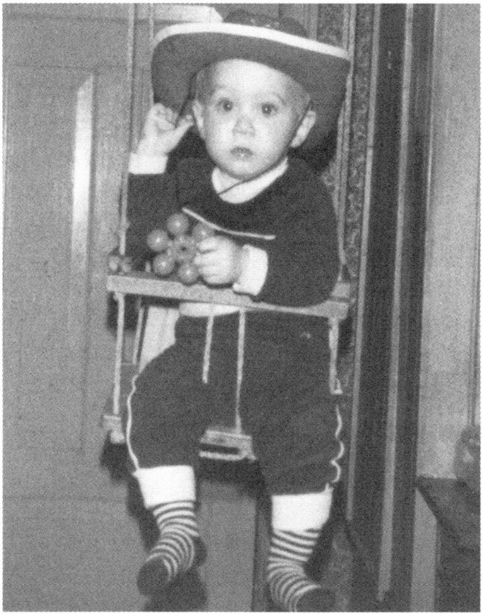

Mein Hlynur in Elliði; tüchtig auf seiner Schaukel, der Cowboy.

Es geht allerdings meistens fröhlich zu in Elliði, und es kommt selten dazu, dass jemand verwiesen werden muss, weil er die Hausregeln gebrochen hat – kein Alkohol, keine Drogen –, und wenn es einmal vorkommt, ist es so selten, dass man die Male an den Fingern der einen Hand abzählen kann. Es ist nicht gerade ungewöhnlich, dass es zum Rückschlag bei Krankheiten kommt, aber Regeln sind Regeln, und die Mittel sind alle vorhanden, wenn die Leute den Kampf aufs Neue beginnen wollen.
Das Haus ist in der Tat immer gestopft voll, und wir haben einen amtlichen Mietvertrag für fünf Jahre, und an ihm wird nicht gerührt. Mein Feindfreund, der Bürgermeister Sigurgeir, ein großer Humorist und gut aussehender Mann, schafft es auch nicht, diese unsere Rechte zu ändern. Aber man kann es natürlich versuchen, und Sigurgeir macht kein Geheimnis daraus, dass er kaum zufrieden ist mit unserem Dasein auf der Halbinsel. Er geizt nicht damit, das deutlich zu machen, ruft mich zu jeder Zeit und Unzeit zu Versammlungen, die ganze Zeit, die wir dort sind, und will *diese Leute* weg haben, denn schließlich hätten *solche*

Leute nie auf Seltjarnarnes gewohnt, und ob ich nicht so freundlich sein wolle, mit der Tätigkeit woanders hin zu gehen.
Aber mir genügen seine Argumente zu *solchen Leuten* und *diesen* nicht, schließlich haben wir nie etwas anderes als Freundlichkeit bei den Bewohnern der Halbinsel vorgefunden, die uns kein einziges Mal auch nur zu verstehen gegeben, dass wir nicht willkommen sind. Die Bewohner der Halbinsel zeigen uns ganz im Gegenteil Wohlwollen und Liebenswürdigkeit und scheinen in ihrem Wortschatz keinerlei Wörter der Verachtung zu haben. Nein, Seltjarnarnes ist nicht klein und flach, und dort denken die Leute nicht kleingeistig, auch wenn das Gegenteil in dem guten Vers behauptet wird.

Aber es geht dem Ende des Mietvertrages entgegen, der natürlich nicht verlängert wird, und ich fange an, mich nach einer neuen Immobilie umzusehen. Ich will einen guten Platz in Reykjavík finden, am liebsten größer als Elliði, für die gleiche Tätigkeit, nur umfangreicher. Zu diesem Zweck mache ich einen Termin bei Sigurður E. Guðmundsson bei der Wohnungsbehörde und lege ihm die Idee vor. Mir fehlen einige Millionen für das Projekt. Ich habe mir vorgenommen, ein Haus zu kaufen und dort einen Betrieb für frühere Alkoholiker und psychisch Kranke zu betreiben und die Menschen auf der Straße, die in der Gesellschaft auf der Strecke geblieben sind. Dort habe ich vor, Essen auszuteilen und alle Dienstleistungen und angemessene Hilfe und Unterstützung zu bieten.
Es ist in der Tat so, dass Sigurður das Anliegen gut aufnimmt, und wir vereinbaren, wenn ich oder Hansi aufgeben oder wir beide, dann würden die Öre, die gespart wurden, falls es welche werden, an einen Verein, der den Leuten weiterhelfen wolle, gehen. Er schlägt vor, dass wir einen gemeinnützigen Verein gründen, denn dann könne er uns Geld mit niedrigeren Zinsen leihen. Er hilft uns, ein Mitgliedsregister für den gemeinnützigen Verein anzulegen, und der Verein wird mit Prunk und Pracht gegründet. Ich werde Vorstandsvorsitzende, weil Sigurður mich ansporn und vorschlägt, Mitvorsitzende zu wählen, die ich kenne und denen ich vertraue. Ich wähle meinen Vater, Hansi, Margrét Blöndal, und Sigurður Ingólfsson wird Buchhalter.

In Wirklichkeit sind es nur einige Monate, bis wir von der Halbinsel gehen, aber ich sehe meine Gelegenheit gekommen und sage Sigurgeir, dass es jetzt dringend sei, dass er mir das Geld leiht, das fehlt, um eine Immobilie zu kaufen; auf diese Art schlage er zwei Fliegen mit einer Klappe und würde uns endgültig los. Sigurgeir reagiert positiv, es gibt nichts, was dem entgegensteht, aber er drückt sein Erstaunen aus über die neue Ortswahl auf dem Laugarásvegur.

- Warum bist du darüber überrascht, Sigurgeir? Dort sind so wunderbare Spazierwege und schöne Aussicht in alle Richtungen, dort werden die Leute so wahrhaftig viele und nützliche Schritte in Richtung Besserung machen.

Kümmere dich nicht darum, was über dich geredet wird, weil es nicht in deiner Macht steht.

Epiktets

V: Findest du, dass dich Menschen manchmal fürchten?
B: Ja.
V: Wie denn?
B: Die Leute denken, dass ich ihre Gedanken lesen kann, und sagen mir, dass sie dann versuchen aufzuhören zu denken, wenn ich in ihrer Nähe bin.
V: Aber kannst du das?
B: Nein.
V: Ist es nie vorgekommen?
B: Ich beantworte manchmal Gedankenfragen, aber das sind Verbindungen, die nichts mit Hellsichtigkeit zu tun haben.
V: Aber bekommst du manchmal zu spüren, dass man sich über dich lustig macht?
B: Ja, ja.
V: Weshalb tun die Leute das?
B: Deshalb, weil sie keinen Glauben haben an Menschen wie mich.
V: Wie findest du das?
B: Das ist in Ordnung, ich mache mich auch über Leute lustig.

V: Ist irgendein Spaß denkwürdiger als ein anderer?

B: Ja, ich erinnere mich an die „Hintergedanken“, die Þráinn Bertelsson einmal geschrieben hat, ich fand sie wunderbar, schließlich bin ich Bíbí 001, obwohl ich nie in einem Nähclub gewesen bin.

V: Þráinn war so freundlich, den Druck des Textauszuges zu genehmigen:

Der isländische Geheimdienst Bíbí

Der Beruf des Pioniers ist undankbar. So wird gesagt, dass der erste Isländer, der vorhatte, den Spionageberuf auszuüben, von einem Ebereschenstrauch heruntergefallen sei, in den er hochgeklettert war, um durch das Fenster der Sowjetischen Botschaft zu gucken, und damit seine Laufbahn beendet habe. „Wenige genießen das Feuer, das die ersten entzünden“, sagte der Nationaldichter, aber trotzdem werden die isländischen Spione bald wieder auf einen grünen Zweig kommen, denn jetzt wird es als dringend nötig angesehen, einen isländischen Geheimdienst zu gründen, um Kontrolle zu haben über die „Feinde des Staates“.

Die Feinde des Staates sind natürlich zuallererst die, die jeweils in der Regierungsopposition sind, und dann die Liberalen, die den Staat abschaffen wollen – außer als bequemen Arbeitgeber für sich selbst. Und es ist nicht einfach, diese Menge auszuspionieren. Und doch ist es möglich. Ich kenne zum Beispiel eine Frau, die haargenau weiß, wer zur Stunde in den Krankenhäusern liegt und wer auf Antidepressiva ist. Sie weiß alles über Ehebeziehungen und andere Beziehungen und wer mit wem fremdgeht und wo und wann. Sie weiß, wer in Behandlung ist und wer in Behandlung gehen muss und wer zuletzt auf einem Besäufnis einen Skandal hervorgerufen hat. Sie weiß, wie viele Pferde von Guðni Ágústsson gerade Hufeisen tragen, und an welchen Tagen Sólveig Pétursdóttir zum Friseur geht.

Diese Frau ist eine Spionin von Gottes Gnaden. Niemand außer ihrem Mann weiß, wie sie mit richtigem Namen heißt, und die Allgemeinheit kennt sie nur unter dem Tarnnamen „Bíbí“. Und nicht genug damit, dass sie alles genau beobachtet, was den Lebensatem hier im Land

atmet, sondern sie hält regelmäßig spiritistische Sitzungen ab und verfügt über wichtige vertrauliche Informationen über jene, die über den Jordan gegangen sind.
Jetzt wird ein Sparkurs im Staatshaushalt angestrebt, und daher wäre es rationell, Bíbí für die ersten Jahrzehnte allein zur Arbeit anzustellen, während der Geheimdienst sich etablieren würde. Es wäre auch möglich, zum Beispiel ihren Nähclub in Zeiten der Belastung als Teilzeitbeschäftigung anzustellen, wenn Gefahr bestünde und über unser Wohlergehen wachen würde. Es wäre auch möglich, ihren Nähclub zu Belastungszeiten in Teilzeitbeschäftigung anzustellen, wenn zum Beispiel Gefahr bestünde, dass die Friedensdemonstranten von Falun Gong einen Einmarsch ins Land planen würden, um bedrohliche Dehnübungen auf dem Platz Austurvollur vor dem Parlamentsgebäude zu machen. Bibi 001 (licenced to kill) im Icelandic Secret Service würde über unser Wohlergehen wachen.

Es ist also alles klipp und klar, unser Angebot wird angenommen, und wir kaufen ein Haus am Laugarásvegur 24. Es ist offensichtlich, dass wir Änderungen am Haus vornehmen müssen und es an die Bedingungen und Bedürfnisse der Heimbewohner anpassen müssen. Wir sind drei, die diese Aufgabe erledigen, und machen die Nacht zum Tag, ich, Hansi und Hugi, der Fingerlose, dem die Kaffeetasse auf Vífilsstaðir entgegengeflogen kam, aber er war auch ein ständiger Helfer auf Elliði. Nun kommt es so schlimm, dass Hansi mitten in aller Arbeit eine Vergiftung bekommt und ins Spital muss. Hugi und ich bleiben zu zweit zurück, und die Zeit ist knapp, weil die Einladungskarten für die Einweihung bereits unterwegs sind. Wir fackeln daher nicht lange, streichen, verputzen, tapezieren, zimmern und arbeiten wie die Verrückten, und Vater legt Hand an und Kork auf den Küchenfußboden. Schnell erscheint Hansi dann aufs Neue und alles läuft wie im Märchen, außer ganz zum Schluss, als ich auf den Boden falle, von einem Hocker falle, als ich dabei bin, die Decke zu verputzen, und ich lande bis oben hin mit dem Bein im Farbeimer.
Ich bin natürlich schon erschöpft und finde es so innig gemütlich,

bekomme irgendeinen unangemessenen Herzschlag, als Hugi mich umarmt, aber, ach, ich bin einfach müde, das sind nur Müdigkeitsgefühle, als Hugi sagt und mich gleichzeitig umarmt:

- Geh jetzt und leg dich hin, meine Bíbí, wir kriegen das schon alles hin.

Wie warm und rücksichtsvoll der Mann zu mir ist, und natürlich kommt alles in Ordnung, auch wenn ich mich einen kleinen Moment hinlege und Kräfte tanke. Endlich ist alles fertig für die Eröffnung. Männer und Frauen in eleganter Kleidung folgen der Einladung und bewundern das Werk. Der Bürgermeister Davíð Oddsson beschließt, uns für acht Jahre mit einer Million im Jahr zu unterstützen, und es ist gut und es macht Spaß, wieder anzufangen an einem neuen Ort. Jetzt steht dem nichts im Weg, dass es wie am Schnürchen bei uns läuft. Oder was?

94. Es sind zweierlei Dinge, ein Mensch oder eine Ratte zu sein

Es muss mal gesagt werden, wie es ist, schließlich ist das alles kein Versteckspiel. Anders als die Einwohner von Seltjarnarnes sind die meisten von Laugarás überhaupt nicht begeistert, uns von Nummer 24 in der Nähe zu haben, und sie verstecken ihre Unzufriedenheit ganz und gar nicht. Ehrlich gesagt bekommen wir wenig Ruhe vor herumschnüffelnden Zeitungsleuten und Fotografen, die jeden Schritt der Gescheiterten verfolgen, und wir sind alle die Fragen und das Hinterherspionieren furchtbar leid.

Wir sind nicht anders als andere Leute und wollen nicht, dass man uns mit Verachtung begegnet, auch wenn wir kein Abonnement in der Oper haben, kaum die Stücke auf den Brettern der Theater verfolgen, nicht bei der Eröffnung der Kunstfeste anwesend sind, nicht darüber nachdenken, ob mehr Männer als Frauen ein Hochschulstudium abschließen, und denken im allgemeinen wenig an solch einen Kampf für die Gleichberechtigung. Wir sind mit anderen Sachen beschäftigt, wir

wollen vollwertige Mitglieder der gleichen Gesellschaft wie die anderen sein und werden, und jeder einzelne von uns geht sein Problem an, damit dieses Ziel erreicht wird. Wir sind vielleicht blind für vieles, aber wir können nicht erkennen, dass die Probleme in unserem Haus größer wären als in den Häusern um uns herum, auch wenn die meistens im Verborgenen geschehen.
Aber wahrscheinlich sind nur wenige andere Menschen dieser Meinung, und vielleicht ist die Tatsache einfach die, dass wir uns nicht ganz darüber im Klaren sind, in welch einer Wohngegend wir uns befinden. Wir versuchen jegliche Aufmerksamkeit zu vermeiden und achten darauf, nicht selbst allzu hart zu urteilen, aber wenn Gegenwind herrscht, ist es ein kurzer Weg zu überheblichen Gedanken und vielleicht ein wenig bissiger Bosheit. Aber man macht seine Arbeit bis zum blutigen Ende, in der Gewissheit, dass sich die Bewohner des Laugarásvegur mit der Zeit an die neuen Bedingungen gewöhnen würden und damit zufrieden sein werden.

- Das ist nicht das Problem, Bíbí, es sind nicht die Bewohner auf dem Laugarásvegur, vor denen du dich in Acht nehmen musst, sagt Kolbrún, und ich tue, als ob ich sie nicht verstehe, schließlich verstehe ich sie vielleicht überhaupt nicht. Ich habe genug mit der Arbeit, ich kümmere mich um den Betrieb, das Essen, das Putzen, Einzelgespräche, ich kümmere mich zum Teil um die Pflichten anderer im Haus und kümmere mich um meine Kinder, so gut ich kann. Und darf ich mir nicht auch Gedanken über die Ehre des Hauses machen?

Eine meiner Aufgaben ist es, Lebensmittel im Fleischereizentrum an Laugalækur zu holen, wo wir eine monatliche Rechnung bekommen. Wieder einmal parke ich das Auto, vollbeladen mit Lebensmitteln, vor 24 und beginne, alles hineinzutragen. Ich habe noch nicht viele Runden gemacht, als ich zwei fette Ratten erblicke, groß und grau und offensichtlich furchtbar hungrig, die um Essensbisse auf der Wiese bei der Treppe kämpfen. Einer der Bewohner hat sich offensichtlich unvorsichtig verhalten und Sandwichreste oder etwas Ähnliches weggeworfen. Ich versuche, so gut ich kann, die Tiere wegzuscheuchen, aber es gelingt mir nicht, daher stelle mich hin und beobachte genau den blutigen Kampf

und sehe, dass die eine die Überhand gewinnt, den Bissen in einem Happen verschluckt und die andere verletzt zurücklässt. Ich gehe hinein und beschließe, den Leuten im Haus nichts von dem Kampf zu erzählen, schließlich ist es bei allen Menschen gleich, egal was es für Menschen sind und welchen Schlafplatz man als normal für sie ansieht, alle haben Ratten gegenüber ein unbehagliches Gefühl.
Die Zeit vergeht, und ich bekomme ständig mehr Rattennachrichten. Einer hat eine Ratte hier gesehen und ein anderer dort, aber ich unternehme nichts in der Sache, bevor ich einen Baum auf dem Grundstück pflanze, das ist ein schöner Baum, den wir von Elliði mitgenommen haben. Ich stoße die Schaufel ins Erdreich, und denkt euch, die Erde stürzt unter ihr ein, und gewaltige Löcher bilden sich wie von selbst. Ohne über diese geheimnisvolle Löcherentstehung weiter nachzudenken, schütte ich Dünger in das Loch und stecke den Baum hinein. Wenige Tage später sehe ich, dass der Baum verschwunden ist und nichts, was länger an ihn erinnert. Ich tue, als ob nichts wäre, und gehe davon aus, dass irgendein Nachbar ihn stiebitzt hat, und schaufele das Loch zu. Aber immer noch kommen mir Rattengeschichten zu Ohren, und es werden immer mehr von Tag zu Tag.

So kann es nicht weitergehen, und ich beschließe, den Kammerjäger der Stadt anzurufen. Der gute Mann kommt, schaut sich um, betrachtet alles genau, erblickt die Löcher und verkündet das Urteil:

- Das ist ein Rattennest.

Er gießt viel Gift hinein, schichtet dann Gesteinsbrocken davor und sagt, dass das ein großes Problem in der Siedlung sei, dass das schon lange so gewesen sei, und jetzt sei es so weit, dass die Ratten schon immun zu sein scheinen gegen das Gift, das sie wie Konfekt fressen, und in Wirklichkeit sei es kaum möglich, etwas dagegen zu tun. Aber ich müsse ihm versprechen, kein Wort darüber zu verlieren und keinesfalls damit an die Zeitung zu gehen, denn das könne schlimme Folgen haben, etwa eine Verminderung des Immobilienwertes im Wohngebiet, und das würde nun diesen Fall wirklich nicht verbessern. Ich weiß, was die Uhr geschlagen hat, und erfülle die Bitte des Mannes, habe keinen Grund, Schlechtes in Umlauf zu bringen, aber ich werde wohl darüber nachdenken, was für eine Bewertung des Lebens das ist, die in dieser schönen Wohngegend verbreitet ist. Die Leute in Nummer 24 sind unwillkommen, und der Versuch, ein menschenwürdiges Leben zu erlangen, missfällt den anderen, während die Leute wie ein Grab über die Ratten schweigen, die praktisch völlig ungebunden ihr zerstörerisches Werk fortsetzen. Da hat man dann Angst, dass der Platz im Wert fallen könnte.

Ja, es sind zweierlei Dinge, ein Mensch oder eine Ratte zu sein.

95. Altes Weib und kleines Mädchen

Aber wenden wir uns wieder dem inneren Halt des Hauses zu und dem, was in Laugarásvegur 24 geschieht. Wir haben siebzehn Heimbewohner, und die wohnen im oberen Stockwerk; im Keller ist die Wohnung von Hansi, mir und den Kindern. Dort habe ich auch ein Gesprächszimmer, wo ich neue Bewohner empfange und mit den festen Bewohnern zu vereinbarten Zeiten spreche.

Margrét Blöndal steht mir immer zur Seite und ich kann sie, wenn ich es für nötig halte, jederzeit aufsuchen und um Rat fragen, wann immer es ist. Sie besucht auch die Versammlungen beim gemeinnützigen Verein, und alles gedeiht prächtig bei uns, und ich bin zufrieden mit dem ganzen Arrangement. Die Arbeit mit den Menschen gelingt mir gut und ich höre auf die Stimmen, die mir Ratschläge erteilen, und arbeite mit den Visionen, die mir erscheinen.

Meine Sensibilität nimmt immer noch zu, und eines Tages beschließe ich, einen Kurs für Meditation zu besuchen, den Geist zu ordnen und zu beruhigen, Frieden zu finden bei all der Plackerei. Ich möchte, dass Hansi auch kommt, aber er ist abgeneigt. Hugi, unser guter Freund, zeigt hingegen aufrichtiges Interesse, so dass er mit mir zum Kurs geht. Am Ende des Kurses sitzen Hugi und ich allein zusammen im Wohnzimmer – oh, wie kindisch du sein kannst, Bíbí – und meditieren, und zu meinem großen Entsetzen dauert es nicht lange, bis ich anfange mit großer Unruhe auf diese Momente der Ruhe zu warten, auf das Zusammensein zu warten. Ja, ich freue mich in der Tat unkontrollierbar auf diese Treffen, mir kommt es vor, als ob sie mir die Nahrung schenken, die ich immer gesucht habe, ich empfinde, dass ich zu neuen Gedanken erwache, neuen Gefühlen, neuen Gelüsten. In Wahrheit gesagt, stehen die Dinge jetzt so, dass ich in Wirklichkeit nichts sehe außer Hugi und kaum an etwas anderes denke als an ihn, auch wenn ich natürlich mit niemandem darüber spreche und versuche, so gut ich kann, die Gefühle zu verbergen. Aber ich finde ihn am schönsten, am besten, am klügsten, ja, er ist buchstäblich vollkommen und wahrscheinlich ist der Mann einfach auch noch ein Heiliger. Ich habe keinen Einfluss darauf, wie ich auch kämpfe, es lodern in mir Gefühle auf, die ich vorher nicht gekannt habe und von denen ich nicht wusste, dass es sie überhaupt gibt. Ich liebe den Mann grenzenlos und habe keinen Einfluss daruf. Obwohl mir Stimmen und Visionen helfen, um andere zu unterweisen, da nutzen sie mir selbst überhaupt nicht und spenden mir keineswegs Halt und Vertrauen, genausowenig wie früher. Weder höre ich, noch sehe ich, ich bin völlig blind von jenem hämmernden Gefühl, wirklich verliebt zu sein.

- Hast du die dunklen Flecken in seinem Licht vergessen? sagt Kolbrún.
- Er hat nicht mehr dunkle Flecken als andere Menschen.
- Du weißt, dass er sie hat.
- Quengel mir das nicht vor.
- Lass dich nicht von der augenblicklichen Begeisterung blenden.
- Das ist keine Begeisterung des Augenblicks.
- Erinnere dich daran, was du versprochen hast.
- Ich erinnere mich daran.
- Versuche das Muster zu sehen, Bíbí.
- Geh mir aus den Augen.
- Du vertreibst mich nicht so schnell.
- Hau ab, sage ich.

Ich kümmere mich trotzdem um die Arbeit, erzähle Hugi aber nichts von meinen Gefühlen, schließlich sind sie nicht seine Angelegenheit, auch wenn ich natürlich den Verdacht habe, dass er sehr gut von ihnen weiß. Ich bin entschlossen, das Versprechen zu halten, das ich meinem Mann gegeben habe, ihm treu zu sein und ihn nie zu hintergehen. Aber meine Gefühle sind in großer Aufruhr, sie schwanken jeden einzelnen Tag zwischen tiefem Schuldgefühl und kitzelnder Freude, ich fühle mich, ehrlich gesagt, gleichzeitig wie ein altes Weib und ein junges Mädchen, die beide über die Macht von Seele und Körper kämpfen, wobei aber keine von ihnen wirklich gewinnt.

In diesem Zustand, ich denke, dass ich das bedenkenlos Zustand nennen kann, erkläre ich mich damit einverstanden, mit einem Mann zu sprechen, den das Sozialamt von Kópavogur schickt und mit dem umzugehen gewiss sehr problematisch ist. Die Leute von Kópavogur sagen, dass der Mann völlig unberechenbar sei, sich mit Alkohol den Verstand zudröhne und er, milde gesagt, sowohl eine lose Hand, als auch eine wie einen Schraubstock habe. Er wolle allerdings auf keinen Fall in eine Behandlung gehen. Ich sage, wie es ist, dass es nicht mein Job ist, Leute anzunehmen, die noch keine Behandlung hatten, aber in diesem einen Fall würde ich eine Ausnahme machen, denn der Geselle ist mir nämlich bekannt. Ich würde versuchen, den Mann zur Vernunft zu bringen und ihn dazu zu bewegen, dass er in Behandlung geht.

Ja, das Leben ist seltsam, es geht geheimnisvolle Kreise, und auch der Zweck ist geheimnisvoll, außer, viel häufiger als man vermutet und zugeben will, einem etwas oder jemandem zu zeigen, der einem den rechten Weg weisen kann, wenn man dabei ist, sich zu verirren. Dort hätte ich zum Beispiel ernsthaft darüber nachdenken können, weshalb nun, mitten in allem Gefühlschaos, genau jener Mann von allen Männern der Welt meinen Weg kreuzen sollte. Aber ich tue es nicht, ich sehe keine Hinweise, die mir selbst nutzen.

- Du?, sagt der Mann und betrachtet mich, wie ich in meinem Gesprächszimmer im Keller am Tisch sitze.
- Ja ich, komm rein und setz dich.
- Ich wusste nicht, dass sie mich geschickt haben, um mit dir zu sprechen.
- Nein, wie solltest du das auch wissen?
- Ich wäre nicht gekommen, wenn ich das gewusst hätte.

- Das wundert mich nicht, aber hier bist du jetzt trotzdem, nun setz dich hin.

Über unser Gespräch, das weit davon entfernt ist, das schönste auf der Welt zu werden, müssen nicht lange Worte gemacht werden. Hier treffen sich nämlich das Großmaul, ganz Tochter ihrer Mutter, und ihr erster Kindsvater. In unserem Gespräch verbirgt sich trotzdem eine notwendige und lange, lange überfällige Abrechnung, aber die Dinge enden so, dass der Vater meiner Þóra und Sigga, die zu diesem Zeitpunkt schon achtzehn Jahre sind, sich einverstanden erklärt, meinem Rat zu folgen und sich in Behandlung zu begeben. Er sagt, dass er alles machen will, um trocken zu werden, und ich fahre ihn nach Vogur, wo er sich in jeder Hinsicht gut bewährt. Er bessert sich und widerlegt die Theorie, dass er unverbesserlich sei, und beweist das Gegenteil, dass ein genesender Mensch am besten lebt.

96. Es sind viele Lichtjahre, die uns trennen

Aber was wird aus mir, der fünfunddreißig Jahre alten Frau, die ständig versucht, andere zur Vernunft zu bringen, anderen zu helfen, ihre Visionen und Stimmen zu nutzen, um andere zu überzeugen, um andere auf Wiederholungen, Muster und Zeichen hinzuweisen und wie sie die üble Flasche vermeiden sollen? Wohin führt das Leben diese Frau eigentlich, und wie werden die Folgen aussehen, wenn sie das tut, was sie tun will? Sie möchte die Liebe leben, jeden Morgen aufwachen und dieses Gefühl spüren, das Ingibjörg Haraldsdóttir so gut in einem Gedicht beschreibt, das sie lange später liest.

An jedem Morgen
wache ich auf an deiner Seite
und denke:
da ist es lebendig geworden,
das Glück.

Sie möchte durch sein schönes Haar streichen, dort sein, wo er ist, das leben, was er lebt, das lesen, was er liest, das fühlen, was er fühlt, das sehen, was er sieht. Aber sie kann es nicht, darf es nicht. Sie hat auch keine Macht, das zu brechen, was sie versprochen hat, und doch fühlt sie, dass es nur ein Lebensglück gibt; zu lieben und geliebt zu werden.
Ich bin also verliebt wie nie zuvor und kann mich nicht kontrollieren. Ich versuche trotzdem sehr lange, es geheim zu halten, hoffe, dass die Gefühle vorbeigehen wie eine Wolke am Himmel, aber das tun sie nicht, sie werden nur stärker, und ich habe ständig schwerer mit mir selbst zu tun.

- Ich habe dich gewarnt, aber du hast nicht gehört, sagt meine Freundin, aber ihre Vorhaltungen helfen mir nicht, weder im Guten noch im Schlechten, ich sitze felsenfest in der Liebesfalle.
Aber es ist trotzdem nicht so, als ob ich gedankenlos sei, schließlich ist genug zu tun in einem großen Haushalt, und jetzt ist noch ein Gast in die Gruppe auf dem Laugarásvegur dazugekommen, und der kommt zu uns glücklich und froh und ist allen anderen ein bisschen unähnlich. Es ist eine schöne Frau in Tracht mit langen Zöpfen, sie ist Ende Juli 1894 geboren und kommt mit unerwartetem Licht ins Haus, einem Licht, das einen treuherzigen und vielleicht ein bisschen kuriosen Schein auf das Problem wirft, mit dem wir ringen.
Der neue Heimbewohner ist Steinunn Ólafsdóttir, meine Großmutter väterlicherseits von Kirkjubæjarklaustur. Sie ist schon recht vergesslich, aber ist nichtsdestotrotz völlig sicher, dass sie im Altersheim Grund nichts zu suchen hat. Inmitten von alten Leuten, oh nein, nicht Steinunn, das kommt überhaupt nicht in Frage.

Meine Großmutter ist ein großes Vorbild, und ich freue mich darauf, mich um sie zu kümmern und bei ihr zu sein. Das zerstreut die Gedanken, und ich hoffe gleichzeitig, dass die Unruhe in meinen Gefühlen sich verringert. Sie bekommt ein Zimmer im Keller bei Hansi und mir, sitzt aber nicht unbedingt immer dort, sondern wandert frei zwischen den Stockwerken herum und trifft dabei die Heimbewohner, die sie alle sehr sympathisch finden.

- Das sind die interessantesten Leute, Bíbí, sagt sie und unterhält sich auch mit meinen Kindern. Sonntags will sie in die Kirche, und wir gehen zusammen; sie macht sich zurecht in ihrer Tracht, singt lauthals die Psalmen, bekreuzigt sich von vorne bis hinten und glaubt nicht an ein anderes Leben als dieses.

- Schließlich ist dieses Leben absolut genug, meine Bíbí.

Als wir Kinder sind und Mutter sich ins Spital legen muss, um eine kaputte Gallenblase loszuwerden, bin ich mit meinem Bruder Fiddi und meiner Schwester Stella einen unendlich langen Sommer bei Großmutter Steinunn.

Fiddi und ich haben ständiges Heimweh und verbringen sehr viel Zeit oben auf dem Heuwender, tun so, als ob wir auf dem Weg nach Hause sind und denken uns alle möglichen Wege und Möglichkeiten aus, um so schnell wie möglich nach Múlakampur zu kommen.

- Die Oma ist komisch, sagt Fiddi auf dem Weg nach Hause.

- Ein bisschen, sage ich.

- Sie ist anders als Mutter.

- Ganz anders als Mutter.

- Aber sie ist trotzdem in Ordnung.

- Sie ist klug.

- Hat sie eine Gallenblase?

- Ja, sie hat eine Gallenblase, mein Fiddi.

Großmutter ist sehr ideenreich und speziell. Sie kleidet sich zum Beispiel in fünf Kleider auf einmal und tanzt über den Hof auf dem Land und fragt, ob wir sie nicht schick finden. Sie kneift meinem Bruder Fiddi in den Hintern und lacht, als ich einen Stock hole, um sie zu schlagen.

- Guter kleiner Beschützer, Bíbí, flüstert sie, und sie verbietet meiner Schwester Stella und mir, bei den Schafen im Pferch einzunicken, und reicht uns Wachpfosten.

- Benutzt die, wenn er über euch herfallen will, der Schlaf.

Aber er fällt nicht über uns her, der Schlaf, auf dem Land, schließlich ist immer genug zu tun; wir holen Eier aus dem Hühnerstall, treiben die Kühe, helfen sowohl im Kuhstall wie drinnen im Haus und lachen über Großmutter.

- Ihr dürft ruhig über mich lachen, wenn ihr wollt.

Ich erinnere mich auch an Großmutter aus der Zeit in Múlakampur, als sie und Großvater zu Fuß zu unserem Haus kommen. Großvater und sie, wie ausgeschnitten aus einem anderen Jahrhundert, und sehr sonderbar kam es uns vor. Er mit Hut, im Frack und sie herausgeputzt in der Tracht. Großmutter ist eine große Strickerin und schickt uns immer Handschuhe und Socken und strickt prunkvolle Decken für die Betten. Sie ist schließlich ein bisschen fein, gelernte Schneiderin, und Großvater ist Sattler, und sie sind seit Ewigkeiten verheiratet und überaus glücklich.

Großvater Friðrik stirbt 1974, und da geht Großmutter zu ihrer Tochter Ragnhildur auf Barónsstígur, wo sie lange unter guten Bedingungen weilt, sich mit Strickerei und Handarbeit in Hallveigarstaðir beschäftigt, sich zum Tanz im Hotel Borg aufmacht und das Leben lebendig lebt, auch wenn sie ihren Mann immer vermisst.

Es kommt dennoch am Abend häufig vor, wenn ich ihr ausgewählte Kapitel aus der Bibel vorlese - das ist ihr einziges Buch -, dass sie plötzlich hochfährt und etwas in diese Richtung sagt:

- Wie ist das mit deinem Großvater, Bíbí?
- Was ist mit ihm?
- Wo ist er, denkst du, kommt er hierher, kann ich mit ihm sprechen?
- Natürlich kannst du mit ihm sprechen.
- Gott steh dir bei, Kind, lies mehr.
- „Lasst die Kinder zu mir kommen und verbietet es ihnen nicht."
- Weißt du etwas über deinen Großvater, meine Bíbí?
- Er beobachtet dich gut.
- Und wie kann der Mann das machen?
- Sein Licht lebt, der Körper stirbt, aber nicht die Seele.
- Gott steh dir bei, Kind, sagt sie wieder, und in der Tat immer, wenn solche Sachen ins Gespräch kommen, obwohl sie versessen darauf ist, darüber zu sprechen.

Und die Alte verfolgt alles gut im Haus. Sie hört mit Eifer die Geschichten der Heimbewohner an, Geschichten von Einsamkeit, Kummer und Schnapstrinkerei, Geschichten davon, wie sie ihre Familien und Freunde verlieren und über Straßen und Plätze ziehen und oft bei jedem Wetter unter freiem Himmel schlafen.

- Entsetzliche Umstände sind das bei den armen Leuten, sagt sie und versteht all dieses grenzenlose Unglück nicht. Sie sitzt Weihnachten zu Tisch mit uns, eine dreiundneunzig Jahre alte Frau in ihrer Tracht, mit der Trachtenkappe mit Quaste und die Zöpfe hochgesteckt, aber sie kann kaum reden, so verwundert ist sie darüber, wie die Menschen ihre kostbare Zeit verschwendet haben.

- Es ist vielleicht gut, den Schnaps los zu sein, sagt einer.
- Hast du so viel Schnaps getrunken, mein Freund?
- Ja.
- Das ist unerfreulich zu hören.
- Ich habe wegen der Trinkerei alles verloren.
- Weshalb hast du dann so viel getrunken?
- Ich konnte mich nicht beherrschen.
- Wie kann das sein?
- Das ist nun die große Frage.
- Ich selbst habe nie Schnaps probiert.
- Sagst du die Wahrheit?
- Und nie Tabak, und kein Getränk kenne ich besser als heiße Milch.
- Und kennst du keine Drogen?
- Nein, das tue ich nicht, was ist das?
- Sie machen einen froh.
- Macht Gift einen froh?
- Ja, wenn man nicht zu viel davon nimmt.
- Willst du mir sagen, dass du dich aus eigenem Willen selbst vergiftet hast?
- Das ist vielleicht nicht so dumm, das so auszudrücken.
- Gott steh mir bei!
- Aber was habt ihr auf dem Land getan, um euch zu vergnügen?

- Nichts Besonderes, es hat einfach Spaß gemacht zu leben, sagt Großmutter, und es sind so viele Lichtjahre, die sie und uns andere trennen. Sie kann zum Beispiel unter keinen Umständen die Unruhe der Frauen - wie sie es nennt - verstehen, ständig irgendwo herumzuziehen und Schnaps zu saufen, in der Gefahr, ihre Kinder zu verlieren.

- Ich habe früh die Entscheidung getroffen, zu Hause bei meinem Mann zu sein und mit ihm das Getändel zu treiben, das alles überragte und am besten von allem war.
- Getändel?
- Ich empfehle eindringlich gutes Getändel, es hilft gegen alles, sagt meine Großmutter, und das Getändel ist ihr auch im Sinn, als ich mit ihr an einem sonnigen Tag zur ärztlichen Untersuchung gehe.
- Sei gegrüßt, sagt der Arzt und hebt die Stimme automatisch.
- Schrei mich nicht an, antwortet Großmutter ärgerlich.
- Entschuldige, sagt der Arzt und ist erstaunt über ihren guten körperlichen Zustand, volle Sicht ohne Brille, genaues Gehör und normaler Blutdruck, eine Frau in ihren neunziger Jahren.
- Was glaubst du selbst, was das verursacht, meine Steinunn? fragt er.
- Was verursacht?
- Weshalb glaubst du, bist du so gesund?
- Ich habe weder Alkohol noch Tabak probiert, geschweige denn mich selbst vergiftet, aber ich betrieb wunderbares Getändel jedes Mal, wenn es die Gelegenheit gab und ich in die Nähe meines Mannes kam.
- Getändel? fragt der Arzt und hat das Wort vorher noch nie gehört, genauso wie die Heimbewohner.
- Ja, hast du keine Frau, Mann?
- Doch, ich habe sowohl eine Frau als auch Kinder.
- Dann sollst du nur mit ihr Getändel betreiben, so dass sie eine ordentliche Gesundheit behält und lange lebt, die Frau.

Der Arzt bedankt sich für den guten Rat und verabschiedet sich herzlich, und am Abend, als ich Großmutter gebadet, sie zu Bett gebracht und ihr eine gute Weile aus der Bibel vorgelesen habe, sagt sie:

- Der Arzt war ganz in Ordnung, hat alles zusammen angeschaut, und jetzt brauchen wir uns keine Sorgen zu machen, Bíbí, nicht wahr?
- Nein, sage ich und bin sowohl müde wie auch in Gedanken. Ich

Rechts: Meine Großmutter, Steinunn Ólafsdóttir, zog zu uns auf den Laugarásvegur. Sie war sowohl gut wie fröhlich und drückte dem Haus ihren Stempel auf. Sie wunderte sich sehr, wie die Leute mit dem Leben umgingen, und fand das eine ziemlich üble Sache. Links: Mein Großvater, Friðrik Kristófersson, und Großmutter Steinunn in ihren besten Jahren in Kirkjubæjarklaustur. Sie waren glücklich und trieben Getändel so oft, wie sie die Gelegenheit hatten.

denke an meine Liebe und den Blick seiner Augen, den er mir heute geschickt hat, ich denke an sein weiches Haar und die sanft lächelnden Augen und seine Worte:

- Uns ist das bestimmt, Bíbí.

Aber meine Großmutter denkt an ihre Angelegenheiten und muss noch eine Antwort bekommen für das, was ihr auf der Seele brennt, schließlich ist ihre Welt ein- und dieselbe und dreht sich um sie selbst, wie die Welt von uns anderen und nicht zuletzt die meine.

- Aber kannst du mir dann eins sagen, Bíbí? Wann sterbe ich eigentlich und darf deinen Großvater treffen, wenn mir schon nichts fehlt, glaubst du, dass ich lange warten muss?
- Du wirst nicht darum betrogen zu sterben, genauso wenig wie

andere, sei nur ruhig. Wenn du gehst, dann schläfst du einfach ein
und erwachst nicht mehr, und dein Licht geht einen anderen Weg,
und dann triffst du alle die wieder, die du gerne hast, und darunter Großvater, und dann kannst du mit ihm alle die Spiele spielen,
die du willst; schlafe jetzt, meine Alte, sage ich und lösche das Licht,
wissend, dass es nun gilt, sich zu bewähren oder zu verrecken.

V: Oft ist das gut, was die Alten verkünden.
B: Ja, sie verfügen über Erfahrung.
V: Bist du dann einer Meinung mit Steinunn, deiner Großmutter?
B: Ja, sie hatte sehr Recht, und natürlich ist Getändel sehr gesund.
V: Bedauerst du die Erfahrung auf dem Laugarásvegur?
B: Nein, gar nicht, sie war einfach eine Ergänzung zu anderen Erfahrungen.
V: Bedauerst du irgendetwas?
B: Ja, aber etwas zu bedauern ist nicht das Gleiche, wie es ändern zu wollen.
V: Was?
B: Ich hätte eine bessere Mutter sein wollen, besonders für Sigga und Þóra, aber meine Reife war gering. Ich glaube, dass ich besser mit ihnen umgegangen wäre, wenn ich älter gewesen wäre, als sie zur Welt kamen. Das ist zumindest meine Vermutung.
V: Bedauerst du irgendetwas anderes?
B: Ja, es tut mir Leid, in der Schule für Bildende Kunst aufgehört zu haben, als ich 1975 dort begonnen hatte; aber das ging nicht, schon zu viele Kinder, und der Überlebenskampf war hart.
V: Kannst du nicht wieder anfangen?
B: Ich brauche so etwas nicht länger zu lernen. Es dient keinem Zweck, ich spiele einfach mit Farben.
V: Malst du?
B: Manchmal ein wenig.

Ich muss meine Gefühle leben, egal was es kostet. Ich muss ehrlich zu mir selbst und meinen Leuten sein, was auch passiert und wo ich auch lande. Und ich denke daran, wie Hugi zu uns kommt, diese Weihnachten, als meine Großmutter die Heimbewohner darauf hinwies, Getändel zu betreiben, zu uns ins Haus mit einem Weihnachtsbaum, er walzt wie ein großzügiger Prinz hinein aus einem wahnsinnigen Schneetreiben, küsst mich auf die Wange, wünscht mir frohe Weihnachten und geht, und auch wenn um mich herum all die Leute sind, die ich liebe, muss ich zur Seite gehen und weinen, und ich spüre, als ich in der Ecke stehe und auf meine Leute schaue, dass ich alleine auf der Welt bin mit diesem Geheimnis, an dem ich nicht vorbeikomme, es zu leben.

97. Wieder habe ich mein Leben zu verdanken

Ich hatte Hansi Ehrlichkeit und Vertrauen versprochen und er mir, und es ist meine Sache, dazu zu stehen. Ich erzähle ihm daher von meinen Gefühlen, dass ich Freiheit bekommen muss, um mit Hugi zusammen zu sein, dass ich die Scheidung will, dass ich dem Herzen folgen muss, sogar dann, wenn ich das Zuhause verlassen muss, die Arbeit, meine kleinen und großen Leute, ja, selbst, wenn ich alles aufgeben muss. Hugi kommt mir zu Hilfe, versucht auch mit Hansi zu sprechen.

- Wir wollen keine Streiterei, wir wollen, dass alles so gut ist, wie es sein kann, wir müssen einfach zusammen sein, und du musst verstehen, dass das nicht das war, was wir vorhatten, nicht das, was wir wollten, aber so ist es trotzdem.
- Ich kenne sie, seit sie vierzehn Jahre ist, und ich weiß, dass das vorbeigeht, sagt Hansi, und Hugi geht. Er beschließt, mit dem

Schiff nach England zu fahren, aber seine Abreise ändert nichts an meinen Gefühlen. Ich werde nur verzweifelter mit jedem Tag, der vergeht, kann die Unruhe nicht verbergen, und bald behauptet Hansi, dass ich ihn hintergangen habe und das Versprechen ihm gegenüber gebrochen habe. Aber das habe ich nicht getan, ich sage die Wahrheit, und Hansi glaubt mir. Hugi ruft dann an, als er an Land kommt, und sagt mir, dass es jetzt meine Sache sei, den Schritt zu tun, er hätte eine Wohnung gefunden und wolle mich zu sich nehmen:

- Und sei nicht so ein großer Feigling, Bíbí.

Aber ich bin kein Feigling, auch wenn ich im Guten Abschied nehmen will. Er muss warten, ich muss meine Angelegenheiten regeln, ich kann nicht davonlaufen, ohne nochmals besser mit meinem Mann zu sprechen und zu versuchen, eine Vereinbarung und Einvernehmen mit ihm zu erreichen. Das wird der erste Schritt, den ich gehen werde. Und ich beschließe, mit Hansi in die kleine Hütte in der Schlucht Hrafnagil zu gehen, die uns zusammen gehört und die wir uns einmal gekauft hatten, als es gut lief, und zum Anlass der Abrechnung kaufen wir Schnaps, Betrüger, die wir uns selbst gegenüber sind und den Leuten, die bei uns wohnen, und wir trinken den Schnaps und beschließen in Brüderschaft, dass Hansi vom Laugarásvegur weggeht und ich weiterhin dort bleibe und Hugi von mir fern halte. Was für Meister der Täuschung! Wir haben also vor, Freunde zu sein und uns in Einvernehmen und Harmonie zu trennen, und es soll nichts, nicht einmal unser eigener Betrug, den Leuten im Haus weh tun, und erst recht nicht unseren Kindern.

Mir bedeutet Hansis Verständnis viel, und ich sehe völlig daran vorbei, dass noch einmal der Alkohol die Macht übernommen hat und genauso wenig jetzt wie der sanfte Hausherr sein wird. Weshalb ich so tue, als ob ich völlig blind sei für alles, was ich zuvor erlebt und erfahren habe, kann ich nicht anders erklären als mit jenem Chaos, das meinen Geist erfasst hat und das ganz und gar verhindert, dass ich vernünftige Entscheidungen treffe.

Ich bin also blinder als irgendeine neugeborene Katze, aber gebe trotzdem vor, die Vereinbarung mit Hansi einzuhalten, Hugi von mir fernzuhalten. Aber die nächsten Tage ändert sich alles. Wir sind es, die die Regeln des Hauses brechen, die wir selbst gesetzt haben. Wir, die Schnaps in unserer Wohnung trinken, wenn meine Großmutter, die Mädchen und Hlynur eingeschlafen sind. Und als Hansi sagt, dass er jetzt gehen würde und später vorbeischauen werde, sehe ich mich nicht vor, ein Unglücksrabe, der ich bin, denn als ich denke, dass er gegan-

gen ist, rufe ich Hugi an und sage ihm, dass jetzt alles klipp und klar sei und die Scheidung unter Dach und Fach.
Aber mein Hansi ist nicht weit gegangen. Er hört das Telefongespräch, und er dreht durch, und das Nächste, an das ich mich erinnere, ist, dass ich mit einem Schädelbruch im Stadtkrankenhaus aufwache. Mir war es noch gelungen, meine Schwester Stella anzurufen, die mich anschließend bewusstlos vom Boden aufsammelte, mich in ärztliche Behandlung brachte und damit mein Leben rettete. Wieder habe ich jemandem mein Leben zu verdanken.

98. Die Liebe ist ein Magnet

Es müssen keine langen Worte darüber gemacht werden, dass ich einstimmig meines Amtes enthoben werde, weil ich die Regeln des Hauses gebrochen habe, und Margrét Blöndal übernimmt den Betrieb.
Damit endet mein Vorsitz für das Therapieheim auf Laugarásvegur 24 in einer Ruine von Betrug und Täuschung. Mir war es gelungen, anderen zu helfen, aber nicht mir selbst. Und der Kontakt zwischen Sigurhans Hlynsson und mir ist auch abgebrochen. Ich bin alleine im Boot mit meinem Hlynur im Heck des Bootes und wir segeln gut zusammen. Meine Großmutter wird im Altersheim in Kirkjubæjarklaustur untergebracht, da wo jenes Sommermädchen zu Sommeranfang 1988 bei Sonnenschein stirbt, also zwei Jahre später. Maggý entscheidet sich, ihrem Vater zu folgen.

- Ich kann Papa nicht allein lassen, Mama, du wirst das wohl verstehen.

Þóra und Sigga bleiben bei Hansi auf dem Laugarásvegur zurück, der, seltsam genug, seine Arbeit dort fortsetzt.

- Wir kommen zu dir, wenn du einen Aufenthaltsort gefunden hast, meine Mama.

Entschlossen darin, das Leben jetzt noch einmal auf die richtige Bahn zu bringen, geht Bíbí Ólafsdóttir mit ihrem Sohn Hlynur in die Hütte

Die Familie zerfiel nach dem „Abenteuer" auf dem Laugarásvegur, und Hlynur und ich zogen zusammen in ein kleines Häuschen am See Elliðavatn; wir sind immer gut miteinander klar gekommen und haben einander verstanden.

Hrafnagil am See Elliðavatn, und als sie dort stehen, Mutter und Sohn, scheint es ihr, dass sie wieder am Anfang steht – ich bin im Elliðaárdalur geboren und am Elliðavatn werde ich wieder geboren werden –, und sie sitzt mit ihrem vierjährigen Sohn am See und sie fischen, und auch wenn sie mehr als am Boden ist, ist sie eine freie Frau, die neu anfängt und sich natürlich bewähren will, was sonst, und schnell finde ich eine Wohnung in Vesturbraut 12 in Hafnarfjörður und finde es gut, von dort aus meine neueste Wanderung zu beginnen.

- Nimm dich in Acht, Bíbí, nimm dich in Acht, sagt meine Freundin, die mich nie verlässt, die immer zu mir hält, sogar dann, wenn ich nicht fähig bin, es selbst zu tun.

- Ich weiß jetzt eigentlich nicht, was das ist, wovor ich mich diesmal in Acht nehmen soll, Kolbrún, der Weg von hier kann nur nach oben führen.

Wir ziehen also in die Vesturbraut 12. Die Etage besteht aus zwei Zimmern und einem offenen Raum, ohne Toilette und ohne alle Renovierungen, und daher gibt es wenige, die daran Interesse zeigen,

schließlich bekomme ich sie, und Hugi kommt zu mir, und wir beginnen unseren Haushalt.
Wir sind glücklich wie frisch erblühte Rosen, wir trinken nicht, was natürlich die Hauptsache ist, und er wird Seemann, der Prachtjunge, bekommt Arbeit auf dem Boot Hersi von Hafnarfjörður und ich im Autokiosk, fest entschlossen, dort nicht lange zu bleiben. Ich habe nämlich Interesse, mir eine Handarbeitswerkstatt für meine Knüpfereien einzurichten, ich knote Wiegen, Körbe, Vogelkäfige und Taschen, und mit der Zeit gelingt es mir, den Traum Realität werden zu lassen, so einigermaßen zumindest.
Þóra und Sigga kommen zu uns, wie sie versprochen hatten, dass sie es tun würden, und fangen an, im Gefrierhaus zu arbeiten, bevor Þóra in die Berufsschule geht und Sigga in Flensborg auf die weiterführende Schule in Hafnarfjörður. Aber bald suchen sich diese achtzehnjährigen jungen Mädchen eine eigene Wohnung, kommen aber trotzdem täglich zu Besuch, um nach dem Rechten zu sehen.

- Ist nicht alles in Ordnung, meine Mama?
- Ist nie besser gewesen, Mädchen.

Maggý geht bei uns ein und aus, auch wenn sie offiziell bei ihrem Vater wohnt, und langsam bringen wir unser Heim in eine zufriedenstellende Form. Natürlich vermisse ich die Leute vom Laugarásvegur, aber sie kommen zu Besuch, bringen mir Blumen und erzählen mir Geschichten, beschuldigen mich nie, aber finden Wege, damit es mir so gut wie möglich geht, und es muss gesagt werden, wie es ist, dass ich trotz meines Bedauerns, meiner Gewissensbisse und Scham eine glückliche Frau bin und zufrieden mit der Entscheidung, die ich getroffen habe. Ich bin zufrieden mit dem Leben, das ich lebe, und bin manchmal so froh, dass ich, die ich nicht singen kann, meine Stimme in der Dusche erhebe – O, sole mio -, und ich spüre, dass meine Haut weicher ist als je zuvor und der ganze Körper schöner; Hugi ist der beste von allen und ich kann in seinen Augen versinken und ich liebe auch sein Herz und ihn ganz, wie er ist.
Er weiß ebenfalls meine Begabungen zu schätzen und versucht, mich dazu zu bekommen, mich mit ihnen zufrieden zu geben, und die end-

lose Gegenwehr mir selbst gegenüber und dem, wofür ich stehe, aufzugeben.

- Ich liebe dich, wie du bist, und versuche einfach, das selbst zu tun, sagt er und bringt mir Bücher, so dass ich mich darüber informieren kann, was mir gegeben ist, und spüren, sehen und hören, dass ich keinesfalls die einzige hellsichtige Person auf der Welt bin, aber meine Aufgabe sei es, das von Tag zu Tag besser zu verstehen, so dass ich anderen und mir selbst besser helfen kann.

Selber ist er zuerst skeptisch.

- So bin ich erzogen, und so ist meine ganze Familie und es ist schwierig davon loszukommen.

Aber indem er versucht, mich zu überzeugen, erlangt er selbst Überzeugung, sagt er. Ja, er bezaubert mich völlig, und es kommt mir vor, als ob ich unaufhörlich auf den Flügeln der Liebe schweben könnte, und ehrlich gesagt tue ich so, als ob ich die dunklen Flecken in seinem Licht nicht sehe, die nicht verschwinden, sondern dort ganz genau so stark herrschen wie damals, als ich ihn zuerst in Vífilsstaðir sah und die Kaffeetasse nach ihm warf. Aber ich bin völlig verzaubert und genieße es, das unerwartete Leben mit ihm zu leben, der mich zum Essen ins exclusive Restaurant Lækjarbrekka, einlädt, denn das ist etwas, was ich vorher nicht gekannt habe, der es genießt, mir alles zu bieten, Rotwein und Rosen und schick soll es sein, die Abstinenz währt nicht lange, und er schenkt mit Lust und Genuss. Er lackiert mir die Nägel, sowohl an den Zehen wie an den Fingern, kauft mir Lippenstift, Nagellack, Kosmetikkram, immer wieder Blumen, und er bringt mir ein Leben bei, das ich nicht kannte, ein Leben, das voll ist von Zärtlichkeit und Liebe, und mir kommt es vor, als wäre ich nie zuvor eine Frau gewesen. Es kommt mir vor, als ob ich vorher eine Seele gewesen wäre und Ideen, aber jetzt einen Körper hätte, der Genuss und Wohlbehagen ersehnt.

- Alles, was dich erfreut, meine Bíbí, sagt er, und mit ihm verstehe ich als erstem die Liebe meiner Großmutter Steinunn zu einem wunderbaren Getändel, von dem ich nur hoffe, dass es mein ganzes Leben anhält.

99. Die Träume gehen in Erfüllung

Die Tage vergehen im Glücksrausch, und ich bin entschlossen, es anzupacken und meine Selbstständigkeit zu schaffen. Was ist auch besser als eine selbstständige Frau, die liebt? Ich habe vor, mich gleich daran zu machen, mir ein Domizil zu suchen für die Knüpfarbeiten, die Bettwäsche, Kopfkissenbezüge, Tischdecken, Gardinen, die ich bemale, und meine ganzen Handarbeiten. Ich will eine Handarbeitswerkstatt haben, wo ich an meiner Arbeit sitzen kann und Leute empfangen kann, die etwas bei mir kaufen wollen. Der Traum ist, davon zu leben, was ich kreiere, und es ist nicht schlechter, einen Mann zu haben, der mich zu allem anspornt, wenn er an Land ist.

Ich empfange ihn am Kai, Gott, wie unwiderstehlich der Mann ist, und jeder Tag, den er zu Hause ist, gleicht einem Märchen, und zudem verstehen er und Hlynur sich auch gut miteinander; er lehrt ihn, unterrichtet ihn, plaudert mit ihm und erklärt ihm nach bestem Vermögen alles, was ihm auf den Nägeln brennt.

Wenn ich sie betrachte, wie sie zusammen sitzen, bin ich die seligste Frau der Welt. Kinder gehen vor bei Hugi, für Kinder ist nichts zu gut, und so sollen die Menschen sein, und die Gedanken, dass das jetzt zu gut sein könnte, um wahr zu sein, kommen mir nicht in den Sinn.

Es dauert nicht lange, bis der Traum von der Handarbeitswerkstatt Wirklichkeit wird. Ich finde ein Geschäft am Platz Eiðistorg und miete es – eins, zwei, drei, ich kann alles. Im nicht eingerichteten Saal will ich Nähmaschinen unterbringen und alle dazugehörigen Geräte, und ich beauftrage Männer mit der Inneneinrichtung, Vater hilft mit und zimmert den bogenförmigen Verkaufstresen, und ich streiche den Boden pink und schleudere schwarze Farbchips darauf.

„Das Schlüsselloch", so will ich meinen Betrieb nennen, ist Wirklichkeit geworden.

Ich bin jetzt eine selbstständige Frau, die einen eigenen Geschäftsbetrieb hat, und es steht dem nichts im Weg anzufangen. Aber die Verwirklichung stellt sich als teuer heraus, und Hugi kommt mit dem Vorschlag an, die Angelegenheit zu retten, indem wir etwas mehr zum

Was ist besser als eine selbstständige Frau, die liebt, zu sein?
Die Mode der achtziger Jahre war unvergleichlich; ich fand mich dort schick.

Verkaufen finden als das, was ich selbst herstellen kann, mehr müsse dazu kommen, so dass die Sache aufgeht.

- Kein Problem, Bíbí, wir gehen es einfach sofort an.

Und damit im Sinn fahren wir nach Lissabon in Portugal und mit uns auf der Reise sind Hlynur und Hugis Vater, der denselben Namen trägt wie er. Hugi senior ist ein wunderbarer und hilfsbereiter Mensch, der alles für uns tun will. Sein Sohn nennt ihn Eppi, und es macht Spaß, mit ihnen zusammen zu sein und zu wissen, dass die finanzielle Lage in Ordnung ist, schließlich bin ich auf dem richtigen Weg mit dem Wohlwollen und einem Scheckheft von der Volksbank. Ist es möglich, sich etwas Besseres vorzustellen?

Hugi besorgt uns Reiseschecks, und wir landen in Glasgow, wo er mir nach Gentleman-Art einen Heiratsantrag macht. Er will mich sofort heiraten, wenn wir nach Portugal kommen.

- Wir werden bis zum Lebensende zusammen wohnen, einander ein Leben lang treu und vertraut sein, nichts und niemand wird diese Entscheidungen ändern können.

Und ich, romantisch wie ein Filmmädchen ohne Vergangenheit, sehe uns als altes Ehepaar vor mir, das zusammen im Garten spazieren geht und nichts als gute Erinnerungen hat. Die Fenster unseres Hauses werden voller Blumen sein, und es wird himmlisch werden, mit Hugi älter zu werden. Wir mieten dann ein Auto und fahren den gesamten Weg nach Portugal mit allen möglichen schönen Stopps auf dem Weg dahin. Das Leben ist voller unerwarteter Ereignisse, Freude, Verständnis und Vergnügen, und Hugi ist ein Mann von Welt und ein Boss und trinkt feinen Alkohol am Abend, isst gutes Essen und ist in jeder Hinsicht angenehm und sanft.

- So soll das Leben sein, Bíbí.

In Lissabon macht er sich schick in glänzend feinem Anzug mit prächtigem Schal. Er sieht aus wie der Prinz, der er wirklich ist, und spricht alle Sprachen der Welt. Was für eine Glücksfrau ich bin, und wir gehen ins Restaurant, und er singt und trällert auf Deutsch, hält ein Konzert für die anderen Gäste und die Bedienung, und er überstrahlt alles, und es strahlen alle um ihn herum und wir bekommen eine königliche Bedienung, nicht zu vergessen den großen Jubel wegen der Vorstellung. Aber alte Füchse schieben natürlich den Kopf vor, und Hugi muss sich häufiger einen Tropfen genehmigen als nur am Abend; die Anlässe liegen „auf jeder Türschwelle“, und ich verstehe nicht, wie es mir gelingt, mir vorzustellen, dass plötzlich irgendein anderes Gesetz für sein Trinken gilt als für das anderer Leute. Aber Hugi ist nicht wie andere Menschen, und daher tue ich, als ob ich die ständig warnenden Worte nicht höre.

- Nimm dich in Acht, Bíbí, nimmt dich in Acht.

Ich verschließe Augen und Ohren und schaue verzaubert auf den Weg vor mir. Es wurde mir nicht auf den Weg gegeben, aus Erfahrung zu lernen, und es kommt mir vor, als ob ich neu geboren wäre und könnte alles zum ersten Mal ausprobieren. Ich bin jetzt das unbeschriebene Blatt von Hugi, und wir fahren zum Großhandel und kaufen ein und erreichen gute Konditionen; kaufen eine große Menge von bestickten Morgenmänteln, Handtüchern und Pantoffeln. Mein „Schlüsselloch“ wird blühen, und die Geschäfte werden wunderbar laufen, und ich habe fast die ursprüngliche Idee von der selbstständigen Frau vergessen, die vorhatte, ihre Handarbeitswerkstatt selbstständig zu betreiben. Aber was soll's?

- Die Ideen ändern sich und entwickeln sich, meine liebe Bíbí. Und plötzlich erinnere ich mich an den Traum, den ich auf dem Laugarásvegur geträumt hatte, und sollte ich einmal ein bisschen verdrossen gewesen sein, verschwindet mir all so etwas, wenn ich mich an den Traum erinnere:
die Haustür von Nummer 24 zu öffnen
und draußen dieser furchtbare Regenguss
und so große Tropfen, dass sie eher Kugeln gleichen als Regen da,
wo sie hinfallen,
und ich weiß, dass ich hinaus in diesen Regen gehen muss,
und ich tue es, und gleichzeitig bilden sich Tunnel im Regen,
Regentunnel, und ich gehe durch sie hindurch, als ob nichts sei,
und Regen über mir und überall um mich herum
und ich fühle mich wohl auf dem Spaziergang
und der Regen berührt mich nie,
und als der Spaziergang zu Ende ist, bin ich frei und trocken
und rein und allein.

Der Traum beruhigt mich jetzt, wie er mich beruhigte, als ich alle Regeln gebrochen hatte und alle Brücken hinter mir abgebrochen hatte auf Laugarásvegur 24.

Aber was, Hugi will am Silvesterabend heiraten, aber wir bekommen die erforderlichen Papiere nicht rechtzeitig, denn das System ist langsamer als zu Hause; wir beschließen daher, die Hochzeit zu verschieben, aber das Versprechen zu feiern, das Gelöbnis und die Liebe, indem wir wirklich schick Essen gehen am letzten Abend des Jahres.

Wir sind verheiratet, obwohl die Papiere fehlen, und Hugi handhabt das Geld, schließlich ist er es, der am besten damit umgehen kann, und man muss nicht nach dem Grund fragen, warum wir einen wundervollen Abend haben mit Hlynur und jenem frisch gebackenen Schwiegervater. Obwohl es nett ist, mit ihnen zusammen zu sein, müssen wir die Welt auch allein und selbst erleben, und es kommt dazu, dass Eppi auf Hlynur aufpasst.

- Ganz selbstverständlich, meine Kinder.

Es ist gute Stimmung zu erwarten, und Hugi geht in die Bar, um Schnaps für uns zu holen, und bald entschwindet er meiner Sicht. Als er so lange weg gewesen ist, dass ich schon fast befürchte, Moos anzusetzen, beschließe ich, ihn zu suchen. Aber es ist, als ob die Straßen ihn verschluckt hätten, und nach einem großen Langstreckenlauf sehe ich mich zu nichts anderem in der Lage als wieder zurück nach Hause ins Hotel zu gehen – dort sollte er sein –, aber dort ist kein Hugi anwesend, nur Hlynur und Eppi, und wir sitzen zusammen und machen das Beste aus der Sache, beschließen zu warten und einfach ruhig zu sein.

- Er kommt immer wieder, mein Hugi, sagt sein Vater, und das ist richtig. Am dritten Tag findet sich mein Mann ein und ist völlig merkwürdig und so todmüde, dass er schlafen muss.

- Ärgere dich nicht, Bíbí, ich bin heimgekommen, kein Grund zu verzweifeln, auch wenn man mal weggeht, die Zeit ist nicht von Interesse.

Ich antworte ihm nicht, aber lobe natürlich das Glück dafür, dass er unversehrt ist, mache mich dann heimlich an seiner Geldbörse zu schaffen, als er eingeschlafen ist, bin es leid, ohne Geld zu sein, finde Geld und eine braune Haschischmasse dazu.

Ach, was für ein Schaf ich bin, der Alkohol ist wohl nicht genug für den Freund. Ich komme direkt zur Sache, spüle das Hasch ins Klo, suche Blätter, feuchte Blumenerde, Kaffeesatz, stampfe es zusammen und bereite Klumpen zu, die ich trockne, dann in dieselbe Papiertüte stopfe und wieder in der Geldbörse platziere, und als er aufwacht und sich seine Pfeife stopft, sehe ich, dass mein Kuchen verdammt gut wirkt.

- Trink nicht auf dem Heimreise, Hugi, sage ich.

- Natürlich nicht, antwortet er und verspricht das, was er nicht halten kann, und ist schon feuchtfröhlich, als wir landen. Sein Cousin Ómar empfängt uns und fährt uns nach Hause nach Vesturbraut, und schnell vergesse ich alle Fehltritte.

- Ach, erinnere mich nicht daran, mein Schatz.

Nein, es gibt nichts, was die Liebe beschädigen kann, überhaupt nichts, und das soll auch nie passieren.

100. Lass uns morgen bereuen

Wir heiraten dann in der Kirche Kálfastaðarkirkja. Unsere Väter sind Trauzeugen, und Maggý ist Brautjungfer, und ich sehe die Sonne nicht vor Glück; der Pfarrer spricht über die Verantwortung der Ehe, und wir verstehen sie sehr gut und fahren dann mit einer Limousine zum Restaurant A. Hansen in Hafnarfjörður, wo wir trinken und froh sind.

Das Leben ist teuer,
der Tod seine Bezahlung,
lass uns heute Abend trinken
und morgen bereuen.

So sprach der Vorsitzende Hannes Hafstein, der erste Ministerpräsident von Island, und Hugi, der diese Unmenge an Gedichten beherrscht, die zu jedem Anlass passen, ist von Herzen seiner Meinung. Er kritisiert mich allerdings dafür, am Hochzeitstag selbst nur Wasser zu trinken.

- Du kannst dich nicht benehmen, Bíbí, sagt er, aber vergisst es schnell, und die Nacht verbringen wir dann im Holiday Inn, wo er mir eine neue Liebestechnik beibringen will, die ich nicht probieren will. Er fällt daher in tiefen Schlaf, und ich denke an meine entschwundenen Leute; sehe das Licht von meinem Bruder Matti, und ich wache und weiß, dass er seine kleine Schwester beobachtet, die ihren neuen, schönen Mann auf dem Kopfkissen betrachtet.

- Glaubst du, dass es nicht gut wird, Matti?

- Alles ist gut.

- Alles?

- Alles ist am Ende gut.

- Am Ende, flüstere ich, die kein Ende wahrnimmt, sondern nur einen neuen Anfang, und das Licht von Matti verschwindet, und ich vermisse es. Ich ersetze es dadurch, an ihn zu denken, und erinnere mich daran, wie gut er immer zu mir war und wie froh ich war, dass er nach Mutter von hinnen gegangen war, froh, dass Mutter ihn nicht zu verabschieden brauchte, sondern er sie, und die Gedanken werden zu Bildern. Hugi atmet tief an meiner Seite, und ich weiß, dass er die ganze Nacht schläft, und während ich mich darauf freue, dass er aufwacht, sehe ich Matti zu uns zu Besuch kommen in Austurgerði in Kópavogur, als meine Mädchen winzig klein sind.

- Erinnerst du dich auch daran, Matti?

Ich bin mit ihnen in meinem Zimmer, und ich komme ihm etwas grauschimmelig und traurig vor, und da macht er nicht viel Federlesens und verhandelt mit Mutter, wie es nur ihm lag.

- Schau doch nach den Mädchen, meine Mutter, während ich ein bisschen Leben in meine kleine Schwester treibe. Und wir machen uns auf den Weg nach Foss, und ich habe nicht einmal Kleidung bei mir, so groß ist die Eile, und er stoppt oft auf dem Weg und treibt mich aus dem Auto und bereitet mit einem Griff einen Ausflug ins Grüne mit Picknick und Beeren zu. Als wir nach Foss kommen, treffen wir Ásta, die nach Westen gezogen ist, und wir machen uns auf zur Tanzveranstaltung, und als Matti sieht, dass die Jungs mir schöne Augen machen, springt er hinauf auf die Bühne und sagt ihnen, dass sie mich in Frieden lassen sollen, und sie tun es. Und ich bin drei ganze Ruhetage bei ihm und Ester, und dann fährt er mich in Luftsprüngen heim und dankt Mutter für das Ausleihen des Mädchens.

- Ich habe dir für so vieles zu danken, Matti, sage ich und erinnere mich, als er im November 1984 stirbt, dass ich ihn fröhlich lächelnd in der Kirche sehe.

- Man muss nun alles beobachten, sagt er, als über ihm Operngesang gesungen wird, und er freut sich, weil er selbst Opern liebt und auch singt.

Bei seinem Leichenschmaus erstirbt plötzlich die Lichtversorgung auf Foss, er hatte ein Kraftwerk in den Wasserfall gebaut, um eigenen Strom zu haben, und die Versorgung war nie zuvor ausgefallen, aber mein Bruder lässt von sich wissen und stellt kurz darauf den Strom wieder an.

- Man muss nämlich sein Versprechen halten, Bíbí, und sich bemerkbar machen.

Und dann sehe ich ihn nach einem langen Arbeitstag nach Hause nach Foss kommen, in die Bergflanke springen und lauthals irgendein schönes Lied singen, und wie ich dort in der Hochzeitsnacht an der Seite von Hugi liege, kommt es mir vor, als ob ich mein Glück mit Matti, dem Knirps, dem Schlawiner, geteilt habe, den ich immer vermisse.

- Kümmer dich um deine Angelegenheiten, Schwester, flüstert er, und sogleich schaue ich auf den begehrenswertesten Mann der Welt auf dem Kopfkissen und streiche durch sein Haar und schlafe ein.

101. Einer kommt, der andere geht

Als wir am nächsten Morgen erwachen, ist mein neuer Mann finster und unglücklich, und über ihm ist irgendeine unerklärliche Wehmut. Es ist dort am frühen Morgen, dass ich zum ersten Mal jenen dunklen Hugi kennen lerne, den nichts erfreut und alles ärgert, dort kommt der Mann zu Tage, der nicht aufsteht, sich nicht wäscht, sich nicht rasiert, kein Wort sagt, aber für Tage in tiefem und vernichtendem Schweigen weilt, einfach für Tage im Bett liegt und mit seinem anderen Ich kämpft, das wahrhaftig ganz aus dem Takt ist mit dem Selbst, das ich an ihm liebe.

Mir wird schnell klar, dass in Hugi zwei Menschen wohnen, und der, den ich nicht liebe, nicht kenne und nicht kennen lernen will, wird ständig vorherrschender, und dann liegt Nebel über dem Haus, kein leichter Talnebel, sondern so dichter Nebel, dass es schwierig ist, sich vorzustellen, dass man irgendwann noch einmal die Hand vor Augen sehen wird. Es geschieht trotzdem wie ein Wetterumschwung, dass die Würfel ganz anders fallen; es klart auf vor der verloschenen Sonne, und der freigebige und gute Prinz kommt trabend aus dem tiefdunklen Nebel. Er wirft sich ins Bad, trägt Rasierwasser auf und kleidet sich an, setzt sich zu mir und sagt dann so sanft, dass ich keine Worte habe; in der Tat bin ich völlig verblüfft über jene clevere Übertragung, die er in Worte fasst, als er sagt:

- Bist du nicht lange genug übler Laune gewesen, Bíbí? Du musst einfach versuchen, die üble Laune anzugehen, sie ist unerträglich so über Tage hinweg, mein Schatz, zeig jetzt deine fröhliche Seite.
- Versuche nur, dir die Situation sofort klar zu machen, kleine

Schwester, höre ich Matti flüstern, und ich weiß jetzt, was es war, was ich in der Nacht nach der Hochzeit verstehen sollte. Ich sollte sehen, was der wirkliche Unterschied ist zwischen einem vertrauenswürdigen Mann und einem, der es nie werden kann. Natürlich ist es immer leicht, hinterher klüger zu sein, aber als dies geschieht, ahne ich gar nichts von dem, was kommen wird, und ich hätte dem auch keine Bedeutung beigemessen, auch wenn mir die Tatsachen Schwarz auf Weiß vorgelegt worden wären.

Aber aller Hagel klart nun irgendwann auf, und Hugi hört auf See auf.

- Ich bin an Land gekommen, mein Schatz, und jetzt habe ich vor, am Aufbau des „Schlüssellochs" teilzunehmen. Wir machen das zusammen, und wir machen es großartig und schick.

Er ist ein Mann großer Pläne, will schnell aufbauen, ergänzen und vieles verändern, und jetzt fangen die Räder an sich zu drehen. Wir mieten ein Warenlager in Kópavogur für die Vorräte, es schadet nicht, die Sachen ordentlich aufzubewahren, und Hugi verwandelt sich wahnsinnig schnell in einen großen und gewaltigen Manager, der alles plant. Er trifft einen Verantwortlichen nach dem anderen, macht große Geschäftsverträge in Óðinsvé, einem exklusiven Hotel und Restaurant in Reykjavík – Prost darauf, meine Freunde -, und die Freunde kommen zu Besuch zu uns nach Hafnarfjörður, und sie trinken und rauchen Hasch und Gras.

- Bosse müssen sich zusammen tun, Frau, das wirst du wohl verstehen.

Aber nein, das ist genau das, was ich weder verstehe noch haben will, und dort setze ich die Grenze.

Ich will das nicht in der Nähe meines Sohnes sehen. Hlynur soll nicht dasselbe Unglück und dieselbe Dummheit erleben, wie meine Mädchen es in Akureyri und auf den Westmänner-Inseln taten. Das kommt einfach nicht in Frage. Solch eine Wiederholung des Todes will ich nicht. Ich werde diese Bedingungen wohl stellen können.

- Ach, sei nicht so kleinlich und miesepetrig, Schatz.

Der Geist des Managers wächst und gedeiht. Er gewinnt meinen

Bruder Fiddi zu seiner Verstärkung, und das Geschäft geht los, und alles geht recht gut, zuerst. Aber die Ideen vergrößern sich eine nach der anderen und werden zu einem großen Baum mit schweren Ästen, und aus irgendeinem Grund werde ich schnell verbittert; ich bin es, die dumm ist und töricht und nie etwas mitmachen will, und eine Schande, dass so eine Frau Entscheidungen treffen darf, dass sie den Gewerbeschein besitzt und Angelegenheiten zustimmen muss, von denen sie nicht das Geringste versteht.
Ich gebe freilich schnell auf. Ich will energiereich und schön und gut sein, wie er einmal fand, dass ich es bin, aber ich habe nichts an mir von solch wagemutigen Aktionisten und Pionieren, und schließlich lasse mich darauf ein und öffne alle Geldtaschen. Wir kaufen einen furchtbar teuren Computer, und Fiddi sitzt Tag und Nacht und kreiert. Er stellt eine Versandliste her, Muster für die Versandliste werden besorgt, Fotografen für die Muster, neue Computersysteme werden erfunden, und die Männer sehen unerdenkliche Zeiten und großes Wachstum voraus. Ich sage nichts, aber weiß seit langem, dass das mit Schrecken enden wird.

Im Februar 2003 stirbt mein Bruder Fiddi in Laos, wo er die letzten Jahre gewohnt und gearbeitet hatte. Am Abend, bevor er zum letzten Mal ins Ausland fährt, kommt er zu mir, und wir sitzen bis spät in die Nacht zusammen und unterhalten uns vertrauensvoll über die Vergangenheit und die Zukunft, wie wir es immer tun, wenn wir uns treffen. Fiddi sagt mir unter anderem, dass er immer Heimweh hat, seine Kinder vermisst, Vater und uns alle, und dass seine Gefühle ihm viel Kummer verursachen.
Früh am Morgen fährt mein Mann ihn hinaus zum Flughafen, aber als ich ihn im Flur auf Brekkustígur in Keflavík, wo wir wohnen, verabschiede, spüre ich seine Schmerzen wegen der Trennung von den Menschen, die er gerne hat, und ich spüre auch besonders seine Todesnähe, und dieses Gefühl verursacht mir große Schmerzen. Ich weiß, dass dies das letzte Mal ist, dass ich ihn lebendig sehe, und erinnere mich an das Versprechen, das ich Mutter gegeben habe, dass ich immer auf ihn aufpassen

werde. Ich finde es fast unerträglich, zu wissen, dass ich ihn nicht wieder lebend zu sehen bekommen werde, und hoffe innig, dass mein Gefühl falsch gewesen ist, dass ich es mit dem Trennungsschmerz verwechsle.

Wenige Monate später träume ich einen Traum. Mir kommt es vor, dass meine Tochter zum Wohnzimmerfenster geht und sagt:

- Mama, der Fiddi kommt.

- Das kann nicht sein, sage ich und gehe zu ihr ans Fenster und sehe dann, dass es draußen in Strömen regnet und am Gehweg ein Taxi steht; aus ihm steigt mein Bruder völlig nackt und kommt triefend nass zu uns herein.

- Was tust du hier? Ich habe gedacht, du wärst in Laos, sage ich.

- Mein guter Gott, bist du völlig nackt, Junge? sage ich verwundert.

- Ich komme nur zu dir, wie Gott mich geschaffen hat, antwortet er, und ich hole eine Decke, wickele sie um ihn herum, und er setzt sich zu mir aufs Sofa.

- Ich wollte dich nur von mir wissen lassen, meine Bíbí.

Ich blicke dann auf seine Füße und sehe, dass der eine Fuß stark geschwollen und dunkelblau ist.

- Wie sieht denn dein Fuß aus?

- Ich bin mit einem Golfschläger geschlagen worden.

Länger ist der Traum nicht, und als ich aufwache, weiß ich, dass nichts Gutes zu erwarten ist, der Sorgenknoten im Magen vergrößert sich mit jeder Minute, die vergeht; das Gefühl der Abschiedsstunde und Gefühle von Todesnähe suchen mich heim. Zwei Tage später bekomme ich die Nachricht, dass er tot bei sich zu Hause gefunden worden ist, seine irdischen Überreste würden nach Hause nach Island geschickt.

Mich überrascht es nicht, dass Fiddi mich von sich wissen lassen wollte, wir sind immer gut miteinander klar gekommen und ich habe ihn innig gerne gemocht. Ich überlege lange, wie sein Tod eingetreten ist.

- Ich bin mit einem Golfschläger geschlagen worden.

Viel später erreichen mich die Nachrichten, dass Fiddi in Laos begonnen hatte, Golf zu spielen, und auf dem Weg zum Golf gewesen sei, als er auf den Badezimmerfußboden hinfiel, gerade aus der Dusche gekommen, der eine Fuß sei dunkelblau und geschwollen gewesen. Ich lasse mir diese

Nachricht genügen, denn hätte er gewollt, dass etwas anderes zu Tage gekommen wäre, hätte er mir das schon gesagt. Ich werde auch jedes Mal von Freude erfüllt, wenn ich sein Licht sehe; es ist so schön.

Ich sehe den Zusammensturz vor mir wie einen Erdrutsch, und ich warte darauf wie jene kreisende Maus im Nachttopf, die ich mittlerweile bin inmitten von aller Schaffenskraft und Ideenfreude – und ich, die nur eine einfache Handarbeitswerkstatt haben wollte.
Und auch wenn ich Entsetzliches erwarte, hat Hugi nun trotzdem noch wie zuvor diesen Zaubereinfluss auf mich.

- Willst du mit mir wachen heute Nacht, und, Schatz, stresse dich nicht.

Aber obwohl die Liebe lebt und mich völlig täuscht, ist die Furcht geweckt, und ich muss alle meine Kraft zusammennehmen, um vor ihren Klauen davonzulaufen. Noch einmal ist der blöde Wurm auf der Bildfläche erschienen und ringelt sich um mich herum und wird immer stärker, wie ich auch versuche, ihm zu entgehen. Jetzt ist es nicht länger die Liebe, die wie ein Grasfeuer und Magnet ist, sondern die Furcht, und die zwingt mich nun, bei der Sache zu bleiben.

- Es ist nie zu spät, um zu reagieren, sagt Kolbrún.
- Was soll ich tun?
- Dich vor der Wiederholung in Acht nehmen.
- Ich stecke bis zum Hals in der Tinte.
- Dann ergreife die ausgestreckte Hand.
- Wohin soll ich gehen?
- Du musst sofort die Richtung ändern.
- Ich kann es nicht.
- Du musst es tun.
- Es ist nun trotzdem einiges, was einfach gut ist.
- Wie was?
- Mein Sohn.
- Vertrödele nicht die Zeit mit Täuschungen.
- Aber ich habe solche Angst.

102. Wenn du Angst hast, musst du einfach fortfliegen

Und man muss sagen, wie es ist, dass mein Sohn Hlynur mich oft rettet, während der Ideenflug meines Bruders und Mannes vorwärts stürmt wie ein Unwetter, das nichts verschont.

Er ist immer bei mir auf der Arbeit, ist gleichwohl immer bei mir von seiner Geburt an, und wie recht Mutter hatte, als sie in Elliði in die Wiege des dreimonatigen Knirpses hineinschaute. Er hat meine Augen, und er wird ständig sensibler, und genau wie ich es aus eigener Erfahrung kenne, ist es, als ob ihm die Sachen zugeflüstert würden, und manchmal kann er auch nicht kontrollieren, was er sagt, genauso wenig, wie ich es tat, als ich ein Kind war. Er warnt die Besitzerin des Modegeschäftes auf dem Eiðistorg, rät ihr, das Geschäft sofort zu verkaufen, so dass sie nicht ihr Haus verliert und alles, was sie besitzt.

- Ich will nicht, dass es dir schlecht geht, sagt er zu der Frau, und es stellt sich heraus, dass er Recht hatte, das bekomme ich bestätigt, als ich sie viel später auf der Straße treffe und sie mir sagt, dass sie besser nach dem Rat des Kindes gegangen wäre.

Aber woher bekommt er das eigentlich?

Diese Frage kann ich nicht beantworten und will sie auch nicht beantworten. Aber ich antworte Hlynur, als er fragt:

- Weshalb ist Hugi immer so rot um den Kopf, wenn er etwas nicht findet?

- Das ist deshalb, weil er zornig ist.
- Rot ist Zorn.
- Wenn die rote Farbe auflodert, dann sind die Menschen zornig.
- Ich finde es schlecht, wenn die rote Farbe an Hugi auflodert.
- Mach dir keine Sorgen darüber, es werden alle Menschen manchmal zornig.
- Nicht so feuerrot wie Hugi, sondern ein bisschen rot.

Ja, Hlynur und ich sind einander nicht nur ähnlich, sondern sind von der ersten Stunde an sehr verbunden gewesen, und ich vergesse nicht, als ich mit Schädelbruch auf dem Laugarásvegur liege und er mich fragt:

- Weshalb bist du so, Mama, wer hat dir weh getan?

Und in der Bestürzung, die über mich kommt, habe ich keine andere Antwort als die, dass ich mich so übel am Dasein gestoßen hätte, und da reagiert der Freund mit dem Rat, ständig vor mir herzulaufen, um zu verhindern, dass ich mich wieder an ihm stoße.

- Mama, komm hierher, hier ist kein Dasein, sagt er, und im Jahr 1987, als die meiste Reklame für die Benutzung von Kondomen betrieben wird und Plakate mit volksbekannten Personen überall herumhängen wegen der Angst der Isländer vor Aids, platzen die Mädchen in der Apotheke auf dem Eiðistorg eines Tages vor Lachen, als ich zu ihnen komme, um Schmerzmittel zu kaufen wegen der Kopfschmerzen meines Ehemannes.

- Was ist eigentlich los?

Mein Sohn, der Daseinsbeschützer, war also hereingekommen und wollte zwei Kondome kaufen, und das sofort.

- Was willst du mit den Kondomen machen, Freund?

- Ich will sie auf Mamas Hüften hängen, damit sie nicht die Plakatkrankheit bekommt, sagt er und ist einfach immer so ein Kind, von dem die Leute gerne sagen, dass es einfach den eigenen Wunschvorstellungen entspricht, – und dann ist er auch rücksichtsvoll, streitet nie, schreit auch nicht, will aber alles wissen und oft mehr, als ich ihm sagen kann:

Wie weit ist es bis zum Mond und den Sternen, und wann komme ich dorthin?
Und warum haben manche keine Arbeit?
Und weshalb haben manche rotes Licht und andere grünes?
Und warum weinen die Menschen, wenn jemand stirbt?
Und warum ist es so heiß in manchen Ländern?
Und warum kommt Gott nicht auf die Erde?
Und warum sterben manche Kinder vor Hunger?
Und warum weinst du manchmal, wenn es niemand sieht?
Und warum und warum dies und warum jenes?

Und er bringt mich mehr als einmal in die Klemme. Einmal fahren wir den Sundlaugavegur, die Schwimmbadstraße, hinunter, und der Junge steht hinten im Auto, wie er es gewohnt ist, wenn wir draußen umherfahren, das ist natürlich vor der Zeit der Sicherheitsgurtpflicht. Ich stoppe das Auto an der roten Ampel, und er zeigt auf den Platz, wo die alten Schwimmbäder standen, und sagt:

- Erinnerst du dich an das Schwimmbad, das dort war, Mama?
- Die Bäder sind dort, sage ich und zeige auf das Schwimmbad Laugardalslaug.
- Ich weiß das, aber erinnerst du dich nicht an diese gelben und verrosteten?
- Das ist so lange her, seit sie dort waren, dass du da noch nicht einmal da warst und nichts über sie wissen kannst.

- Ich weiß es, aber ich erinnere mich trotzdem daran, die Böden waren glatt, und es war Algenschleim auf dem Grund, sagt er müde wie ein alter Mann, und ich muss oft daran denken und erwähne es einmal einem Medium gegenüber, bei dem ich mir Rat hole. Er will den Jungen sehen und behauptet sofort, dass er verbunden ist wie ich, nicht der erste, denke ich, und nicht der letzte, der das sagt, und bevor wir vom Laugarásvegur wegziehen und draußen in der Sonne auf der Wiese sitzen, nur wir zwei, und alles ist gut und ich bin ruhig in der Seele, auch wenn die Liebe zu Hugi angefangen hat, an mir zu nagen, sagt er, und ich spüre, dass er mir eine Freude machen will, mich ablenken, weil er es immer spürt, wenn es mir nicht gut geht:

- Ich war einmal in Hafnarfjörður zu Hause.
- Nein, wirklich?
- Da gab es dich noch nicht, Mama.
- Das kann nicht sein, Schatz.
- Doch, du bist geboren, als ich starb.
- Und in welchem Jahr war das?
- 1952.
- Ja, ja.
- Ich war mit einem verdrießlichen Weib verheiratet, das immer gestritten hat.
- Wie traurig.
- Ich habe ein bisschen viel Schnaps getrunken.
- Was sagst du?
- Ich wollte immer die Tür reparieren.
- Nun, wirklich, welche Tür?

- Sie hat geklemmt.
- Wann?
- Als das Haus brannte.
- Wie entsetzlich.
- Und ich kam nicht hinaus und dann bin ich gestorben und deswegen bin ich älter als du.
- Das ist einfach so.
- Aber ich hatte trotzdem viele gute Freunde, die ich gerne hatte.

- Ja, ja, Schatz, es ist nun gut, gute Freunde zu haben, sage ich und sporne ihn nicht mit Fragen an, aber es reicht nicht, und seine Geschichten von Hafnarfjörður nehmen immer mehr zu, und eines Tages beschließt Hugi, mit mir nach Hafnarfjörður zu fahren, um die Sache zu erforschen. Hlynur bestimmt die ganze Zeit, hier abbiegen und hier geradeaus und hier zurücksetzen und wieder abbiegen und schließlich bittet er uns, an einem Haus anzuhalten, von dem er sagt, dass er darin eine Angelegenheit zu erledigen habe, dort wäre er zu Hause gewesen. Er sagt, dass er dort einige Gegenstände auf dem Dachboden habe. Aber das kommt natürlich nicht in Frage für uns und er ist unruhig und ganz anders als irgendein Kind, als er anfängt von den Schwimmbädern in Hafnarfjörður zu erzählen, und uns den Weg dorthin weist. Er geht hinaus und schleicht auf Gummigaloschen davon und wir hinterher, ja, wir sind ein bisschen wie die Räuber in „Die Räuber von Kardemomme", dem beliebten Theaterstück für Kinder von Thorbjörn Egner aus Norwegen, und er sagt:

- Psst, seid still, sie werden so erstaunt sein, mich zu sehen, die Männer, und vielleicht ist Sigurður dort, und dann ruft er völlig verzweifelt aus, dass alles verändert sei, und er wird untröstlich und wir kehren um nach Hause.

Als wir nach Hause kommen, reden wir darüber, schließlich sind wir beide ziemlich erstaunt, und da kommt es, dass ein Heimbewohner, mein guter Freund, die Historie von Hafnarfjörður aus der Bücherei holt und darin sind Bilder, darunter eins von Männern, die am Strand stehen, und sofort fängt Hlynur an zu schreien: „Dort ist Sigurður, dort ist Sigurður", ein ums andere Mal, und als wir den Bildtext anschauen,

Mein Hlynur hatte die Fähigkeit, mit offenen Augen zu schlafen; es war seltsam, ihn zu betrachten.

kommt ans Licht, dass der Mann tatsächlich Sigurður heißt.
Hlynur ist vier Jahre, als das geschah, und er kann nicht lesen. Später bekommen wir bestätigt, dass das Haus, von dem Hlynur sagt, dass er als Kind darin gewohnt habe, dort gestanden hat, wo er es sagte, und in den fünfziger Jahren abgebrannt ist.
Ja, Hlynur hat mich immer erfreut und mich immer überrascht und wahrscheinlich spürt er meine Furcht vor aller Ideenkreation auf dem Eiðistorg, auch wenn ich natürlich über nichts dergleichen mit ihm gesprochen habe, aber zweifelsohne ist das, was hier nachfolgt, ein direkter Ratschlag an mich:

- Weißt du, Mama, dass ich fliege, wenn ich schlafe.
- Das muss Spaß machen.
- Wenn irgendjemand hinter mir her ist, dann fliege ich davon.
- Das ist ein gutes Mittel.
- Wenn ich Angst bekomme, dann fliege ich einfach und dann höre ich auf, Angst zu haben, und bin einfach ein Vogel und kann schweben und ich freue mich immer darauf zu fliegen.
- Das kann ich verstehen.
- Hast du manchmal Angst, Mama?
- Manchmal.
- Dann musst du einfach davonfliegen.
- Vielleicht tue ich das.

Aber obwohl ich das Ende fürchte, die Explosion, den Fall und schon Warnungen von allen bekommen habe, die ich kenne, sowohl von Lebenden wie von Verstorbenen, dass ich den Wahnsinn verhindern muss, tue ich es nicht. Ich schaue weg und jedes Mal, wenn Hugi sich in den Mann verwandelt, den ich nicht liebe, sage ich zu mir selbst, dass das einzige, was ihm fehlt, mehr Liebe ist, und von ihr habe ich genug, meine Aufgabe sei es vor allen Dingen, ihn damit zu überschütten, und dann würde er genesen und alles würde gut werden und seine unrealistische Sicht im Bezug auf Geschäfte würde einer realistischen Einschätzung und Ehrlichkeit weichen.

Aber je mehr wir feiern und die Freude über unsere Arbeit sich aufbläht, desto mehr stirbt mein erweiterter Traum vom „Schlüsselloch". Wir stehen immens verschuldet da, und nicht nur wir, leider, sondern auch Vater, der sowohl an den Traum geglaubt hatte als auch auf ihn anschrieb. Er brauchte eine lange Zeit, bis die Wunden geheilt waren.

Doch, natürlich ist das ein Schock, aber wir versuchen den Schaden so gut wir können wieder gutzumachen, wir verkaufen die Wohnung in der Vesturbraut, ziehen in unser Warenlager in Kópavogur und leben zurückgezogen.

V: Glaubst du an Wiedergeburt?
B: Ich glaube an das, was ich sehe.
V: Was meinst du in Wahrheit, wenn du sagst, dass das Licht ewig sei?
B: Das Licht ist eine Energie, die nicht vergeht und in anderer Form an einem anderen Ort wiederkommt.
V: Du glaubst dann also an Wiedergeburt?
B: Ja.
V: Ist es nicht manchmal unangenehm, das zu sehen, was andere nicht sehen?
B: Nicht mehr.
V: War es unangenehm?
B: Ich habe lange dagegen angekämpft, ich wollte nicht anders sein als andere.

V: Findest du dich andersartig?
B: Nicht mehr.
V: Ist es schwierig, das zu beweisen, was andere nicht sehen?
B: So wie es steht, ist es unmöglich.
V: Möchtest du es gerne können?
B: Nein, ich habe nie irgendein Interesse daran gehabt.
V: Aber willst du nicht, dass die Leute das glauben, wovon du überzeugt bist?
B: Natürlich, aber es verursacht mir keinen Kummer, wenn sie das nicht tun; ich versuche nie irgendetwas zu beweisen, auch wenn ich es noch einmal sage, ich beschreibe nur das, was mir bestimmt ist, etwas anderes ist nicht in meiner Macht. Es wäre am besten, wenn die Leute an sich selbst glaubten. Anderes kann warten.

103. Seltsame Furcht und Brandgeruch

Es ist nicht schlecht, in einem Warenlager zu leben, wenn man im Einklang miteinander lebt. Hugi hört eine Zeitlang auf zu trinken, was natürlich alle Dinge leichter macht, weil er wunderbar ist, warmherzig und aufmerksam, wenn er nicht trinkt und sich dann nicht zum furchtbar schweren Bärenschlaf niederlegt. Er macht mir Mut:

- Du musst dich um deine Begabungen kümmern, Bíbí, und um Selbsterkenntnis zu erlangen, besuchen wir gemeinsam Versammlungen beim Seelenforschungsverein in Garðastræti. Hugi ist auch daran gelegen, von allen jenen nagenden Zweifeln loszukommen, die er, wie so viele andere, für seine eigenen Vorurteile hält, auch wenn ihm das Leben oft vorkommt wie ein hässlicher Beutel, der in der Südbrise auf der Leine hängt.

Diese Treffen tun mir gut, und ich bin ihm dankbar, dass er mich unterstützt, und was auch immer die Ursache ist, wahrscheinlich hat die Mutter von vier Kindern einfach angefangen reifer zu werden, da beginne ich schnell meinen Mann mit neuer Brille zu sehen; vielleicht war die Brille nicht neu, sondern ich hatte sie einfach nicht aufgesetzt, als er noch anders war, und daher wäre es wahrscheinlich richtiger zu sagen, dass ich angefangen hatte, ihn und die dunklen Flecken in seinem Licht auf dieselbe Weise zu betrachten, wie ich alle anderen um mich herum betrachtet hatte. Ich höre zumindest auf, wegzusehen und zu tun, als ob ich nicht das sähe, was ich immer gesehen habe, und allmählich beginne ich um ihn herum eine eklige Kreatur zu identifizieren, die immer umherschweift, mit weitem Maul, häßlichen Augen und böse.

Ich versuche, das Ungeheuer zu verscheuchen, aber alles ist ohne Erfolg, und eines Abends blicke ich auf Hugi, der an meiner Seite im Bett schläft, und ich sehe ihn verschwinden, ja, buchstäblich verschwinden, und an seiner Stelle im Bett liegt ein murmelndes und sich unruhig bewegendes schwarzes Unwesen, ihm völlig unähnlich.

Die Erscheinung verschwindet genau so schnell, wie sie gekommen ist, und allmählich mache ich mir deutlich, dass das Ungeheuer jedes Mal hervorkommt, wenn er Hasch raucht oder Schnaps trinkt, und dann braucht man nicht mehr nach dem Schuldigen zu fragen; es soll meine Rolle im Leben sein, all seinen Alkoholkonsum zu verhindern, ja, groß ist dein Glaube, Frau.

- Du musst aufhören zu trinken, du vernichtest dich mit all diesem Drogenkonsum.

Aber nein, er kann nicht aufhören, sagt, dass er es nicht kontrollieren kann, genauso wenig wie zuvor. Aber jetzt hat er selbst angefangen darüber zu sprechen, dass er in einem großem inneren Kampf stehe, es sei, als ob zwei Menschen in ihm wohnen, die um die Macht kämpfen, der eine könne nicht einen einzigen Menschen um sich herum lieben, und nichts und niemand würde ihm etwas bedeuten, und der andere sei das völlige Gegenteil und jedes Menschen Liebling.

Mir bedeutet seine Offenheit viel, und ich will nicht aufgeben. Dies ist mein Mann mit Stärken und Fehlern, und ich stehe zu ihm, was auch immer die anderen sagen. Und so dicht halte ich zu ihm, dass ich, wenn jemand zu meiner Tür hereinkäme und etwas Hässliches über ihn sagen würde, den Betroffenen ohne Zaudern hinauswerfen würde. Es sind ehrlich gesagt nicht wenige, die mit mir sprechen und es als ihr heiliges Anliegen ansehen, mich zur Vernunft zu bringen.

- Du musst doch sehen, dass der Mann nicht bei Trost ist.

- Und soll ich einen kranken Mann verlassen?

- Tu es einfach, bevor es zu spät ist.

- Mischt euch nicht in Dinge ein, die euch nichts angehen!

Einer von denen, die versuchen mich zu überzeugen, ist Ómar, Hugis Cousin, der uns vom Flughafen abgeholt hatte, als wir aus Portugal kamen, er bittet mich in Gottes Namen, zur Vernunft zu kommen, das würde nur mit Entsetzen enden, mit Unglück und einer Katastrophe, und ich hätte Besseres verdient. Ich weise ihn mit Schimpf und Schande zur Tür und sage ihm, dass er sich fernhalten soll, wenn er nicht den Kürzeren ziehen will. Was für ein Verwandter ist das auch, der nicht zögert, meinen Mann zu verleumden?

- Raus mit dir.

Ómar ist gerade eben gegangen, als wieder geklopft wird, und ich reiße die Tür auf, denke, dass er zurückgekommen ist, um mir weitere Ratschläge zu geben, aber dort steht mein Ehemaliger, Sigurhans Hlynsson, er ist gekommen, um Hlynur zu holen, unseren Sohn, um ihm einen frohen Tag zu bereiten. Er sagt:

- Ich habe deinen Mann in der Tür getroffen, der hatte es eilig.

- Das war nicht mein Mann, sondern sein Cousin, sage ich und denke mir im Stillen, dass Hansi immer gleich blind für Leute ist; er kann sich nicht einmal erinnern, wie der Mann aussieht, der sein eigenes Leben aus den Fugen gebracht hat.

- Ich weiß, was ich sehe, sagt Hansi, und dann gehen er und Hlynur zusammen weg, und ich höre lange Zeit nichts von Hansi, aber dann ist in mir so eine große Furcht, dass ich ihn anrufe und ihn bitte, Hlynur eine Zeitlang zu nehmen.

- Ich habe es so nötig, allein zu sein. Er nimmt es gut auf, holt seinen Jungen und bringt ihn bei seiner Mutter auf Bugðulækur unter.

Ich bin froh, dass Hlynur weg ist, denn ich bin ehrlich gesagt mittlerweile zu Tode entsetzt und weiß nicht, was eigentlich geschieht. Und als ich alleine in unserem Bett im Warenlager liege, weicht die Stimme von Kolbrún nicht von mir und wird immer aufdringlicher:

- Bring dich in Sicherheit, Bíbí, bring dich in Sicherheit.

Ich bin sehr unruhig und ich bewege mich nicht, beschließe, auf Hugi zu warten, und plötzlich höre ich, dass er kommt. Er unterhält sich intensiv mit jemandem, den ich nicht kenne. Mir kommt die Stimme des Gastes zumindest nicht bekannt vor, und ich verstehe den Wortwechsel nicht genau, was mir seltsam vorkommt. Ich linse unter der Bettdecke hervor und sehe, dass er alleine ist und mit sich selbst spricht. Ich sehe, wie er schnell die Rolle wechselt. Ich tue, als ob ich schlafe, und er beugt sich zu mir und atmet schnell und ich kenne den Geruch aus seinem Gesicht nicht. Er macht sich vor sich hinmurmelnd an unserem Bett zu schaffen. Nach einer kurzen Weile geht er nach vorne, und es dauert nicht lange, bis ich Brandgeruch wahrnehme.
Ich setze mich auf und sehe, dass das Bett brennt, und ich weiß, dass er dabei ist, Benzin zu holen; hat der Mann vor, mich anzuzünden, kann es sein, dass mein Mann vorhat, mich anzuzünden?

- Was denkst du, Frau, mach dich raus, hocke nicht hier und denk darüber nach, was geschieht, mach dich raus, beeil dich!
- Danke, Kolbrún, danke.

Ich komme aus dem Bett, und es gelingt mir, mich zur Hintertür hinauszuschleichen. Ich renne halbbekleidet in die Kársnesbraut, Urðarbraut hinauf und ende in Hamraborg bei seinem Vater, meinem lieben Freund, der immer für mich Partei ergriffen hat, der mir viele Male gesagt hat, dass sein Sohn ein wirklich guter Mann sei, es wäre einfach immer etwas nicht mit ihm in Ordnung gewesen, was kein Mensch versteht, es sei einfach manchmal so, als ob er nicht die Kontrolle über sich selbst habe, und so sei es immer gewesen.

- Aber wenn er gut ist, ist niemand besser, und das weißt du, Bíbí.

Aber was, ich stehe also in der Tür bei Hugi senior, und da ist der Brandstifter vor mir angekommen. Er versucht mich an sich zu ziehen, packt seinen Vater beim Schopf, der versucht auf ihn einzureden – lass sie in Ruhe, Junge, schmeißt den alten Mann zum Schluss in die Ecke und bittet mich dann innig, ihm zu vergeben. Ich entkomme und verschwinde.

Nein, ich lerne nicht aus der Erfahrung. Es ist, als ob ein Deckel davor geschoben sei, es ist, als ob mir der Verstand geraubt sei, und das Nächste, was passiert, ist, dass Hugi und ich das Land unter die Füße nehmen, verliebt wie nie zuvor, als ob nichts geschehen wäre, als ob alles neu sei, die Vergangenheit unberührt und die Zukunft strahlend.

104. Es ist einfach stillzustehen

Wir beschließen, uns in Neskaupstaður niederzulassen, wo Hugi schon immer gerne wohnen wollte.

- Dort scheint die Sonne und dort ist alles gut und schön und die Natur ist wunderbar, Bíbí.

Wir suchen uns ein altes Haus, doch, ich bin immer noch kreditwürdig, und wir kaufen das Haus. Als die Geschichte hier angekommen ist, bin ich schon schwanger mit unserer Tochter, Íris Dögg, und ich denke, dass dort meine wahre Sonne, mein Lebensspender und meine Freude gekommen ist, denn wie auch alles mit Hugi kommen mag, da besitze ich zumindest einen großen Teil und den besten Teil von ihm in der Tochter, die ich in mir trage. Eins der ersten Dinge, die ich tue, als ich weiß, dass ich schwanger bin, ist Hlynur zu umarmen und ihm zu sagen, dass er bald eine Schwester bekommen wird.

- Aber stößt sie sich dann nicht am Dasein?
- Nein, das will ich hoffen, dass sie das nicht tut.
- Ich kann auf sie aufpassen.
- Ich weiß, dass du das tust.
- Wie kann sie ins Leben kommen?
- Durch ein Loch, das in meinen Bauch geschnitten wird.
- Ist das schlimm?

- Nein, das wird genauso gut wie bei deiner Geburt, sage ich, und dann sage ich es Hugi. Er ist überglücklich und will es sofort seinen Vater wissen lassen.

- Wir müssen es Eppi mitteilen, Bíbí, sagt er und wir gehen ins Krankenhaus, wo Hugi senior schwer krank liegt, aber er hört uns deutlich, und als ich das Ultraschallbild vor seine Augen halte, laufen ihm Tränen die Wangen hinunter, was ich nie vergessen werde. Er ist wahrscheinlich der einzige Mensch, der trotz aller Erfahrungen und Schwie-

rigkeiten seinen Sohn und Namensvetter bedingungslos liebt.
Und wir sind zufrieden in Neskaupstaður und krempeln die Ärmel hoch. Wir renovieren das Haus mit Hilfe von Hugis Bruder, der uns auch auf Eiðistorg geholfen hatte. Er schneidet Aluminiumfensterläden, zimmert und sägt, und Hlynur rennt um ihn herum, frei wie ein Kalb, das gerade aus dem Stall entkommen ist.

Aber Hugi wird schnell schwermütig. Er liegt herum und sorgt sich über das Leben und die Zukunft, hat keine Kraft, um auf die Beine zu kommen, keine Kraft, um bei uns im Lichtschein zu sein, ist nicht imstande, auf leere Worte und auf Lärm zu hören; er will alleine in Frieden sein und sich erholen und überlässt uns daher die Arbeit, und erst als sein guter Bruder wieder nach Süden fährt, sieht Hugi die Sonne aufs Neue. Er zieht herum und kommt dann einen Tag außer sich vor Freude nach Hause und hat einen Platz als Koch auf einem Trawler bekommen.
Hugi hat einen Abschluss von der Schule für Fischverarbeitung und hat Erfahrung auf See und ist zufrieden damit, als Schiffskoch zu arbeiten. Das ist auch ein ganz guter Platz an Bord auf einem guten Schiff, er ist nicht lange auf einmal draußen, aber arbeitet für guten Lohn, und wenn er nach Hause kommt, ist Leben und Stimmung im Haus und es wird an nichts gespart.
Ich habe allerdings beißende Sorgen wegen der Geldangelegenheiten, die Sorge verfolgt mich ständig und ich habe brennende Angst, dass Hugi sich nicht bewährt, und ich bin auch voller Zweifel darüber, ob ich ihm überhaupt vertrauen kann. Ich versuche zu denken, dass vergessen vergessen ist und vergangen das, was vergangen ist, aber es gelingt mir nicht immer gleich gut; aber wenn er an Land ist, gelingt es mir, alles von mir zu schieben, und ich genieße das Zusammensein mit ihm, so sehr es möglich ist, und Hlynur ist froh, wenn er zu Hause ist. Er ist zu ihm und seiner guten Seite hingezogen, auch wenn er die Verwandlung nie versteht und es ihm gar nicht gefällt, wenn er die schlechtere Seite von sich zeigt.

- Hugi geht es jetzt schlecht.
- Hugi ist jetzt zornig.
- Hugi ist jetzt komisch.

- Hugi ist jetzt böse.
- Hugi ist jetzt müde.
- Hugi ist jetzt flackernd rot.
- Hugi findet mich jetzt blöd.
- Hugi will jetzt nicht mit mir reden.
- Hugi hat mich jetzt nicht gerne.

Aber wenn Hugi auf See ist, sind Hlynur und ich alleine im Haus, haben gute Momente und genießen das Leben zusammen. Wir spielen mit einer neuen Modellautobahn, unterhalten uns den langen Tag und schlafen nachts zusammen im Dachgeschoss. Es sind allerdings mehr unterwegs im Haus als Hlynur und ich und er wird dessen nicht weniger gewahr als ich.

- Was für ein Kerl ist das, Mama?
- Ich weiß es nicht.
- Ist er tot?
- Er ist nicht lebendig wie wir.
- Weshalb ist er hier, wenn er tot ist?
- Er ist hier zu Hause, wie wir.
- Weshalb antwortet er mir dann nicht, wenn ich mit ihm spreche.
- Er will vielleicht nicht sprechen, Schatz.
- Aber ich, der immer höflich ist, sagt Hlynur und spricht von weiteren Leuten, die sich dort herumtreiben und die wir beide sehr klar sehen. Wir haben immer die glückliche Gabe, darüber zu sprechen, und wir kommen schnell dahinter, dass der erwähnte Mann, der oft den Keller aufsucht, wo die Waschküche und die Lagerräume sind, einmal im Haus zuhause war und es offensichtlich schwer damit hat, von dort wegzugehen. Wir haben keine Furcht vor ihm und wir verstehen, dass da etwas ist, was er will, auch wenn wir nicht wissen, was das ist.

Aber nachdem Hugi die Waschküche schneeweiß streicht, werden wir des früheren Besitzers immer seltener gewahr, auch wenn er immer ab und zu kommt, während wir dort wohnen, um sich um die Ordnung zu kümmern. Die Leute sind manchmal viel zu sehr mit ihrem Besitz verbunden und es spielt dann keine Rolle, ob sie von dieser Welt sind oder einer anderen.

V: Wie äußert sich Hellsichtigkeit?

B: Sie äußert sich auf diverse Weisen; ich bekomme das Gefühl für die Nähe von jemandem, eine Erscheinung von jemandem, der gestorben ist, ich schaue auf eine Art Fernsehbildschirm, wo ich die Zukunft sehe, mir werden Röntgenbilder von Organen gezeigt, so dass ich mir klar werde, wohin ich die Heilenergie richten muss, ich stehe unter positivem Einfluss aus der Umgebung, ich gehe auf die Reise zu weit entfernten Orten, wo ich beispielsweise die Hausaufteilung sehen kann, obwohl ich im Bett liege, ich spüre auch, wenn sich irgendwo Unfälle ereignet haben, und dann wird mir Verschiedenes von diesen und jenen Frauen und Männern aus dem Jenseits gesagt; das sind die Stimmen.

V: Ist das immer so?

B: Nein, man hat nun manchmal Pause, auch wenn ich kein Pausenweib bin.

V: Musst du dich dann nicht schützen?

B: Doch, das tue ich, aber ich fürchte es nicht mehr und dann weiß ich auch, dass ich nicht der Verursacher bin.

V: Wer ist dann der Verursacher?

B: Das Leben selbst.

V: Aber weshalb, glaubst du, dass du so bist?

B: Ich wurde so geboren.

V: Erblich?

B: Das will ich nicht sagen, aber ich habe den Verdacht, dass es in der Familie liegt.

Hugi ist immer drei oder vier Tage zu Hause, wenn er an Land kommt, und ich gehe immer an den Kai, um ihn zu empfangen. Ich spüre immer das gleiche Verlangen, ihn zu umarmen, aber er will das nicht. Er will niemanden in der Öffentlichkeit umarmen, will nicht, dass die Leute so etwas sehen, ungeheuerlich, er misst dem immer viel Bedeutung bei, was andere finden, und will keinesfalls irgendwelche „Übungen" an der Hafenkante haben. Er will sich ein Image an einem neuen Ort schaffen, und lächerlich will er keinesfalls wirken, das würde

ich wohl verstehen. Aber wenn wir heimkommen, haben wir oft unsere warmherzigen Momente; wir schreiben die Versammlungszeiten für die Leute auf, die etwas darüber wissen wollen, was ihnen verborgen ist, und nehmen die Namen von Leuten auf, die Licht und Hilfe brauchen.
Die Leute kommen freilich schnell zu mir, nachdem ich in den Osten nach Neskaupstaður gezogen bin, ohne dass ich jemals haargenau weiß, weshalb, und bitten mich, Licht zu senden oder in eine andere Energie hineinzusehen. Ich hatte das zwar ab und zu seit Akureyri getan, als Mutter mich zuerst bat, Licht zur Hilfe zu senden, und dann habe ich das auf dem Laugarásvegur ziemlich ausgedehnt, so dass die Kenntnis wahrscheinlich mit uns gereist ist.
Es läuft alles in allem gut, und in der Tat bin ich recht zufrieden mit der Hellsichtigkeit. Erst in Neskaupstaður versuche ich nicht länger, das zu verbergen, was sowieso offensichtlich ist.
Zu der Zeit, als es gut läuft, meditieren wir auch gemeinsam und beten für Leute, und das ist gut, auch wenn ich nun manchmal den Verdacht habe, dass wir vielleicht besser auch ein bisschen für uns selbst gebetet hätten; es ist furchtbar einfach, hinterher klüger zu sein, aber einfach nur stillzustehen und sich im Kreis zu drehen zu der Zeit und an dem Ort, wo man die Weisheit am meisten braucht.

105. Es herrscht ein Belagerungszustand im Haus

Nun, unsere Verhältnisse ändern sich, vieles läuft anders als geplant, und schnell sind wir nicht mehr drei im Haus, weil meine Maggý, eine vierzehnjährige verantwortungsvolle und wundervolle kleine Frau, zu uns kommt, um zukünftig zu Hause bei uns zu wohnen, und es gibt wenig, was mich mehr erfreut hat als dieser Wunsch von ihr. Es tat mir sehr weh, als sie sich entschied, bei ihrem Vater auf Laugarásvegur zurückzubleiben, auch wenn ich es nie zeigte, aber die Freude darüber, sie wieder zu mir zu bekommen, kann ich nicht verbergen. Ich bin überglücklich, sie beide bei mir zu haben, Maggý und Hlynur, und schnell ergänzt dann Sandra, die Tochter von Hugi, die Gruppe, und da sind wir plötzlich schon fünf im Haus.

Jetzt werden natürlich die Geduld und Fürsorge von uns allen auf die Probe gestellt. Denn dieses Teenagermädchen-Zweigespann ist schwierig für Hugi; er schimpft ständig mit den Mädchen und scheint nie, außer mit einer von ihnen, auf einmal zufrieden zu sein, und ehe man sich versieht, kommt auch Hlynur auf die Unbeliebtheitsliste, und dann beginnen die Kämpfe zwischen mir und Hugi, Kämpfe, die zu Streit und Zank führen. All diese Unglücksseligkeit ist mir fast unerträglich. Es entspricht daher der Wahrheit, dass wir, die wir zu Hause sitzen, mit der Zeit Sorge und Erleichterung teilen. Wir haben Angst davor, dass der Haupterwerbstätige von der See kommt, und feiern die Stunde, wenn der seinen Sack nimmt und geht. Hugi will auch so viel wie möglich in Frieden sein, wenn er an Land ist, und es ist am sichersten, um ihn herumzuschleichen, wenn er vor dem Fernseher liegt oder im Bett. Weder rasiert er sich, noch badet er und wird so unglücklich, dass die geringste Bewegung ihm noch mehr Unglück und noch mehr Kummer verursacht. Aber wenn er wieder auf See geht, geht es ihm besser, und er beschuldigt mich für die schlechte Laune und den Verdruss.

- Es kann nicht so weitergehen, Bíbí, du musst das einfach in Ordnung bringen, es gibt keinen Menschen, der dich in diesem Zustand ertragen kann.

Als die Geschichte hier angekommen ist, ist mir natürlich klar, dass mein Mann schwer krank ist und sich Hilfe suchen muss.

Aber die kleinste Berührung und Wärme von seiner Seite bewegen mich dazu, es zu vergessen und lieber zu überlegen, ob nicht nur etwas mit mir selbst nicht in Ordnung ist, etwas, was ich in Ordnung bringen könnte, damit es ihm besser geht, etwas, was ich tun kann, um ihn glücklich zu machen.

V: Was sind Hellsichtigkeitsbeschreibungen?

B: Beschreibungen über das, was Medien sehen und hören, und sie sind dazu da, Botschaften von denen, die gegangen sind, zu jemandem zu bringen, der im Saal sitzt; man weiß nie, wer kommt, denn die Wahl kommt von der anderen Seite.

V: Hast du solche Versammlungen gehalten?

B: Ja.
V: Wo?
B: An diversen Orten, zum Beispiel in Akureyri, Reyðarfjörður, Seyðisfjörður und in Rekyjavík.
V: Findest du solche Versammlungen nützlich?
B: Sie sind nicht nützlich für mich, aber sie nützen denen, die die Botschaften bekommen.
V: Wie laufen deine Medienversammlungen ab?
B: Das sind Privatversammlungen und oft kommen Verstorbene und lassen von sich wissen, wollen demjenigen Botschaften überbringen, der bei mir sitzt; selbst bin ich nicht anwesend.
V: Wo bist du?
B: Dann schlafe ich auf der Arbeit und ruhe mich aus.
V: Auf der Arbeit?
B: Ja, ich habe damit gearbeitet.
V: Macht das Spaß?
B: Es ist oft bereichernd gewesen.
V: Beispiel?
B: Ich habe im Nachhinein oft freudige Nachrichten bekommen; es ist wunderbar gewesen zu sehen, wie es einzelnen Personen besser ging. Man freut sich immer über Erfolge. Ich habe jedoch keine Erlaubnis, einzelne Beispiele anzuführen, und das weißt du.
V: Man konnte es ja mal versuchen.
B: Ja ja.
V: Wie sind jene sogenannten jenseitigen Welten?
B: Sie sind den Erdenwelten ähnlich, außer, dass die Leute leicht und schwebend sind, nicht diese Transportmittel brauchen, die wir hier benutzen.
V: Wie denn?
B: Sie erscheinen plötzlich, aber es kommt trotzdem vor, dass sie mit einem in Autos und Flugzeugen reisen.
V: Wie dann?
B: Man nimmt Leute wahr, wenn man auf der Reise in diesen Transportmitteln ist.
V: Beispiel?

B: Ich traf meine Freundin, Sjöfn Skúladóttir, im Flugzeug, aber da war sie seit drei Jahren verstorben; sie war nun trotzdem so erdverbunden, dass ich sie berühren konnte, und sie trug erstaunliche blaue Hosen, von denen mir ihre Mutter später gesagt hat, dass es ihre guten Hosen waren. Wir haben uns lange unterhalten, ich hatte Angst davor, in Reykjavík bei Glatteis zu landen und bei völlig verrücktem Wetter noch nach Keflavík fahren zu müssen. Sie sagte, dass sie schon dafür sorgen würde, dass die Maschine in Keflavík landen würde, das wäre nun das kleinste Problem; nach zwei Landeversuchen in Reykjavík gab der Pilot bekannt, dass in Keflavík gelandet würde. So geschah es dann auch.

V: Nein, hör mal, denkst du, dass die Leute das glauben?

B: Das ist ihre Entscheidung, aber ich war selbst genötigt, es zu glauben, und wurde damit sitzen gelassen.

V: Ist es üblich, dass du verstorbene Leute berühren kannst?

B: Nein, das ist nicht üblich.

- Da ist nichts, was nicht mit dir stimmt, meine Mama, sagt Hlynur.
- Nein, ich weiß das.
- Dann brauchst du nicht zu weinen.
- Ach, das sind nur Freudentränen, weil deine Schwester bald zu Besuch kommt.
- Da freut sich noch einer, Mama.
- Ja, und wir werden Spaß haben.
- Ich glaube, dass Hugi das nicht findet.
- Er wird auch froh sein.
- Nein, er wird nur noch roter und zorniger.
- Wir wollen das Beste hoffen.
- Hugi will auch dein kleiner Junge sein, Mama.

Ja, Kindermund tut Wahrheit kund. Aber als Íris Dögg bei strahlender Sonne am 29. Juli 1989 geboren wird, sind alle glücklich. Sie ist gesund und schön, und obwohl der Arzt es angeraten findet, sie per

Kaiserschnitt zu holen, gebäre ich das Mädchen auf dem natürlichen Weg. Bevor er die Nabelschnur durchschneidet, klatscht er sie auf meinen Bauch, und sie macht nicht viel Federlesens, rutscht in der eigenen Käseschmiere direkt an die Brust und beginnt zu saugen. Hugi, der bei der Geburt anwesend ist, ist kindlich froh, meine Schwestern Ásta und Stella kommen und freuen sich mit uns, und wir fahren am achten Tag zurück nach Osten.

Aber der Säugling ist kräftig und will seine Portion an Milch zu allen Zeiten und auch in der Nacht, und er weint viel, wenn er nicht sofort genug bekommt, und es dauert nicht lange, bis Hugi den Lärm unerträglich findet; aber so ist das einfach, und so sind normale, kleine Kinder und eine Nacht beißt meine Gierige mich so fest in die Brustwarze, dass es blutet, und jetzt bin ich es, die schreit, weil die Brust anschwillt und blau und schmerzempfindlich wird.

Hugi ruft sofort bei Þórhallur Guðmundsson an, meinem starken Freund, der so wirksam beten kann, und bittet ihn, für mich in all den Brustqualen und dem Weinen zu beten, und Þórhallur verspricht es. In derselben Nacht lege ich meine Puppe an die andere Brust, und als sie fertig ist mit Trinken, schlafen wir beide ein. Am Morgen ist die Brustwarze geheilt und die Brust bereits vollkommen normal, und natürlich bin ich meinem besten Freund dankbar, schließlich haben wenige Medien solch eine gewaltige Heilkraft und ärztliche Macht wie Þórhallur, wenn überhaupt jemand, und einen gütigeren Menschen als ihn findet man nicht.

Aber die Risse der Ehe verringern sich keinesfalls mit dem Kommen der kleinen Íris, auch wenn sie wunderbar ist, und wahrscheinlich hatte Hlynur irgendwie Recht. Aber es kann auch sein, dass Hugi mit dieser Veränderung hadert, die wieder einmal mit der Familie geschehen ist, denn auch meine Sigga und die zweite Tochter von Hugi sind zu uns gezogen, so dass wir schon zu acht im Haus sind, und der Lärm und Tumult scheinen abenteuerlicher als zuvor.

Hugi ist sehr unzufrieden und empfindlich, und er erträgt diese schrecklich vielen Menschen nicht. Er sagt, dass ich depressiv, hitzig, missmutig sei und Gefühlsschwankungen hätte, und irgendwie kommt es mir

Maggý und Hlynur in Neskaupstaður. Es war wundervoll, Maggý wieder zu bekommen.

vor, als ob er sein eigenes Befinden mit kunstvollen Einflechtungen auf mich überträgt, weil er ein besonders wortgewandter Mensch ist. Damit ist nicht gesagt, dass ich eine schnurrende Mieze bin, und wenn ich das gewesen bin, dann ist diese Zeit schon lange vergangen. Ich fauche gelegentlich, ich habe meine Ansicht, ich will, dass er Verantwortung übernimmt und mit den Gemeinheiten den Kindern gegenüber aufhört, die Frieden bekommen müssen, um in der Schule zu gedeihen und sich um ihre Tätigkeiten zu kümmern. Ich will auch, dass er versucht, jene Wärme und Aufmerksamkeit zu zeigen, die ich so gut kenne und jetzt vermisse, ich will, dass er versucht, Toleranz und Geduld zu zeigen, die so notwendige Kräfte in jedem einzelnen zu Hause sind, und unser Zuhause ist da wahrhaftig keine Ausnahme.

Aber nichts von jenen guten und positiven Kräften ist im Haus vorhanden; dort herrschen Belagerungszustand und Ringen um Aufmerksamkeit, und jede Hand wird gegen die andere erhoben, und es ist wenig Zeit, sich im Tumult um das neugeborene Kind zu kümmern. Ehrlich gesagt kommt es mir vor, als ob ich absolut gar nichts vernünftig zustande bringe.

- Es ist kaum erträglich, hier zu wohnen, Mama, sagt Maggý.
- Wir versuchen es trotzdem.
- Ihr müsst einfach etwas in dieser Sache unternehmen.

106. Schneidender Bläserton und ein endgültiges Versprechen

Hugi und ich beschließen aufgrund einer Menge gut gemeinter Ratschläge, uns mit vereinten Kräften zu bemühen und unser Bestes zu tun, um den Zustand in unserem Zuhause ins Gegenteil zu verkehren. Wir beschließen, damit zu beginnen, selbst etwas zu verändern, und eine Weile für uns mit dem neuen Kind alleine zu haben und unsere Lage zu überdenken, schließlich ist es unbedenklich für uns, die erwachsenen Damen in Neskaupstaður zurückzulassen, so verantwortungsvoll wie sie sind, und ihnen einen höflichen siebenjährigen Gentleman anzuvertrauen.

Ich bin allerdings sicher, dass ohne uns das Leben im Haus normaler werden wird als je zuvor, und verabschiede mich zufrieden von meinen Kindern, und Hugi und ich fahren mit Íris nach Reykjavík. Wir übernachten in einem Gästehaus in der Weststadt, haben ein gewaltiges „Schlüsselloch"-Lager dabei, Morgenmäntel, Handtücher und Hausschuhe aus Lissabon, und haben vor, unser Glück zu versuchen und die Sachen auf dem Kolaportið, dem Flohmarkt in Reykjavík, zu verkaufen. Bevor es dazu kommt, beschließen ich und meine Schwester Ásta, die auch in der Stadt ist, uns in Kópavogur bei Stella zu treffen. Wir, die Schwestern, haben vor, es uns gemütlich zu machen, Pfannkuchen zu backen und Kaffee zu trinken, unsere aktuelle Lage zu vergleichen und

Wir Schwestern beschlossen, uns zu treffen und zusammen über alles und nichts und die alten Zeiten zu reden, wie wir es oft tun, und dann hat jede ihre eigene Ansicht, schließlich sind unsere Erinnerungen sehr unterschiedlich. Links Ásta, ich in der Mitte, Stella rechts; ich erinnere mich nicht, wie der Teddy hieß.

ein wenig über alte Zeiten zu reden, wie wir es heute noch immer tun, wenn wir uns treffen. Hugi bleibt mit Íris im Gästehaus zurück und findet es gut, etwas Zeit alleine mit seiner Tochter zu bekommen.

- Gott, wie der Mann den Frieden und die Stille vermisst, und was der Mann für einen großen Bedarf hat, allein mit seinem Kind zu sein.

Die Zeit vergeht, und wir Schwestern haben nicht lange beim Plaudern gesessen, als ich plötzlich einen Alarmton höre, keine Stimme dieses Mal, sondern einen hohen und scharfen Bläserton, der sich durch mich hindurchzwängt, und ich weiß, dass ich sofort ins Gästehaus gehen muss.

Ich spüre mit jedem einzelnen Nerv des Körpers, dass etwas mit meinem Kind ist, und ich stürze von meinen Schwestern davon, ich fahre wie eine völlig Wahnsinnige in die Weststadt, über die rote Ampel, vorbei an einem Polizeiauto, springe ins Gästehaus hinein und komme zu

meiner Tochter, die dunkelblau in der Wiege liegt. Ihr Licht ist am Verebben, und ich weiß, dass sie am Sterben ist. Ich beatme sie und wende Herzdruckmassage an und befehle Hugi, der sowohl Angst hat wie betäubt ist, einen Krankenwagen anzurufen; ich renne schreiend mit dem Kind auf die Straße hinaus und warte auf den Krankenwagen, der sofort kommt und uns ins Krankenhaus Landakot fährt; die Männer vom Krankentransport sehen, dass kein Leben im Kind ist, und ich finde, dass sie sehr langsam fahren. Ich schreie sie an und bitte sie, schneller zu fahren, springe vor dem Spital aus dem Wagen, renne hinter ihnen her die Treppe hinauf, sie haben das Kind im Arm. Ich reiße die Türen auf und schreie „plötzlicher Kindstod, plötzlicher Kindstod" mit all der Kraft, über die ich verfüge, und es hallt in allem. Woher mir diese Töne kamen, weiß ich bis heute nicht, aber sie waren gewaltig.
Mir kommt ein junger Arzt entgegen, er hat eine Adrenalinspritze in der Hand, später erfuhr ich, dass sie für einen kleinen Jungen bestimmt war. Er gibt Íris die Spritze und verschwindet dann mit Íris hinein auf die Intensivstation. Ich werde in ein Zimmer gewiesen, wo eine Wasserkanne auf dem Tisch steht. Ich stürze das Wasser hinunter, richte meine Gedanken ins Zimmer zu Íris hinein, richte all mein Licht auf sie, spüre die Energie und die Kraft über mich kommen wie nie zuvor.
Hugi kommt zu mir und weint, aber ich kann nicht weinen, ich brauche nicht zu weinen, ich fahre fort, die Lichtenergie auf das Kind zu richten, und spüre, wie sie zum Leben kommt und wie ihr Licht sich aufs Neue mit dem Körper verbindet. Aber trotzdem zeigen die Bilder, die gemacht werden, dass meine Tochter wegen Sauerstoffmangels einen Schaden im zentralen Nervensystem hat.
Ich wache tagelang über ihr, ruhe mich nicht aus, bete auch unentwegt in der Kirche Landakotskirkja, und ich bitte um ein gesundes Leben für sie. Aber Íris hat ihr Urteil erhalten: Sie wird leben, aber geistig und körperlich stark behindert sein, und daran kann nichts geändert werden, ich müsse dem in die Augen sehen.
Ich rufe Þórhallur Guðmundsson zu Hilfe, der kommt sofort, und wir gehen hinein zu dem Mädchen; ich halte die Hände um ihren Kopf und er um den Bauch und Rücken, und aufeinander abgestimmt senden wir zusammen all das Licht und all die Energie in diesen kleinen

Körper hinein, die wir können. Wir schließen die Augen, und währenddessen bete ich zum Allmächtigen:

Wenn meine Tochter ein gesundes Leben leben darf,
werde ich nie davor weglaufen,
jede Aufgabe zu erfüllen, die dir gefällt,
ich will alles tun, was in meiner Macht steht,
damit die Leute verstehen,
dass andere Energiebahnen und ein anderes Leben bestehen,
ich will alles tun, was ich vermag, um den Leuten zu zeigen,
dass sie den Tod nicht zu fürchten brauchen,
dass sie ein Leben haben, auch wenn ihr Körper verschwindet,
ich werde nie zögern, die Energie des Allmächtigsten zu nutzen,
um jedem zu helfen, der sie braucht,
wenn es in meiner Macht ist und dir gefällt.

Ich bete auch für die Ärzte, die Welt, das Wunder, welches das Leben ist, und ich weiß, dass þórhallur mit mir betet. Die Kraft rund um das Kind ist gewaltig stark und in Wahrheit unbeschreiblich, und als wir die Augen öffnen und auf die Kleine schauen, sehen wir in blaue Augen, sehen rote Wangen und ein Lächeln. Sie bewegt den Kopf, und ich lege sie ins Bett an die Seite von Hugi, der die ganze Zeit bei uns gesessen und uns beobachtet hat. Er weint vor Freude. Und þórhallur und ich treffen die Ärzte in der Tür und hören sie verwundert darüber reden, was hier eigentlich geschehen sei. Denn meine Tochter liegt im Bett und quäkt und ist genauso quicklebendig und gesund wie irgendein Kind sein kann; sie wird mir für immer ein lebendiger Beweis für die Macht des Allmächtigen und der gewaltigen, weißen und heilenden Energie sein.
Ich bekomme dort eine Möglichkeit einzugreifen, weil die Zeit von Íris nicht gekommen ist. Ich gehe mit meinem Freund þórhallur in allem nach den Anweisungen vor, die uns gegeben sind, Anweisungen, die er schon vor langem verstanden hat, die mir aber nicht eher klar werden als in diesem Moment, schließlich habe ich sie oft und vielmals missachtet. Ich habe geleugnet, sie zu kennen, nur zum Teil an sie geglaubt, nie zuvor mit dem Herzen geglaubt.
Ich bin also im Gebet erhört und gesegnet worden, und dafür bin ich

viele Schritte gegangen, entgegen den Ansichten von vielen und nicht zuletzt der Kirche und der Personen in ihr, aber es kümmert mich nicht, was andere finden. Ich glaube und ich sehe, ich habe die Energie des Universums kennen gelernt, ihr beim Arbeiten zugeschaut, sie arbeiten gespürt, und ich stehe und falle mit meinem Versprechen. [1]

Es braucht dann Zeit, unsere Tochter zu beobachten, und die Ärzte fordern uns Eltern auf, uns zu entspannen, eine Nacht wegzubleiben und uns ordentlich auszuruhen. Wir tun das, übernachten im Hotel Lind, und in dieser Nacht entsteht Hugi junior in der Atmosphäre jener Hoffnungen und Gefühle, die sein Vater und ich in diesem Leben noch haben.

107. Ein zweites Versprechen, eins ist nicht genug

Ich bleibe bei Íris zurück, während sie sich erholt, aber Hugi fährt nach Osten, und als ich wieder nach Hause komme, wache ich über jede ihrer Bewegungen; ich schlafe kaum einen Moment, gucke ständig in die Wiege, ob alles in Ordnung ist, immer mit der Hand bei ihr in der Wiege, um zu spüren, wenn sie sich regt, immer am Nachsehen, ob sie atmet, immer in Angst um sie. Aber das ist nicht nötig, denn die Kleine hält schnell, was sie verspricht, ist genauso lebhaft wie ihre Gleichaltrigen und das gut und gerne, und ist immer noch eine Person, die nicht nachgibt.

1) Im Buch von Svana Jónsdóttir Hilfe aus dem Jenseits – Geschichten von sechs Arztmedien, das ich zuvor genannt habe, findet sich eine Beschreibung des Ereignisses und ein Brief des Arztes Baldvin Jónsson über das Ereignis rund um Íris Dögg, meine Tochter, was informativ zu lesen ist.

V: Weshalb hast du ein Kreuz um den Hals?

B: Deshalb, weil das Kreuz ein Zeichen dafür ist, wie schlecht die Menschen miteinander umgehen. Es erinnert mich an die Güte.

V: Meinst du Jesus Christus?

B: Das Kreuz symbolisiert seine Kreuzigung.

V: Aber die Bibel erkennt Menschen wie dich nicht an.

B: Das hängt nur davon ab, wie man sie liest, jeder sieht die Dinge mit seinen Augen. Die Begabungen von Christus sind vielschichtig wie seine Worte; er sagt, dass wir alle leben werden, obwohl wir sterben. Worauf baut das Christentum, wenn seine Worte unwahr sind?

V: Spielt das eine Rolle?

B: Ja, allerdings, es ist von Bedeutung für die Menschen, dass an den Tatsachen vorbeigesehen wird.

V: Ist das Leben dann endlos?

B: Nicht gemäß der buchstäblichen Bedeutung, aber es geht die unglaublichsten Wege.

ENDE DES WEGES

Am Ende eines langen, schweren Tages
ist dein Weg zu Ende.
Du setzt dich auf einen Stein am Weg
und schaust mit hellsichtigen Augen einen Moment
über die Bühne.

Und du wirst dich daran erinnern,
dass du einmal, einmal, vor langer Zeit,
von diesem selben Platz losgegangen bist.

Steinn Steinarr

Ich halte mein Versprechen und weiche nicht davon ab und werde es niemals tun. Ich schicke den Leuten, die mich darum bitten, Licht, spüre, wann es an der Zeit ist und wann nicht, ich bete für die, denen es schlecht geht, und ich sage den Leuten das, worüber sie Kenntnis bekommen wollen, wenn es in meiner Macht ist und ihnen die Kenntnis bestimmt ist. Ich halte mich an meinen Teil des Vertrages, wenn man es so sagen darf, und nehme es freudig auf, dass meine Sensibilität nach diesem Ereignis stark zunimmt. Ich nehme es selbst dann freudig auf, wenn es mir gegeben ist zu sehen und zu hören, was schwierig und schlecht ist, wenn es mir bestimmt ist.

Ich spüre zum Beispiel schnell, dass das Böse, das rund um Hugi schwärmt, kräftiger wird; das Ungeheuer mit dem weiten Maul ist immer unterwegs und breitet sich über ihm aus und geht sogar so weit, mich anzugreifen. Es stößt mich mit großer Kraft die Treppe hinunter, aber ich komme unverletzt auf die Beine und fahre fort zu arbeiten. Ich danke weiter dafür, was mir gezeigt wird, weil ich weiß, dass es einen Sinn hat.

Es gibt allerdings genug anderes zu tun in einem großen Haushalt. Ich muss Íris und alle anderen Kinder gut behüten, und meine Mädchen helfen mir nicht weniger als ich ihnen. Alle meine Kinder sind sowohl warmherzig wie rücksichtsvoll.

- Du bist manchmal so müde, meine Mama, sagt Hlynur.
- Das ist, weil so viel zu tun ist, und dann habe ich auch ein Kind im Bauch, dieses Kind wird dein Bruder.
- Noch ein Kind?
- Jetzt ist es ein Junge, ist das nicht schön?
- Da kommen noch mehr, was sagt Hugi dazu, dann gibt es vielleicht noch mehr Lärm? fragt der Junge, der mehr weiß als seine Nase reicht.

- Musst du dann wieder nach Reykjavík fahren, fragt er, und ich bin genau zu diesem Zeitpunkt dabei, nach Süden aufzubrechen zur Fruchtwasseruntersuchung, zu der mir dringend geraten wurde, und ich stimme zu, weil sie als gefahrlos angesehen wird und gesagt wird, dass sie bis auf Ausnahmefälle keinen Einfluss auf den Embryo hat.

- Ich bleibe nicht lange, sage ich und gehe zur Punktierung, ganz

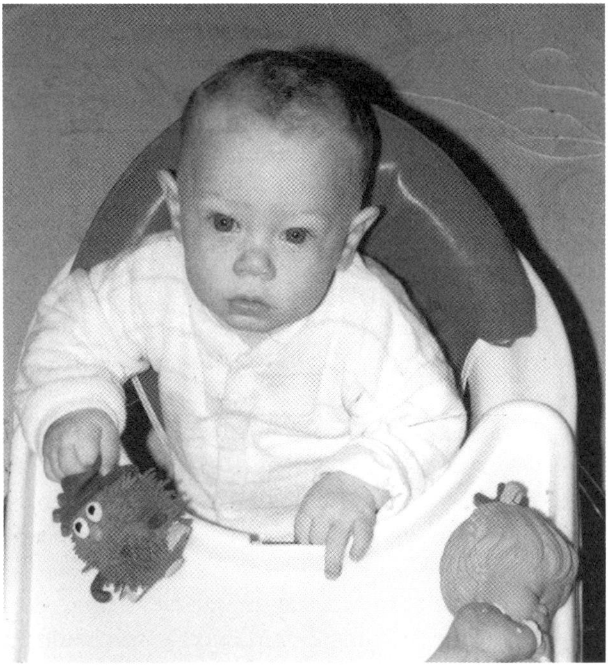

Meine Íris ist ein Gottesgeschenk und mein Hugi ist es nicht weniger.

entgegen dem Rat von Kolbrún, die mir sagt, dass ich es nicht tun soll. Ja, trotz meines Versprechens und der Lehre, die ich aus der Heilung von Íris gezogen habe, halte ich die Stimme von Kolbrún nur einzig für meine eigene Furcht. Aber sie behält Recht, und ich sehe, wie das Blut in die Punktierungsnadel hinaufgezogen wird. Der Arzt macht trotzdem eine zweite Punktierung, er ist in gutem Glauben, aber als ich vom Spital weggehe, verliere ich das Wasser. Mir wird geraten, den Embryo entfernen zu lassen, aber das kommt für mich nicht in Frage, ich sage, dass ich wiederkomme, wenn es so weit ist mit der Geburt, und ich eile zu meiner alten Freundin, bei der ich übernachte. Ich bete bis spät in die Nacht und bete zum Allmächtigen. Ich bitte um Vergebung dafür, nicht den eigenen Wahrnehmungen vertraut zu haben und auf Ratschläge gehört zu haben, bitte dann, dass dieses Kind geschützt wird, und verspreche, nie wieder zu zweifeln.

- Dein Wunsch geht in Erfüllung, vergiss aber nie, dass ein Versprechen ein Versprechen ist.

Ich wache am Tag danach auf wie ein frisch geprägter Taler, eile ins Spital zum Ultraschall, und da kommt zu Tage, dass der kleine Embryo in so einem guten Zustand wie denkbar ist, und ich weiß, dass das eine Art endgültige Bestätigung für mein Versprechen ist.

Als ich wieder nach Osten nach Neskaupstaður komme, ist das ganze Haus in heller Aufregung, und eine dunkle Wolke lastet über dem Haus.

- Es ist alles wahnsinnig hier gewesen, Mama - und Hugi ist schwermütig und liegt herum und zappt ständig im Fernsehen, er findet niemanden in Ordnung, alle sind Tölpel und Idioten und nicht zuletzt die Leute hier im Haus.

Ich sehe plötzlich den großen Charmeur und Mann von Welt als widerspenstiges Kind und Friedensstörer. Ich weiß, dass er krank ist, und ich habe Mitleid mit ihm, während ich gleichzeitig weiß, dass der Traum von einem Leben mit ihm nie in Erfüllung gehen kann. Ich muss meine Kinder von diesem Ungeheuer befreien. Wenn ich alleine wäre und kinderlos, könnte ich vielleicht dieses wahnsinnige Leben mit dem Mann leben, ein Leben, in dem er heute einer ist und morgen ein anderer. Aber ich habe diese Kinder und ich will und ich bin verpflichtet, sie zu verteidigen und ihnen ein menschenwürdiges Leben zu bieten. Meine Kinder sind mir alles, und ich kann ihnen nicht länger ständigen Unfrieden bieten, und erst recht nicht dem kleinen Kind, das in meinem Leib tritt und ein Recht auf Frieden hat.

Hugi junior wird schließlich am 17. Juli 1990 im Landesspital geboren, am Geburtstag von Hugis Vater, und er wird am Grab des alten Mannes getauft und bekommt seinen Namen aus Achtung vor einem einzigartigen Mann und seinem großen und guten Andenken. Ich sehe, dass mein Freund Eppi sehr froh ist bei der Zeremonie.

- Es sind noch mehr froh als er.
- Ich weiß es, Kolbrún.
- Jetzt musst du dich auch mit aller Macht anstrengen.
- Tue ich das nicht immer?
- Jetzt ist es dringend, dass du nicht aufgibst.

- Ich gebe nicht auf.
- Jetzt ist es dringend, dass du die richtigen Entscheidungen triffst.
- Ist es nicht immer dringend gewesen?
- Nie wie jetzt.

108. Schwieriger Weg zum Licht und zur Vernunft

Nach der Geburt spüre ich eine große psychische und körperliche Müdigkeit, und ich bin schwermütig, aufbrausend und unruhig und weit davon entfernt, bei mir selbst zu sein. Es kommt dazu, dass ich die Hilfe des Sozialamtes in Anspruch nehme, und ich bekomme einen Platz in der Psychiatrie des Regionalkrankenhauses in Akureyri, und die zwei jüngsten Kinder werden bei einer Tagesmutter untergebracht und sind abends in der Kinderabteilung des Spitals. Es liegt nicht mehr als ein knappes Jahr zwischen ihnen, und wahrscheinlich kommt es nicht zuletzt daher, dass ich mich verliere, kurz bevor ich aufgenommen werde; ich schreie und kreische und bin geradewegs dabei, verrückt zu werden:

Ich kann nicht mehr.
Ich will nicht so leben.
Ich will keinen Krieg.
Ich will keinen Krieg.
Ich will keinen Krieg.
Ich will nicht so leben.

Der Aufenthalt in der Psychiatrie bekommt mir gut. Ich darf auch die Kinder beobachten, ich darf ihnen zu essen geben, mit ihnen spielen und sie schlafen bringen, und ich bekomme viel Unterstützung und Hilfe und werde als mental gesund entlassen, aber ich müsse mich vor Belastungen in Acht nehmen.
Hugi und ich sprechen täglich zusammen, während ich im Spital liege.

Er behauptet, dass wir uns gemeinsam sehr gut aus allen Dingen herausarbeiten könnten, jetzt seien auch die erwachsenen Kinder mit all ihren Problemen gegangen, das sei natürlich eine viel zu große Belastung gewesen, und niemand hätte sich wohlfühlen können.
Ich lausche auf seine schöne Stimme, aber ich bin allen Vertrauens beraubt; ich habe nicht mehr die Gefühle für ihn, die ich hatte, und auch wenn noch welche übrig sind, sind sie sehr zerschlissen, und ich sehe durch sie hindurch wie durch ein Netz. Ich weiß auch nicht, wie um alles in der Welt ich mit ihm leben können und darüber hinaus das Versprechen halten soll, das ich gab und das ich halten muss.
Aber Bíbí Ólafsdóttir versucht es immer noch, auch wenn sie das Ende in genauso klaren Farben voraussieht wie das Leben selbst; sie muss den Weg zu Ende gehen, auch wenn er eine einzige Geröllwüste ist und der Traum schon wie eine entfernte Erinnerung, unwirklich, nicht zu handhaben und gestorben.

Und das Leben geht weiter im selben Spiel, und darunter ertönt ein schiefer Friedensgesang mit falscher Zeile und Stimme; alles wird zu einem gekünstelten Theater und einem Pflaster auf der Wunde. Am meisten ragt vielleicht unsere Reise nach England hervor - Maggý passt auf die drei Kinder auf -, bei der mein Mann auf einem riesigen Besäufnis verschwindet und dann kurz vor der Abreise erscheint, beladen mit Pampers-Windeln, Schnaps und Tabak, und er ist schon wieder im vollen Blues, als wir uns auf den Heimweg machen.
Ich weiß, dass er sein Bestes versucht, aber sein Bestes ist nicht mehr gut genug, und ich, die vorher überall unsere Fehler mit Deckfarben übermalte, habe keine Farben mehr. Mir ist es daher völlig gleichgültig, dass Hugi mit Schnaps und Bier verschwindet und sich zum Gemeinschaftstrinken setzt, als wir nach Hause kommen. Ich sehe endlich die Wiederholung meines Lebens und stelle mich nicht mehr quer, sie zu sehen. Ich gehe schlafen und erwache am Geburtstag von Maggý. Es ist der 23. Juni 1991, und sie ist ein sechzehnjähriges Mädchen, das sein Leben nicht genießen konnte wegen der Verantwortung, die ich ihr auferlegt habe. Aber das ist ihr Tag, und sie soll ihn genießen können und ihn für sich alleine haben können und ihn nach Lust und Laune

verbringen, und zukünftig soll sie jeden einzelnen Tag genießen können, wie sie es verdient hat, wie sie es immer verdient hat.

Unser Leben in Neskaupstaður ist beendet, und Maggý rennt froh über die Freiheit hinaus in ihren Geburtstag. Die Sonne scheint und das Wetter ist mild in den Ostfjorden an diesem Tag, und das Meer ist blau und glatt, und die Spiegelung in der See ist bewundernswert. Maggý ist noch nicht lange weg, als Hugi heimkommt mit dem Arm, der einmal immer voller Blumen war, jetzt voll mit Bier, und sich zum Trinken ins Wohnzimmer setzen will.

- Ich will hier Frieden haben, Hugi.
- Ich mache keinen Radau.
- Ich will nicht so ein Schnapsgesaufe zu Hause.
- Das bestimmst du nicht alleine.
- Das ist ein Zuhause, verstehst du das nicht?
- Es gehört dir nicht alleine.
- Geh und trink mit deinen Freunden.
- Stell dich nicht so an.
- Tu, was ich sage.
- Reich mir die Hände, meine Bíbí, sagt er, und obwohl ich das Ungeheuer über ihm sehe und rote Zornesfunken um ihn herumdüsen, habe ich keine Angst, und ich nähere mich ihm ruhig; barfuß im Nachthemd reiche ich ihm die Hände, und gehalten von irgendeiner unheimlichen Kraft, über die er unter gewöhnlichen Umständen nicht verfügt, dreht er meine Finger nach oben, ich spüre sie brechen, und gleichzeitig tritt er fest auf meine bloßen Füße.

Er ist verrückt und rasend vor Hass und keinesfalls bei sich selbst. Ich komme irgendwie gerade so hinaus und hinein ins nächste Haus, die Polizei holt ihn ab, und er ist endlich weg. Die Gedanken an die Wiederholungen, Kämpfe und Gewalt drehen sich in meinem Kopf, was für ein verzwickter Teufelskreis, und endlich erwacht dort die Vernunft mit großer Schwere aus einem Dornröschenschlaf:

Ich bin kein Mensch, den man zu schlagen braucht,
ich bin kein Mensch, den man zum Gehorsam schlagen soll,
ich bin kein Mensch, den man schlagen soll, genauso wenig wie

andere Menschen,
ich bin kein Mensch, der Erniedrigungen braucht,
ich bin kein Mensch, der Verachtung braucht,
ich bin ein Mensch, dem in Zukunft niemand mehr körperliche Gewalt antun wird,
ich bin ein Mensch, den in Zukunft niemand mehr erniedrigen und verachten wird,
ich bin ein Mensch, der sein Versprechen hält,
ich will ein normales Leben leben,
ich will ein friedliches Leben haben,
ich bin ein Mensch, der eine Zukunft hat.

Und mitten in diesen Gedanken geht das Licht auf und ich sehe, wie meine eigene Hilflosigkeit, Gedanken- und Bewusstlosigkeit das gesteuert haben, was ich mir selbst und meinen Kinder geboten habe. Das Licht umspielt mich, und ich bete um Vergebung, bete um Energie, bete, dass der Zorn mir endgültig verschwindet, bete darum, dass Wohlwollen sich in meiner Brust niederlässt, und ich bete für Hugi, bete für mich selbst und alle, denen es durch meine oder anderer Schuld schlecht geht. Ich spüre, dass mein Gebet erhört wird.

V: Hast Du einen Traum?
B: Ja.
V: Was für einen?
B: Dass sich die Menschen vereinen, um die Reichtümer der Erde gerecht unter sich zu verteilen.
V: Würde nicht schnell wieder alles in die alte Bahn kommen?
B: Nicht, wenn die Liebe die Waffe ist; die Liebe ist das einzige, was die Welt retten kann.
V: Aber wenn sie fehlt?
B: Sie fehlt. Das ist deutlich. Aber die Liebe ist alles, was es braucht.
V: Weshalb glaubst du, dass es dann bis jetzt nicht funktioniert hat?
B: Deshalb, weil der Egoismus alles bestimmt.
V: Erwartest du, dass sich das ändert?
B: Der Traum dreht sich darum.

V: Bist du egoistisch?
B: Nein, nicht sehr.
V: Weshalb?
B: Das Leben hat mir das beigebracht.
V: War das eine schwierige Lektion?
B: Nein, gar nicht, es ist nicht besonders schwierig, Menschen gerne zu haben.

V: Du hast den Traum von der Gleichheit aller Menschen. Aber hast du nicht irgendeinen Traum für dich selbst?
B: Doch, ich habe den Traum, irgendwo im Stillen zu wohnen und bei mir eine Staffelei zum Malen zu haben und zu malen und Hühner herumlaufen zu haben und Katzen und Hunde und meine Enkelkinder in meiner Nähe, manchmal.
V: Glaubst du, dass er in Erfüllung geht?
B: Wer weiß?
V: Wie viele Enkelkinder hast du?
B: Ich habe neun Enkelkinder; þóra hat drei Kinder, Sigga hat vier und Maggý zwei. Ich bin reich und werde ständig reicher.

Ich bin endlich mit mir selbst zufrieden, trotz allem. Ich bin endlich eine Frau, die ihre Aufgabe kennt, weiß, was sie will, und nirgends zögert im Glauben an eine andere Kraft, jenseits der Wirklichkeit, in der wir leben. Diese meine Erkenntnis ist wie jedes andere Gesetz der Natur; man beweist nicht die Milde, sondern spürt sie, man beweist nicht die Schönheit, sondern sieht sie, man beweist nicht die Freude, sondern lebt sie. Alles ist Energie, und ich beuge mich vor ihr, und ich bin in ihr, wie in Tag und Nacht, Winter und Sommer, Schwarz und Weiß und allen Gegensätzen der Welt.

109. Kein Grund unfreundlich zu Helfern zu sein

Mit all dem im Sinn fahre ich mit meinen Kindern nach Süden, und jetzt bleibe ich eine Weile im Frauenhaus und bekomme die Hilfe, die dort angeboten wird. Ich treffe zufällig auf Hugi im Stadtzentrum. Er ist kläglich und elend und ähnelt dem Mann, den ich einmal gern gehabt habe, und ich habe Mitleid mit ihm und weiß, dass es ihm unbeschreiblich schlecht geht, als er die Verbände an meinen Fingern betrachtet.

Ich sehe auch, dass sein Licht heller ist, die Schatten weniger, das eklige Ungeheuer völlig verschwunden, und ich habe überhaupt keine Angst, auf seine Bitte einzugehen – einen Tag mit Hlynur zu verbringen, von dem ich weiß, dass dieser Hugi, der mir gegenüber steht, ihn gerne hat. Ich trage ihm nichts nach, weil ich ihm gegenüber frei bin, wie es alle werden, die Hilfe bekommen, um zu vergeben. So kommt es auch, dass sie einen Tag zusammen verbringen, und Hlynur ist sehr zufrieden, als er nach Hause kommt und mir atemlos vom Höhepunkt des Tages erzählt.

- Ich habe einen tollen Mann getroffen, und er hatte eine Pfeife, und er war so lustig, ich war bei ihm zu Hause auf dem Laugavegur, und er war so ruhig und gut und hat Musik gespielt, er ist so ein Puzzleteil, der in unserem Puzzle fehlt, Mama.
- War das ein wirklicher Mann?
- Natürlich war das ein wirklicher Mann, ich habe ihn getroffen, und du musst ihn treffen, und er war so witzig und immer am Lächeln und er hatte so schöne Augen, Mama, er ist das Puzzleteil.
- Weißt du was, mein Hlynur, wenn es etwas gibt, was uns nicht fehlt und uns nie fehlen wird, dann ist das ein Mann. Uns fehlt eine Wohnung für das Puzzle, das ist es, was uns fehlt.
- Aber Mama, du musst ihn treffen.
- Nein, ich finde es ganz und gar genug, dich zu haben, du bist mein Mann.
- Aber Mama…
- Wenn du nicht mit diesem Männergerede aufhörst, dann darfst

du nicht länger nachts bei mir im Bett schlafen, verstanden? sage ich, und das wirkt, auch wenn ich ihm manchmal danach ansehe, dass er es buchstäblich ersehnt, über den Puzzlemann zu reden.

- Der Mann mit der Pfeife hat gesagt...
- Kein Puzzlemanngerede.
- Aber er hat gesagt, dass...
- Hör auf.
- Er hatte so schöne Augen und...

Nach einiger Suche finde ich schließlich eine Wohnung in Keflavík, und unter großem Jubel der Kinder ziehen wir in die Hringbraut 82, wo wir uns wohl fühlen. Aber jetzt ist guter Rat teuer, wir können doch nicht in der leeren Hütte wohnen, und ich muss unser Haus in Neskaupstaður leeren. Ich spreche mit Hugi.

- Wir müssen nach Osten fahren und unsere Angelegenheiten dort regeln.

Aber er ist auf dem Weg zur See und kann leider keine Hand anlegen, sagt aber, dass er mir einen Helfer an seiner Stelle besorgen würde, und der sei nicht schlechter für so etwas. Ich lasse es gut sein, auch wenn ich überhaupt nicht zufrieden bin, als ich höre, dass der Helfer Ómar ist, sein Cousin, den ich mit Schimpf und Schande aus meinem Haus in Hafnarfjörður hinausgeworfen hatte, als er nicht anders konnte, als mich vor der Zukunft zu warnen.

Aber egal, viele Hände erleichtern die Arbeit, ich erkläre mich einverstanden mit dem Mann, habe keine andere Wahl, und wir fliegen nach Osten. Wir leeren das Haus nach und nach, sprechen wenig zusammen, weil wir über nichts zu reden haben außer dem, was sich um das Verladen dreht, und ich sehe, dass es ihn ziemlich verdrießt, wie ich mich anstelle und wie lange ich zum Manövrieren brauche. Ich muss die Handgelenke mehr belasten, als es gut ist wegen der Finger, die sich immer noch nicht völlig erholt haben und freilich nie wieder genauso gut geworden sind wie früher. Aber er sagt nichts, und wir verladen das Zeug in Container - reich mir dieses, reich mir jenes, heb das hoch, so, ja, und hoch und rein und upps und fass zu, genau, so ist's recht. Und wir brauchen danach ziemlich lange zum Putzen und Aufräumen, und dann koche ich natürlich für den Helfer, er hat das Beste verdient, und ich beantworte gleichzeitig die ständigen Fragen von Hugi, der von der See aus anruft, er will verfolgen, wie es läuft, und das steuern, was nötig ist.

- Was mischt sich der Mann ein? sagt Ómar.

- Er will sich nur auf dem Laufenden halten.

- Das geht sehr gut ohne das.

- Er versucht Interesse zu zeigen.

- Er braucht nicht auf uns aufzupassen.

- Nein, nein.

- Was ist eigentlich mit deinen Händen passiert?

- Die Finger sind im Kampf gebrochen.

- Der verdammte Mann, sagt Ómar und wird von heiligem Zorn erfüllt. Es flackert rot in seinem grünen Licht, und ich weiß, dass dort ein erdverbundener Charakter unterwegs ist, und er braucht mich nicht daran zu erinnern, dass er versucht hatte, mich zu warnen. Ich weiß das, er tat es wie alle anderen. Die Leute dürfen mich schief dafür anschauen, nicht auf sie gehört zu haben, wenn sie wollen, und er auch, das ist mir völlig egal. Ich musste diesen schmalen Pfad entlangstapfen, um den Weg zum Licht zu finden, aber das kann ich natürlich nicht einem Mann sagen, den ich gar nicht kenne.

Aber Ómar und ich freunden uns schnell an, schließlich gibt es keinen Grund, unfreundlich mit Helfern umzugehen, und als die Arbeit beendet ist, fertigen wir ein glänzendes Autokennzeichenimitat für ein Auto ohne TÜV an und beschließen, nach Süden zu fahren und die Container vorauszuschicken. Wir fahren nachts. Wir schlafen am Tag.

110. Tagesanbruch

Es geht mir gut, und ich bin ruhig, als die Arbeit zu Ende geht und wir von Neskaupstaður losfahren. Wir fahren durch den Tunnel, und am Bergkamm drehe ich mich um und blicke über den Ort, ich blicke zurück und weiß, dass jetzt das letzte schwere Kapitel in meinem Leben abgeschlossen ist. Wir fahren schweigend, und der Tagesanbruch ist schön und ich werde von Jubel erfüllt wegen der sich ständig wandelnden Natur und der Freiheit, die ich gewonnen habe, und in der Tat gibt es nichts, was meinen Jubel bremst. Meine Gedanken sind voller Licht und Dankbarkeit, und ich schaue auf die schöne Landschaft, die weißen Schwäne, und ich kann nicht anders als das Schweigen zu brechen:

- Sind die Schwäne nicht schön?

- Sie sind schön, sagt Ómar, und als wir in die Einöde im Süden kommen, ist der Tag angebrochen, und wir wollen nicht, dass die glänzende, gefälschte Nummer auffliegt, so dass wir beschließen anzuhalten, und Ómar schlägt vor, dass wir eine Kleinigkeit essen, das Auto zurücklassen und in die Einöde hinausgehen, dahin wo der Gletscher sich in die blühende Natur streckt und ein kleiner Fluss vorbeifließt.
Wir tun das, und der Jubel ist immer noch in meinem Herzen; wir legen uns hin, Rücken an Rücken und wollen einschlafen. Ich bin erfüllt vom Freiheitsgefühl und schniefe vor Freude, und da legt er heimlich eine Hand über meine Schulter; ich drehe mich um, und er nimmt mich in den Arm, und ich fühle mich wohl und ich bin ruhig und ich bin glücklich und spüre plötzlich ein Gefühl, das ich nie zuvor gespürt habe, und weiß, dass ich es nie wieder spüren werde.
Es kommt mir vor, als ob ich nach Hause gekommen bin, ich komme mir ganz vor, jetzt fehlt kein Puzzleteil, und nichts anderes spielt eine Rolle für mich. Ich bin eine Mutter von sechs Kindern im unbewohnten Land und spüre, dass nichts eine Rolle spielt außer genau diesem einen Augenblick, dieser Minute, diesen Minuten, diesen Stunden, diesem Gefühl, und Ómar und ich unterhalten uns, als ob wir uns schon immer gekannt hätten. Wir vertrauen einander Sorgen und Hoffnungen an; wir teilen unser Leben dort und lachen und weinen und lieben uns. Nie ist mein Leben so vollkommen harmonisch und wunderbar gewe-

Sveinbjörn Beinteinsson [Hochgode / Priester des neuen Heidentums] verheiratet Ómar Hafsteinsson und mich draußen in der Natur am 21. August 1992. Der Herbst war prachtvoll und es war gut, den Segen im Schoß von Bárður Snæfellsás [eine Saga-Figur aus Westisland, Schutzpatron] zu bekommen. Die Natur verband Ómar und mich vom ersten Moment an; ich bin die glücklichste Frau der Welt.

sen, schließlich höre ich keine Warnstimme, ich höre kein „nimm dich in Acht, Bíbí", ich höre nichts außer der Freude und der Verschmelzung von allem, was dort draußen unter dem freien Himmel ist, oben in der Einöde.

Ebenfalls im Cargo-Verlag erschienen:

Island, einsame Insel im Nordatlantik! Land zwischen, vor und hinter den Zeiten. Entstanden aus Feuer und Eis.
Edgar Sommer, Abenteurer, reist nach Island im eigenen Land-Rover und erlebt dieses Land hautnah. Er erzählt von seinen Erlebnissen in der Wildnis, von gescheiterten Finanzhaien, von einem modernen Land voller Gegensätze in einer gewaltigen unberührten Natur.
Dieses Buch zeichnet sich besonders durch seine hervorragenden Fotografien, Panoramen und Luftaufnahmen aus.

EAN: 978-3-938693-15-5
Format: 20,5 x 21 cm
162 Seiten, über 100 Abbildungen,
€ 26,80
Hln, gebunden.